兵男女兵

王培静◎著

中国文史出版社

图书在版编目（ＣＩＰ）数据

男兵女兵 / 王培静著 . -- 北京：中国文史出版社，
2023.9

ISBN 978-7-5205-4187-9

Ⅰ . ①男… Ⅱ . ①王… Ⅲ . ①小小说—小说集—中国—当代
Ⅳ. ① I247.82

中国国家版本馆 CIP 数据核字（2023）第 136170 号

责任编辑：方云虎
封面设计：程　　跃

出版发行：中国文史出版社

社　　址：北京市海淀区西八里庄路 69 号
邮　　编：100412
电　　话：010-81136630
印　　装：廊坊市海涛印刷有限公司
经　　销：全国新华书店
开　　本：710 毫米 ×1000 毫米　1/16
印　　张：25.50
字　　数：340 千字
版　　次：2024 年 2 月北京第 1 版
印　　次：2024 年 2 月第 1 次印刷
定　　价：79.00 元

目 录

乡情依旧

一

电扇的风柔柔的，吹得王干事心里格外舒畅。他抬头望一眼窗外，树叶像挨了霜打似的没了精神。明天下午是机关包场游泳的时间，得去凉水里泡个痛快。

王干事翻了下当天的报纸，从里边掉出一封信，是楼干事的。落款是山东省沂水县张庄乡计划生育办公室。

王干事从裤兜里掏出钥匙打开了中间的抽屉，抽出一支"高乐"牌香烟点上，深深地吸了一口。这烟可以，劲儿不大，吸到嘴里有股凉丝丝的感觉，还有薄荷味，价钱也行，一块二。回家时带回了两条，全村人都说人家虎子从部队上带回来的那烟，吸一口一股凉气，那叫舒服。

王干事望了下自己的两条胳膊，是黑多了，脸也黑了，这感觉得出来。上下班，在走廊里、院子里碰上熟人，人家问："王干事，回老家啦。王干事，你们家比这热多了吧。"

电话铃响。王干事拿起电话。"喂，我是王保成，请问您找谁？"电话是找楼干事的。她办事去了还未回来。离休的一个副部长死了，可今天有她的信，是一个治丧委员会发来的。楼干事觉得让通信员送去不合适，她自己亲自去了。去之前她犹豫了好大一阵。问王干事：你说送不送，反正

1

他是去不了啦。两人讨论半天，最后觉得还得送，而且应该亲自去送。

下班的号响了。王干事急匆匆地下楼，找到自行车骑上就跑。儿子上四年级了，学习一般。特别是数学，总考 70 多分。若不去接他，在路上玩不到天黑他是不会回来的。儿子胖乎乎、肉嘟嘟的。他的皮肤已经恢复到原来的样子，老家太阳给镀上的那层黑色已退化掉。满身痱子也消失了。儿子从小就胖，上幼儿园时，他是幼儿园伙食好的活广告。

对儿子的胖王干事是有些担心的，可别像刘助理的儿子十五岁就一百七十多斤，走路都费劲儿。太胖了长大找媳妇都困难。在这一点上妻子是有同感的。但做点儿好吃的她又忍不住不让儿子多吃点儿。儿子胖的原因现在好像找到了一条，是那天妻子从报纸上看到的。报上说：喝菜汤的人容易发胖。儿子是家里菜汤的承包者，做几个菜汤全让他喝了，有时连青菜也不吃。

回到家，妻子小钰说："今天吃面条，晚上去跳舞"。说起跳舞，王干事是个二把刀，妻子小钰教了多少次，带了多少回，就是出不了师。有时妻子把他扔在一边，去和别人跳。王干事想，这比写文章还难。每月王干事都能在报纸、杂志上弄两篇。

吃过饭，打扫完卫生。

"刮刮你的胡子，梳梳头发。"妻子说。

小钰的饭量很小，还吃不到儿子的一半。小钰换了那条白色的连衣裙。描了眼眉，涂了一点口红，换上高跟鞋，确实很美。她很注意保养自己。她说女人三十多岁最容易发胖了，她喝宁红茶，练健身器，线条保持得很好，她化的这种淡妆很自然，不像有些女人嘴唇抹得像刚喝完猪血。

王干事脱下军装上衣，换上一件短袖白衬衣，又把零钱装入白上衣兜里。随后出来散步。临出门小钰说："王景，你在家做作业，不许看电视。"

小钰搂着王干事的胳膊在小花园的林荫道上蹓步。

这美貌的妻子是老家县城的，跟他随军来这里。她很知足，逃离了那个只有两条主要街道，出门不是碰到熟人就是同学的有些俗气的小地方，到这都市里来生活。她在一所地方医院里工作，干护士。有时也上夜班，王干事对她绝对地放心。她有洁癖。一星期必须洗两次澡；换两次衣服；每半月理一次发，每天睡觉前要洗脚、洗脸、刷牙。不然，她不会让你沾边的。

那次，几个老乡相约来家里喝酒。王干事请示过她，她点头同意了。

"老王，可以啊，这小家拾掇的，"罗广福抱着一箱啤酒闯了进来，"嫂子……"

"请你们换上拖鞋。"小钰温和地说。

罗广福脸上的笑容僵住了，说了一半的话也咽了回去。后边的两位把地毯边缘当作电源似的立马收回了脚。

王干事从厨房里跑出来："快进来，快进来，家里有酒。"说着把啤酒接过来抱进厨房。

"嗯嗯。"三位一边答应一边用脚找拖鞋。三人坐下，罗广福抽出烟一人一支叼上。各人都摸了下兜，没火，都没火。

"是王保成家吗，你们还未开喝，怎么一点儿动静没有？"吕新的声音。

"是这里，你小子还来？"

"怎能不来，老乡聚聚不容易。"吕新推门进来，把一包东西抛给罗广福，"你们几个都该补补了，看一个个都熬成什么样了？"

大家的眼睛都盯着吕新的一双脚。有人掩嘴想笑，有人使眼色。吕新向脚上看，你们看我的脚干什么。当看到在座的几位人手一双拖鞋也便明白了。忙轻步走回门口去找。"保成，还有拖鞋吗？"保成挽着袖子跑出来："给，你穿这双吧。"

"那你……""没事，我就这样，快进来坐。"

吕新拿来的是一包狗肉。

那天的酒没喝起情绪来，老乡们走后王保成又喝了一瓶啤酒。趁老婆没看见，把烟盒、啤酒盖等扔了一地毯后回卧室睡觉去了。

王保成想，我在这儿领着媳妇溜达着玩，老父亲下地干活许是还没回家。他老人家快七十岁了，地里家里一年忙到头。母亲身体不好，又给他帮不上多大忙。前一段在家时，每晚睡下父亲总要哎哟几声。好像这样能减轻些疲劳。他躺在里间屋问："爹，您不得劲？""没有。"他总是一口否认。第二天照常干活，晚上照样哼哼。

机关俱乐部舞厅在二楼，跳舞的都是机关的干部和院里的干部子女。楼干事两口子也来了。她爱人的舞跳得非常出色，小钰经常和他跳。每当这时候，楼干事就走过来和王保成跳。楼干事虽然跳得也不是很好，但她热情极高。有一次王保成不经意碰了楼干事的胸一下，第二天见面两人都觉得很有些不好意思。

三四个曲子下来，小钰脸上已冒出了汗，她拉王干事出来。

"我喝雪碧，要包口香糖。"

王保成转身去买。心想：你喝雪碧，一听两块多，带上口香糖就是三块多。这时候我母亲或许正蹲在灶间里烧火做饭，一刮风烟熏得眼里流泪。你娘俩的零食能养活农村里的一大家人。

二

楼干事叫楼佩云，头发剪得很短。脸上时常带着笑。她管计划生育，老干部工作，由于打得一手好乒乓球还兼管体育。她特泼辣，召开各处室的计划生育委员开会，她讲："计划生育是国策，人人要遵守规定，要提倡优生优育，要做好节育措施。避孕药品要发到每个人手里，不要浪费了。"说得那些未结婚的年轻军官都不好意思。

据说她舅舅就是原来的物资处处长，因某军区来机关办事，没人牵线，不知头绪。别人七引八拐把人介绍给了他。他很痛快帮了忙。某军区来的人办完了事，高兴之余，摸上门来，问刘处长，您有什么事需要我们做吗？刘处长思来想去，没有什么事需要别人来办。后突然想起在招待所干临时工的外甥女。事也没大事，我这里有一个外甥女，在招待所里当服务员，能送你们那儿去当兵吗？这好办。没一个月，刘处长的外甥女穿上了军装，待了一年，上了卫校。毕业后，刘处长又想办法把她调回了京。

楼干事的爱人谷卫，是石家庄人。南京工程学院毕业的，瘦瘦的，戴一副金丝边眼镜，文质彬彬的样子，现是物材处的副处长。

客厅里很简朴，一套沙发前放一茶几。

"老谷，咖啡我给你冲好了。"楼干事回到家就忙乎。

"嗯，美美睡啦？"

"睡啦。给，你看一看下星期的电视节目。"楼干事把电视报递过来，谷卫懒懒地接过报纸，头靠在沙发上，脱掉鞋子。楼干事赶紧把拖鞋放在脚下，把皮鞋拿走了。

谷卫在看报纸，下星期有亚洲足球锦标赛。他是中国足球队的铁杆球迷，亚运会比赛时，为看那场关系到中国队能否出线的比赛，因时间晚了他是搭出租去看的。报纸上的比赛时间已用红笔标出来了。

楼干事一边擦皮鞋一边问："我说卫卫，你知足吗？像王干事，回家什么活都得干。"

"这是命。"

三

一上班，看了看台历上的记录。

"这领导做工作也真到家了，玻璃板下放什么都管。"楼干事一边说一边欣赏一下玻璃板下的布局，正中是女儿的一张百天相片，百天相片下是女儿的一张近照，照片上的女儿笑得很甜。左上角是丈夫的一张军装照。左下角是自己参加乒乓球比赛的一张照片，右上角是母亲的照片，右下角是一份电话号码表。

"军人以服从命令为天职。"王干事答了一句，也开始收拾玻璃板下的东西。

把中间抽屉里的东西整理平，楼干事把照片摆了进去。

第二件事，是到车队找志愿兵刘华庆谈话。楼干事拿过公文包，装进一个笔记本、一支笔。向王干事打了声招呼，风风火火地去了车队。

车队就在院里，不用骑自行车，步行五六分钟就到。就是这个刘华庆，刚改志愿兵后，想散掉农村里的对象。女方不愿意，要青春损失费。女方的哥哥领着来部队闹。领导出面做工作，人家侍候你父母三四年，你一句话说不要就不要啦。没有感情，什么叫感情？咱们军人大部分都是这样，先结婚，后恋爱。

女方铁了心不走，说死也要死在部队上。领导怕影响不好，更怕出问题。最后作出决定：要么和女方结婚，要么退伍回家。刘华庆跑出去喝醉了酒，睡了整整三天，最终还是和女方结婚了。

一个中年汉子低着头走进来，坐在了墙角的椅子上，望着面前的这位扛着光板的志愿兵，楼干事动了恻隐之心。志愿兵家属每年只能来部队一个月。志愿兵也只能回一次家，收麦回了，收秋就不能回了。一个妇女拉扯着孩子支撑着家过日子多不容易。楼干事想起自己小时候和母亲相依为命的艰难。

刘华庆抽出一支烟点上，狠狠地吸了两口。

"你家是山东哪个县的？"

"沂水，沂蒙山区。"

"不是办了独生子女证了吗？"

"实际上她是戴着环的，上次我回去她蒙着我偷摘了，你要不找我，我也不知道她怀孕了。"刘华庆极真诚地说。

"你回去找到她没有，怎么做的工作？"

"有什么好做的。"说着刘华庆从上衣兜里掏出一卷纸递过来。

楼干事接过来，抚平，流产证明，结扎证明一应俱全。上个月吧，楼干事接到刘华庆老家乡计划生育办公室的来信。就动员刘华庆回家去做工作。

"这个月多寄回点钱去，让她好好补养一下。只要事办妥了，你拍封电报来，多在家侍候她几天多好。"楼干事动情地说。

刘华庆耸了耸肩，苦笑了一下说："这二胎我是生不起的，家里罚三千。这里还不知怎么处理。还是响应国家号召，就要一个吧。"

"家里有什么困难，可以提出来，组织上帮你想办法解决！"

"没有，没有，感谢党的关怀。"

"怎么样，和妻子感情还可以吧。"楼干事笑着又问了一句。

"凑合着过吧。"

楼干事往回走，回味着刚才刘华庆的最后一句话。不由得想起了自己的身世。一九五八年，父亲出去闯关东，一走无音信。母亲带着两岁的自己苦苦熬了将近二十年。小时母亲抱着她下地干活；八岁时母亲强撑着让上了学。自己懂事也特别的早。夏天，秋天烧的不愁，到了冬天，大雪飘飞的日子，只吃两顿饭。冬天冷，娘俩互相抱着脚睡。春天烧的更成了问题，放学后，星期天，除了去割草交生产队里挣点工分外，就是去闲着还没种庄稼的地里捡牛粪回来烧。

想到这里，楼干事不禁觉得鼻子有些酸酸的。天凉快些，再接母亲来住些日子。

办公室里开着台扇，外边的太阳很毒很毒，楼干事回到办公室。王干事问："外边热吧？"

"很热。"楼干事揉了揉眼睛。

王干事坐在写字台前，屋里屋外的滋味都能感觉出来。

四

王干事是靠新闻起家的。那时刚当兵，在郊区某团三营当书记员。头一年写广播稿，家乡县广播站用了两篇，团广播室用了三篇。第二年，有两篇新闻稿被军区小报采用。那年年底立了三等功，第三年入党提干，倍儿顺。

王干事坐在那儿写家信，又想起了这次回家：

带回的几份有自己作品的杂志和报纸，来家玩的乡邻认真看，看过后只淡淡地说一句："虎子写的文章上书上报了。"似乎没有太大的惊奇。

房舍的院子用柴火挡了十几年，爹和娘说：趁你们在家盖院墙和外门。爹的脸上堆满了皱纹，细看已生有不少褐色的老年斑。腰也有些弓了。头发已白了三分之二，走路时腿也不是那么灵便了。

堂屋的正墙上，除贴有几张落满灰尘的年画外，还有我上初中、高中时的几张三好学生奖状，一张十年前的立功喜报，都已很陈旧。

父亲看我能喝酒，特高兴。母亲做点菜，我们父子就喝起来，为了让老父亲高兴，我尽可能地多喝一点。

这时爱人和孩子走进了家门。

"哟，我们王景回来了。"爹和娘都迎出去。

"爷爷好，奶奶好。"儿子一口标准的京腔。

"爹，娘，你们身体都好吧。"小钰喊惯了爸、妈，喊爹、娘有些不习惯。

"快进屋，快进屋。"

娘从一张年画后的墙台上端出一个小罐，用筷子拨了些糖，倒上水端过来。

"娘，您别忙了，我不渴。"

父亲走到母亲身旁，耳语了一句，母亲出去了。待了一会儿，母亲用碗端进十多个鸡蛋来。"来，景景，吃鸡蛋，咸的。""不吃。""奶奶给你煮了，吃一个吧。"

快正午的时候，天上的太阳好像离地面最近，树叶都要被烤干了。躲在屋里，也出一身汗，衣服粘在身上，特难受。母亲给小钰递过扇子。王景抢过扇子给爷爷扇风。

妻子小钰和景景在县城的丈人家待了五天才回家来。每次都是这样，先各自回家，孩子爱跟谁跟谁。

包工的开始干活，他们共七八个人，领头的是过去生产队队长的儿子秋子。他是我小时的同学，上初一了写的字还像核桃那么大。剩下的都是小青年，我当兵走时都还是些娃娃。大部分还能认出是谁家的儿子。

他们开始挖地槽，母亲说这墙是不是向南延一点。你晚上拿盒烟到书记家坐坐。我说我不去。父亲说你别那么多事了，延那一点半点有什么用。母亲说后边的秃二盖了个临时外门，屋檐下没给咱留滴水，我和他吵了一架。

招待包工的吃饭这天，妻子小钰下厨房炒的菜，每上一个菜全桌人都说好吃。三下五除二一人两口就完。招待前秋子说，你这大军官，还不给我们买啤酒，有人问您给喝的什么白酒？我说阁老贡。他们都说这哪能行，我们还准备让人们盖屋子呢。到时我们可买不起。我说开个玩笑，喝的散装瓜干酒，他们就笑了。

秋子的小儿子跟在他父亲后边，爸爸、爸爸喊，母亲给了几次糖块。从此，那孩子就天天来。有时媳妇把孩子抱来，我上地，他要找你。扔下就走。

秋子说，你小子要不去当兵，现在肯定下东北了。现在混好了，四邻八乡谁不知咱庄出了个大军官在北京。

儿子几乎成了村里的一景，老多大人、小孩跑家里来看，听他说话只觉好奇，就是听不懂。

我去邻居家担水，秃二媳妇说："大兄弟，大军官回来了，您那儿子怎那么胖，真好玩。"

"看虎子兄弟那媳妇，像电影上的人那么俊。"邻居家嫂子说。

"像画上的大美人。"

"脸上比上两次来还水灵了。"一群妇女坐在胡同口搓麻线。

脏了的衣服娘要背到很远的石碑楼（山泉水处）去洗。为了使她省点劲儿，我也不穿上衣、裤子，只穿背心、裤衩帮他们干活。爹和我帮人家担水、找家什、搭把手抬块石头什么的。

家乡的太阳看我几年不回家，着实找我还账来了。我的皮肤黑了。我懒得天天刷牙了，懒得天黑再骑车去六里外的水库洗身上；我的背上开始脱皮，一揭巴掌大的一块，像脏兮兮的塑料膜。

家里没有电扇，拿床席子在院里待到十二点。眼皮打架的时候就抱着已睡着的儿子回屋去睡。热得儿子翻来覆去睡不安稳。一个星期的时间，儿子晒得像缅甸儿童。起了满身痱子。妻子身上也起了痱子，娘俩咬咬牙，坚持了一天又一天。爹说了好几次让我去买电扇我没肯去。又待了两天，实在坚持不了啦，娘俩提前回京了。

回到家时我给父亲五百元钱。平常上街买菜什么的，我不好意思向父母亲要，就花自己兜里的，我兜里还留有一百元钱。

墙垒起来了，要拉水泥捶外门顶。下拖拉机时我的脚一滑，从拖拉机上摔了下来。幸亏我在部队上练过点功夫，不然，头撞在柏油路面上，真的血染故土了。胳膊擦破了，我用手绢包上。右脚后跟肿了。爹让我去医院，我说没事，我一拐一拐去装水泥。

那天早饭后，我说去给奶奶上坟，爹说叫你娘包点饺子。我就和爹一前一后各扛一根杆子去十三亩地里翻地瓜秧子。

院墙盖完了，我掉了整整十斤肉。

一人翻一行，我总是落后，还经常把秧子挑断。翻几棵，弓下腰拔一下地上的草。爹翻到头后转回身来帮我翻一段。一上午下来，我的手腕子酸酸的。爹说，原先天旱，秧子不长，这一下雨，秧子疯长。你看都扎根了，再不翻就更难翻了。

这土地我多么熟悉啊。小时跟老师给生产队里拾麦穗，大了向地里运肥、割小麦、收玉米、刨地瓜。我在京城吃的馒头里或许就有它的一份呢。

下午一点，娘才煮出饺子来，我扛着锨，爹挎着篮子，十岁的小外甥跟在后边。我们爬坡向东山根走。

小崖子一个接一个，地一块接一块，天还是这片天，地还是这块地。过去生产队里的每块地里几乎都留下过我的足迹。

天瓦蓝瓦蓝的，太阳像渴极、饿极的老虎在发威。旷野里一个人影也没有，玉米耷拉着叶子，很痛苦地立在那里，山野很静，只有我们三人的走路声。

父亲在前边走，背上的汗已湿透了衣服，我抹一把前额上的汗水甩向路边。汗滴落在晒得发烫的石头上立马就消失了，像冬天落在生有火炉的房顶上的雪。小外甥有时要跑两步才能跟上我们。

父亲无言，我无言，小外甥亦无言。

快到山根前时，就望见了山坡上的大大小小的坟头。看着父亲的背影，我想爹在一天天走向这里。假如有一天他倒下了……我任眼泪自流，眼泪淌到嘴角、脖子时我偷偷抹一把。

爬上山坡，走到奶奶的坟前，爹把饺子摆在那儿，酒也摆在那儿。爹说："娘，您孙子回来给您送钱来了，您起来拾钱吧。"爹爹点着了草纸和香。爹爹倒了三杯酒浇在地上，随后把酒围坟洒了一圈，嘴里说："娘，您不是爱喝酒嘛，儿给您送酒来了。"爹爹眼里含着泪，双肩比过去瘦弱了许多。我趴在奶奶坟前痛哭了一场。

送我回来这天，天阴阴的。再待三天是娘的生日，但我的假期到了。我把姐姐叫到一边，塞给她十块钱。我说："娘生日那天代我买点东西。"姐说："我有钱。"又把钱塞给我，我说："那是你的。"姐姐哭了，我也忍不住掉下泪来。我嘱咐姐姐："咱爹、娘都这么大岁数了，你多来着点。我不能守在身边尽孝心。爹、娘有病，就给我拍电报。"

我右脚一拐一拐地离开了村子。回到北京，兜里还有五角钱。

想到这里，王干事掏出手绢擦掉眼泪，点着了烟。

五

王干事在写一个请示下半年增加文化宣传经费的报告。八一节要组织军事知识竞赛；要给居委会里发挥余热的老革命们买点纪念品；春节要组织文艺演出。起草个文件、报告对王干事来说是小菜一碟。三年级写作文就一遍上本子，绝没打过草稿。只是数理化差点，别说高中的微积分了，就连儿子的算术题有的都不会。

楼干事站起，出去刷了杯子，放了茶叶，倒了两杯水。端起一杯轻轻地放到王干事那边去。茶叶是楼干事从家里拿来的，她想，反正不花钱，是别人送的，拿来共产吧。

她坐下看着专心写报告的王干事，心里生出许多想法：他回家一趟咋晒得这么黑，这家伙也瘦了。他媳妇那弱不禁风的样子能干什么，自己的那位永远是白白的，秀气得像个女人。

望着王干事脸上的那些小坑，楼干事想起了他年轻时的样子。那时他二十三四岁，脸上长有很多青春美丽痘。他很勤奋，天天晚上加班写东西。

有时晚饭时多给他打个馒头什么的，他晚上饿了吃。他讲，小时候，到地里割草时捡到一毛钱，和几个小伙伴去买甜瓜，前边两个挡住老头的视线，后边偷摘，等走过好远，在地堰根一数一毛钱弄回七个瓜。

上高中时，他住校拿的干粮一半是地瓜。星期六还剩一块干粮，饿得扶着墙根走。上完晚自习，肚里咕咕叫，到学校菜地里摘回茄子来，就着大葱吃。

那时他壮得像头牛。夏天晚饭后他去打篮球，出一身汗回来到厕所用凉水冲。

楼干事想到这里开始给各处室打电话：让明天把参加八一杯乒乓球比赛的名单报上来。这一年一届的比赛已举办过五次，由于机关女同志少，比赛不分男女。但楼干事绝对为女人争气，五届比赛她只拿过一次第二名，剩下四次全是冠军。

写完报告，王干事从抽屉里拿出一根烟点上。一抬脚，觉得右脚后跟还有些痛。在门诊部烤了半个月的电，是见轻了些。这点小毛病用这么高级的设备治，一套机器四五万元。父亲嘴里溃疡，舌头上烂了两个小坑。用自行车带他去看他不去，拿回药吃了也不管用。痛得吃不下干粮，只一个劲儿咬牙吸气。

看着站在柜子前翻找东西的楼干事，王干事面前幻化出十年前的她。

穿一身绿军装，戴着红领章、红五星，脸蛋儿虽不是十分耐看，但也是很有几分英气的。

那时人们都很单纯，也很朴实。北京的年轻姑娘扎辫子，穿洗得有些发白的蓝工作服最时髦。

那时我偷想，裹在绿军装里边的女人身子最圣洁。

开始她只是擦桌子时捎带着把我这边也擦了，有时把我看完后随便扔那儿的报纸收起来。后来她就经常把一包大前门或红叶烟放过来。我抬头一看，她甜甜向我一笑。我从她的眼睛里看到了她的心。

她向我讲：小时候她们家过得特苦。两只母鸡，就是她们家的银行。

榆钱、槐花、地瓜叶都吃过。刚到部队时觉得天天是在过年。我问："你当时怎么不去找我借钱？"

"去你的，那时你不知饿得在哪里哭鼻子呢。"随后我们之间便有了许多默契，下班时一前一后出办公室，从不在一起走；食堂吃饭时不坐在一个桌上。

六

王干事去了趟车队，带回来一本沉甸甸的日记。

开除刘华庆的志愿兵，是王干事写报告请示领导作出的。超生二胎，还欺骗领导。原以为给他个面子，让十月退伍时走，可万没想到，宣布处理结果一个月后，由于司机少，看他思想稳定，又让他上了车，他喝酒后把车翻到了桥下……

刘华庆的日记里这样写道：我爹说我爷爷就他这一个儿子；他就我这一个儿子，让我也一定要千方百计生出一个儿子来。女儿降生后，爹、娘脸若冰霜。原打算办满月酒的一切仪式取消。父亲的头发又白了许多，看他吸烟叹气的样子我想落泪。

父亲说：不孝有三，无后为大。

父亲说：你爹你娘拉扯你容易嘛，活一辈子就为留个人烟。咱刘家不能在你手里绝后。

媳妇来信说：你爹你娘鼻子不是鼻子、脸不是脸的，像我欠他们多少债似的，这日子我没法过了。

媳妇又来信说：我的眼泪都哭干了。在家你娘指桑骂槐，指着猪狗骂：

要你有什么用，无用的东西。女儿一会儿也不给看，上地干活背着，做饭抱着。我回娘家三个多月了。

我回到家，媳妇搂着我哭了整整一夜，我突然感到有些可怜她。

爹说："叫你媳妇再生一个，罚款吗，我这里有八百，你再在部队攒点。秋后再卖点地瓜就差不多了。"

我说："爹，部队上有规定，不让生二胎，不然要开除党籍军籍。"

爹说："我不管你部队上的什么籍，你只要记住我的话就行了。"

那天中午爹喝多了酒。"庆，叫你媳妇再生一个这事儿，你到底答应不答应？"父亲瞪着我。

"爹，这真不行。今后这社会，男女都一样。"

"你真不答应？"爹气得哆嗦。

"这事部队上下……"

"庆，爹给你跪下了。"这话，句句像刀。

"爹，您这是干什么？"我去拉爹，眼泪淌了下来。

"你不答应，我就不起来。"

我可怎么办？爹爹，您这不是逼我吗？"爹，您起来吧，我答应……"

"真的？"爹又问了一句。我使劲儿点了下头。脑子里一片空白。我跑到地里大哭了一场。

后来我领媳妇去花钱偷摘了环，她又怀孕了。爹娘喜笑颜开。原以为她躲出去生，别人不会知道。可没有不透风的墙，管计划生育的还是知道了。那次部队安排我回去做媳妇的工作，我真想领她去流产。可爹娘那两双盛满期盼的眸子盯着我。我花钱开了假证明。爹娘说生下后抱给我姐给养着。可媳妇的肚子不争气，生卜的还是女孩。媳妇写来的信字迹模糊，想必是泪水打的。她可怎么活？我怎回那个家？我想也不敢想。

部队上给我开除志愿兵的处分我一点也不感到吃惊。领导还算开恩，让我十月和退伍的一起走。

唉，我真后悔，一念之差，奋斗了十多年的饭碗砸了。也许我就这命……

看到这里，王干事想，刘华庆是立过功的。去年南方发大水，好几个省份水情告急，几万亩良田被淹，几千万人无家可归。当时全国掀起了风雨同舟，向灾区人民献一片爱心的活动。北京的捐献活动搞得最为壮观，军营更不例外。

已是初秋，刮了一场风，穿短袖衬衣已受不住。早晚的天气已很有些凉意。

车队队长亲自带队，一溜卡车排了很长，车上满载支援灾区的物质。大部分是干部、战士主动捐献的。许多人来送行，包括院里的家属和孩子们。

王干事被队长安排坐在刘华庆的车里。

"小刘，你们家乡这几年怎么样？"

"没太大变化。"

"这次你在战士中捐衣服最多，值得表扬。"

双手紧握方向盘的刘华庆，认真地说："我没想什么表扬，我觉那么多人受灾，我应该这样做。"

"当兵多少年了？"

刘华庆想了想说："十二年了。"

"老兵了。"王干事笑着说。

"快滚蛋了。"

路上，那么多群众送鸡蛋送水。那挎着篮子的老大妈，那双手捧水的大姐姐，多像电影上看到的过去民众支前的情景啊。

到了灾区，马不停蹄地把衣物分发给群众，望着穿在身上的衣服，看着怀里的被褥，那么多人哭了。

刘华庆把作训服脱下来，披在一个光着脊背的瘦弱少年身上。

回到机关，王干事整理材料，准备出一期支援抗洪救灾的简报。这天他从刚送来的报纸里看到一封灾区某省人民政府的来信。请求给刘华庆表扬，他以一个战士的名义向灾区汇去了二百元钱。

思来想去，王干事写了一篇小通讯《一个战士的情怀》寄给军报。军报很快在一版发出来了。为此，给他立了一次三等功。

假若只给个记大过处分，留党察看，不开除志愿兵呢。也许会是另一种结局。再说，政治思想工作没跟上。王干事觉得手里的日记本好重好重。

楼干事说："王干事，明天我回趟老家，工作上的事，你关照一下。"

"怎么，家里有事？"

"有点事，我们全家都回，几天就回来。"

七

坐一天一夜火车，赶回了老家县城。侨办的车把楼干事全家接到了榆树路的云海酒家。

在一间豪华的客房里见到父亲时，楼佩云脸上平静得很。面前这个把花白头发梳得很光的老头就是自己的亲生父亲？几十年的生活中没有父亲的影子存在，现在突然冒出个父亲。母亲说他死了，不然他会回来看我们？我恨你，你只给了我生命，没有给我一点父爱。母女俩相依为命艰难度日的情景浮现在眼前。楼佩云眼圈红了。

老头揉了下眼睛。紧张地走过来抓住了楼佩云的手。"小云，爸爸对不起你和你娘，爸爸回来还债来了。"

"爸爸——"楼佩云终于喊出一声。

"孩子——"老头浊泪滚滚。

晚上，在另一间客房里。楼佩云对谷卫说："待两天，咱们回去陪我娘住几天。"

"你爸接你妈，她不肯出来。"

"老头说，他在广州有个公司，投资 500 万元。我们转业去干。咱哪能去，当总经理你能干了？"

"有什么干不了，如果他真肯交给我们，我们回去就办转业手续。"谷卫高兴地说。

"咱在北京待着多好，还要怎么样？"

"傻帽，广州那么好进。再说在部队上你能待一辈子？像我这样的最多到正师。你呀，到正团就不错。现在谁不向广州跑。这机会太好了。你去好好说说。"谷卫很兴奋。

"我已回绝他了，这身绿军装，我还没穿够。"

在侨办的盛情款待下，楼佩云的爸爸感动了，他答应向家乡的一个大理石厂投资 200 万元。还向老家那个乡的中学捐赠 20 万元。

爸爸的举动使楼佩云改变了对他的看法。俗话说哪里黄土不埋人。他漂洋过海闯荡几十年还是回到故土来了。证明他还没忘我们母女俩。不该恨他，他脸上的皱纹里不知藏着多少辛酸哩。假如睡在身边的是王保成，他会说要去广州当经理吗？

八

从家回来，楼干事听说王干事住院了。第二天就换上军装去上班。走在去办公室的路上，楼干事感到很舒心。

办公室里，她翻翻这里，看看那里。像离家十年的游子回到家处处感到新鲜。当看到对面的空椅子时她怔怔地盯着那儿发了会儿呆。心里想，买点水果去医院看看他。是下午去，还是晚上去？也一起去看看小刘，他的左腿不知截肢没有？对，就下午去。

下午两点一上班，楼干事就给高主任说了声，骑车上街买了两份水果，直接向医院走。到了医院坐电梯直接上了八楼，在五楼骨科那层楼干事犹豫了下没有停。站在805号病房前，她轻轻地敲了两下门。停顿了片刻，门被拉开，站在面前的是小钰。

小钰盯着楼干事的脸使劲儿看了一眼，对躺在床上的王干事说："保成，楼干事看你来了。"

"听说王干事住院了，我来看看。"楼干事觉得很不自然。

"你回来啦，没什么，小病，几天就好。"王保成转过脸来笑着说。

沉默了一会儿，三人都觉不好意思，楼干事站起身来说："工作上的事，我回来了，你就别挂着了，安心养病吧。我再去看看小刘。"

走出门来，楼干事懊恼极了。又没做什么亏心事，干吗这样？让人家以为我和人家丈夫有一腿似的。莫非是他，向她说起过我俩的过去？

小刘躺在病床上，脸上瘦了一圈。楼干事进屋时，他正望着天花板发呆。

"小刘，手术怎么样？"

小刘无言。陪床的小王说："截掉了。他老不吃饭。"

"小刘，你要想开一点，要鼓起生活的勇气。"

"我完了，活着还有什么意思？"小刘绝望地说。

"可别这样想，你养好伤，安上假肢。我给你从我们家工厂联系工作。"楼干事想到了父亲投资的大理石厂。

小刘苦笑了一下，心想，你一个小干部，给我联系工作，除非厂长是你爹。

看到小刘脸上怀疑的神色。"我爹刚从澳门回来，他向家乡的一个工厂投了资。"

"人家能要我？"

"能，一切让我来办。到时把媳妇也接去。"

"楼干事，我……"小刘泪如泉涌，泣不成声。

"哭吧，哭出来好受些。"

楼干事和小王的眼泪都被刘华庆的哭声引了出来。

九

楼干事敲门前，两人正在窃窃私语。因昨天同屋的一个病号出院了，那病床还未安排进人来。小钰坐在王干事的身边，一双温柔的小手把一只大手攥在中间。手在小钰的手里摆弄着，他觉得很舒服。他对妻子小钰几乎言听计从的原因之一，就是她的漂亮。当初，楼干事被她舅介绍给谷卫后，他很是消沉了一阵子，他发誓一定要找一个比她漂亮一百倍的女人。

"嗳，小钰，你回去时到我办公室去一下，问一下高主任，有没有急手的事？"

"你呀，好好养病吧。离了你这个干事，地球照样转。你这个配角谁都能演。"

王干事想想也是。在单位给人家写材料，管杂事；在家洗衣服做饭；就连写文章，也只是给人家杂志、报纸填空补白。谁叫自己是干事呢？干事就是干——事嘛。

望着小钰美丽的眼睛，王干事感到自己幸福极了。她不像三十多岁的女人，倒像个纯情的少女。

十

秋天到了。院里的花开得格外妖艳。精简整编的事是人们最关心的话题。私下里大家议论纷纷。

王干事和楼干事面对面坐着，你一言我一语讨论着国家形势；有时眼光相遇了，就相互笑一下，把目光移开。

下午开会，传达本单位人事变动情况。大家不免都觉得有些紧张。出乎意料的是，党办改政治部，只有高主任调别的单位当副政委。又从干部部调来一个新主任。剩下的一点儿也没有变动。新主任说，一个萝卜一个坑，各人在各人坑里待着，好好干工作。

王保成现在心里最想干的事就是把能留在北京、留在部队的消息告诉小钰。因为她无数次说过，她不想回小县城去生活。

楼干事心里想，要是真让转业，谷卫会高兴的。他现在还惦着去广州当经理。现在不让走，高兴的当然是我。明天给老家的大理石厂写封信，联系一下刘华庆的工作问题。

散会时，大家的步子都迈得很有力。回到办公室，王干事点了一根烟，深深地吸了两口说："其实，转业也没有什么，回到县城工作，对父母也能照应着点。"

"也是。"楼干事叹口气附和了一句。

向往美好

一

我提干的事第二次报上去有半年了，还没消息。这一段老是失眠。有时还做美梦，梦到我提干的事批下来了，还在城里找了个漂亮媳妇，天天乐得屁颠屁颠的。夜真长，我穿上衣服到院里散步。路灯都熄了，四周很静，只有零散的星星联合起来给大地洒下一点光亮。我点上烟，狠狠地吸了两口。

才近三十岁的人，怎么老爱忆旧？

十年前的一个早晨，公共汽车把我们这帮鲁西南的山里小伙拉到济南，坐上平生第一次亲眼见到的火车，在车上我们好奇地望着窗外的景色和原野。心想车越向前开离家越远了。在县武装部领到大头牛皮鞋时，许多人说，完了，肯定是去冷的地方，可能去东北。还说上什么北京。晚上 7 点多下车后看到北京站三个字我们好高兴。列队走出车站来，我们又坐上了军人开得很软、很干净的公共汽车，后来才知道这车叫轿子车。路上我们挤在窗口看街上的路灯和人流。啊，北京，我终于投入了你的怀抱。来到中关村的一座军营里，放下背包，去厕所方便，听到先到的几个北京新兵骂"你妈的"声音，感到很新鲜，因为我们老家都骂"你娘的"。

站在宿舍门口看到一帮女兵，在水池边洗脸、梳头，也穿着和我们一样没领章、帽徽的军装,脸都很白,一个比一个俊。

后来才知道,我们是基建工程兵的最后一批兵,除我们这二百个山东平阴老乡外,和我们一起训练的还有三十个北京男兵、二十五个北京女兵。有一次我拿小桶去打饭,炊事员正把一个女兵退回来的肉丝面条向锅里倒。也就是说打到我提回的桶里的面条是女兵剩的。班里十几个人都吃得很带劲,我也吃得很有味道。每当从女兵身边走过或女兵从你身边走过,就会闻到一股很新鲜、很舒服的味道。

新训中间搞了一次紧急集合,十班的王伟把前开门穿后边去了,我们班的郜浩打背包时把有人拉毛巾拉下来一头的铁丝打进了背包,背起跑时怎么也跑不动。那些女兵被车送进圆明园,那时圆明园还没被圈起来,她们被藏在山上各处,我们跑步去抓特务。过一小河沟时,许多人相随着踏进了水里,我们到黑暗处去寻找特务,还没走到跟前,女兵们就嗷嗷叫着逃出来。回来后有的背包都散了架,大家一个个狼狈不堪,但都笑得前仰后合。

那帮女兵的名字我一个也没记住,我想现在都已成家立业了吧。星期天无聊时,我曾几次骑自行车去中关村寻找过我们训练的那个地方,但终未找到,那里已是高楼林立。

三个月新训后我被分配到山西的一个军办煤矿,就在杨家将上说的那个金沙滩附近。

转回屋来,看到床头上挂的几个衣服架不由得想起了我们排长。排长叫杨昭明,贵州人,中等个儿,人很瘦,但很精神。

从山沟来到北京,又从北京来到山沟。这落差太大,在井下累得不行时我曾哭过鼻子,但毕竟是山里长大的孩子,很快就适应了。这里的气候比老家冷得多,直到春天,山野里还有化不完的雪。冬天的一个早晨,我们从山根抓到两只不会飞了的山鸡,回来用一个小盆在炉子上煮了,几个人美餐了一顿。

下了半年井，我被调到锅炉房，锅炉房不是供暖气的，只烧洗澡水，奋斗了四年，我当上了班长。那年春节前发展党员，我在五个党小组中得了四票，最后名额却给了炊事班的副班长王长路。他在五个党小组中只得了他们司务处的那一票。当时连长、指导员都休假，只有杨排长的老乡潘副连长在。有人说看到王长路往潘副连长家扛面了。杨排长气得开排务会，全排罢工，以示抗议。井下设备坏了没人去修，团里技术股找下来也不去，罢工四天后，团政治处李主任亲自找排长谈了一次话才复工。

春节过后，老乡在一起喝酒。潘副连长想向杨排长解释发展党员的事，排长沉着脸说："老乡说老乡，喝酒说喝酒，你别给我提那事，我不想听。"

说起来我的工作绝对没得挑。夏天修炉灶，我这一米八的个子，爬进去喘气都急促，叫徒弟开开抽风机，出去脸抹得像包公，出一身臭汗。冬天水泵坏了修水泵，手上有水摸哪儿沾哪儿，抱着个喷灯去烤冻了的水管，冻得手不听使唤。一次在井沿上修水泵，差一点掉进井里去，幸亏胳膊撑在了井沿上。

排长转业时给我留的地址被我不慎弄丢了，这几个他自己用六号铁丝套上绿塑料皮加工的衣服架，是他留给我的唯一念想。

那时想，能入党，回家当个大队书记，人前也挺人物的；开上车，算门像样的技术；若改上志愿兵，那就有个城镇户口了。

五年初探家，父母亲走东串西，托人给我说媳妇。可正好这年我们乡的兵大部分都分到了我们那儿，所以前后两庄的都知道我在部队是烧锅炉的，再加上很一般化的家境。最终也没一个姑娘愿跟我，父母愁眉苦脸，唉声叹气，二十天的时间，我一下子苍老了许多。临回部队的前一天，爹说：你去明港镇你表叔家串个门吧。

第二天我来到表叔家。叔和婶说给我介绍个对象，在叔他们厂上班，机修工，家是河南商丘的，正式工。

那女孩来到叔家，叔、婶介绍一下后都出去了。

沉默了一会儿，那女孩问："你在部队做什么工作？"

"班长，锅炉工。"我抬头看了女孩一下，还挺顺眼。

"在部队上能提干吗？你们待的那地方是农村还是城市？"

"杨家将看过吗？就是书上说的那个金沙滩附近。离我们部队五里的五家窑，还有杨继业碰死的半截石碑呢。提干的事，没大可能，我争取在部队改个志愿兵。"我如实答道。我不想放走好不容易上钩的这条鱼。

她冷冷一笑，出门和叔言语两句，走了。看着她渐渐远去的背影我很失望，同时又攥紧了拳头。

后来我才知道，她是个离过婚的女人，在厂里作风也不好。这些表叔都给父母说过。但我对他们谁也不怪。

回部队后我发誓，不混出个人样来再不回家。

我坐在台灯前望着对面的空床发呆。那是我睡的，我曾在那个床上睡了五年半，五年半中送走了两个军校生。

头一个叫岳忠良，和我是一年的兵，他父亲是我调来的那年去世的，现成了孤儿。他到处动情地讲小时候如何如何苦，秋天了还光着脚丫去山上拾柴火。学习很是刻苦，通过听课和自学考上了重庆后工。送他走时我既为他高兴又为自己庆幸还有些嫉妒他。为他高兴是他有了个好前途，将来毕业后在哪儿成个家都不发愁了。为自己庆幸的是我改志愿兵少了个竞争对手。说起嫉妒嘛，我是个高中毕业生，却眼睁睁看着一个初中生考上军校走了。这年年底我改了志愿兵，穿上了和营级以下干部一样的服装。

眼皮开始打架了，我有气无力地上床睡觉。

二

第二天整理一上午文件，临下班时从报纸里看到了郜浩的来信。他在山西老部队理发，也改了志愿兵。他们村更苦，我们当兵出来前还经常听到说他们村有出来要饭吃的。他的两只小眼距离太近，猛看上去真有点像电影丑角明星梁天。改志愿兵前回去找媳妇也未找上，听说现在找了个特漂亮的媳妇，不过，是农村的。他信上讲：家属带孩子来部队了。儿子两岁多了特可爱。美中不足的是眼睛太像我，简直是郜浩第二。孟庆才这小子没给你去信吧。他凭着个志愿兵加司机的身份，终于托人介绍了一个县城纺织厂的对象，你们这俩小子也真熬得住。你个人问题有进展吗？是不是哪位首长要招你为乘龙快婿？要真在北京成家，我请假去喝你的喜酒。到时可别装不认识咱这乡下人。喂，还告诉你一件事，就是你入党时使坏的那个潘康，上个月被降级转业回家了。他老婆偷生了二胎。这下你觉得解恨不？

下午一上班，我又把郜浩的来信看了一遍。说起找媳妇，谁不想找谁是孙子。可我下了决心打一辈子光棍也不找农村的。虽然我是正宗的贫下中农的后代。那时农村的姑娘都不肯跟我。回家几次，父母亲唉声叹气，说原先是找不下，现在是人家赶着你你不要。我看刘庄的那个小学教师就不错，有文化人模样又好，人家主动提出一分彩礼不要，扯结婚证就跟你走。你在城里又找不下，再说那些女人的腰都一把粗，能生娃吗？爹当八路军时当过连长，全国都快解放了，挂着你娘，从济南府偷跑回来。要不哪有你！当个志愿兵，你以为自己有多了不起。

三

在山西时我曾有一次上教导队的机会，但我没把握住。

考教导队的那一年正好雁北地区流行肝炎。那时基建工程兵已解散，我们归了总后，这是命运给我们的第一次考试机会。体检的去了两批只有一个合格，剩下的都是转氨酶高。那天吃晚饭时三排排长老刘神秘地对我说：刘班长这回行了，上教导队走肯定没问题了。联想到团政治处李主任那次去洗澡，曾拍着我的肩膀说，小刘，听说你挺爱学习的啊。琢磨了下刘排长的话，我心里还真有些激动。那顿饭吃得特别香，我回宿舍后搬出数理化看，每天直到深夜才上床，那十几天，除了上班外，脑子里塞满了公式和试题。当我正在用功时，人家体检身体的已从大同回来。想来顶替我去的是于指导员的老乡王雷，他因工作时摔伤了腰要去评残，卫生所所长已经开了信，听说上教导队的消息后，星期天去了一趟大同家属院于指导员家，程小宁说他借过一百元钱。上北京考试回来，他们几个也提心吊胆。通知下来，一个个脸上挂上了笑容。五门课考一百六十分就够分数线。连里干部为他们喝欢送酒的那天晚上，我自己独自坐在宿舍里喝酒。我喝醉了，原以为酒是好东西，能使人忘掉烦恼。我吐了一地，我的两个战士看电影回来忙过来安慰我。我大喊大叫：于庆平、潘康你们算他妈什么东西，老子不干了，年底回家。

我是那年高中生班长中唯一没让去体检身体考教导队的。那一段我跑到十几里外的荒山野岭里去喊：苍天，我该怎么办？怎么办？临近冬天了，到离部队营房二十里的看不见人烟的山顶水库里去游泳。清凉的河水使我清醒了许多。

没事时我就爬上土山，找一片树林，躺在软软的、厚厚的树叶上，望着蓝天上的白云想心事。山上到处都是酸溜溜，听说女人怀孕后爱吃这东西，这种植物学名叫沙棘。据说这深黄浅红的酸东西，造出的饮料不但有很高的营养价值，还有抗癌作用。

四

上个星期送小曲走后，我心中像被别人掏去了些什么。他是三门峡市郊的，当两年兵就上军校走了。走那天在宿舍里喝酒时，他动情地对我说："刘班长，谢谢你对我的帮助，我一辈子也不会忘记你的。你要多保重，少吸点烟。这儿这么近，我会经常回来看你的。"

"来，再干这杯。"我觉得鼻子酸酸的。

我的拳击手套不知扔哪里去了。自从小曲上学走后一次还未练过，我不想练了，也没劲儿练了，我练拳击只是为出身臭汗，消耗点体力。

小曲上学就在丰台路口的总后医专。他学的放射。到时很有可能就分在北京哪个部队医院。星期天他请假过来时我还没起床。坐了阵子聊了会儿天后他告诉我他给对象写了断交信，还是写的这儿的地址，有他的信让我给他打个电话。

他对象姓徐，我见过的，人很朴实。长得一般，脖子左侧有一块很大的疤。说是在三门峡市一个招待所里当服务员。和小曲是高中时的同学。那次来北京，住了一个星期，看上去两人的关系已发展得很深。为什么事怎么说散就散了呢？

进门时小曲看到我搬到了他睡的床上，向我会心地一笑。是的，我真有点信命了，想了三天两夜我搬到出了两个军官的这个床上来找感觉。

前年我报名参加了上海档案管理学校办的函授班，苦学了两年，通过四次考试，我拿到了结业证书。跟打字员小吴学会了操作微机。办公室的文件，材料经常交给我打印。晚上经常加班到深夜。

每次军需给干部分鱼分苹果，我推着车子去把办公室干部的全拉回来，有的干部忙，让我给送回家去我就再给送回家去。哪个处的助理，车队的领导求我给打点私人的东西，我从来没有拒绝过。去年年底给我立了个三等功。胡主任找我谈话笑着说："小刘，虽然你是我带回来的，但我一盒烟没吸过你的。这次开党委会定了，你和部长的司机小张一起报上去了，准备给你提干，你可要好好干工作啊。"

这一年来我像充足了气似的，工作干得有声有色。我把早晨上班的时间提前到七点二十，先搞卫生，保密室的、楼道楼梯的、厕所的，然后再去打水。这不，今年三月我提干的事又报上去一次。

五

春天到了，满山遍野开满了野花。红的、粉的、白的、黄的，一个五彩缤纷的世界。每次爬山回来采回一把把鲜花，都先后献给一个人，那就是副指导员八岁的千金咪咪小姐。

一天下午，我正在用铁丝截锅炉上看水位用的玻璃管，这是我师父的师父传下来的土办法：用六号或八号铁丝弯一个圆圈，放在火里烧红，然后套进玻璃管所需长度缠的棉线根里。两人用钳子轻轻把铁丝拉紧后，用凉水一浇。管子会断得很脆，而且两头都很齐。这时候团部的公务员来叫我，说政治处李主任找我。我忙洗手去了。去的路上猜想是什么事，心中很有些不安和紧张。

一进屋，李主任介绍给我一个人，就是部里下去视察工作的胡主任。

"小李，什么文化程度？"胡主任戴着眼镜很斯文的样子。

"高中。"我对上面的人找我谈话感到莫名其妙。

"当几年兵了，对今后有什么打算？"

"我家是农村的，今年第五年了，我争取在部队多干几年。"

"还没结婚吧，找对象没有？"胡主任温和地问。

"还没有找对象。待两年再说。"实际上我是找不上来，人要脸，树要皮，我能如实说吗？

"调你到北京去，愿不愿去？"

"服从组织安排。"说是这样说，实际上我心里很矛盾。今年五年兵了，年底该改志愿兵了。在这里我有司炉证，烧锅炉也算技术工种。再说领导都熟，大家对我的工作评价不错。可去北京我能干什么，能不能改上志愿兵。又一想，我早盼着过一星期或半个月洗一次澡的生活了，真不愿烧锅炉每天洗两次澡了。再说军人以服从命令为天职。

我来京后看到北京的街道宽了，楼房高了，立交桥多了，人们的穿着漂亮了，街上的小车不断流。

政治部的吕干事和我谈话，安排我到保密室工作，原先的保密员上西安政治学院进修去了，年底我很顺利地改了志愿兵，从第一个月拿工资起我把领到的钱拿出一半寄给父母。这保密员是个干部的位置，领导这么信任咱。咱一定要争气。

这屋里有空调，夏天特别凉快；冬天特别暖和。我像干部一样拥有自己的办公桌，桌子上有红墨水、蓝墨水，各色铅笔，还有电话。我登记、收发整理文件，有干部来借阅文件，首先微笑着先和我说话。有时闲了看看报纸、喝杯茶水，再不像在山西时到澡堂里捡报纸看。我感到我的工作很神圣。一个农民的儿子，从锅炉工到坐办公室，这是多么大的飞跃。

六

又是星期天，我舒舒服服睡到上午九点半才起来。最难熬的就是星期天，平日里一工作脑子里什么也不想了。可星期天总觉得闲得没劲儿。我洗脸刷牙后，泡上两袋方便面。新兵蛋子们爱出去跑。星期天整个宿舍区剩下不几个人，打扑克也打不起来。

郑智化的《水手》听过吗？我拿起吉他，一边弹一边唱：
苦涩的沙，吹痛脸庞的感觉，
像父亲的责骂，

母亲的哭泣、永远难忘记。

年少的我、喜欢一个人在海边,

卷起裤管、光着脚丫、踩在沙滩上,

总是幻想海洋的尽头有另一个世界……

他说风雨中这点痛算什么,

擦干泪,

不要怕,

至少我们还有梦……

长大以后,

为了理想而努力,

渐渐地忽略了父亲、母亲和故乡的消息……

他说风雨中这点痛算什么,

擦干泪不要问为什么。

　　我觉得这歌不但曲词好,而且特别适合我现在的心境。我想念父母,思念故乡,我想有个家,有个真心爱我也值得我真心去爱的妻子。茫茫人海,可不知我的那位"她"在哪儿。我梦中的那位特纯特纯的女孩,难道你还没有来到这个世界上?

　　政治部新调来一个文化干事。上星期五我去送文件,吕干事向我介绍说:"这位是新调来的刘日华干事。又向刘干事说,这是咱们保密室的小刘,叫刘文生。"

　　"咱们一家子。"她把纤纤玉手伸过来,我受宠若惊,忙伸过手去。

　　她一米七〇的个子,腰板很直,脸上挂着笑容,特别是两只眼睛很动人,看上去绝不像三十岁的女人。我觉得这人怎么有点面熟。

　　后来听别人说,她家住白石桥 42 号院。清楚地记得那是原先我们基建工程兵的兵部。当新兵时我们经常坐大轿子车到那院大礼堂去看电影。

她该不是我新兵连时的战友吧。

不知从哪一天起，我注意起她来。有一次，甚至让她走进了我的梦里。我骂自己不是东西。

星期二礼堂放电影，是张艺谋执导巩俐主演的《秋菊打官司》。听说在国内国外都获过什么奖。看到电影上的画面我又想到了山西老部队那个地方。

山沟里电视收不到，附近方圆二十里内只有一个小村，叫窑子头。每到冬天，冰天雪地的时候，村里就起台子唱大戏，扭秧歌。为了不使村里有限的姑娘被当兵的勾走（有这样的教训：一个退伍兵走时把村里的一个最漂亮的姑娘领走了，光棍们气得把大队书记的家给砸了）。村里干部主动找上门来和部队联系搞文明共建。村里叫戏班子到部队扭两次秧歌，唱一台听不懂词的晋剧。部队能做的就是组织连队到村里扫一次街，放两场电影，还派了两名随军家庭到村里教书。就是寒冬腊月的时候，部队也是集合在扫不干净雪的操场上放电影。因为部队没有礼堂，最大的食堂也只能容纳200人。各连列队进场，全团整齐阵容后，才让坐下。村里的老百姓信息总是那么灵通，每次都来那么多人。那时我们总想，坐到边上多好，能听见年轻姑娘的笑闹声。

部队是一个团的架子，但就三个连队，连团部的人加起来也就300多人。电影开演前，团长、政委经常先讲话。反正都是工作或部队纪律方面的事，也没有什么军事秘密可言，所以也不避着老百姓。

过完公历年，就快到春节了。食堂里吃饭时元老们碰到一起，笑着问一问："你怎还没走？还能坚持多久？"

"这样的局面再也不能继续下去了，明天的票。"

这元老是一帮老志愿兵的自称。他们讲部长、政委都还不如我们来这机关早。称我们元老当之无愧。

我两年多没回家了，我哥曾来信训过我好几次。

这天，刘干事光临保密室。

"刘干事，您好。"看到是她，我忙站起来。

"小刘，咱们商量件事。"她笑得很美。

"刘干事，您有何吩咐，请尽管讲。"我想说愿为您效力或愿为您效劳又觉有些不妥。

"春节部里准备搞一台文艺晚会，我写了个小品，你看看如何。"说着走向我，递给我一个本子。

"别，别，刘干事，您高抬贵手，饶过我吧。您让我加班、熬夜都可以。干这个，我没有文艺细胞。"这两年部里搞晚会，原先的文化干事拉我去弹唱首歌我都没去。

"还一家人呢。算我求你，先看看内容，体会体会角色。"说着向我嘟一下小嘴走了。

两天后，她拉我去俱乐部舞台排练。我问：我演这男主角？她答：嗯。"这女主角谁演？""我。"她脸上现出两个好看的酒窝。

近一个月的时间，我和刘干事已混得很热，在舞台上我们是夫妻。艺术指导老姜说，你们这个小品是我们这台晚会的压轴戏。汇报演出，我破天荒第一次在那么多人面前展览了一回，并在闭路电视中看到了自己。独处的时候我想，我是不是真进入了角色？

七

这天下午上班后，我提着包挨个办公室送文件，到政治部时正好吕干事不在，刘干事笑着让我坐下。

"刘干事，你家真住白石桥 42 号院？"

"这还有假，"她瞪着那双美丽的眼睛说，"怎么，有事？"

"没事，没事，我当兵时那儿是基建工程兵的兵部。"

"对呀，我就是基建工程兵最后一批兵中的一员。"

"您是八二年兵？"我惊喜地问。

"是，就是，你怎么知道？"

"在中关村教导队训练的？"我只顾问。

"是，是，我们经常从那个大院子东北角出去，到四道口买零食吃。"

"那我们可是老战友了。我也是在那训练的，紧急集合，我们跑步到圆明园抓特务就是抓的你们。"

"怎的，你是那批山东兵出来的？"她也很兴奋地站了起来。

"那还用说，那时我在二排，排长叫李清明，你认识他吗？"

"认识。"她的声音很轻。

"快分配时，他偷偷告诉我，要把我留在兵部，说兵部要 1.78 米以上的大个子站岗。当时我兴奋得两夜没睡好。可最后宣布名单时我的名字却排在去山西煤矿的队列里。怪只怪我没给他买盒好烟或买个日记本。到山西后我曾写信骂他。但最后信上只是这样写的：尊敬的排长，你把我从家领出来，却把我弄到这鬼都不愿待的地方，也许我这一百多斤就交给这块土地了。唉，来北京六七年了，您知道他现在在哪儿吗？"

"去年死了。他是我丈夫。"

我心中一惊。忙说："对不起，对不起，刘干事，我胡说八道。"我觉得难堪极了。

"没什么，小刘，真的没什么。"她艰难地笑了一下。

走出门来，回到保密室，我关上门，点上一支烟。我觉得心中很不好受，不知是为刘干事还是为我自己。

八

那天在楼道里意外地碰上了岳忠良。

"忠良，你什么时候来的，现在在哪儿？"

"这不在这儿嘛，在济南待了两年，刚调回来，科训处。"

"太好了，咱们又在一起了。"这话说出来，我又有些后悔，自己算什么，我是志愿兵，人家成了干部，那黄灿灿的牌子上有星，我这是光板。

他只嗯了一声就匆匆地走了。

在食堂里吃饭，几次打好饭在那吃。岳忠良从我身边端着饭走过去，一次都没坐我身边的空位上来吃过，我便也不好意思去找人家一块吃。过去他没上军校前，我们一起吃饭，谁买了点凉菜，大家抢着吃。打篮球、打扑克、看电影总在一起。特别是晚上熄灯后，我俩经常聊天到深夜，讲各自的童年、家乡和梦想。他上学走时买了本留言簿，楼上楼下凡认识的机关干部都让给写上两句话。我破格获此殊荣写了这么两句赠言：愿我们的友谊之树常青，愿我们的手足之情永存。他上学走后曾和我通了几封信，后来我连写三封信再无回音，我也就知趣地不写了。现在想来写的赠言真是可笑。

前些口了碰上面还互相点点头，现在见面连点头也免了。才开始觉得有些不自然，慢慢也就习惯了。

那也是他上学走之前的事：一天半夜两点多，我在睡梦中被他的呻吟声惊醒。我拉亮灯，他抱着被子在床上打滚。

"小岳，你怎么了，看脸色这么难看，走，赶紧去门诊部看看。"我给他穿上衣服，背他去了门诊部，值班的任医生说："他这可能是肠梗阻，时间长了会有生命危险。"任医生给他打了针，揉了会儿肚子。我又背他回来，照顾他吃下药。看他还哼哼，我就坐在床边给他揉肚子。一直到五点多他安静地睡着。

病好后第三天，他买回一瓶二锅头来，说："感谢刘大哥的关心，今天咱弟兄俩喝点。"我们俩很痛快地喝完了一瓶二锅头。酒后他流着眼泪说："刘大哥，认识你算我有福气，今生今世我永远也不会忘记你。"

"刘班长，那天我领的那个女孩怎么样？"

我想起星期天小曲进城，到我这待一会儿，领着一个很有气质的女孩，他说是他同学，那女孩是学护理的，我看护理的头发不错。"挺好，挺漂亮的。"

"告诉你吧，那是我新谈的朋友，郑州老乡。"小曲在那头得意地说。

"上学期间不是不让谈朋友？"

"偷谈，谁不谈，"他顿了顿说，"班长，您忙吧，我该上课了。"

我懒懒地放下电话。

九

家里来信说，托人在县城给我介绍了个对象，女方今年二十六岁，在粮食局当保管员。原先一直复习考大学，头一年，离录取分数线差两分，第二年差三分，到了第七年，离录取分数线差到十分。现在女方等我回去见面。

对面床上又搬进来一个战士，办公室的打字员，刚调来的。我原先的书桌上摆上了数理化课本，这回是个城市兵。

听说岳忠良和幼儿园的小白老师谈上了对象，小白老师胖胖的，但脸蛋保养得很好，嫩得能掐出水来。去年春节时曾一起排练过节目。还主动要教我跳舞。我说我不是那块料，一上舞场腿就不听使唤，像搞错程序的机器人似的。她说：别不好意思，我包教包会，一分学费不收。她拉住我不放，我说白老师，你放了我吧，我真的不行。"放过你可以，你喊声大姐。"她调皮地说。

"你才多大，你喊我解放军叔叔差不多。"我不想吃亏，说完就跑。

"刘文生，你等着，你……"她追不上我，气得没办法。

<h1 style="text-align:center">十</h1>

郜浩探家回来，从这儿路过，他的媳妇真的长得很标致、很耐看。简直像件没有雕琢过的艺术品。再看看郜浩的那对小眼，努力回想也回想不起来他是怎么混进革命队伍里来的。我真有点为他媳妇鸣不平，嫁他太亏自己了。他儿子喊了声"大爷。"我给买了一大堆玩具。

我很高兴，像自己突然有了老婆和儿子。晚上请郜浩全家到外边饭馆吃饭。

我话很多，郜浩只有点头的份儿。

还记得新兵连时十班的那个王伟吗，就是紧急集合把前开门穿后边去的那个。当三年兵就退伍了。前几天到这儿来了，推销矿泉水；他是他们柳泉镇矿泉水公司的副总经理，穿着六百块钱一身的西服，兜里装着名片。什么矿泉水，我还不知道？那时在他们镇上高中，学校的围墙外边，公路旁的地里，就是现在的矿泉水厂。那时出来玩，渴了就到玉米地里捧着喝。那是一个钻井队留下的，条件是柳泉镇送给人家两头猪、500斤白面。撤了架子，人家给留下了管子。镇上要赖不给人家东西了，气得钻井队向井里灌了几吨水呢。但水终也没封住，照常地向上冒。

还有咱们新兵连时的排长李清明，去年死了，实际上那个人还可以。

家里在县城给我找了个对象，我想回又不想回……

十一

第二天一上班，我去打开水。刘干事向我迷人地一笑。我望了望身后别无他人。这笑绝对是给我的，不免心中有些陶醉的感觉。至少她不记恨我。

下午，岳忠良从楼上打电话来，说今晚咱们几个老牌友聚聚，在我宿舍。临下班时，新到的主任拍着我的肩膀说："小刘，听说你表现不错，你那摊工作一定要给我干好。"

下班时我的步子轻快了许多，我肩上的红牌子在一色的金黄色中很惹眼。我想明天一定会更美好。

为我现在的好心情，我真想请全世界的人撮一顿。

回家

　　天冷心热。只要一想起马上能见着自己的老婆孩子了，在这城市里遇到的一切不快就都算不得什么了。此刻，待在火车站候车室里的于现金，正啃着刚从售货亭买的一个面包，默默地想心事。

　　他三下五除二吃完了面包，用手背抹了一把嘴。抬头四下一望，突然发现，离他不远的地方，有一个青年妇女从座位上站了起来，他看了下那青年妇女的周围，没有人注意到这个情况，他忙提起自己的一个小包，装作若无其事的样子，向那青年妇女所在的地方移去。他在人丛中穿行的过程中，眼睛一直没有离开那站起来的妇女的身影，那妇女先是把自己的包从地上提起来，放在了座位上，弯下腰收拾了一下包后，像等待他过来似的，他走到一半时，在人缝里看见那妇女举起双手，伸了个长长的懒腰。于现金想停下脚步，他怕那妇女伸完懒腰，再坐回去。但两只脚没听他使唤，继续向那妇女走去。老天有眼，在他刚走到那妇女跟前时，妇女提起了包。那妇女和他岁数差不多，在离开时还向他笑了一下，好像是对他这种机灵劲儿的赞赏。他想对她回报点什么，说句谢谢什么的，又怕自己这种土话说出来太难听，惹别人笑话，还是在这么多人面前。没办法，他学对方，还了人家一个笑容。他坐下后，周围的不少人向他投来了复杂的目光，他像做了对不起大家的事似的，没敢抬起头来。

　　他就势眯上了眼睛，心里想，排队也应该排到我坐一会儿了。他昨天晚上七点来排的队，站了一晚上，早晨五点才买上了一张票，不过是张无座票。当售票员问他：267 次车，无座，要不要时，他毫不犹豫地说：要，要。大不了再站上一天一夜。他买到的这张票是晚上 12 点的。

领他出来的同村的于龙大哥回不了家了，秋天时于龙和别人一起出去玩，原先出门自己都是和于龙在一起的，那天因为他手里的活急没有同去。于龙和另几个人喝酒后，从离工地不远的地方偷摘回来了一箱子小西红柿，吃了些后送食堂给大家做鸡蛋汤了。第二天公安局的人来后，把于龙他们几个带走了。说那是某研究所种的试验品，价值十多万元钱。原以为关几天他们就会能放回来的，没想到通过媒体的介入此事闹得沸沸扬扬，一种意见，他们是农民，没有多少文化，不知道试验品的价值，要是知道，他们绝对不会去动的；另一种意见，不管是谁，应该按照价值论罪。最后他们几个最少的也被判了三年有期徒刑……

于现金的两只眼睁开了一条缝，见周围已没有人再注意他。他下意识地伸手掏了一下口袋，发现口袋内的车票和三百多元钱不见了，他忙去翻别的口袋，结果找遍了全身所有的口袋也没有找到车票和钱，于现金急得满头大汗，他又蹲下翻找自己的那个包，什么也没有找到，他急得想哭。工地上已经没有人了，包工头走之前，他们好不容易一个人要到手了七百元钱，除了买车票和买了点东西，剩下的三百多都和车票放一块了。在这个城市里自己举目无亲，在家时听说有个特远门的表亲在这个城市里生活，可自己又不认识人家，又不知道人家的联系方式，到哪儿去找？

于现金怀着一线希望找了警察，人家只是客气地让他去派出所做了笔录。他站在车站的广场上，望着川流不息的人流欲哭无泪。

他想去扒火车，又一想太危险了，自己不是光在为自己活着，家里还有卧病在床的老父亲、贤惠的媳妇、在心中还有比什么都重要的儿子。

他在城市的外边找到了通往家乡方向的铁道，他想离春节还有几天，只要顺着这铁道走下去，他就会离家乡越来越近。

他走累了就坐下歇息一会儿，渴了就找地方喝点生水，饿了就到铁道附近的人家去要点吃的，晚上走困了就找个避风的地方睡上一会儿。白天他一边走还一边捡些从车上扔下来的空易拉罐什么的。

他坚持着走了已有三天三夜，脚上磨起了血泡，鞋底几乎磨透了。这一天他发烧了，浑身觉得软弱无力，脚像灌了铅……

于现金想起了自己的老婆桂花。刚结婚时，桂花的脸蛋也是白里透红，可现在，为了他们这个小家，才三十岁的女人，已经显得比人家四十岁的人还老。老父亲瘫在床上四年多了，儿子上小学三年级。为了还父亲治病欠下的饥荒，两口子商量让他跟老乡进城打工，家里的地由她自己来种。每次打电话，因为自己家里没有，他就把电话打到村里一个开小食杂店的远房表婶家，让人家去给喊桂花，自己十分钟后再打过去。每次通了电话，桂花总是说，家里一切都好着呢。爹能吃能喝，娃上学很上进，地里的活计一点儿也没落下。他想问的事好像桂花都说了，又好像还有什么事没问，总是放下电话才想起，没有问问她还好吗？但每次结束通话前，他都不会忘记嘱咐一遍，别忘了给人家大婶电话钱。他怕下次打电话时，人家推托忙，不去给叫。

再次给桂花打电话时，电话通了，他没等桂花开口，就先问了自己好多次想问而忘了问的那句话："桂花，你好吗？"

那边沉默了一会儿，说："你在城里学的会说话了，是不是经常给人家城里姑娘说这样的话说顺嘴了？"

"桂花，每次打电话前我都想着问问你好吗，可每次一说话就给忘记了，说真心话，我觉得很对不住你，让你为咱们这个家操心受累。"

"说这些酸话干什么，普通老百姓还不是都这样过日子？你在外边，一要注意安全，二要注意身体，凡事别逞能，别光顾着攒钱，也要顾惜自己身体。只要别让城里女人把你的魂勾去，我在家里再受苦受累也心甘情愿。"

"好媳妇，你放心吧，人家城里大部分人都不拿正眼看咱。我一切都给你留着。"

"于现金，你胡说什么呀。"

……

夏天时的一天中午，他去一家刚装修完的楼房去换卫生间的一个水龙头，因为于现金记的那个水龙头有些漏水。他开了外边的门进到房子里，就径直去卫生间了，他刚拉开门，里边传出"啊"的一声，他忙拉上了门，里边雾气腾腾，可能有人在洗澡。他还纳闷，不是说下午才交钥匙嘛。

后来那家主人找他们工头，说他中午时偷去看他女儿洗澡。他向天发誓，自己真的是去换一个发现漏水的水龙头，没想到里边会有人洗澡。而且真的什么也没有看到。包工头念他平时表现不错，罚他二百元钱了了这事。

……

一个道班工人和一个警察在一列火车呼啸着开过来之前的数分钟内把一个中年人抬离了铁道。

"快醒醒，快醒醒，你是干什么的，怎么在铁道中间睡觉？"

于现金被摇醒，他使劲儿地睁了下眼睛，看到面前的警察，他使劲儿抱着自己的包说："我不是坏人，我要回家。"

盯着灰头土脸的这个人，警察问："你包里装的什么，拿出来看看。"

于现金松了手说："你们自己看吧，我实在没力气了。"

那个警察说："是你自己同意让我们看的。"说完就把于现金包里的东西全部掏了出来，除几件换洗的衣服外，里边有一台小录音机，几包药，还有一件裙子。

警察问："这女人衣服哪儿来的？"

于现金说："我给俺媳妇买的。"

警察问："怎么冬天买夏天的衣服，不对吧？"

于现金说："我夏天就看好了这件裙子，可是那个时候太贵，所以等冬天我才去买的。"

警察又问："纸包里是什么？"

"给我父亲买的药，不相信，你可以打开看。小录音机是给我儿子买的，他学英语用……"

"你到底怎么回事？怎么躺在这儿？"

于现金断断续续说着自己的遭遇，说着说着又昏了过去……

那个警察和那个道班工人把于现金送到了医院，医生检查后说，这个病人没大问题，他饿得有点虚脱了，再加上感冒发烧……

他们走时，把自己口袋里所有的钱都掏出来放在他的枕头下了……

青春记忆

一

傍晚，我正坐在值班室里看新闻联播，陈军推门进来。

"你怎么办？"他问我。

我说："听从组织安排，党叫干啥就干啥。"

"像个共产党员的样子。小伙子，就凭你这思想境界，党会考虑给你安排个好工作的。"陈军挥了下手，装出一副领导居高临下的样子。

陈军在值班室里来回走动着。他刚从家联系工作回来不到一个月，一点眉目还没有。他妻子是人民教师，公办的，经济上还能支援一下。昨天又订了票，还要回去活动。

陈军抬手理了下头发，他已有些秃顶。他掏出烟扔给我一支，自己点上一支，深深吸了两口说："我要在农场没过来，或许提干的事就成了。这一步算是走错了。"

他原在农场当司务长，虽然是志愿兵，但各方面的待遇和干部都是一样的。前年开始，部队在代理司务长的志愿兵中提干，可他已来机关，调到了派出所，失去了机会。

夜深后我躺下，却怎么也睡不着。年初探家，去县城转了一圈。高中时和我睡大通铺的同学李华东已是县铝厂办公室的主任。穿着西服，从抽屉里拿出来的是将军烟，桌上放着两部全国直拨电话。他打了几个电话，摇了摇头对我说："人家说了，现在部队转业回来的，别说是志愿兵，就是干部也很难安排，全县80％的企业经济不景气。一多半工厂处于半停产状态。事业单位进入更难，去年全县转业80多人，只有三位进了事业单位，两位进了公安局，一位进了邮电局，说都是省转业办公室戴着帽下来的。"

中午吃饭，李华东打电话叫来了田伟信和潘孝志。田伟信领来个女的，说是他的秘书。李华东一人扔了一支烟说："现在伟信是大款，在建筑公司当'二老板'，肥得流油啦。"田伟信理了一下油光的头发，吐了口烟雾说："瞎混，钱倒是挣下几个，哥几个哪个有难处，言语一声。咱没有远大追求，不像孝志，从大队书记到镇长，哪天到县里当了一把手、二把手，咱们都沾点儿光。"

孝志瞪了伟信一眼："你小子注意点影响，家里有老婆孩子，外边走哪儿都带个女的。"

"那是秘书。"

"是文字秘书，还是生活秘书？"李华东问。

"二者兼之。"

于是大家都笑了。田伟信笑着说哪位有兴趣，借你们用一个星期，都是老同学，绝对分文不收。那女的从厕所回来，坐在田伟信身边。田伟信拍了那女的一把："坐那凳子上去，今天这几位同学全是政界人士，看不惯这一套的。"他转向我问，"岳辉你这混北京的，怎么样？我去过几次北京，要知道你在那儿，怎么也得去看看你。"

"欢迎今后几位有机会到北京去时，到我那儿去。找个车，给你们当个向导什么的没问题。不过最好一年内去，明年我就该转业回来了。"

"你不是在北京当警察吗，怎么还转业？"孝志问。

"我还是当兵的，志愿兵，只不过干派出所的工作。"

"回来进公安局，专业对口。"孝志说。

"做梦也不敢想，我回来是工人，不是干部。"

田伟信说："华东你和孝志点个地方，我请客。""不，不，就在我们外边饭馆，我已安排了。""那今天晚上，我请客，去县府招待所。"想到这里，我翻了个身，人家都混得有家有业的，看我快四十岁的人了，还不知归宿在哪儿？

夜很静，月光通过窗帘的边沿溜进来，使得屋里朦朦胧胧的，这样的夜正好适合想心事……

二

早晨八点一上班，我到家委会去，在操场边碰上管理处的张处长，他叫住我，对我说："小岳，给你'汇报'个小事。我们服务社今天早晨发现被盗了，昨天大钱都送银行了，只丢了点零钱，也就二三百元吧。我也没向上面汇报，你知道有这事就行了。"

"我现在去看看现场。"我骑车掉头去了服务社，小偷是从窗户上方缺一块玻璃的地方爬进去的。中午回到所里，我向刘所长讲了这件事，他问："有线索吗？"我说没有。所长说："反正也不是什么大事，今后工作中注意有这事就行了。"我说："知道了。"下午我脑子里还一直想着这个事，服务社离锅炉房挺近的，会不会是烧锅炉中的临时工干的。我联想到委会胡主任向我说过，有人怀疑锅炉房可能有临时工偷自行车。这部队大院里丢自行车是个头痛的事，派出所三天两头有报案的，而且偷的都是好车。就连院里以处事仔细、果断著称的"熊猫警长"也束手无策。下午临下班时，我向刘所长请示，晚上我和小施去查查锅炉房，我总觉得那里有什么事。刘所长点头同意，说你们俩小心点，带上警棍，注意保护自己。

晚上九点多，我和小施带着警棍去了锅炉房，查了几个房子，都没出现大的问题，有的床下柜子里，提包里有旧电表、细电缆线、灯泡、自来水水嘴。当查到最后一间房子时，少一个人没在屋，我说："这是谁的床？"

"闫聚财的。"他同屋的一个人说。

"他去上夜班了？"

"他今天上的白班，不知出去干什么了，他经常去外边他老乡那儿去玩。"

"他老乡干什么的？住哪儿？"

"不知道，他只说去老乡那儿玩，不知道住哪儿，干什么的。"

我们悻悻地向外走，刚走到锅炉房的门口，就见一个三十多岁的人推车向这走。我注意看了一下，那是一辆八成新的赛车，但后边没有锁。看到我们他低头上车要走。

"你别先走，请问你是干什么的？住哪儿？"我喊道。

那人迟疑着停了下来："我就是这锅炉房的。"

"这是你的车子吗？"

"不是我的，是借别人的。"

"借谁的，走，到你宿舍去说。"

"借院外我老乡的，我现在就给送回去。"

"着什么急，走，先去你宿舍。"

闫聚财不情愿地跟我们回了他的宿舍。"打开你的柜子给我们看看。"

"里边都是破衣服，没有别的。"闫聚财站着不动。

"不是光让你自己开柜子，都打开看了。"小施摇了摇手里的电棍。

闫聚财蹲下开柜子，手有些哆嗦，他胡乱翻了两下说："你们看，全是破衣服，没有别的。"

"全拿床上来。"

"你们不是都看到了吗？"

"看到什么了，赶紧拿上来。"

闫聚财向上拿衣服的过程中，额头上冒出了虚汗。我从闫聚财拿上来的衣服里看到一根带子，一抽从一个衣袋中拉出一个乳罩。

"这是什么？"

闫聚时脸红了："我捡的。"

"你有老婆孩子吗？"

"没有。"

从他拿出来的上衣兜、裤子兜里共翻出了各式各样的乳罩，女式三角裤六十多个，有的连洗都没洗。把他带回了派出所，经过审问，他交代，他这些乳罩、女式三角裤都是晚上从楼道里没安防盗门的房间里偷来的，有些是从盆里泡着的。他还承认，去年65楼一女医生家厨房内二十几个乳罩、女式三角裤摆在地上倒上油的事也是他干的，他还去女浴池天窗看过女同志洗澡。

他说他有时偷回来就穿在身上，也知道这样迟早有一天会被抓住的，但他控制不了自己。自行车也是他偷的。他一个星期偷两辆，共偷了98辆，他想偷够了一百辆就不再偷了。他还承认服务社的三百块钱也是他偷的。整整干了一天一夜，案子才基本搞完。天又黑下来时，我带路押解嫌疑犯去了拘留所。回来时我在后座上睡着了。

送嫌疑犯回来，张处长拉我去吃饭，我一点儿食欲也没有，那会儿就是整一桌山珍海味儿也一点吃不下，渴望的就是赶紧回去睡觉。回到所里已是夜里十二点多，赶紧睡觉，免了洗脸和刷牙。拉上窗帘，脱衣躺下。可躺下后，想起这案子破得这么巧这么快，心里那种高兴劲儿非局中人所能体会。我一边问："小施，睡着了吗？"一边扭过头看对面床上，小施已甜美地进入了梦乡。

三

睡了整整一上午，起床后心里还有些兴奋。洗了把脸到值班室看报纸。内勤小项说有你的信，是老家的。我盼信又怕信，母亲和媳妇轮番告状，我谁也得罪不起，俗话说清官难断家务事。

老婆生儿子时我没有回。那时我正在转志愿兵，中国刚改革开放，吃皇粮有非农业户口对一个小时吃过许多苦的农村娃来说是非常非常重要的。那时我们几个老乡，晚上经常凑在一起彻夜长谈，聊少年故事，设想未来。当然工作是一点儿也不敢马虎的，这节骨眼上哪敢回家？军校没能考，教导队没咱的份儿，这志愿兵再错过了，你怎么好意思再和坐一个车皮拉出来的老乡见面。我邮回300元钱，那是我一年多攒下的所有积蓄。给父母回了信。给岳父母大人家回了信，更给我家生养后代的青青回了信，我劝解他们深明大义，关键时候不要拉我后腿。我在给妻子的信中还幽了一默，说听一偏方，肚子痛得没办法马上就要生时，赶紧吃一些准备好的生花生米里边的那层红皮，绝对有效。此法保密，请勿外传。

孩子是在镇医院生的，剖宫产，当时母亲在那儿侍候她。青青经历了既痛苦又幸福的阵痛后，听到护士小姐的传话：生了一对儿子，大汗淋漓后布满红晕的脸上露出了醉人的微笑。

没一会儿护士长抱着孩子进来，她把小褥子中裹着的孩子轻轻地放在青青面前，脸上笑着说："恭喜你，当母亲了，而且生了个大胖小子。"青青使劲儿地动了动身体，双眼盯着自己制造出的小生命，激动的泪水顺脸而下，当她审视完身边的儿子，又抬头望了门口一眼，见没什么人进来，又把目光落在护士长的脸上。

护士长被看得不好意思，转身走向窗前。青青柔柔地问"大姐，还有一个哪？还有一个？"护士长背对着青青重复了一遍，忙解释说："对不起，那个孩子……"她停了一会儿接着说,"你平安没事,这就不容易了。"

青青脸色变了,无力地垂下了头。

儿子刚满月,就风言风语有话传到青青耳朵里,她生下的双胞胎儿子,被护士长抱走送人一个。现在抓计划生育这么紧,有的女人肚子不争气,连生几个都是女娃。再说农村重男轻女严重,没有男孩就是绝户头。在这点上农民想得远,断了香火,再殷实的人家也没了心劲儿,拼死拼活给谁干?到了这一步,村人的眼光里都含了轻蔑和同情。有做生意富起来的人家,花几千元钱买个男娃,觉得很值得。虽然不是亲生的,总算没断了自己家的香火,要不怎么对得起列祖列宗?

青青抱孩子去找过几次。青青给娘闹,娘也去问过几次。医院的人回答:人民医院为人民,我们怎么会拿你们的孩子去送人。你们再来闹,败坏医院的名誉,我们可告你们诬陷罪。吓得青青和娘再不敢去找。

妻子信上说,儿子病了,刚住了半个月的医院回来。又赶上娘家弟弟结婚,我狠了狠心,给了五十元钱。儿子出院时钱不太够,我又卖了一次血。现在还余下几个钱,你在那儿也不要太亏了自己,天慢慢冷了,要注意穿衣服。少吸烟喝酒,吸多了喝多了伤身子。明天是咱爹的生日,我准备买块肉过去。我会照看好孩子的,请你放心。这些事本不想告诉你的,怕你工作分心。但我总想找个人说说。

信上的字迹有些模糊的地方,我想这是青青写信时流下的眼泪的痕迹。

母亲来信说,青青抱怨我,说孩子丢了,完全怪你,你怎么不看着。你们家的骨血,丢了你不心痛?时不时地给我个冷脸。母亲听了这些,看到儿媳的冷脸,心里慌慌的,脸上没了抱上孙子的喜悦。她说,我一个字不识,医院里哪里是哪里,我也不知道,孩子没了,我又不是没去找过,人家不理咱这个茬,我心里有多苦,假若打听到孩子的下落,就是搭上我这条老命我也把孩子要回来,你心里难过,我心里就好受了?

不多久,青青和父母分了家。说是分家,只是分开做饭,地里的活都还是父母干，青青只管收粮食。

中午饭我没有去吃。

四

我们大院这类派出所是特定历史时期的产物，是一九八三年全国严打时各大单位成立的。所长是分局委派，指导员和干警都是部队总部自己的人。有职工、军官、志愿兵。

我这个老兵在派出所干了已有十三年，下片后群众喊我岳警察，我的正宗的"臣民们"喊我"政府"，同龄的军官、老兵们则喊我岳公安。

所里开会，刘所长满脸痛苦地讲，我这次在分局算现了大眼，刘副局长当着三十多个所长的面说我，你刘建理天高皇帝远，在那儿活得挺滋润。当时怎么布置的，杀人犯在谁管界内查不出来谁负责。岳辉，杀人犯就在你片儿上，当时你是怎么摸底的？

事情是这样，一九九三年十一月，在丰台六里桥附近，发生一起持枪杀人案。案犯打死出租车司机后，在向西跑的路上扔下一件黄军大衣、一条围巾。

我想了想说：出事时我被安排去结算中心押款，没在片儿上。所长说：那你就没责任了？

实际上杀人犯是我帮忙抓到的。

当时市局二处和西城分局的来了四个人，说是怀疑住我管界的张小民手里可能有枪，情况是别的案犯提供的。我跑前跑后给联系在大门口找了一间房子，以便观察张的进出。给他们联系吃饭的事。他们不认识张小民，我就一直待在那儿。有一个小警察，十八九岁的样子，经常伸着胳膊，一只手托着另一只手练枪法。他们说有一次抓持枪逃跑的罪犯，小警察临危不惧，面对逃犯穷追不舍，罪犯回头开了两枪都没响，小警察真是命大。他是从北京市射击队调过来的。当时我还觉得他们挺崇高的。腰里别着枪，多威武。

蹲守了七天七夜，没有动静，他们就有些灰心了。有时只留下两个人。这天上午，我安排的一个眼线打来电话，说张小民可能回来了。我忙告诉他俩。这时我看到一个像张小民的人向外走，仔细一看，就是他。我领两位警察走出来，等张小民走到门口，我们一起冲了上去，当时他们一起的共六个人，我们一人抓了两个，当把张小民摁在地上时，两位警察一边高喊，我们是警察，一边手枪冲天子弹上了膛。把他们带回派出所一问，张小民交代有一支手枪、五十发子弹。抓到的人中还有他们的另一位同伙丁聪，最后张小民被枪毙，丁聪判了无期。当时市局二处和西城分局的人带罪犯走时，紧紧握住我的手说：谢谢你的协作，我们会回来给你请功，我们一定回来感谢你们。

后来从电视和报纸上看到，处理案犯的同时，他们分别受了奖立了功。

又待几天，分局转来 500 元钱，说让给打电话提供情况的人，算作奖励。

五

快到春节了，我打算回家过个团圆年。调总部派出所以来，我还未回老家过年。往年三十晚上，一到夜里十二点新年的钟声响起，北京城就像进入"激战"状态。"炮声"此起彼伏，火光冲天。我们片警蹬着自行车，迎着刺骨的寒风向片上跑。这几年人们都富了，炮也放得格外大、格外多，有的老者背着麻袋出来带孙子孙女放炮。我们在院里转来转去，赶上草坪着了，要踩灭。有一次平房顶上的树叶着了火，我忙爬上去扑灭。等炮声稀了回到所里，天已放亮，嗓子被硫黄味儿熏得说不出话来，耳朵被炮声震得嗡嗡作响。现在好了，北京城禁止放鞭炮。

周围的战士考上军校，上完学回来，肩上的两道杠换成了带星的金色牌子。有的岁数差不多的老兵，送去上教导队，几个月回来，也扛上了星牌。自己就觉得很羡慕，想想自己，还是个老兵，九百多块钱要养活老婆孩子，有时还背着老婆寄给大姐点钱，让她转给父母。

我的大学梦看来永远破灭了。我的命不好，刚当兵当的是基建工程兵，我们是基建工程兵的最后一批兵，是在北京中关村教导队训练的。现在的白石桥 42 号是我们那时的兵部，我们经常坐大轿子车去兵部看电影。那几年基建工程兵正好要解散，没有得到考学的机会。后来在山西部队上我报名参加了函授大学的学习，系统地学习了大学中文系课程。晚上在生有煤火的宿舍里，我熬夜自学。有一次停电，我点着蜡烛看书，看着看着睡着了。等我醒来，蜡烛把桌子烧了一个坑，一摞书都被烧去一角。

我酷爱学习，在山西的几年寂寞时光里，那条不知名的山沟里留下了我多少求知的脚印，那山、那土、那天空给了我许多人生的感悟。

调北京后，我和同屋的大刘一起学英语。当时他有一台小收音机，我们对英语一点儿不会，只是凭一腔热情。那天我们买回许国璋的一套英语书，两人正儿八经地坐在那儿，大刘打开收音机，"是这个台。"大刘说。我们像听天书一样听了一会儿，播音员说："今天的俄语广播讲座，就到这儿。大刘又换了一个台，我们听着像电影里的日本话。大刘又换了一个台，刚听一句，播音员，今天的英语讲座播送完了，欢迎……"英语我们没学成。后来我又报名参加自学考试，晚上骑车去北大听课，参加了两学期考试，每学期考两门，每次都是 56 分或 58 分。我丧失了拿文凭的信心。

我再无原先那晚上玩一场篮球，出一身大汗，回来用凉水洗澡的劲头儿。小施老喊我：老岳，走，去打场球。我总是笑着说：不去了，跑不动了，打球，那是你们年轻人的事。

心事太重，好久没翻书了。

六

陈军的命运有了转机。

在家联系工作期间，一个星期天他带十岁的女儿去县城买书，坐车回家的路上过一座小桥时，小公共汽车不幸掉进了河里。他从窗口爬出的一刹那想到的是赶紧救人，他一趟趟地拖着妇女、小孩、老人上岸，当他救了八九个人，几乎瘫倒的时候，他忽然想起了女儿。他又拼命向河中心游去，车沉下河去，只露了个顶子，哪儿还有女儿的影子。他在河中心昏了过去，幸亏有两个年轻人把他托上了岸。

他舍弃亲生女儿救人的事迹，在广西新闻媒介宣传后，省宣传部部长亲自去看望了他。听说他是从部队回家联系工作的，省委领导指示，陈军同志为了救人牺牲了自己的女儿，陈军同志的工作问题一定要解决好。

得知消息后，指导员和政治处的一名干事去了陈军的家乡。指导员走时我们所里自愿捐了两千多元钱。

通过请示，陈军被接回了总部。在庆功大会上陈军泪流满面。根据上级指示精神，要陈军准备演讲材料。陈军对指导员说，救人是我应该做的。女儿不在了，我对不起女儿，对不起她妈妈，别的我无话可说。后来指导员让我帮助陈军写了演讲报告。

广西领导派人来接陈军回去，部队不放，说陈军还是部队的人，我们另有安排。

没多久，陈军被破格提升为正营职干部。

夏天的天，小孩的脸，说变就变。那天下午我正在居民区巡逻，忽然狂风大作、乌云密布，这时我正想回所里，雨已经一阵紧似一阵地下了起来。只听"轰"的一声，前方刘老太太家院门口的一棵大树倒了，树砸塌了外门，树根扯裂了房子。我忙扔了自行车，冒着生命危险爬进院子。我大妈大妈地喊着，走进裂了好大缝的屋里。我从墙角背出了吓得浑身颤抖的刘老太太，而后又赶紧通知断电，和刘老太太的儿子联系。

那天于银大叔家失火，有人报案，我忙赶去现场。第一个冲进火海，抱出他几个月大的孙子，又冲进房子，抱出电视机、录像机等。等救完火我的头发烧焦了，脸像包公，衣服烧了无数个洞。

年底总结，由于我工作出色，说是学陈军，见行动，给我立了个三等功。

七

陈军提干后，那身干部服还没见他穿过。

他变得沉默了，经常一个人坐在办公桌前，吸着烟望着窗外发呆。

星期六晚上，我正拿碗准备去食堂吃饭。陈军夺过我的碗放回屋里，对我说："走，老岳，喝酒去。"我们俩骑车去了沙窝，找了个还算干净的小饭馆坐下，我们俩要了四热四凉八个菜，桌上放了一大片。酒是五十多度的二锅头。一人一大杯，一瓶酒二一添作五，不多不少一人半斤。

我们很少说话，只是碰杯，喊着：来，喝。看他痛苦的样子，我要把他杯子里的酒倒回点来，他坚决不肯，而且大口大口地喝。我忙劝他："陈军，咱是不是好兄弟？""是好兄弟。""听我一句话，保重自己想开一点，男子汉什么事都要挺得住。""岳大哥，自从回来，我老做噩梦，梦见和女儿在一起笑一起闹。半夜里经常从梦中醒来，再也睡不着。我那女儿，多聪明，脸上两个小酒窝，太讨人喜欢了。我在家时，她给我讲她写的作文《我的爸爸》被老师当成范文在班里念，我说等你放了寒假，跟你妈妈去部队，我给你找个写作文的好老师，我的战友你岳伯伯是个文化人。可现在……"陈军说着说着流下了泪。

　　我也抹了把眼泪，看了看周围，幸亏我们都是穿着便衣，没人太注意我们。我忙站起身，掏出手绢走向前去，给陈军擦了擦。又点上两支烟，给陈军递过去一支。

　　"吸支烟，咱们回去。"我一边劝说他一边深深吸了几口烟，想起了我老婆生孩子后发生的事。

　　我知道老婆生的可能是双胞胎，生下来被别人抱走一个的时候已是老婆生产半年以后。我刚改了志愿兵，那时的志愿兵服装跟干部一模一样。我兴高采烈地回家看儿子，那时我想我双喜临门，那时感觉自己是世界上最幸福的人。

　　回家的当晚，媳妇在我怀里大哭了一场，她讲起了孩子可能被抱走一个的事。我义愤填膺，老子穿军装在外是保家卫国，你一个小小镇医院也太欺负人了。

　　第二天一早我就骑车去镇医院找院长，院长是个五十多岁的老头。他听了我的诉说，不冷不热地说："你当时为什么不提出来？""当时我在部队上不知道，父母老婆怕影响我工作没敢写信告诉我。"

　　"你提出这事，我们可以帮你调查一下。"

　　"一定要查出来，我的孩子哪儿去了？"我尽量克制住自己。

　　"你别这样说，我相信我们的工作人员不会干出这种事，你是军人，也得讲道理，你到处声张我们抱走了你的孩子，证据呢？"

　　我无言以对。

　　"没证据吧，我们医院给你老婆接生，母子平安，你应该感谢我们才对。可现在你——"

　　"我的态度不好，求求你院长，请你帮助调查一下，我是太激动了。"

　　"我还要开会，你回去吧，有消息告诉你。"

　　我悻悻地离开了院长办公室，在走廊里遇到两个护士，看哪个眼光都觉得不对劲儿。

一直到我休完假归队，也没得到院长的好消息。这期间，我又去探问过两次，一次我进屋他起身要出去，说你那事我还没来得及问。另一次他正和一个干部模样的人聊天。我在门内站了许久，他才停了和那人说笑，转脸对我说："那事我给问了，没有的事。"我还想开口，见那院长已扭头和那个干部模样的人重新说笑了起来，我失望地退了出来。

陈军的爱人来队了。各部门都很重视，营房处给找了一间楼房；军需处给送来了被褥、鸡蛋；政治部的段干事亲自去接站。她是地方妇联的同志亲自送来的。地方妇联的同志说：幸亏阿芳没做绝育手术，你们领她去医院摘了环就行。生育指标我也给带来了，把人交给部队我的任务就算完成了。家里的事请陈军同志放心，地方政府会尽最大努力照顾好英雄的家庭。

年底搞户口统计，数字搞得脑子痛。地方所都实行了微机管理，我们这类大院派出所传说要撤。今年五月公安部有个电话通知，要求全国企事业单位的公安机构要理顺关系。基本上全撤掉。如撤掉，职工、干部、分局派来的人都有去处，只有我这老兵可能没人要了。我已超期服役十多年，在部队干了二十年了，待几天回家过年，再去县城跑一跑工作单位。

每每走在这城市，我就告诫自己，岳辉，在这都市的路上，你只是个匆匆过客，你的归宿在家乡的小县城。

坐了一夜火车，等到中午十二点，才坐上了回家的公共汽车。汽车里很脏，座位也很破。现在公共汽车几乎没有国营的了，全被个人承包了。坐上了车就有了回到家的感觉，说话全是山东味。从玻璃窗向外望，进入午阳地界，漫山遍野全是果树林。听跑到北京推销苹果的满仓说："现在老多人家每年的苹果都能卖个两三万元。头两年销路比较好，在家就有广东、福建等地的人把苹果都收走了。可今年不太行，苹果价格上不去，销路也不太好。有一个老头上咱们那儿推销打气筒，他说不要现钱，等苹果三毛钱一斤时再来收钱。"满仓和我是邻居又是小时候一起光着屁股长大的，一起上的学。望着他满脸胡渣和真诚的神情，我到处探问，帮他销了半车苹果。他说赔本也得卖，咱在这儿待不起。卖完苹果，他请我吃饭，我们在小饭馆内聊家乡、聊童年，感叹世事的变化和人生的不易。最后还是我结的账。

公共汽车路过午阳县城，我看到县城几乎没了我当兵走之前的影子。马路宽了，楼房多了，就连拉地排车的年轻人也穿上了西装。今后我就要在这座小城里的某个角落里上班，星期天蹬上自行车向 70 里外的老家赶。早起晚归，星期天不是回家休息，是回去帮家里收麦收秋，干活种地，像姐夫一样。姐夫已在这条路上来回跑了二十年。他说很多时候，都是夜里两点起来向县城赶，下再大的雨也得走，幸好现在柏油路修到村边。要像过去土路下雨天哪骑得动。特别是夏天，夜短，有时骑着车子就迷糊上了。路两边有的地方是大深沟，想起来都后怕。有好几次，有人坐自行车后架上坐好几里路都不知道。原先他还隔三岔五地坐趟车，因是公家的车，他有残疾军人证，半价。现在不行了，都是个人的车，什么时候都得买票。

在镇上下了公共汽车，我又背起包向家走。镇上离家还有五六里路。当兵前我曾背着干粮袋无数次地往返于这段路上。

我在这镇上读的高中。那时的路还都是土路，每个星期天下午回学校，包里背着半袋窝窝头或饼子，窝窝头或饼子的主要成分要么是地瓜面，要么是玉米面。

夏天干粮放到星期四五就开始长毛，有时是白毛，有时长的毛五颜六色。夏天晚饭后上两节夜自习，自习后觉得饿了，仨两人就偷偷钻进学校的菜园搞两个拳头大的茄子，拔两棵葱，偷偷拿回宿舍里吃。许多人是不肯再吃干粮的，吃了怕干粮不够，吃不到星期六了。我们要用罐头瓶拿一罐咸菜，这是一个星期的力量源泉。咸菜不外乎家里冬天腌的胡萝卜和水萝卜。后来不知谁发明的用油和葱花爆炒些盐，装在一个小瓶里。中午食堂里只供给开水，开水碗里放上些用油和葱花爆炒的盐，碗里就泛起一些星星点点的油花，再泡上干粮吃，那味道就是不一样。

舅舅家在镇上住，除了有人来叫我回家吃顿饭，剩下我很少主动去蹭饭吃。就是到星期五看干粮不够吃了，自己节约点每顿只吃半块窝窝头，也不去舅舅家。

每次去舅舅家，妗子就说我，干粮咸菜不够了你就回家来吃或拿。有什么不好意思的，又不是外人家。

有一次星期天我没回家。星期五晚上，舅舅让表弟来告诉我，星期天让我跟舅去于林给酱园淘井，除管饭外，每人每天五元钱。下星期的干粮已捎信让爹给我送过来。

那天我早起跟舅舅和一帮人一起去了于林。于林是明朝著名诗人于慎行的墓地，小时候路过看到大门口倒着许多大石头的狮子、麒麟、牛羊等。院里是很大一片松树林。就是那次淘井后，我中午饭后，曾领同学去打松颗吃，把棚子里绑扫把苗的小细麻绳收集起来，带回家去，很有用场。

那是口水井，由于天旱，已打不满半桶水。我们安上绞车就开始干起来。先下去一人，半小时后上来已成了泥人。上面的几个人有人拉绳，有人从井往边上拎泥桶，有人把泥桶提出几米远外倒掉。一上午下来我们六七个人几乎全成了泥猴，只有我身上脸上泥少一点，不远处已堆起一座小山。舅舅下去干了好久才上来，别人喊了好几遍，到时间了，快上来吧。到时间了，快上来吧。舅答，再干一会儿。看我身单力薄，舅舅不肯让我下，又怕别人有意见。所以他就想在下边多干一段时间。

中午吃饭，是片儿汤。

就是面片和肉丝。我一口气吃了三大碗，看又端上来一盆，别人都在埋头吃，谁也顾不上说话，我觉得肚子似乎满了，又似乎还有点儿饿。我又盛了一碗躲到一边吃起来。有的大人吃了七八碗。那时我认为那是今生今世吃得最好的一顿饭。

休息一会儿，下午接着干。等太阳快落山的时候，绞上来的水桶里已大部分成了水。干完活向回走时我想，我们大家心里想得肯定一样，今天晚上的饭省下了。

八

太阳在西山顶上变得火红火红的时候，我走进了村子。沟北边新盖的房子越来越多。有带锁皮的（带走廊的），有带地下室的，有两家还盖起了二层楼。远远看去都是方方正正的水泥块。不像过去，盖房子都是用石头，一块块凿平，垒起来。山上有的是石头，取之不尽。那时人们爱说，看人家那房子，石头到顶。现在盖房子谁还用石头，都是红砖到顶，沟南除了老弱病残没了几户人家。当兵前倒是沟北还没几户人家。快到家门，看到我家的房子在一排排的砖房中显得有些寒酸，这三间房子是过去生产队里的牛棚。我当兵走后的第一年分田到户，牛棚没用了，按宅基地房子作价卖给了我家。去年父亲从院里刨了一棵树，从地下刨出来一个大石槽。

我推开外门，喊了一声娘。娘答应着从屋里跑出来，咳，小，你也不来个信，你弟弟不在家，让你爹拉地排车去接你。说着娘眼窝里涌出了泪水。

放下行李，我这里看看、那里看看。正桌的墙上依然贴着我和弟弟上学时得下的一些奖状。我问娘，爹呢？娘一边给我倒水，一边回答我，他在后边地里刨地角子。我说我去喊爹，娘说我也去。走在向北的胡同里，我和娘拉着家常，娘向我介绍这是谁家的房子，那是谁家的房子，谁家新娶了儿媳妇，谁的老爹死了。这后边一大片原先是坟地，现在也都盖起了新房。这一块一块熟悉的土地，几乎都变成了苹果园。冬天的苹果园树叶已落尽，一棵棵果树像劳累了一年的农人一样，站在那儿晒太阳。我和娘来到父亲干活的地头，望着在地那头忙碌的父亲，我爹、爹地喊了几声竟无回音。娘又大着嗓子喊：你小回来了。娘的喊声还是没起作用。娘说他耳背了，听不见。我眼里含着泪快步向爹走去，这时另一位在地那头干活的村人对父亲说：有人叫你。爹停了手里的活向这边看了看，扛起镢头向这走来。我迎上去又喊了一声爹。天哪？真会是这样，我仔细端详着父亲，父亲这一年里苍老了许多，脸上有了老年斑，脸上的皱纹也更多更深。头发几乎全白了，背也驼了。父亲说，我以为是你哥回来了。父亲把我当成了弟弟，我接父亲手里的工具，他不给我，我强夺过来，扛在自己的肩上，我一只手扶着工具，一只手抱住父亲的胳膊，使劲地咬住嘴唇，努力使自己不哭出声来，但眼泪不听使唤地流了下来。母亲说，看耳朵不行了，眼也花了，在家忙着让给拿点东西总是拿差，说话也是你说东他说西。

一路上我一直抱着父亲的胳膊不肯放。就是这双胳膊，这副肩头，抗日战争扛过机枪，拼过刺刀。父亲当过八路军，济南解放后回的家。

我高中毕业后，跟人在外干石匠活儿，拉石头。晚上收工后已是八九点钟，趁有月色的晚上，走十多里路回家背干粮。在外干活比上高中时要好一些，人家主家管粥和咸菜，有时还给炒点菜吃。但活是真累，每天晚饭后倒头便睡。有时白天看到主家的大小姐一眼，干活的路上便想入非非。那主家男人在县城上班，他女儿也进了县国棉厂，那姑娘长得那叫水灵、那叫俊。

早上五点，家里没表，鸡打头遍鸣，父亲起来背上干粮袋子，送我一程。我那时不敢说不让父亲送，因为一个人在天明前的黑暗里走实在害怕。走上几里路，天有些朦胧时，我就壮着胆子说：爹，你回去吧，我自己敢走了。爹说，再走一段吧，等天再明明。

进得家门，洗了把手坐下，我忙掏出烟给爹点上。爹深深地吸了两口，突然睁着昏花的眼睛看着我说：你哥说要回来过年，怎么还不回来。娘说你看，还没认出你来，我又一次泪流满面，我呆呆地站在父亲面前，任咸咸的泪水流进口中、流进脖子、流进心里。

九

记得小时候，大小伙子要去相亲，总是找两支钢笔帽别在上衣口袋里，有的连笔带帽挂四五支。媳妇娶进家来，睡了一个被窝，才知道男人连自己的名字都写不好，后悔已经晚了，再说农村居家过日子，文化高点低点也没什么。要是谁家姑娘被走村串巷的戏班子勾了去，这家人会好几年在村里抬不起头来。

我和青青别人给介绍了没一年，两个人就结婚了。介绍人不是别人，是青青的亲姐。我和青青的姐姐是同学，她长得比青青还好看，学习比我还好一些。那时我当生活委员，管收粥票，有时我故意装作忘了不去收她的，有时分粥、分菜，我也手上照顾一些。每当平时我抬头看她，两人目光相遇的时候，她就送我一个醉人的微笑。后来高考她只差三分，复习不起，又因为她哥年龄大了找不上媳妇来，她给她哥换回了一个媳妇。

晚上很晚才从父母那边过来。路上儿子高兴得又蹦又跳，青青打着手电，抓住我的胳膊说："你慢点，路不熟。"我说："没事。"进了家，我从提包里掏出一身衣服。"给儿子买的，你给试试。"青青给儿子穿上了衣服，儿子美滋滋地在屋里走来走去。我又掏出一件上衣，递给青青。青青接过去，双手在新衣上抚摸着，脸上布上了一层红晕。

"又是一年，你一人拉扯着儿子过，多不容易。"我拍了拍青青的肩膀，青青突然扑到我的怀里，眼含热泪说："有你这句话，俺在家里再苦再累也认了。"

我问振华学习怎么样？儿子答：还凑合。青青说：不孬，年年在班里不是考第一，就是考第二。这不，又领回一张奖状。

我托着儿子被冻裂的小手，看着儿子通红的脸蛋，鼓励说："好儿子，好好学习，长大了争取到北京上大学。"

儿子不好意思地说："爹，我想要个文具盒，班里好几个同学都有。"

"明天，我就去给你买。"

妻子一面铺床一面问我，你喝不喝水。

儿子先睡下了。

我和青青聊到凌晨两点。

脱衣睡觉时，两人都像新婚之夜似的，有些不好意思。我要去倒水洗脚时，青青说："你别动了，我来倒。"端过水来，她弯腰放在我的脚下，没再起来，用手试了下水温，拿我的一只脚向盆里放。我说："我自己来洗。"她抬头看了我一眼，低下头说："我愿意。"

我想我欠眼前这个女人的太多太多了。

早晨我醒来，窗子外的太阳通过窗帘的缝隙照进屋来。青青披衣坐在我的身旁。看我醒来，她说："儿子我打发上学走了。看你，有了这么多白头发。"我看到她手里有几十根白发。

"你给村小学寄 500 元钱的事县广播里说了。俺娘家那村的人都说，你心眼好。对了，支书和小学校长来过咱家，让你回来去学校一趟。"青青言语间透着自豪。

十

弟弟一家四口也过父母这边来了。再待两天就是春节了，我正在院子里刮藕，有汽车声在门口熄了火。片刻工夫，几个孩子簇拥着一大一小两个人进来。我抬头一看，忙站起身来。"伟信，稀客稀客，大过年的，你怎么来了？快屋里坐，屋里坐。"

"大爷，大娘，给你们拜个早年。"田伟信双手使礼后，转身对我说，"听说你回来了，来看看老同学。"我忙让青青倒水。我无意中发现，爹、娘、青青还有弟媳看伟信那孩子的眼光不太对。我没在意，就觉得这小孩真胖。

聊了没几句，田伟信站起身拉起孩子对我说："岳辉，咱出去一下，我有话给你说。"

爹、娘忙说："大老远来了，别走，在这吃饭。"

"不走，不走。肯定不走。"田伟信答道。

出门来，田伟信对他胖儿子说："你在这车前玩，我给叔叔有话说。"走开门一段后，田伟信掏出烟，递我一支，自己也点上一支，深深吸了两口说，"岳辉，我对不起你，今天给你们全家赔罪来了。""伟信，这话从何说起？"我莫名其妙，丈二和尚——摸不着头脑。

"我带来的胖儿子你看到了吗？那是你的儿子。"

我简直不敢相信自己的耳朵，抬头看了伟信一眼，看他满眼含着歉意和乞求。我又忙扭头向车前看，我真有两个儿子？这胖胖的公子哥也是我的儿子？这小子能把我那振华装进去。

伟信接着讲，给你接生的护士长是我小姑，我老婆的肚子不争气，一连生了四胎全是闺女。没办法我求小姑有合适的给抱养一个。小姑抱了这孩子来，说是大闺女生的，人家不要了，怕丢人。我们就收养了这孩子。去年吧，小姑调县城医院后，来往多了。在我的再三追问下，她交代了实情。我一打听，是你的孩子，我的心里更是矛盾。但人心都是肉长的，我不能做这缺德事。听说你回来了，我就领孩子来了。小姑这样做不对，她是怕我们家绝了后。但知道实情后我也不能打她骂她，孩子从小倒是没受过一点儿罪，但欠你们精神上的债，我怕今生今世也还不清了。

说到这儿，伟信沉默了，只是埋头吸烟。

我脑子蒙了，也无言以对，只有沉默。

村子里偶尔响起几声零星的鞭炮声。待了好大一会儿，我捶了田伟信一拳："你小子，我先回去报个信，你在这等一下。"我怕爹、娘、青青突然听了这消息受不了。果不其然，我回家一说，爹娘一脸愤怒，青青激动地大哭起来，我又劝他们，人家要不来呢，人家要不说呢。咱上哪儿去找孩子。再说孩子从小养这么大，人家给你送来，就不心疼。

也是，也是。看爹娘脸上的表情平和了一些，又劝青青两句，我就出来叫伟信。

"没事了，进去吧。"

"真的？"

"真的。"

伟信兴冲冲打开后车厢，拎出了几个纸箱子，里边装满了鸡鸭鱼肉、橘子、香蕉、梨、香烟和酒。我说你这是干什么？他说过年了，给家备点年货不应该？

进家后，伟信让孩子一一叫过爷爷、奶奶、娘、爹，大家又聊起了家常。

下午伟信要把孩子留下，我们全家简单商量了一下，还是让他把孩子带走了，只是嘱咐他经常送孩子回家来，让爷爷、奶奶、娘看一眼。

过完春节的第三天，爹病倒了，感冒发烧，我和弟弟轮班守在床前。医生一天来打两针，还给了些药。

初四村里广播里喊"如准备安自来水的，请五六号到大队交三百元钱"。

村里在村东高坡上修了水池，从村中把水抽到大池子里。然后再给要安自来水的接上管子，村中交钱的挺多，包括家中有水井的也有人交了钱。

初十这天，要安自来水的每家分了两段三十米管道沟，趁农闲干，月底前让吃上水。我和弟弟出来刨土，一镢下去一个白点，再在白点上刨两下，土就开始松动了。看我们干活，爹拖着虚弱的身子出来帮忙，不让他动手，他还着急。

干了五六天，我手上磨了好几个泡，终于完成了挖沟的任务。人家放上管子后，忙又填平。试水的日子拖了一天又一天。我的假期到了，我明早坐车回部队，今天晚上广播里讲：明天自来水试水。

晚上我对青青说：娘说让你们娘俩搬过去住。

搬过去住行，对老人家也有个照应，再说你也放心了。

十一

回部队后到管片去。许多人见了问：岳警察，怎么这段没见你，还以为你调走了哪。

陈军脸上渐渐有了笑容，内勤小项神秘地小声对我说：陈军爱人怀孕了。

青青的姐姐领女儿跟我来看病，我把她娘俩安排在了附近的一个小旅馆里。她的女儿吴菱十三岁了，从小得了小儿麻痹症。一条腿萎缩得挺厉害。女孩子的脸蛋长得特像年轻时的她娘，一笑两酒窝，很惹人喜欢，可看到孩子残疾的腿，又不得不使人为之痛惜。

一路上，兰兰的目光满含慌乱、内疚和忧郁。火车上我买回饭后，她小口吃着，像是得到的施舍，慢慢品味着。我看了她的样子有些心酸，刚进车站时她娘俩惊奇地叫道，咦，这就是铁道，就两根。见了火车，娘俩又议论，火车就是这一间间的大房子。看来娘俩是第一次坐火车，她们只是从人们的叙说中和书本上想象到过火车是什么样子。我心中偷想，假若当时兰兰嫁给了我，或许比现在的情况要好一些。

天晚了，火车里的灯光暗了下来。三个人只有吴菱的座位靠在窗边。整个一下午，娘俩的目光几乎全集中到窗外去了，她们是想看看家乡以外的天、地和原野、村庄是什么样子。看兰兰靠在座位上头一会儿向左倒去，一会儿又向右倒去。我想，兰兰要是青青的角色，我会让她躺在我的腿上睡一会儿。我对睡醒抬起头来的吴菱说：菱菱，让你娘趴在那儿睡一会儿，你依在姨父的肩上来睡。

我领娘俩去了一趟博爱康复中心，医生让下星期五再去会诊。趁星期天领她俩去逛天安门，看了人民英雄念碑、毛主席纪念堂，赶上人民大会堂不开放。我们进了天安门，兰兰说故宫在哪儿？我说就在里边。来到售票口，一问三十元一张票。我准备排队头票，兰兰说，不看了不看了，这不在外边就看见了。我说里边的地方大着哪。脚下并没离开排队的地方。兰兰已拉菱菱走了好远，咱们走吧，再到别处去逛。我无奈地迈动了脚步。

中午吃饭时，我们转到东池子门里的一个饭馆，要了一盘煮花生，一盘牛肉，又要了一盘鱼香肉丝。兰兰一个劲儿地说：够了，够了。要这么多菜干什么，咱们不是吃水饺吗？我又要了一大瓶雪碧，一瓶啤酒。快吃完饭时，兰兰哭着从饭馆的操作间出来。（我没注意到她离开）我忙站起来问怎么了？她哭着说，我去要碗饺子汤，他们骂我。兰兰一口山东腔，吃饭的人都向这看，其中角落里有两个警察，面前摆着六七个啤酒瓶子，也向这看。

我向柜台前走了走。问谁是这儿的老板？柜台里一个捂嘴窃笑的妖艳女人走出来说：我是。我愤怒地说：你们这儿的人怎么骂人？

"不可能吧，我去问问。"她扭着屁股走进去了。片刻，她出来说："没有骂人，我们这儿的人怎么会骂人，她可能听不懂她们说的话？"

几个站在那儿的饭馆里的男人女人"哄"地一声笑了。

"你们的人骂人，你们怎么还这样的态度？"

"什么态度，不服气你去告。"那满嘴口红的女人摇着超短裙下露出的两条大腿说。

那一刻，我真想把饭馆给她砸了。娘的，欺人太甚了。反正今天老子没穿军衣，也没穿警服。但我又一想，我要动手了，角落里的那两个警察会不会上来把我送派出所。你再有理，你砸了人家的东西，派出所会通知单位来领人，多丢人。再说，我是一名军人啊。

有什么了不起，像这妖艳的女人，你爷爷辈弄不巧就是个拉车的。这几个走狗似的男人女人，说不定也是外地来打工的。追到祖上五代，有几个是正宗的城里人？都是她妈的假洋鬼子。

十二

晚上不该值夜班，正坐在台灯下看书。小施突然进来："老岳，太平路22号着火了。"

所长去分局参加业务学习，吃住都在那儿。指导员休假，我忙站起来说："你值班吧，我去现场。"

我骑车来到太平路22号胡同，站在外边的大部分都是老头老太太，着火那家的外门锁着，人进不去。房顶上的浓烟越冒越高，偶尔还传出玻璃炸碎的声音。我忙扔下车子，问谁家有电话？我给供电室打了电话，让把电闸先拉了。然后我一跃身上了房顶，跳进去先开了外门，大家簇拥进来。我一看是靠近正房的厨房着了，正房的房顶是木结构的，而且几十间房子全连在一起。我也没管停没停电，接过人们递来的水盆、水桶就泼了起来，小厨房着了一大半，房顶上蹿起了火苗，原来主人炉子上烧着水出去了，煤炉的烟筒烤着了糊墙的报纸，又引燃了木架，放在架子上的两桶油又来了个火上浇油，火越燃越旺、越着越大。泼了好大阵子水，进厨房看，里面还有火苗，我突然发现墙角里有一个煤气罐，它像一个定时炸弹静静地停在那儿。我从后边接过一桶水向它泼去，立即腾起一股白烟。我定了定神，伸手去扯上面的胶管，胶管有的地方烧化了，烫得我的手好痛好痛。我扯断了胶管，再没有犹豫，一边喊着里边有液化气罐，请让开一条路一边去提液化气罐。许多人听说有液化气罐急忙跑出了院子，我在人们惊恐的目光下，提着液化气罐向外飞奔。我的脚步是那样的轻灵，我的手和液化气罐的提手连在了一起，抓起它的那一刻我感觉到了吱的一声。后来火被扑灭了，大家才想起我的手，我独自去了门诊部。

后来我在日记中写道：救出液化气罐的那一刻，我想如果真要发生爆炸，我就会扑上去，决不能伤着那些来参加救火的人。如果我光荣了，会有许多相识和不相识的人去为我送行，包括今天一起参加救火的这些人。

十 三

刘所长开会时说，岳辉是咱们所的元老，你们有什么事，去问他就行。院里的情况，他是活档案，业务上的工作就咱们所里这些人，也只敢交给他，你们能学到他掌握的一半就行了。

私下里，指导员对我说，我们去找了，我们说这样的好兵部队不留下，还留什么样的兵？但看现在这形势，派出所一解散，有可能还得让你转业，长期留部队的申请去年就打上去了，上面没批，咱也没有别的办法。真是那样的话，我们觉得特对不起你。你看群众又送来一封要求给你请功和表扬的感谢信。

十 四

陈军有时到我宿舍来坐坐，我们相对无言。

春节过后，我去了一趟县城。李华东和潘孝志都私下里问我，田伟信的儿子是你们的亲生儿子，真有这事？我点头承认。

一天晚上，田伟信安排在县伊甸园宾馆请客，落座后田伟信说："今天没有旁人，就咱们四位老同学，第一，我再一次向岳辉全家表示深深的歉意。第二，我今天认岳辉为亲大哥，今后我俩就是亲哥俩，有福同享，有难同当。"

我艰难地笑笑说："都是老同学，过去的事就别提了。来，喝酒。"

李华东和潘孝志附和道："喝酒、喝酒。"

我们聊起学生时代的生活。李华东笑着拍了潘孝志一把"咱们这个领导人，当时领我们到镇政府偷食堂的腌咸菜疙瘩，那次还从酒厂灌回一瓶酒，咱们几个躲在宿舍里都快喝醉了"。

"现在坐在那院的第二把交椅上，想没想过你这官是偷咸菜偷来的。那时就拿镇政府当自己家了。"田伟信接了一句。

我和潘孝志也都笑了。

那时是穷，我当兵走时，舅还嘱咐我，说有一个农村来的兵，在部队上看到白白的馒头心中高兴无比，有一次他敲着白白的馒头说，我就是为你来的。不承想这话被指导员听到了，指导员找他谈话，说他入伍动机不纯。没吃几天白馒头，部队上就把他给退回来了，还得在家吃窝头、修地球。

聊到我要转业回来的事，李华东说："进事业单位是难，企业单位吧，效益又都不太好。"

潘孝志说："我在镇上也帮不上什么忙。"

田伟信瞪着红肿的眼睛，拍着自己的胸膛说："大哥的事，你们俩就别管了，包在我身上，只要咱们县有的单位，路子我去跑，你们放一百个心。"

"那就进公安局，将来解决老婆孩子的户口。"李华东提示道。

"公安局的李副局长和我喝过酒，我去找他。"

还没喝多少酒时，田伟信说："趁还没开学，明天我把田威送回家去，让他跟奶奶、爷爷、亲娘待几天。

那天我和田伟信都喝醉了。

五月就该向回转了。人家都提前一年回家联系工作，我在家待了没一个月，又莫名其妙地回了部队。

我留恋部队，留恋绿色的军营。

时光在不知不觉中悄悄流走，春天转眼就要过去，跟在后边的就是初夏了。

陈军的爱人生了个男孩，已有好几个月大了。有时看到他们俩推着婴儿车在礼堂西的花园里散步，逗儿子乐，两人说说笑笑，很温馨的样子。李华东打来电话，说田伟信出事了，我忙问，出什么事了？他说伟信承包的一栋县二中的教学楼，还没交工验收，就出事塌了，砸死一个砸伤了好几个在楼里搞装修的民工。幸亏那楼还没交付使用，若是学生搬进去，事儿可就出大了。说是他施工偷工减料，钢筋不合格，水泥不够标准。现在被抓起来了。媳妇写信来说，咱爹的耳朵聋得一点也听不见了，娘的身体还算壮实，你走后田伟信带老二回来过一趟，好长时间没来了。你儿子考试又得了个第一名。

望着一群列队走过的新兵，我轻轻地叹了口气，真想跑上去加入他们的行列中去。

大伯·我·还有时月

一

大伯是个光棍汉，大伯曾经当过八路军。他在老家和我父母一起过，在我记忆中他除回家吃三顿饭外，就是到地里劳作。昨天接到一封家信说伯伯要来，我忙把儿子睡的小屋整理了一下，准备迎接伯伯。妻子随军后，伯伯曾来过一次。那是三四年前的事。那次我请假陪他转了好些地方。他的头发几乎全白了，脸上的皱纹像核桃皮，里边夹裹着斑斑点点的老年斑，但腰板还很直。要说起来，大伯这一辈子也够可怜的。几十年风里雨里，无儿无女，多么不容易啊。

"这就是英雄纪念碑吧。"大伯努力睁大昏花的双眼，仰着头望着纪念碑的顶端。

"就是。"我点一点头。

大伯脸上添了些庄严的神色，他前倾着身子，迈着并不灵便的步子向前移动着。他眼盯着浮雕围着纪念碑转了两圈。也许那一刻，他的思绪把他拉回到了硝烟弥漫的战场。

"这上面大大的金字是毛主席亲手题写的。"我向大伯介绍。

"毛委员，了不起的人哪，做梦都想见见他。"大伯感叹道。

"我领您去瞻仰毛主席的遗容吧。"

大伯使劲儿拍了拍袖子、衣襟，又费劲儿地弯下腰拍了拍裤子。随我走进了瞻仰主席遗容的行列。望着前面两个人高马大、金发碧眼的外国人，大伯不解地凑到我耳边小声问："怎么，也允许外国人进？"

"允许，他们也是敬仰毛主席才来看的。"

从南门出来，大伯揉着有些红肿的眼睛自言自语地说："终于见到毛主席了，终于见到毛主席了。"

二

我记事时，大伯在生产队里喂牛。冬天，我们放学后总爱跑到牛棚里去烤烤火。用饮牛的热水泡泡手。我们的小手上全有冻疮，有的脸也被冻破。家里没炉子，学校里也没有。有时到牛棚洗手的人少，大伯就会抓一把半生不熟的黑豆或玉米给我们分了吃。那是牛料。那时我们每个孩子都吃得特别香。吃完了我们就用感激的目光看大伯一眼，大伯总是挨个儿摸一下我们的头，然后说："臭小子们，快回家吧，大人等你们吃饭呢。"有一次下了大雪，天并不是很冷，喝汤后我出来和伙伴们打雪仗。玩到很晚，鞋子湿了，裤腿也湿了，我不敢回家，就跑到牛棚去找大伯。在大伯住的小屋外，我听到里边有说话声："大哥，你就依了我吧，要不我心里真过不去。"一个女人的声音。

"这不行，时月他娘。你的心意我领了，可你是烈属，我不敢……真的……"大伯叹了口气。

"大哥，我知道我配不上你，可你也该找个人过日子了，你不愿意，我今后再也不来了，你也别惦记我们娘俩了。饿死也不用你管……"女人捂着嘴哭出了声。

"时月他娘，你别这样，是我配不上你，咱这样做了，将来对不起孩子。"大伯劝道。

"大哥……"

"大妹子……"里边传出一粗一细的哭声。

等时月他娘走后，我悄声溜进了屋，大伯两手枕在头下，伴着清冷的油灯，望着被烟熏得像锅底的屋顶和四壁发呆。

大伯发现我，问："你来做啥，这么晚了，还不回家睡觉。"他躺着说。

"我的鞋和裤子都湿了，我怕回家挨打……"

"我不管，谁让你出来疯玩。"大伯转脸面向墙说。

"大伯，时月他娘来做啥？"我思考了半天，只能用这一招了。

"你说啥？"大伯猛地坐了起来。

"我说时月他娘来做啥？"我向大伯扮了个鬼脸。

大伯想了想，说："噢，她来找时月的。"

"时月回家我才跑你这儿来的，你说瞎话。"

"你听到我们说什么了？"大伯下炕把我拉到身边。

"我听到她说配不上你，你说配不上她，还听到你们一起哭。"

"臭小子，你脱衣服先睡，我去告你爹娘一声，要不他们找不到你着急。回来我给你烤棉裤和鞋。"大伯穿上他那件宝贝破黄棉袄出去了。

大伯的被窝里特暖和。我一会儿就呼呼睡着了。睡得很香很甜。等我一觉醒来，要起来撒尿，看到黑暗里有一个火点在一闪一闪，随后我就感到了呛人的烟味，大伯点亮油灯，我尿完尿重新又钻进被窝，眯着眼睛想，大伯在想什么，是不是想时月他娘，大伯为什么不娶时月他娘当媳妇？大伯没有媳妇，时月他娘没有男人。怕人家知道了他俩是相好丢人，那就找个媒人说。我正胡思乱想，大伯摸了下我的脸蛋，把我摇醒。

"小，你醒醒。"我假装睡着，就是不睁眼，拿开大伯的手，翻身向里睡去。大伯停了手，过了好一会儿，我觉得迷迷糊糊真快睡着了。大伯又来摇我，把我摇起，我揉着眼睛问大伯："你弄醒我干啥，人家困死了。"

"大伯给你说，昨天晚上时月他娘来这的事，谁也不能告诉，连你爹娘都不能告诉。大伯明天给你买铅笔、买本子。以后你什么时候要，什么时候给你买。"大伯乞求似的看着我。

"行，我谁也不给说，你要说话不算数，我就给人家说。"我想到时月家也穷，可时月老用新铅笔，还有买的本子，是不是也是大伯给她买的呢？

大伯又拍了拍我的头，捏了下我的脸蛋，笑着说："大伯说话算数，不信，咱俩拉钩。"

"拉钩，跳绳，说话不算数是狗熊。"我俩同时说出这句话。

三

时月后来成了我的妻子。她长得不高但很清秀，小巧玲珑，像件艺术品。现在随军后在军人服务社当售货员，她说话一口的山东腔，但对我和孩子侍候得绝对周到，把家拾掇得绝对干净。

那是夏天的一个下午，巧英说咱去山上摘酸枣吧。石头说去就去。我看时月一眼，时月正拿眼睛瞅我。然后我们去爬山。酸枣都在半山腰，当我保护着时月快到"根据地"时，已看不见石头和巧英的踪影。上学时石头只比我大一岁，也比我们高一年级。有一次石头对我说："七仙女"是你的，我只能进攻巧英了。

大伯每次给我铅笔和本子时总是说：时月是个女孩子，又没有爹，你要照顾她点儿，不要让别人欺负她。大伯还给我开玩笑：你看时月长得多俊，长大我给她娘说去，娶过来给你当媳妇。

伏里的天，小孩的脸，说变就变。天空不知什么时候罩上了一层乌云，随后从山顶处传来一声接一声的雷声。我忙说："时月，咱快走吧，大雨来了。"时月说："快走，要不该挨淋了。"我们就迈开步子向山下跑。快到山根时，雨已经下了起来，石路左右的山坡上时有亮光一闪，闷雷炸响。石板路有些滑，我刚说了一句，时月，你慢点。只听她在后边"哎哟"一声摔倒了。我忙走回去扶她。她用两手捂着左脚跟直咬牙。我扶她起来她站不住，我蹲下看到她的左脚脖子立马肿了。

我抬头看了一眼满脸痛苦的时月，目光从她洁白的牙齿、小巧的嘴巴滑向了她胸膛上那两个小小的山丘。我移开目光出了一口气。弯下腰笑着说：时月，我背你吧。她痛苦的面容立刻布上了红晕。小声说道，真不好意思，劳你大驾。我忙接话：咱们是老同学嘛，互相帮助。

我背着她一步一步小心翼翼地下山，她呼出的热气灌进我脖子里使我觉得痒痒的特舒服。我说你怎么不小心点，看把脚给崴了。她嗔怪说，你光顾自己走，我看到坟地里打闪害怕死了。我左右看看，哪还顾得了脚下。

快到村时，她让我放下她来，我看了她一眼，她看了我一眼，我们的目光相遇后撞出了火花。

送她到家门口后我才回去，幸亏村里街道上没人。今天虽然成了落汤鸡，但我从心里感谢老天爷作美。

四

晚上八点临出门时我犹豫了一下，我想换上便装，这样方便些。又一想，车站那么多接站的人，还是穿着军装醒目点。

"大小，我在这儿。"在接站口儿我听到这熟悉的声音，循声望去。大伯就站在离我四五米远的地方，灰白的头发在人群中很明显地牵住了我的目光。我忙走向前去。

"这位是咱县侨联的吕同志。"大伯向我介绍身边的小伙子。

我点头致意又感到莫名其妙，大伯一个老农民，跟侨联有什么关系。我提着包领他们出了东口，叫了辆"面的"。在车上大伯凑近我说："先找个饭馆吃点饭，我有话给你说。"

"在外边吃什么饭，时月都准备好了，再说有什么话咱不能回家说。"我越发糊涂了。

"有些事，还不能叫时月知道。"大伯极严肃地说道。

在离我们营房家属区不远的一个小饭馆里，大伯吃着砂锅豆腐，喝着二锅头，向我和县侨联的小吕讲述了一个真实而又传奇的故事。

你媳妇是日本人。

一九四五年秋，当时日本已宣布无条件投降。我们部队在离县城十里路的五家窑休整。当时我已是连长，咱是没文化，要是有文化早当上营长了。那次西山行动，没费一枪一弹活捉了二十五名日本鬼子。那是晚上，我们打扮成农民模样，走进炮楼站岗的鬼子跟前，装作问路，趁其不注意，捂了他的嘴，下了他的枪，用手比画让他带我们去炮楼，又用枪逼着他把每个屋里的枪都拾掇出来。被枪响惊醒的鬼子一边穿衣一边去床头摸枪时，全傻了眼，看到门口黑洞洞的枪口，一个个举起了双手。押他们回来的路上，一个小子趁我们小刘不注意，上来夺枪。我朝那小子背上开了一枪。

那小子喊叫了一声倒了下去。那次上级给我立了个二等战功。

我出来快一年没回家了，你奶奶身体不好，我老做噩梦你奶奶不行了。我手里攒下了一点钱，我想回去给她老人家买点好吃的。那年年月不好，半年多不下雨，种上的玉米等都旱死了。有钱也难买到东西吃。

一个月上中天的夜里，我按原先设想的起来，零点以后是我那个连的岗，我牵出我的那匹马。走到门口，那战士认出是我，向我敬礼。我还礼后，微笑着上去拍一下那小战士的肩膀。"出去遛遛，睡不着。"我自言自语地说了一声，牵着马慢慢地走了好远。回身望一下已是一片模糊的营房，我才飞身上马向正南方向行进。我腰里挎着一支驳壳枪，有二十多发子弹。

半夜时分，我走到咱们杨家岭的山背面，牵着马走速度太慢，路又不好走。天明以前我还要赶回去，只要进家看一眼你奶奶，她只要好好的我就放心了。我在朦胧的月光下，把马拴到山根下一棵背人的树上。走出几步又走回去紧了一下缰绳，然后才放心地向山上走去。快到油篓寨时我听到远处传来微弱的野兽怪叫声，越向上走声音越强，细细听去，不像野兽的叫声，倒像是鬼在学小孩哭。我脚下一滑，差一点儿滚下山去。我定住脚，四下一望，心中不免有些紧张。忙拿出手枪，子弹上了膛。

油篓寨小时候我经常去，砍柴，挖药材来到山顶，总是放下工具，爬到寨顶上去待一会儿。此寨因长得像油葫芦而得名，下细中粗上细。爬上山顶，我稳了下神，端枪向寨后边走去。我就这倔脾气，越是疑心的事越是要弄个明白。我循声找去，在寨后一块大石头的背后看到了传出声音的一团黑东西。听到动静那叫声突然停止了，我端枪的手有些发抖。我慢慢走进那团黑东西，那东西并没有反抗。那叫声却一高一低地叫了起来，我仔细辨听，越听越像月娃子的哭声。走进那团黑东西，我慌忙掏出火柴，点着一照，我傻眼了。是个女人躺在那儿，两个小狗似的肉团一动一动。我想走开，又一想在这荒山野岭里一个女人遭此不幸，应该救救她、帮帮她。随着一阵风刮来，一股腥味直冲鼻子。

我在离女人五六米远的地方坐下来闷头吸烟。

我脱下上衣盖了那人袒露的胸部。摘下水壶灌了她几口水。可能灌得太快，水从嘴里溢出来，流进她脖子里去。我又不好意思拿手去擦。这时天已蒙蒙亮。我看那女人的嘴唇动了动。立即站起身来，我想我应尽快下山，我想我的马还会在，我要尽快赶回去。向山下跑的路上，我想我这是干什么来了，我是准备回来看看娘的。上气不接下气地跑下山，终于发现了我的马，离我很远它就开始嘶叫。

大伯停了停，伸手端起一杯酒一饮而尽，他布满老年斑的脸上罩上了一层红晕。我如坠云里雾里，大伯有这样的传奇经历，我怎么一点也不知道。时月娘是我们村的人，我记忆中她是村东沈二毛家的闺女，嫁出去后，死了丈夫又搬回娘家来住。她是日本特务，还是怀了日本鬼子的种？大伯凭什么说时月是日本人？再说头两年时月娘已经死了。我想起两年前时月娘去世后，时月趴在她的骨灰盒上不让埋，哭得昏死过去的情景。

大伯沉思片刻又陷入了回忆：

我跑到拴马的树前时天已大亮。战马的嘶鸣惊得我心中一颤，我赶回去至少要一两个时辰，偷偷离队会不会给我处分，会不会关我禁闭。我这时反而不急着走了。我从兜里掏出纸条、烟叶，卷了一根大炮筒点上。坐在树下的石头上想计策。

当吸完两支旱烟，我觉得嘴里苦辣辣的。我站起身，拍一下屁股上的土，脱下上衣，望了臂章上的八路军三个字一眼，心情复杂地把枪裹在里面。找一个大点的石缝，把衣服塞进去，又用石头堵上，捡点树叶枯草撒在上面。然后才骑马离去。

我看到到处有被人们扒光了皮的榆树，露着白花花的身子在呻吟。偶有人走过，头重脚轻，像喝醉了酒，连偶尔从树林中传出的一两声公鸡打鸣声都显得有气无力。我转了整整一天，也没买回一点粮食。晚上我把马拴在山下，又一次上了山。找到那女人，我先扶她坐起来喝了些水，看她慢慢睁开了眼睛，我把白天要到的两半块窝窝头掰成一小块一小块地喂她。那时两个小孩的哭声已很微弱。我想，再没人管，这两个孩子、一个大人两天准会被饿死。

早晨，那女人慢慢又苏醒过来，她努力睁开那双疲倦的眼睛，惊恐地望着我，我向她一笑，她缩了缩身子眼里充满乞求的目光。

我思考了一夜，兜内的旱烟被我吸完了。望着面前一地的烟头我心事沉重。部队是不能回了，我得想办法救这母子三人。这女人一句话不说，是个哑巴？她家在哪儿？她怎把孩子生到这儿？那女人长得细皮嫩肉的很好看。我还是第一次认真地看她，小小的鼻子，薄薄的嘴唇。就这样说吧，你媳妇长得特像她。

我又一次下了山解开缰绳，把马牵到离村庄最远的山谷里，望着眼前跟我朝夕相处了好几年的伙伴我先自落泪了。伙计，为了救人，我只能对不住你了。我哆嗦着双手掏出了手枪。当我扣动扳机的一刹那，我脑子里一片空白。第一枪响后，我的手枪掉在了地下。不知过了多久，当我咬咬牙重新站立起来的时候，我看到马在离我三四米远的地方静静地站着，眼泪从那黑洞洞的眼眶一直流到唇边。

这时我的肚子又开始咕噜咕噜叫，它抗议说：快动手吧，再拖延下去我可抗不住劲了，我慢慢弯下腰捡起了掉在地上的手枪……

五

在育华招待所安顿他们住下，我心情沉重地回到家。一进门，看到餐桌上几个凉菜、酒杯、碗筷都已摆好。妻子疑惑地望着我身后，看我关上门。忙问：大伯呢，没接到？我说：接到了。大伯说天太晚了，怕回家来打扰你和孩子休息，明天你还要上班，孩子要上学。在饭馆吃了点饭，他非去住招待所。

"这怎么行，菜我都弄好了，就等你们一进门我就动手炒，到家了，还住什么招待所？你说住哪个招待所了，我去接回来。"时月着急地说。

"谢谢你了，夫人，我也是这么说，可怎么也拧不过他。只能依了他。他说累了，已经睡下了，明早我去接他回来。"我只能把瞎话编下去。

躺下后我脑子里又过起了电影：时月的亲娘——那个日本护士小姐在大伯的照料下终于养活了那两个孩子。其中一个就是身边的时月。

大伯说：在山上的那个小石屋里，当两个孩子的哭声已经变得很有底气的时候，我才从那个女人打的手势和她半生不熟的中国话中知道真情。她是日本人，是日本护士。孩子的父亲，她的男朋友在中国打仗不知去了哪儿。她是在一个夜晚随日本一个小中队撤退时被落下的。她当时身体已经很不方便，又没有人照顾她。在举目无亲的荒凉旷野里她把眼泪都哭干了。她脱掉军衣扔了，她走村串户装哑巴要点吃的。看着一个大着肚子的哑巴要饭，贫穷的山里人一边窃窃私语一边拿出一口半口干粮来送给她。

当我知道她是日本人时，我傻眼了。我丢了饭碗，丢了前途，救下的是个侵略中国的日本娘们。这两个小狗崽子也是日本种，要是中国种也算给中国人解解恨。那一刻，我心中乱急了，我真想掏出枪，毙了那个日本娘们，一脚一个踩死那两个小崽子。

那日本娘们跪着求我，让我一定放过那两个孩子。我看着我的马肉养活的两个孩子，心软了。孩子两个多月时，她走了。走时她抱走了那个男孩，我把兜里仅有的几个钱都给她了。她跪着说，两个孩子她没法都带走，求我收养一个。我那时二十七岁，还打着光棍。要是突然抱回家一个孩子，还不叫村人笑掉大牙。没办法我抱她又去了杨家岭的山那面。问了好几个村庄才有一户人家收养了她。

我想着大伯讲的一切，翻来覆去睡不着，躺在身边的时月就是大伯送人的日本女人生下的那个小女孩。我回想起小时候大伯和时月娘会面的事，大伯疼爱时月的事。那收养孩子家的儿媳，就是已死的时月她娘，丈夫牺牲后，她抱孩子回了娘家。大伯知道她抱回的那孩子就是自己送人的那女孩后，经常偷几斤牛料给送去，有时就送去三两块钱。我想这一切我怎么开口告诉时月呢。

六

北京会面后，那保养得很好的日本娘们非要叫她那个近五十岁的儿子认大伯干爸。大伯和那日本娘们参观军博时整整在里边待了一天。后来那日本娘们和儿子随大伯回了老家，说要去油篓寨看看。回来后那日本娘们的儿子说要投资在油篓寨一带搞个小型旅游区，跑前跑后的小吕忙拍电报回去报喜。

现在军博三层抗日战争馆里，靠左第三个展览柜里放着一支生锈的驳壳枪。说明上写道：此枪为日本人制造。一九九九年三月由老八路军战士刘一恒捐献。

乡村故事

秀雅的群山，弯弯曲曲像一道屏障向南延伸开去。春天的原野，到处是一片绿的世界。绿油油的麦田，水库内淡绿色的水波，河边的杨柳，浅水中的芦苇丛。

集镇上。拥挤的人流……

街两旁琳琅满目的商品：土特产品……

人们身上五颜六色的现代化穿着……

墙上的《不见不散》的电视录像海报、招生启事等。

"美美理发馆"的招牌……

"如意饭店"的招牌……

王伟坐在街中段路边的桌子前忙碌着。面前摆着一台电视机，他正在修理着一个打开后盖的录音机……

淹没在树中的村子里，一方方正正的四合院……

三间堂屋，是客房兼父母的起居室。屋内梁上吊着黄灿灿的玉米；囤内呈尖状，用布盖着……

六十多岁的王伟父亲在闷头吸烟。母亲面无表情地在淘米做饭。看上去都很苍老……

五岁的侄子手拿一麻花从西屋跑出，獠牙豆眼的嫂子出门喊道："回来，好好在家给我待着。"

南屋内，外间窗户下放着一张坚实的铁桌，上面放着台虎台钳。桌旁立着橱柜，放着各式各样的工具和零件。自行车放在墙根。里间粉刷得很白，挂一面镜子，两方是一副对联：人生有价值，岁月贵如金。看上去就知道是主人翁自己的手笔。立橱靠北墙放着，一张双人床靠东墙而放，窗下是最新式样的写字台，五层书架，拥拥挤挤，足有千册……

床头散放着几本书，有的掀着。王伟仰面躺在被子上，眼睛呆呆地望着房顶……

冬日村外。

到处是没化完的雪，早晨天刚蒙蒙亮。王伟推车上路。不远处井台边一妇女向这招手，王伟视而不见……

集镇上。穿着羽绒服的男女青年，穿着青色短大衣的老汉，穿着呢子上衣的中年人……

王伟坐在修理摊前忙碌着……

天上出了星，王伟骑车回到村。

夏日村外。

天还没大亮，王伟穿一短袖衫躲避而逃……

集镇上，欢声笑语。短袖衫，红背心，时而走过两位穿连衣裙的少女……

王伟把看着走过的姑娘的眼光收回，继续忙碌……

晚上，村中街上有三三两两的人在乘凉。王伟推车而过……

村中街上。

村里的几个烂嘴婆凑在一起。

村南传来悠扬的唢呐声……

村妇甲："南边得顺家四儿今天娶媳妇。"

村妇乙："唉！咱们村的小光棍就剩下二顺了。"

村妇丙："不小了，小半辈子的人了。"

村妇乙："可怜的孩子，连女人的味儿都没尝过，枉活一世。"

村妇丙："你去给他尝 ……"

"哈哈哈……"几妇人的哄笑声。

村妇甲："挺不错的个孩子，又有手艺又实诚，就是找不到个媳妇。"

王伟家中。

一年轻村妇在向王伟母亲说着什么，显得很丧气。

王伟娘："你甭多操心。"

村妇："行，婶子，我回去了。"

又一五十多岁村妇进来，领着一五六岁的男孩。

王伟娘："他婶子，快屋里坐。"

村妇领小孩迈进屋门。

"你坐着，那儿有糖块，我给你拿烟。"说着话王伟母亲走进里间。

村妇吸着烟……

王伟母亲倚在桌旁……

"我忘了，我这儿还有饼干哩，给俺孙子拿饼干吃。"

妇人说道："嫂子，你忙乎什么，又不是外人，这孩子不叫他跟着偏跟着我。"王伟娘："不跟你跟谁？上奶奶这儿来，不正该。"

村妇吸烟……

小孩抱着糖块、饼干……

王伟娘问："李家庄那头有信吗？"

"人家说，也打听了，什么都好。就是嫌老二大了点。"村妇说。

王伟娘："他婶子，你再去说说，咱多花点钱也行。"

"我再去问问。"

王伟娘："你多尽心。嫂子忘不了你的好处。"

王伟母亲失望的神色……

王伟屋内。床上，王伟又翻个身。幻景：身体修长，眉清目秀的王伟。脚穿一双青年式皮鞋，着一身时髦灰西装，浓密的黑发上发着亮光。一个风度翩翩的中国美男子形象。随出国代表团走在机场的候机大厅中。机场俊秀的服务员多情的眼神；飞机上，空中小姐娇嗔的神态……

梦醒景去，王伟坐起发呆，回想刚才的情景，苦笑着摇摇头。

外门口。

王伟头上顶着眨眼的星星，脚下蹬着自行车回家。看样子生意做得很顺手，脸上透着微笑和满足。

走到门口，对门灯光刺眼。猛然想起，本族侄儿明天要洞房花烛。只见大门上贴着红纸对联：良家自有梧桐树，吉日招来金凤凰。横联是：美满婚姻。只看了一眼，王伟脸上的高兴劲儿一扫而光，急忙推车进家。

王伟和衣躺在床上……

院里。

王伟疲倦地从南屋走出。

王伟向堂屋走去。

"看人家，才二十就娶媳妇了，咱二顺今年都二十九了……天哪，我就不如趁早上吊闭上这双眼……"父亲带哭腔的话从屋内传出。

王伟放慢脚步走到窗下，只见父亲蹲在床边，两手捧着头，在哀叹……

父母房内。

"是咱的姻缘不到，总有那一天。"母亲站在一边，哭丧着脸说。

"那一天！哪一天才是那一天，真的要有那一天，我情愿这阵子躺在棺材里！"

父亲站起来，两只手紧紧攥成拳头，直捶自己胸部。"我的老祖宗，看你那烈性子又来了！要叫孩子听见，泪水又该往肚子里咽了。我给你磕头，能不能少说两句？"

"不说啦，不说啦。快去看看老二回来了没有？"王伟父亲软了。

"你快躺下歇一会儿，我就去。"

院子里。

王伟跌跌撞撞逃回南屋，掩了屋门。

屋内。

王伟母亲问："刚回来？"

王伟答："嗯。"王伟娘："我去给你做饭。"王伟："不吃。"王伟娘："吃了？"

王伟答："嗯。"王伟娘说："怪累的，你就早点睡吧。"母亲掩门走了。

王伟悲哀、烦躁、心痛。无声哭泣。泪水顺脸淌下，枕头湿了一大片。

深夜，隔壁院内时而传过来几声炮响，男女的说笑声。

王伟拉亮台灯。从床头抓起掀着的《红楼梦》，眼在书上，心却不知跑到哪儿去了。复又放下，拉熄台灯。合眼进入回忆八年前的家景：

一村妇："我去一提，人家倒愿意老二。""老二还小，他婶子你就操心给老大说一个吧。我不会忘了你的好处，您侄一辈子也忘不了你。"穿着补丁上衣的母亲在求告媒人。

村妇说："不用你说，我也得给大侄子操这个心。"

父亲、大哥、王伟一起上工回来……一家人围桌吃饭：稀粥，每碗内有一两块地瓜。大哥狼吞虎咽。母亲把一个小玉米面饼子递给父亲。桌上的半碗胡萝卜咸菜……

父亲说："咱这山沟里，娶媳妇比上天还难。再多拉点账也得花。"

母亲："可再上哪儿去借？"……

丑陋的嫂妇人。不伦不类地穿着。她屋内，缎被多床，家具多件，桌子上，摆满了暖瓶、杯子、镜子、化妆品……什么都是成双成对。

朝大哥发怒的神色……

王伟讨厌的目光……

"看你那样，丑八怪。"

"又不是你家祖宗，你管得着吗？"嫂妇人和邻居刘大嫂面前各揽着自己的孩子。

"我看见你就恶心，哼。"刘大嫂说道。丑嫂子："你好，像个大肥母猪，杀了卖肉也没人要。"

刘大嫂败下阵来，气得号啕大哭着回家了……

屋内只有李艳香和王伟。两人说笑。继而大笑……

王伟失望的神色……

父亲："你广文嫂说她娘家那村有个姑娘，爷爷、奶奶都八十多岁了，说只要给两个棺材钱就愿意。"

王伟："棺材怎么能当彩礼？去他妈的，打一辈子光棍算啦。"

"你见见面，要顺眼，棺材钱咱想办法弄。"王伟父亲说。

王伟："不见，不找，不要了。"

晚上。王伟躺在被子上看书……

白天。王伟修理这台收音机…… 王伟在看电路图……

回到现实：

王伟又拉开灯，披上上衣，呆呆地坐着…… 眼前浮现出井台边李艳香的举动；李艳香的两条辫子……

看到窗外显出灰白的颜色，急忙穿衣、下床，推出车子。轻手轻脚开了外门。又回身关好门，推车走了。

路上。

王伟骑车走在路上。身后传来时断时续的唢呐声……

王伟无力蹬车的脚…… 王伟骑车的背影……

家中院内。

父亲扛锹回来，推开外门。放下锹，看到满院跑的十二只小猪娃发火了："谁放开的猪娃，什么用？拉的到处都是屎。"母亲："我。""就知道是你。""跑着长得快。""就你精，你能。"小猪一齐涌向外门。"哎，你没关上门，猪都跑出去了。"王伟父说："你再放，放……""就是放，放，你自己没本事，给儿娶不上媳妇来，找我要什么脾气？我自从进了您王家的门，过一天舒心日子吗？"王伟娘哭了。

村外井台边。

又是早晨，天还微亮。"王伟……"有人用柔弱、低沉而又脉脉含情的声音喊道。王伟扭头看去，那人并没招手。头巾把头围得严严实实的，红绒外套。双手捧着肚子，两只水桶搁在 边。在王伟断定不是李艳香以后（从服饰、没有那两条辫子），停住脚步，一手扶车，扭回头问："你是谁？"对方不作答。只朝这抬了下头，便又低下头，两手继续捂着肚子。王伟调转自行车走过去。王伟走近一怔，偏偏又是李艳香。四目相对，王伟低下头。

"王伟，我肚子疼，求求你帮我挑回这担水。"声音听了使人哀怜。王伟无言。沉默中挑起水桶，一手推上车子就走。"我来推。"李艳香抢过车子。在那抢车把的一刹那，小寡妇李艳香白胖的小手抓了下王伟的手，王伟像触电般抽出手，像有股热流传到心里，舒服极了。

王伟提心吊胆，慌慌张张。一路只怕碰上人。王伟挑水紧走。李艳香快步推车跟上……

寡妇李艳香家中。

进外门后，她打下车子，开开厨房门。王伟帮忙向水缸倒水的当儿，李艳香走到堂屋门前："娘，王伟给咱担水来了。""二顺，这么早就出去卖手艺，快进西间暖和暖和。"艳香婆婆的声音。王伟急于闪出她家的街门，扭身推车就要走。李艳香狠狠抓住他的肩膀，说："急啥，人家和你有话说。"把他推进她住的西间里，把他按在床沿上，她也呼吸急促。

不到两岁的小胖，正在床中间睡得香甜，发出微微的鼾声。腰间扎一根带子，带子上套一根绳子，一头拴在墙钉上。只听得呼啦一声，不一会儿她婆婆在门道说："艳香，街门关上了，天还黑，我想再睡一会儿，二顺的车子推到西屋里了。"说着她将东间的风门砰地拉紧，故意弄出很大的响声。李艳香的呼吸舒畅了，王伟的心也有些平静了。

她愁苦忧伤地说："王伟，我和婆婆商量好了，李家庄就数你实诚、心好，你二十九我二十七，咱们过到一块儿，还是个家庭，不知你喜欢不喜欢……"她既有少妇的大胆，又有点羞怯，没有说出后边的话来，一双眼睛呆呆地盯着王伟。那神情，有乞问、怀疑、期待、幸福与失望，种种情绪复杂交织。

"掏出真心，你说呀！"艳香追问。嘴唇颤动，心肝悬挂，两手搭在大腿上，像受审似的缩在那儿等回话。

"我喜欢你，可你那时……"她打断王伟的话，惊喜地抢着问："真的？""真的。"忽然间，她眼眶里充满泪水，透明晶莹，放出异彩。她呼地扑到王伟的怀里，两手紧紧搂住他的腰，把头伏在王伟的右肩上，一条辫子搭在他的脖子上。王伟茫然不知所措，她似说似诉，有苦有怨："王伟，从我和婆婆商量好，每天半夜就醒来，眨着眼睛等到座钟打了六点，把小胖用绳子套好，悄悄担上水桶到井台上，等你…… 可你……我知道你恨我，恨我那时没嫁给你，现在想起来，怪爹娘也怪我。我知道你怕我，怕我这个小寡妇坏了你的名声…… 可这一年多我为了你……"她肩膀抖动，伤心地哭泣，把王伟半片衣襟都湿透了。王伟从她怀内抽出一只手，全是她的泪水。王伟感动了，禁不住滚下了泪珠，泪珠滴到艳香的耳根上。

艳香敏感地抬头一笑。"王伟，想不到你也掉眼泪？"她红润的脸蛋上现出两个好看的酒窝儿。"王伟，我们老小寡妇，家里没个男人支撑，日子真不好过，你就把这个家的担子挑起来吧。""还有什么，让我都听完。""没了，该你了。""么不早说，熊样。"她把王伟推倒在床上，抓过绣花枕头，垫在他头下，"你躺下歇一会儿，饭马上就做好。"王伟幸福地看着她。

倒了些水，拿起香皂擦了把脸，解开辫子，拢了拢以后，特意站在立柜的大衣镜对面，细细照了一番。

少妇红扑扑的脸蛋；突出的乳房……她甜蜜地笑着用眼神在问：怎么

样？他用眼神回答：漂亮极了。

艳香和面…… 艳香烧火…… 王伟狼吞虎咽地吃着鸡蛋面条。艳香看着他吃，舒心地笑了。

小胖醒了，用一双乌黑的圆眼睛滴溜溜地看着王伟，虽有一点好奇，但没有哭。她笑着逗儿子："小胖，快叫爸爸。""不对，该叫叔叔。""不对，你抚养他，他不叫爸爸我心里过意不去。"

院子里。

太阳升起足有两竹竿子高了。她婆婆在扫院子。突然，街门外走进来郝二大娘："哎哟哟，艳香在家忙么啦？走，看戏去，《打金枝》……"婆婆拿着扫帚，故意和郝二大娘打岔，不想让她进来。"她大娘，这么清闲……"

转回屋内。

王伟心慌意乱，手足无措。艳香说："怕吗？"王伟说："怎么办？我不愿见人。""那就躲起来。"她急中生智，一手把着孩子，一手拉开立柜门，王伟急忙钻了进去。她把门关上，锁上了。里边，王伟弯背弓腰，好不难受。

"艳香，老待在家里守空房，走，出去开开心窍，看看热闹。"郝二大娘一边说着一边走进屋来。"二大娘，坐吧，我给你倒水。""哟，给我喝红糖水，有什么喜事给我说？""正巧你来了，这事除你还办不成。""什么事？""给我到王伟家提亲，我想招王伟到我们家来过，只要能说成，送你一份厚礼。""哟，这还不容易。二顺小三十的人了，虽然家境现在不错，人又老实，还有手艺，但就是找不下个媳妇。他爹娘把头发都愁白了，也托过我好几次。行，这事婶子我包了。""二大娘，你什么时候去说？""这几天快过年了，等过了年，初六七的我就去。""您多尽心。""凭我这张嘴，叫你幸幸福福一辈子。到时候把待媒人的馍馍蒸大一点，鸡呀、鱼呀的多端上点来。哈哈……"

咯吱一声从柜中传出声音，大概是王伟久站脚麻不得劲儿。"什么响动？""家里有老鼠，走，二大娘，咱听戏去。"她领着郝二娘走出了屋门。婆婆在门道里接过小胖。

戏台前。

艳香从戏台前离开二大娘，好像是找个更好的位置。她走开人群。她疾步向回走。快到家门，她跑起来。

寡妇屋内。

她手脚忙乱地开锁。王伟狼狈地钻出来。王伟伸展腰身。艳香笑着说："好受吧，憋得上没有？""好啊，还没结婚，就给我一个下马威，看来，我这妻管严是得定了。""先苦后甜嘛。""还会有人来，怎么办？""我有办法。"说着走出了屋门。

院子里。

婆媳俩从屋内走出，婆婆抱着小胖出了外门，关了门，上了锁。

回到屋内。

"婆婆上西头找做豆腐的地方去了。""人家结了婚是度蜜月，咱们只好锁上街门度蜜日。""亏你有文才，会说。"她咯咯笑了，像敲响的铜铃。

艳香在切肉⋯⋯ 艳香在包水饺⋯⋯ 艳香在炒菜⋯⋯艳香在温酒⋯⋯脸上总是带着笑。

婆婆屋内：婆媳笑谈。

王伟坐在桌前，独自饮酒，瓶子放在桌上。花生米、猪杂、豆腐炒白菜三样菜放在桌上。王伟吃水饺。"好吃吗？""好吃。"

王伟进入梦乡。媒婆郝二大娘在王伟屋内，媒婆谈笑风生⋯⋯父母喜笑颜开⋯⋯ 王伟高兴无比⋯⋯

梦醒后，屋内已亮了电灯。屋外，黑咕隆咚。"来，我铺开被子，脱了衣服睡吧。""我走。"她握着王伟的手："告诉我，黑夜想女人不？"王伟："想，但咱俩还没合法手续，我不能这样做。"她怔怔地盯着王伟，一副惘怅然若失的样子。"艳香，不要难过。我要对得起我，你要对得起你，咱们都对得起自己，对得起别人，这就够了。"她迟疑半天，说："我知道，你是个正经人，由你。"

院子里。

她推出车子。她俩出了外门。四周无人。王伟回头，看到她那两只眼睛亮亮的，有泪珠闪现。

年后街景。

西装革履的小伙子，三个一群，五个一伙，卖弄年轻的英姿风流。高跟鞋，穿红挂绿的姑娘们，你拉着她，她扯着你，像时装模特走过街面。相依相伴的新婚夫妇，推着崭新的自行车出了村子。中年夫妇，把着小子，拉着闺女，自行车把上挂着大包小包的东西，也走过街道，上了路。

王伟父母屋内。

老父亲和衣躺在被子上，愁眉不展，"你不得劲，是病了？"王伟娘的声音。老父摇摇头。"唉！"老父叹气。王伟娘沉默了。

院子里。

王伟在喂猪，处处在意，尽量让父母看到他活得有心劲儿、有奔头。他走回南屋。从屋内看到郝二大娘兴冲冲地向堂屋走去。那派头，就像天使一般。王伟焦急地在屋内踱步，看，郝二大娘走出堂屋内。郝二大娘向外走，脸上像抹了一层灰。父母随后送出。"再来坐。"王伟娘的声音。"回吧。"走至南屋门口，她想进南屋。"老二不在家。"父亲拐弯抹角下了逐客令。被父母送出外门，走了。

南屋内。"郝二大娘来给李艳香说媒，让你去她家过。我看得出来，你爹忍着火，好汉不打上门人。说这事以后再商量。"王伟娘在给儿子通风报信。"老二，你过来！"屋外传来老父的叫声。娘俩相随走向堂屋。

父母屋内。父亲："你郝二大娘来说媒，叫你去给小寡妇当招女婿，是你让她来的？""嗯。""这么说来，你愿意这门亲？""人家心好、正派，她愿意，我也愿意。""嗯？你愿意去当招女婿？""这有什么，反正在一块好好过日子就行了。"问到这里，王伟父亲的脸气得变白，又由白变黑，在无法忍耐中，终于爆出三个字："窝囊废！"随着，飞来两个耳光。王伟摸着脸上的红印。王伟怔怔地站着，不知所措，王伟母亲抱住父亲的胳膊说："老二，你还不快走。""站住。"王伟愕然没动。父亲喘着粗气说："怪不得去年腊月里村上风言风语。都说二顺要到朱家做招女婿，我当那些烂嘴婆无事生非，吃饱撑得肚子疼，专门拿咱开心，我这胸口就像压了一块磨盘。不承想你和小寡妇倒商量好了。"

王伟失神的眼睛，委屈的神态。继续传来父亲的怒骂声："人家养儿是顶门立户，我养儿是丧德败兴。给人家去做招女婿，我这张老脸今后怎么见人！你想想，你是王家的后代，却要招给朱家的小寡妇，当牛做马，养活老的，拉巴小的。那孩子长大，认你个屁，一脚把你踢出去，你人也老了，油也榨干了，还有什么用。到时候无家无业、无依无靠，爹养你一场躺在土里，也不安心！"说到这，爬上床去，半躺在被子上，再不看王伟，只是胸部一突一突的，嘴里喘着粗气。

王伟木然地站在那里，眼睛中发出光，他要争辩："爹，你打我是犯法的！""养下你这好儿子，还会和老子讲理，送我去法院吧！""你不让我和李艳香结合是不对的，是你的封建思想在作怪。"父亲呼地坐起来，绝望地说："二顺，爹没本事，没给你娶下媳妇，爹对不起你，爹有罪！爹这辈子只求你一件事，你一定要去朱家做招女婿，也等我闭了这双眼……"父亲的泪珠唰唰地落下来，他尽力睁大昏花的眼睛伤心地看了站在地上的王伟一眼，便又躺倒在那卷起的被子上。

王伟怔怔地看着父亲，看着苍老了许多的父亲，瘦削的脸上纵横刻满了皱纹，头发花白了，一双干枯的手上，明显地暴突着几条青筋。

闪回：父亲担粪。父亲割麦。饭桌上粗淡的饭食。父亲穿着带补丁上衣的身影。发愁的神态。背着孙子的满足。又是发愁的脸庞。眼前的父亲。

父亲的话外音："我对不起你，我对不起你……""等我闭了这双眼，等我闭了这双眼……"

母亲木然地坐在椅子上，一脸哀情，欲言又止，欲哭无泪。"老二，娘求求你，你去吧，让你爹养养神，喘口气。"王伟："爹，你别难过了，我宁愿打一辈子光棍，也不去朱家做招女婿，这可行了吧？"父亲慢慢坐起来，用袖子擦了擦眼睛。说："爹不是让你打光棍。你去和她商量，她要愿意，咱出几万块，娶过她来。你存着一万多，卖了这窝猪娃我这儿也有一万了，咱现在有的是钱。钱花光了，爹的任务完成了，躺在棺材里也高兴。爹不该打你，爹错了。"

街道上。

一块黑板报上，大标题是："抓好精神文明教育，树立好的村风民风。"蝇头小字写满黑板。黑板下，四人席地而坐甩扑克。有围观者弓着腰在那儿看，墙根有晒太阳的站在那儿。

"李家庄的今古奇观，二顺要给朱家的小寡妇做招女婿了。"村民甲说。乙说："狗困得急了还撵母猪呢，二顺着了急，捞着个女的就行。"众笑："哈哈哈……"丙："哎，小声，来了。"继续神秘地说笑。王伟费力地拉着一车土从人们面前走过。

一帮三四十岁的妇女，有的手拿鞋底纳着，有的领着孩子。

甲："养下孩子该姓啥，才不好办哩。"

乙："听说肚里已有了他的娃，要不她那么急，去托人说媒。"

丙："现在，什么样的新鲜事都有。"

她们望着拉车走过的王伟的背影议论着。

王伟屋内。

王伟坐在写字台前低头沉思，嘴里叼着烟。有人敲后墙，王伟看看手表，十一点零七分。站起去开外门。

外门口。王伟拉开门，不觉一怔，李艳香站在门外。王伟颤颤地说：

"你快回去。"李艳香："不，我要进去。""碰上人没有？""鬼也没半个。"
王伟闪开身，让她进去，伸头看看漆黑的街，急忙将门关上。

王伟屋内。她沮丧，伤感，不知是冷得发抖，还是气得发颤、眼圈发
黑、嘴唇发紫，坐在床沿上，半晌无语，只是呆呆地、发恨地看着王伟。
王伟怯怯地低着头，默然坐在写字台前的凳子上。她两只手反插在屁股下。
经过好大一阵的沉默，李艳香说："我知道了，什么都知道了。没想到你爹
会这样，我来就询问你一句话，你是怎么想的？"王伟说："我，我……
爹让我和你商量，多给朱家点钱，把你娶过来。"王伟说着走过去坐在艳
香身旁。"你爹再有钱，我不来你们家，我不能离开无依无靠的孩子和婆
婆。我一走，那个家就散架了。别人说什么闲话我不管，我就是要招一个
女婿。"王伟说："我，我，我不能……"李艳香说："我知道，你怕你爹
气死；怕那些烂嘴们挖苦你，怕人家小瞧你。咱这鬼山沟，就不胜大城市
开通！男的兴娶女的，女的就不兴招男的？"

王伟说："我，我不能…… 艳香，你骂我，骂我爹，我不恨你，一切
都怪我。只求你原谅我，再不要把我挂在心上，咱这就算最后一次坐在一
起说话了。我，我送你回去吧……"

她怔怔地坐着，失望地看着王伟，两颗泪珠在眼眶里闪动，忽地掉在
衣服上。她突然扑倒在王伟的怀里，低声哭泣着说："王伟，我万没想到咱
俩会落到这么个下场。说真的，这阵子我不是可怜我，我是可怜你，可怜
你打一辈子光棍。当初我没有能嫁给你，是我对不起你。你要有胆量，咱
还能结成夫妻。你爹要能择个日子，三年死还是五年死，我等你。那孩子
是他朱家的，我还能给你养一个，可你…… 没勇气，怕！"停了一会儿她
又说道："这阵子，我不能不告诉你了，怕你以后更伤心。我婆婆娘家的远
房侄子，要过来当招女婿，我原先嫌他人笨，不利索。既然和你成不了，
我只得屈就那个家了。可我丢掉你，我伤心，我伤心啊……"她强忍着
小声哭着。王伟听了这些，觉得更伤心，也簌簌地掉泪了。两人抱在一块

痛哭……

王伟从哭中醒来，抬起头说："艳香，别哭了，我虽然二十九岁的人啦，但我有人格，有道德，没有损害你、污辱你。今后咱们各自好好地过。不要伤心了，我送你回去吧。""几点了？"王伟答："一点半了。"

街上。虽然繁星满天，但仍是黑得很，两人并肩走着。王伟的独白："走完这一段短短的路程，我将永远失去她，这种生离，要比死别更为痛苦，难受！"两人缓慢前行的腿。独白声音继续响起："是我的父亲使我失去她吗？不是。父亲很希望让我得到她。是我要失去她吗？不是。她爱我，我也爱她，我更希望得到她。然而，我又不得不失去她。是谁使我失去她呢？"王伟一人在夜色中独行。独白继续："在这茫茫的夜幕中，我茫然不知所答。"

村外。早晨王伟推车上路，回头向井台看了一眼，那儿没有人影。王伟骑车上路。

家中院内，"今天是集，你去卖猪娃吧，小的十斤，大的十六斤。该卖了。"娘说。"我去。"王伟推出车子，往自行车后架上绑了两只柳条编篓……

集市上。人山人海，车水马龙，声音嘈杂。牛马市，猪市。自行车后架篓内的，用绳子拴在树上的，被人提起称斤两的大小猪们哼哼声、尖叫声和着人们的说笑声、讨价还价声奏成一支独特的交响乐。吸烟的老农；穿着呢子上衣的中年人……

"谁的猪娃？"王伟正和一个卖猪的同行蹲在一边抽烟闲聊，一声充满傲气的女尖音传来。王伟回头一看，是个漂亮姑娘。同行搭讪道："小嫂子，过来看看咱们的怎么样？"杨石秀说："真酸，你愿意叫，我还不愿当小嫂子呢。"杨石秀说："这到底是谁的猪娃？"王伟说："我的。"杨石秀说："卖不卖？"王伟说："怎么不卖？"王伟若无其事地回答着。许多人向这时髦女郎行注目礼。脚蹬一双时髦高跟红皮鞋，使她挺胸、收腹、撅屁股，肉色袜子和皮肤合为一体，窄而紧绷的裤子，使丰满的大腿给人一种肉感。天蓝色上衣显得高雅，清爽，白净的脖子，漂亮的脸蛋，发亮的烫发，有神的眼睛。王伟看着姑娘，想入非非了。杨石秀说："咋，你看我不像个买猪的？"王伟说："你又不是研究心理学的？"杨石秀说："你懂心理学？猪娃多少钱一斤？"王伟说："两块二。"杨石秀："去了谎吧，大行市，都是两块。"王伟说："两块一，卖你一只。"杨石秀："两块。卖不卖？不卖就算了。"王伟说："卖你一只。"杨石秀说："拣大的，称一只。就要这个。"王伟借秤称猪娃。"十七斤。"杨石秀说："不对，你打到十六斤上。"王伟慢慢向里挤秤砣绳，老是向下坠，挤到十六斤上，只高一点。杨石秀说："我不说这两块钱，是说你的脑袋不纯，小看我们女的。"王伟不好意思地红了脸。她接过猪，细细看了一番，扭身走出十步远，放进她车子后架上的一个铁丝笼子里。过来递给王伟三十二元钱。她略一沉思。说："再要一只。""称这一个，不，要这只。"杨石秀提起一只。"十五斤七两。"王伟喊道。"也算十六斤吧，三十二块。"杨石秀接的一刹那，猪娃一声尖叫挣脱手，在人缝里乱钻乱撞着跑走了。王伟一边去追一边说："你不抓好？"杨石秀说："我还没抓住，你就撒手了。"王伟在人流中挤不动，又忙返身回来，拴好篓盖，复又挤入人流。王伟满头大汗挤回来，两手空空。"没追上？"同行问。"没有。"王伟垂头丧气地答。

王伟说："我已递到你手里，是从你手里跑走的，给钱。"杨石秀说："我还没抓住，你就撒手了，这钱我不出。"卖猪的中年人为王伟说话："姑娘，怨你，接到手，怎不抓牢？""姑娘，给他三十元散了。""就是，穿得那么高级，怎这么小气？""女人嘛，生性就小气。"杨石秀说："谁做证人？到派出所说理去！"一时大家都哑了。"去就去。"王伟说。杨石秀嘱咐同伴看着车子。王伟推上车子，相随上了路。

相随走到一个几乎没人的拐弯处，王伟气呼呼地将车子靠在墙上。"不走了，谁和你臭娘们打官司去，拿钱来！"杨石秀说："你骂人，看我拿臭鞋打你的嘴！"王伟说："谁怕你只烂破鞋。"杨石秀火了，果真脱下一只鞋向王伟砸去。鞋将挨住王伟的嘴了，被王伟伸手抓住。王伟也恼了，拿鞋准备往房顶上扔。杨石秀怒喝道："你敢。"杨石秀像一头怒狮立在那儿，王伟准备扔鞋的手停住了。王伟揭开篓盖，把鞋扔进去，惹得几只猪娃哼哼直叫。杨石秀忍不住咯咯笑了。一边笑着，一只脚跳着，过来了。扶着车把说："我的一只鞋，没你的一只猪贵，快拿出来，让人看见笑话。"王伟说："再抓你那臭鞋，怕我下辈子倒运，还打光棍！"说着走到一边去。

杨石秀自己拿出来磕磕土，穿上。又拿出手帕擦了皮鞋面。盯了王伟几眼，看得王伟心有点发慌。杨石秀说："咱们是去评理，不是在这儿生气，走。"王伟挖苦地说："我也不是来这儿相媳妇，走就走。"杨石秀怒中带笑、笑中带怒地说："你这个小光棍，当心我这只皮鞋再飞到你嘴上去。"

派出所内。"都有责任，各损失一半。"一位穿新式制服的中年男子坐在桌前说。王伟说："同志，不行。"一边说一边递过去一支烟，自己点上一支。杨石秀把十六元钱放在桌子上。中年人一边吸着烟一边慢慢地说道："不行也得行，这是最公正的裁决。怎么你都比不上人家一个女同志开通？"王伟答道："回去交代不了家里。"杨石秀说："你是光棍汉，又不是妻管严。"王伟说："我有老婆，在丈母娘腿肚子里哪。"杨石秀笑得直不起腰来。中年人也笑了。中年人说："事情既然如此，都得吃亏，不要误了好买卖，快卖你的猪娃去吧。"王伟拿起桌上的十六元钱装进上衣口袋。"谢谢。""没什么。"

外面。王伟推车走着，她在后跟着。杨石秀说："打了一场官司，也不知你是哪个庄的？"王伟气鼓鼓地说："李家庄。"杨石秀问："叫啥？"王伟："二顺。"杨石秀又咯咯咯地笑了。杨石秀笑道："这么个好名字，还找不到媳妇。"王伟又好笑又好气地说："我有没有媳妇，关你什么事？"王伟回头瞪了她一眼，骑车就飞。后边传来杨石秀的喊声："改日到你们村照相，请多关照。"

王伟屋内。夜晚，王伟和衣躺在床上。眼前叠印出：杨石秀俏丽的脸蛋…… 一条腿翘着…… 问名字后的笑态……王伟想着想着笑了。

被窝内。闭上眼，杨石秀的话外音响起："…… 小看我们女的。""…… 快拿出来，让人家看见笑话。""你这小光棍，小心我这只鞋再飞到你的嘴上去。""你是光棍汉，又不是妻管严。""去你们村照相，请多关照。"王伟睁开眼，拿过一张信纸，在上面大大地写了五个字：单相思，无聊。

早晨院子里。"老二，今天阴天，别出门了。""行，吃过饭我去拉几车圈土。"早饭后，天转晴了。"娘，天没事了，我去，晚不了。""给你爹抓两服药来，这是我去张庄叫马中医给开的药方。"

街上。"走，看新女婿去了。"小孩子们喊。大人甲："小寡妇娶女婿了。"大人乙："是个老头，不是小伙？"大人甲不知说了句什么，一伙人哈哈大笑，王伟急推车走过街面，在村边下意识地向井台回望了一眼，王伟骑车上路，身后响起嘹亮悠扬的唢呐声。王伟急蹬车像要飞起来 ……王伟无力地蹬车 …… 王伟的自行车前轮半个下了沟，他伸直两腿，停住，继而掉回车头。王伟木然地坐在摊前 …… 王伟坐在小饭馆内独饮…… 耳边一直回响着刺耳的唢呐声 ……

父母屋内。王伟坐在父亲床边说："爹，你觉得好点吗？你愿吃点什么？""老二，别花钱了，买那么多吃的干吗？我又吃不下。"父亲望着桌子上的几瓶水果罐头和一提兜麦乳精之类的补品说。眼睛无神，显得又苍老了一些。"爹，我已托一个朋友去城里给您捎药去了，听说是一种新出的特效药，对您这种病很管用。"

夜晚，王伟屋内。王伟娘说："有个挺阔气的姑娘，说认识你，想借咱的院子给人们照相，你爹病着，他嫌乱没答应，被小寡妇叫去了。你怎么认识她？"王伟似乎有点心动，但嘴里说道："没意思，问这干啥？"王伟娘说："明天又是集，趁行情好赶紧去把剩下的这几只猪娃卖了去吧。"

集市猪市场。天阴麻麻的，似乎要下雨。王伟篓内还剩一只猪娃。人们陆续走了。王伟也骑车往回赶路，下起了毛毛细雨。王伟从一岔路口抄上一小道，毛毛细雨一直未停，更密了一些。头发脊背都淋湿了。路上开始泥泞难行。王伟精疲力竭地下了车。推着车前行。

前面到了一村庄，杨家屯。雨越发紧了。王伟面前出现一所房院，街门口站着一位四十六七岁的妇女，正在往远处瞭望。王伟说："这位婶子，我饿坏了，花钱买两碗饭吃，行不？"石秀娘说："一看你就是个做买卖的，是吧，出门人难着哪，孩子，家来吧。"进门映入眼帘的是，四间北屋齐刷刷的蓝砖红顶。红砖院墙。王伟把自行车停在院内的东棚下，随她进屋。

屋内。干净整洁，给人的印象是舒适、阔气。石秀娘问："哪个村的？""李家庄。""噢，离这十五六里路哪。"石秀娘一边和王伟搭话一边忙乎。在炉子上坐上小铝锅，放油、葱，倒进烧壶内的水，下了一斤挂面。石秀娘走到菜板前，抓起切好的鲜菠菜放进锅内。王伟："大婶，家里几口人？"石秀娘说："就一个闺女，我们娘俩。她高中毕业就得了急性肾炎，误了考大学。她爹原是公社食品站的副经理，她病好了正要去复习，她爹就得心肌梗死去世了。后来在家又养猪又养兔的。"

外边，天发暗了，雨停了。王伟说："大婶，天快黑了，我得走……"石秀娘说："迟走会儿，路上利索，你们男人不怕走夜路。"王伟听石秀娘口齿利索，问道："老婶子也有文化？"石秀娘答："完小毕业，多多少少识几个字？"石秀娘说："后来，我那闺女又去学了照相。这不，天天到外边跑，晚上回来忙到深夜，孩子，你是做啥买卖的？"王伟说："今天去赶集卖小猪。"石秀娘笑着说："我那闺女太任性，上月十九她去赶集，把个卖猪的打了一皮鞋。对，就是你们李家庄的，叫，叫二顺，你认识不？"王伟不好意思地说："大婶，我就是……"二人哈哈哈大笑了一阵儿。石秀娘说："回来给我学舌，叫我臭骂了她一顿。"石秀娘拉亮电灯。石秀娘审视着王伟，王伟显得很不自在。

王伟站起说："大婶，给留下这 20 块钱，算饭钱。"石秀娘说："这孩子，大婶管你两碗面条，算替闺女赔个不是。"两人正在推让着，门吱的一声开了，进来一个人，顺手脱去雨衣，王伟愣了：面前站着杨石秀。石秀娘说："这就是我闺女，叫杨石秀。"王伟显得很尴尬。杨石秀看到王伟难受的神态，故意说："哟，你怎么跑到我们家里来了……"王伟说："我……"石秀娘说："这孩子，怎么说话的，还不快给人家道个歉？"石秀说："道什么歉！那天到他们村去照相找他他不在，他爹把我赶出来。今天找他他又不在，二顺，今天又躲哪儿去了？"杨石秀一本正经。"去赶集卖猪。"王伟回答。杨石秀说："妈，快给做饭。"石秀娘："早吃完了。"石秀做个鬼脸说："还有我哪！"石秀说："走，二顺，来给帮下忙。"石秀娘说："别耽搁人家大会儿，人家还赶路呢。"石秀说："妈，我知道。"

西间房内。这是石秀的工作室兼卧室。紧靠侧墙有一张乳白色单人床，被子叠盖着。床单上红花绿叶相衬，格外鲜艳。床旁是个大书架，塞满各色各样的书，床对面是 25 英寸的电视机，如果打开，主人无论坐在床上或写字台前的椅子上，距离或角度都很合适。中间一个小巧的铁炉，火着着。那写字台设在窗下，玻璃板下压着她照的各种姿势的照片。全身的，半身的，正面的，侧面的。少男少女居多。后边开着一扇小门，里边是暗室。

杨石秀说："二顺，听说你是个手艺人，我的暗室太小、太简陋，我雇你给我重新设计重新装置一下，使一切设置既得当又美观。再一条，两个人工作，既不宽绰，又不拥挤。给你两天时间，乐意揽这个生意吗？"王伟略一沉思说："乐意。不过，你怎么知道我是干手艺活的。"杨石秀说："这暂时保密。"王伟想了想说："李艳香告诉你的。"杨石秀说："我姐。"王伟说："怎么，你们有亲戚？"杨石秀回答："我姑老娘家的姨家的一个表姐。不过，我俩挺拉得来。"杨石秀说："明天七点半来这儿吃饭上班，迟到一分钟扣你工钱。再问一句闲话，你今年都二十九了，为什么不愿当招女婿，却宁要打光棍？"王伟吞吞吐吐，就是说不出什么。杨石秀说："我作答案：大男子汉思想严重，女人算什么！还想招男人？我们男人只能娶女人！对吧。好！那就做你堂堂正正的男子汉，当你老老实实的光棍汉去吧！"王伟欲言又止。杨石秀看了一眼王伟。"不好受，来，消遣一下。"她打开电视，是文艺晚会。电视屏幕上陈红在高唱："常回家看看，回家看看……"王伟慌闷苦涩的神色，不时偷看一眼石秀。石秀全神贯注，津津有味地看着电视。

杨石秀关了电视，扭身问道："你不爱看这种节目，爱看我？"说着，甜蜜地一笑。王伟面红耳赤。石秀说："艳香姐向我提出一个问题，你能猜准，我给你拍张艺术照，把你的光辉形象压在我的玻璃板下，猜不准，工钱一分不给。"王伟来了精神。王伟一想，说："李艳香给你介绍我？"杨石秀笑了，笑得伏在床上直不起腰来，而后坐起来，眼里闪着泪花，脸也红了，还是笑……王伟以胜利者的姿态观察着石秀的举动。她没有一般姑娘的羞怯，也没有被心上人击中要害的甜蜜。她用手绢擦了擦眼，平静如故地问："你真是这样想的？"王伟点了点头。杨石秀说："你猜对了，我当你是块敲不响的石头，就叫你木鱼石吧。我喜欢如此聪明勇敢的男人。不过，可惜我正在和人谈恋爱！"王伟听后失望了，心冷却了，像重重地挨了一下电击，头晕目眩，想站起来走，却站不稳。复又坐下。杨石秀说："王伟，王伟，你怎么了？"王伟无力地说："我该走了。"杨石秀扶着王伟的肩膀："快到床上躺一躺。"王伟说："不，我走。"

门外进来一西装革履长头发的年轻人，手里夹着一支烟，嘴里哼着："记住我的情，记住我的爱……"鄙夷地看了王伟一眼，问道："石秀，这位是……"石秀说："我最好的男朋友。"王伟惊讶的神色。一块毛巾扔过来，"把汗擦了，兴许是感冒了。不要回去了，就睡我这儿，我到我妈那屋去睡。"长头发年轻人说："脏了你的行李！"顺手打开电视。杨石秀淡然一笑："这里的主人是我。"扭身把电视关了。

院子里。王伟把一只猪娃放进猪圈。杨石秀说："命里注定该买你的两只小猪。喂两个争食吃，长得快。"两人都看着嬉闹、亲昵着的那一对猪娃。两人抬眼互看一眼，正好与对方脉脉含情的目光相遇。石秀说："你等等，我去拿钱。"王伟说："不要，不要。"石秀说："那就干完活一块算吧。"二人说笑着向东走。石秀想了一会儿说道："你应发个遗失声明。"王伟不解地问："什么遗失声明？"杨石秀道："王伟，你这个名字和你这个人太相配了，可你那小名……"王伟道："同志，我的名字也值得你研究？""你这大名名如其人。可那小名，使人听了实在觉得不太舒服。我建议你发一声明，这样写：遗失声明。我叫王伟，是龙岩镇窑子头村农民。现将小名：'二顺'丢弃不用，声明作废。忠告一句：望捡到者，不用为妙，否则，后患无穷……"石秀咯咯咯大笑起来。王伟也跟着笑了，一边笑一边说："好啊，你拿我开玩笑。"二人大声说笑着走向自行车。

门外。王伟充满醋意地说："祝你幸福。喝喜酒时可别忘了我这个特别的朋友。"石秀在王伟脊背上捣了一拳，说："你真是块木鱼石，又响又鬼。我同样祝你幸福。喝喜酒时，也别忘了我。"石秀又道："记住，准时。"王伟回望一眼。石秀招手。王伟上车。传来石秀的声音："路上骑慢一点……"

王伟的独白：

她和谁在恋爱？现在还坐在她屋里的那个长头发青年？甭管是谁，既是正在恋爱，尚未成功。我已经获得了争取恋爱、争取成功的权利和希望。我充满勇气；我浑身是力；我信心十足……王伟骑车蹬上一大慢坡。继续向前……

石秀房内。"喂，王师傅，出来歇会再干吧。""石秀同志，请喊我王大哥好了。""你今年多大，该喊我姐姐。"王伟问道："你今年多大？"石秀答："三十。""瞎说，到底多大？"石秀笑了笑说："二十五了。"

杨石秀屋内。石秀趴在桌上给照片着色。传来石秀娘的喊声："石秀，饭好了，喊王伟过来吃饭吧。""王伟，吃饭了。"石秀从里门口瞧着王伟干活的背影喊道。屋内到处摆得凌乱不堪。

屋内。"哎，你干吧，需要什么，问我妈要。我去龙岩镇办点事。"王伟回答："嗯。"

"妈，我去龙岩镇买点东西。"石秀娘说道："去吧，疯丫头。"

石秀骑车行走在路上，满面春风得意扬扬……

石秀房内。王伟从里间门口喊："石秀，请来验收吧。"石秀惊喜地说："这么快，就完了？"王伟说："一天多了，还不该完？我这是按计件工的速度干的。"石秀放下照相机走进来。映入她眼帘的是红灯，绿灯，显影盘，定影盘，器材，印箱，放大机，水池。摆设得井井有条，利索美观。石秀走过去一一审视着……王伟看着石秀的表情……石秀说："太棒了。"王伟："过奖了。"石秀训道："谦虚点。"王伟说："遵命。"石秀忍不住笑了，王伟也笑了。二人对视……

石秀忙着倒水，拿香皂，毛巾。王伟洗手。又换水洗脸。王伟坐床上抽烟。石秀莞尔一笑，说："我要有你这么个助手，那就太好了。"王伟一语双关地说："我岂止做你的助手。"石秀鼻子里哼了一声，说："哟，你想统治我？"王伟说："如果你愿意，我有这个野心。"石秀开心地笑了。石秀说："我喜欢如此勇敢的男人。不过，我对你放弃和表姐李艳香的结合表示遗憾。你还是懦弱的，没有冲破那种势力的勇气。"王伟被说得垂首红面。一股失望的感觉袭上王伟的心头。石秀看一眼王伟，狡黠地笑笑，说道："你失败了。对吧？现在光线正好，是该你当主角的时候了。来，武装一下。"

石秀从柜里取出一个包袱。解开说："昨天，我去龙岩镇，特意为你买的。"王伟说："让你破费，真不好意思。"石秀训道："滑嘴。"映入眼帘的是一身灰色西装，一副领带，一双男式皮鞋。石秀向皮鞋内垫了一双绣花鞋垫。石秀给王伟扣衣扣，拉展裤脚。帮王伟拢发式。王伟脚上黑又亮的皮鞋；带裤缝显线条的裤子；大方气派的上衣；王伟漂亮的发型；王伟得意的神色。石秀满意的笑脸。石秀说："如此漂亮，不知将来是何人的新郎？"石秀话一说完，急又捂嘴，背过身去，笑个不停。王伟脱口而出："一定是你的。"石秀转回身来，脸红扑扑的，脸含羞涩。石秀带点忧伤地说："你没有这个资格！"王伟急想问为什么？外边传来石秀娘的喊声："吃饭了。"石秀拿着相机说："妈，这卷还剩两张，我给他照了。"

院子里。石秀看着取景框里的王伟抿嘴笑了。"好。"随着咔嚓一声石秀喊道。她又搬出一高凳子，把相机放在上面，调好焦距。一开自拍扳手，急忙跑过去，王伟欲躲。"咔嚓。"定格。

石秀娘站在门口，微微笑着说："该吃饭了。"

石秀娘屋内。石秀不在，石秀娘和王伟在交谈："王伟，我们家么也不缺，就缺个男人，苦重的活儿女人总是不行。比如说，向地里运粪，现在又该向地里备肥了，可石秀我们娘俩怎干得了，这些活儿总得求人。"王伟说："今后，大婶，这些活我包了。"石秀娘说："你……真不好意思光麻烦你。"王伟说："大婶，您说那儿去了，年轻人多出点力没什么。下午我就开始拉粪。"

石秀房内。王伟脱下西装，换上自己的衣服。石秀问："么，你要回？"王伟说："嗯。"石秀沉思一会儿，掏出200元钱给王伟说："工钱，小猪钱都有了，你走吧。"王伟说："东吴再好，不是久留之地。"石秀怒火冲天："滚！"王伟眨了眨眼睛，笑着说："你也会生气，我宣布：今天下午我是运粪大队长，亏你自称懂心理学，不过如此。"石秀精神大振："好个二顺，叫你拿我开心。"石秀一边朝王伟脊背上轻轻打着一边笑着说道。两人的笑闹声，充满屋里，传到院里。

路上。王伟拉着粪车弓腰前行，石秀在后屈腿推车。这是在上坡。平坦的路面上，石秀上身穿着一件洗得有些发白的劳动布工作服，显得干净利索，看上去倒像个青年女工。她不时看一眼拉车的王伟，喜悦的心情无法掩饰。

耕过的地里。王伟停下车。"就卸这儿？""嗯。"石秀走过来架住车把。王伟解绳，拉掉后笆。一边去拿锹卸一边嘱咐石秀："使劲儿架住。"后又走上前去，两人一起架住车把向前拉了几步，放下。石秀看到王伟头上的一层细汗珠。"来，我卸。""你休息会儿吧，我卸就行。"王伟说道。

路上。二人笑得前仰后合。石秀说："你该去说相声。"王伟说："怀才不遇，伯乐都跑到城市里去了。"石秀说："毛遂自荐。"王伟说："水平太高，怕找不到合作者。"石秀说："说单口相声。"王伟说："现在不时兴了。我看，你当个配角，倒还凑合。"石秀说："去你的吧。"二人又笑。

晚上，石秀房内。石秀坐在矮凳上洗衣服。王伟拉起架子上的胶卷看着，笑了。王伟说："这张像，你不怕别人说闲话？"石秀反问："你怕吗？"王伟说："我不怕。"石秀说："你愿意，我愿意，别人管不着。"王伟欲走向前去亲热。石秀说："你那天见的那个长头发青年，是信用社主任的儿子，我叫他'花花公子'。天天晚上上我这儿来，村里闲话不少。有一次，……"石秀的回忆：

石秀的工作室里。红灯亮着。石秀说："把定影盆里底下的照片捞进水里。"长头发青年走过去捞照片。石秀说："托你办件事，让你爹给贷五万元钱，我有急用。"长头发青年说："没问题。有什么事，尽管吩咐，我愿效犬马之劳，这事包在我身上。"石秀说："提前谢谢你了。"长头发青年说："不过，我也有个条件……"石秀问："什么条件？"长头发青年答："让我亲一下你的嘴，只一下。"他贪婪的眼睛看着红灯映照下纤细腰身，红润脸蛋，楚楚动人的杨石秀。身不由己地凑过去。石秀"啪"一下拉开白光灯，端起一盘显影水向长发青年泼去，恼怒地说道："现现你的原形！"

回到现实。"哪个男人小看我，动手动脚，我敢掏出他的苦胆来。"王伟听到这，惊得退回到了床边。王伟说："你不是和他恋爱吗？"石秀苦苦一笑："不瞒你，恋爱过。恋爱就要他随便亲我？不少电视剧一出现恋爱的场面，就搂腰，就亲嘴。这个导演是这样想的，那个导演也是这么想的，大家都想到一块，也就都笨到一块了。我敢夸口，如果我当初走上导演的道路，我导的戏和他们导的不一样。"王伟静静地听着："我发现他只图享受，没点男子汉的味，他占有不了我的这颗心。我早已谢绝了他。"王伟说："你也都二十五了，要找一个什么样的人？"杨石秀说："像你这样质朴正直，有知识又有手艺。但要比你有勇气。"石秀用手搓衣服。王伟又问："你说正和人恋爱，既然不是那个长头发青年，又是哪个？"石秀脸红了。说："亏你还是块木鱼石。那次在龙岩镇，从我的皮鞋飞到你嘴上，知道你是个光棍汉，我就有点喜欢你了。从接触和表姐的介绍中我了解了你这个人，也爱上了你。你占有了我这颗心。但是，我有精神准备，咱俩的恋爱，很可能从希望开始最后以失败而告终，因为……"石秀早已停下洗衣服，干坐在那儿。石秀眼圈有点湿润，突然中止了说话。王伟心中像燃着一把火，陡然地站起，走向石秀，两手抓住石秀的肩膀。乞求似的说："石秀，因为什么？你说啊，你快说啊！"石秀站起来，擦了手，也坐在床沿上，"你为了父母亲，没有冲破那种封建势力的勇气，把表姐的眼泪都流干了。我没有泪，只有一身傲气，爹妈没有儿子，只我一个女儿。在咱这地方，为什么只能男的娶女的？我杨石秀偏要招一个女婿，还必须是个有才能、有进取心、才貌双全的男人。如果达不到目的，我情愿独身到死。"王伟走上去抱住石秀的腰，鼻子挨到了她的脖子，激动地说："石秀，你有资格统治我。我什么都不怕了。只要有你，我什么都不在乎。我要让你过得比世界上任何女人过得都幸福。"石秀响亮地亲了王伟一下，说道："伟，你要老实，这是真心话？"王伟说："上有天下有地，这话要不是从心里说出来的，让我明天早晨穿不上鞋。"石秀笑着说道："去你的，我这儿不要屈死鬼。"石秀仰起脸，又情不自禁地亲了王伟一下。王伟说："不行，你亲了我，我得亲你。"她滚到床上，两手捂着脸，咯咯地笑着。王伟就势滚上床，两人笑着、闹着……两张嘴亲在了一块，王伟使劲儿抱着杨石秀……

四只眼睛对望着，两张嘴喘着粗气。两人都流出了幸福的泪。杨石秀说："伟，我有了你，心里踏实了。咱们要追求事业。龙岩镇是个大集镇，我想，咱在那里开一个家用电器维修部，开一个照相馆。"王伟说："好极了，你当经理，我做技术员。"石秀说："不，你当董事长。"

门外，响起石秀娘的咳嗽声。王伟赶紧滑下床，端坐到椅子上去。石秀忙站起，拉展床单。

石秀说："你在我这儿睡，我去和妈睡。"王伟说："不，我回去。"石秀走到门边，向外看了看："天太黑，就别走啦。妈，你看电视不？"

石秀娘屋内。石秀和母亲各自一个被窝。"妈，我好几年没跟你一起睡了。"石秀凑过去和妈说话。母亲微笑着看着女儿。"妈，我艳香表姐给我介绍了个对象，你看他人怎么样？"石秀娘说："谁呀？王伟。这孩子不错，又老实又能干。秀，你是怎么想的？"石秀说："妈，我想……"石秀娘说："鬼妮子，妈早看出来了，你对他有意……"石秀说："妈，我不让你说。"石秀娘说："好，好，妈不说。你都二十五了，在咱这农村，也不是小年龄了……"石秀说："妈，让他来咱家。"石秀娘说："他愿意？"石秀说："愿意。"石秀娘说："人家父母能愿意？"石秀说："会愿意的。"

王伟家院内。王伟西装革履，回到家里。父亲坐在堂屋门口晒太阳，母亲正烧火准备做饭。看到王伟的这身穿戴，全家人都感到很惊奇。小侄跑过来。王伟抱起说："快，叫叔叔。"父亲见儿子心情愉快，也很高兴。"老二，咱有钱，这好年头就要抖富，这身衣服爹看着顺眼。"母亲见儿子，老头都高兴，眼睛里也有了光彩。说："老二，好几天没在家，今天吃面条，炒鸡蛋。"

王伟骑车走在路上，神色飞扬……

王伟在修理摊前，谈笑风生……

南屋内。王伟哼着："你总是心太软，心太软……"他站在镜子前欣赏着自己的风度，右手拇指和中指打了一个响亮的响指。

王伟躺在被窝里，伸展身子，觉得舒服极了，想着想着，自己笑了。猛然想起什么，翻身趴在枕头上。拿过信纸，写道："亲爱的秀：……"

石秀房内。石秀坐在写字台前看信，响起王伟的声音："亲爱的秀：分别有半个多月了，半个月真长啊，在我来说，像过了一年。一个月内我送样东西给你，你猜猜看，是送你什么？秀，请允许我在信中吻你一下好吗？石秀把信双手捂在脸上。话外音：秀，有什么指示和任务吗？我在等待命令……"石秀托起信，响亮地吻了一下。

院子里。石秀娘说："秀，你邮的药粉来了。"石秀说："妈，什么药粉？我看。"石秀走过去接过包裹单。石秀奇怪地说："妈，你说怪不怪，我又没给人家邮钱，怎么会给我邮显定剂呢？不过，据青年报上介绍，这种新产品很好。既节约又方便。"石秀娘说："你没求过同学什么的买？"石秀想想，说道："没有呀。"石秀娘说："真是怪事。"石秀说："莫名其妙。"

王伟家。王伟天快黑推车进家。娘说："老二，今天送信的送来一封信。"王伟接过，看到信封的底边上写着内详二字，快步走回南屋，迫不及待地打开。"伟：接信速来，有急事……"

早晨，王伟急速蹬车在赶路……

石秀家门前，王伟停车整装。

院子里。石秀娘正在端着粮食喂鸡。王伟说："大婶。"石秀娘说："哎，王伟，你来这么早，累坏了吧。"王伟说："不累。"石秀听到说话声，从屋里跑出来，散着头发喊道："傻瓜，你还真来了。"石秀娘说："熊妮子，怎么说话？"石秀说："来。"王伟跟去。石秀娘看着两人一前一后进屋。笑了。

石秀房内。石秀继续梳头，穿着一件薄薄的尼龙上衣。

王伟一边打量着杨石秀一边问："秀，什么事？"石秀说："我先问你，想我没有？"王伟说："睡着的时候都想。"石秀说："想我，怎么不来？"王伟说："没有你的命令，不敢来呀。秀，找我来，到底有什么事？"杨石秀说："第一项指示，今天中午跟我去龙岩镇看房子。有一家全家都搬省城去了，要卖镇上的房子，正好靠路边。"石秀顿了顿，接着说，"第二项指示么，明天我上你们庄，让我表姐去给咱做介绍人。不过，你千万不要说，一切由我安排，我会战胜他们的。""臣遵命。"王伟高兴地说道。杨石秀说："喂，你说送我的东西呢？让我猜了这许多天。"王伟说："怎么，还没到？"石秀说："什么还没到？"王伟说："邮包。"石秀重复着说："邮包。邮包。西安邮来的定显剂？"王伟说："对。"石秀说："好你个王伟，害得我们娘俩对这邮包都莫名其妙。"王伟笑着说："我从科技报上看到介绍这种新产品。我就寄钱给你买了些。说是一个月内到货。达到我预期的结果了，让你莫名其妙。"石秀说："你，真坏。"两人大笑。石秀说："伟，我给你买了两本书。"王伟接过书，看了看书皮《彩色电视电路图汇编》《家用电器 100000 题解》，继又翻看书的说明，大声说道："太好了，谢谢你，秀。""嘘！"石秀把食指立在嘴上，后又向院里指了指……

　　王伟在太阳落山之前向回赶路。身边时而掠过几个骑自行车的或一辆小型拖拉机。王伟自己心里想：说实在的，我心里仍捏着一把汗，降临到我头上的，将是终生的幸福呢，还是终生的苦痛？我怕，我真怕……

　　父亲接过照片仔细看着，笑了。是张六寸的上色照。"嘿，红红绿绿的，就像从大地方来的，好，照得好，照得好。"嫂妇人抢去看，看着看着也笑了，笑着显得更丑。哥接过。侄儿嚷着："我看，我看看。"王伟拿着让他看。小侄子也笑了。母亲接过，细细品赏了一番，乐得那张嘴就像开花的石榴。照片上，王伟和石秀挨得很近，二人都幸福地笑着。

　　李艳香："大婶，我去叫石秀。"王伟娘说："行，他嫂，你去吧。"

　　堂屋里。"老大，你去到食品上买几斤肉，再到饭店买个烧鸡，买斤炸鱼。再买二斤豆腐丝。"父亲在发布命令，"给你这一百块钱。"

　　"老二，你快回南屋，收拾收拾。别叫人家来了笑话。"王伟正欲走，"回来，"王伟转回身，"老二，你有两万多，带上卖小猪的这些钱我这儿也有快二万了。再借点，咱娶她！爹告你，千万不要小气，不要吝啬钱，钱是人挣的。"王伟说："人家不在钱上转圈圈。"王伟走出屋。

"他娘，你干啥去了，快准备做饭。""我给你找件衣服，看你穿的那身。"王伟娘回话。"你也换上件好的。""哎。"王伟也忙着拾掇。

李艳香领杨石秀来了。手里提着一架海鸥全自动相机。二位进屋，全家站了起来。王伟走上前去："你来了。"石秀点点头。艳香说："这是王伟的父亲。"石秀说："大伯好。"王伟父说："好，好。"艳香说："这是王伟的母亲。"石秀说："大娘好。"石秀走到嫂妇人跟前说："这位也不知叫什么？"艳香介绍说："王伟的大嫂。"石秀说："大嫂好。"看到嫂子的丑态想笑，终于还是忍住了。"孩子，坐吧。""坐吧。"母亲穿着刚换的的卡上衣在倒水。嫂子代劳捧上。石秀站起，接过放在桌上。王伟娘说："孩子，你母亲身体壮实？"石秀说："大娘，母亲身体好。"父亲说："你们那边收成比我们这边还好。"石秀说："好不多少。"全家人都在开心地笑……

杨石秀道："大伯，现在光线好，咱们照个全家相吧。"父亲说："行，行。"母亲小声说："可你还病着。"父亲白了母亲一眼说："用你多嘴。"

院子里。父母坐在两把椅子上。王伟娘抱着孙子说："一定照上你。"石秀说："少不了。"艳香递给石秀一高凳。石秀调好焦距，按下自动快门，走过去站在王伟身边。咔嚓。定格。

王伟父说："孩子，不要见外，就在这儿吃饭。"哥哥买东西回来了。大包，小包，好大一堆。哥嫂抱儿子回西屋。艳香说："入乡随俗。石秀，按咱山沟的风俗，要给爹娘行个见面礼。"她落落大方，走到王伟父跟前："爹。"行了个礼。又走到王伟母亲跟前说："娘。"爹娘喜得热泪盈眶，连说："不用了。不用了。"

饭桌上。石秀说："爹，娘，我和王伟的婚事，你们不用操心。我和王伟商量好了，省下钱到龙岩镇开一个家用电器维修部，一个照相馆。正好有一家要卖房子。要三万块钱，咱有五万就能开张营业。"王伟父："我和王伟不到四万，爹再给你们借。"老头笑了。石秀说："爹，我还有一万多，开张营业没有问题。"王伟父说："好，好。"石秀又问："我和王伟不在这里过日子，您满意？"父亲喝了几盅高兴，满脸通红。笑着说："满意，满意，你们到北京，我才高兴哩，嘿，嘿，嘿……"父亲说："这孩子知书识礼，大方能干，人样儿又好。好媳妇啊。"

母亲说："我说姻缘不到，你还死和我抬杠。这不，好媳妇自己上门来了，还会照相，还能当经理。"

父亲说："罢，罢，罢，女人常有理，这下你更有理了。人家开了张，我还能看个门，扫个地，你能干吗？"母亲说："我不能做饭？再说，我准备看孩子，抱孙子。"父亲嘿嘿一笑："人家二小家炒的菜比你炒的菜有滋味多了。"母亲说："就你有理。"

镇上。王伟父亲和王伟、石秀在看房子。父亲说："不贵，也便宜不了多少。差不多。"石秀指着墙说："在这儿改个门。"王伟点头。王伟父亲说："这地势不错。"

一个风和日丽、阳光明媚的四月天里。

"二顺娶媳妇了。"小孩们喊着。

"二顺娶媳妇了。"大人们传着。

唢呐手刘三领着他的三班响乐，吹着、敲着穿行在大街小巷中……

杨石秀由李艳香陪着，后边跟着男女随员七八人，各推一辆自行车，威威武武进了村。鞭炮齐鸣。街两旁大人说笑着；小孩追逐着。刘三的响乐冲破云霄。在街中间，杨石秀赏了刘三一条希尔顿香烟。刘三吹得更加卖力。站在石头上，脸蛋鼓鼓的，唢呐声悠扬、嘹亮……一直在响着。

"新媳妇，自己骑车上门，新鲜事。"

"好，二顺，找了个仙女。"

"没治。我看咱们村还没娶过一个这么漂亮的媳妇。"

"二顺，真有福气，咱也等到三十再找对象。"

"串村照相的，有技术又有钱。"村民们在议论着。

另一个角落。几个烂嘴婆在议论。

"想不到，二顺还能娶上媳妇。"

"长得还有几分姿色。"

"我看，准是个风流货。"

别的几位听到两人的话都躲走了。只剩下她们俩孤零零地站在那儿，显得有些可怜。

人们的眼神：羡慕、向往、惊奇……人们脸上都带着笑。有的静静地看，有的说笑着、打闹着……

唢呐声还在响着……

王伟房内。王伟说："原你说招我，怎么又让我娶你？"

石秀说："招不招，我只要你承认，别人承认不承认没用，我又不和他们过日子。再说，和那种势力斗争，也得讲点策略。"王伟侧耳细听："让那些烂嘴们去羡慕、嫉妒你去吧，再说，你父亲那么大年纪了，一时转不过弯来，给他个面子让他高兴，你啊，笨蛋。"

石秀房内。被窝里。王伟扭身搔石秀的胳肢窝。石秀痒得咯咯咯大笑。王伟说："叫你妈听见笑话。"石秀说："什么我妈？你不叫妈？你是招女婿，要叫妈。快练习，口顺了，才能叫出来，快。叫妈，叫。"

王伟轻轻地叫了一声："妈。"

石秀低低地应道："哎。"

王伟说："你，好啊，讨我的便宜。不行。今天不能饶你。"说着紧紧抱住了石秀。两人抱在一起，石秀的笑声更大了。

石秀说："哎，伟，我得先给你商量个事。"王伟问："什么事？夫人。"石秀说："你得答应我，咱们三年以内不要孩子，等咱的事业初具规模了再要，行不？"

"行！"王伟说。

石秀一个响亮的吻。

淡淡的忧伤

一

陈超群又点燃一支烟，深吸了一口，靠在椅背上，眼睛盯着窗外想心事。昨天是星期天，整整睡了一天，可今天还是打不起精神来。这时陈超群的眼睛看到窗外树梢上有两只麻雀在追逐嬉闹，树梢刚变绿，天空有些灰白。陈超群收回目光，觉得心里有股无名的烦恼涌了上来。他想这时手里有一支枪该有多好，把那两只麻雀打下一只来，看另一只如何着急。

坐在对面的种干事抬头向这边看，又低下头写东西。陈超群嘴角向两边一扯，没笑出声来。种干事也挺不容易的，在外边是个堂堂正正的男子汉，机关的保卫干事；在家却是个三等公民。他们家的"一把手"特有威严，种干事除八小时的工作时间外剩下都归她支配。晚上外出必须请假，比如加班、会友，理由一定要充分。但不许一个人去招待所、活动中心等女孩子多的地方去，这有明文规定。

种干事怕老婆在机关是出了名的，但种干事自得其乐。他说现在这个社会就是阴盛阳衰，这是大势所趋。女人爱你才这样，像有些女人，对丈夫放任不管，并不是她管不了，你解放我也开放，这样双方心里都感到平衡。

陈超群摁灭烟头，端起水杯就向嘴里倒，可杯子快横过来了也没有水流进嘴里，他又懒懒地把杯子放回原处。拉开抽屉，翻了一下里边的东西。用眼角的余光瞅了种干事一眼，看他守在电脑前专注地打东西，他拆开一封信看了起来。分机关来五年多了，这封信记不清看了多少遍。从南京政治学院毕业至今，陈超群一直未读懂这封信。

二

这封信是文静退伍时留下的。

那是寒冬的一个夜晚，晚上八点左右，陈超群记得清清楚楚。自己正在打字室里加班，赶打一份办公室主任交给的材料。听到那声"报告"时思维出现了片刻的中断，键盘上的十个手指自觉地停止了动作。

"报告。"又是一声。楼道里很静，那女孩子的声音特别悦耳动听。陈超群抬头向门口看去，门关得好好的。停了片刻，陈超群坐不住了，想去开门看个究竟。

拉开门，他一下子怔住了，一个兵规规矩矩地站在门口。"请问，你找谁？"陈超群用眼扫了一下，是个肩上一道杠的新兵。心想刚才是不是自己的听觉出了毛病，要么这人天生就是一副女人腔？

"报告首长，我找陈超群同志，他是我哥。"不对呀，真是个女的。她找她哥，她哥也叫陈超群？她明明看到了，我也是个兵，还喊首长，再说这语气好像也有点不对劲。

"我可以进来吗？"那女兵捂嘴想笑。

"请进。"陈超群不知道说什么好。

"哟，工作环境不错嘛。"那女兵轻快地走进来，环视了一下四周说。一百八十度大转弯，从语气上听，俨然她又成了首长。

明亮的灯光下，陈超群看到了那张衬托在军帽下很俊很美的脸蛋。有点面熟，好像在哪儿见过？

"想不起我是谁来了吧，真是贵人多忘事，我叫文静，去年在火车上……"

"噢，噢，想起来了，想起来了。你真来当兵了啊。对不起，对不起，看我这记性。"陈超群立即热情了许多，"快请坐吧。"

陈超群想起了去年火车上相遇的情景：

那是夏天，我从济南转车回北京。3 点多，我登上了青岛至北京的 26 次列车，车上正好还有座，我找了个靠窗的地方坐下。把军帽摘下来挂在衣钩上。

开车铃响了第二遍后，一个十六七岁的小姑娘气喘吁吁地跑了上来。她来到我跟前问："同志，请问这儿有人坐吗？"小姑娘的声音很甜。

"哦，可能没有人，我也刚上来。"我用眼偷扫了小姑娘一眼。

"噢，谢谢您。"姑娘抬头看了眼行李架，"能否麻烦您帮忙把包放上去。"小姑娘不太好意思地笑着对我说。

"当然可以。"我站起来帮她放包。

坐下后，列车就开动了。她笑着说："我可以喊你解放军叔叔吗？"我忙说："那怎么行，我比你大不了几岁，就喊我陈同志吧。"

"陈同志，这怎么能叫出口，好像我比你还大似的，要不就喊你陈大哥吧。我从小就梦想穿上绿军装，你们部队上很有意思。我叫文静，是济南市 107 中的学生，刚参加完高考，若考上不大学，我就报名当兵去。"

"部队上可不像地方上那么自由，也没你想的那么浪漫，到时候吃不了那个苦，你会哭鼻子的。"我正儿八经地说。

"我才不会哭呢，我可没有你想的那么娇气。"她很自信。

她穿着一件浅蓝色的短袖文化衫，白色长裤，短发，看上去很精神很纯情。

"喂，你家是哪儿的，也是咱山东人吧？"

"俺家是梁山县的，你看过《水浒传》吧，俺家就在梁山脚下。我回家是处理父亲的后事来了，母亲在我十岁就不在了，我现在是无牵无挂了。"说到父亲，我的鼻子有些发酸。爹一把屎一把尿把我拉扯大，我却一点孝心也没有尽到。爹是得胃癌死的，病重期间一直没有告诉过我，邻居说他死前吐血吐得厉害，都劝他给我打电报让我回去，他不答应。

"陈大哥，对不起呀，我说话引起你的伤心事了。"女孩站起来不知所措。

"没事，没事，不怪你。"我努力想挤出一点笑容来。

列车员走过来，搜寻的目光落在我的头上。"解放军同志，请你做我们这节车厢的治安员好吗？"

"可以。"我振作起精神。

"待会儿请你到列车长室开个会。"列车员递过来一个红袖标。

……

陈超群收回思绪，满含歉意地说："你看我这儿也没有什么好招待你的，真不好意思。对了，你在哪个部队，分配干什么？"

"就在军区司令部，和你同行，当打字员。这不今天找老师讨教来了。"

"讨教？可以啊，认老师也应有个仪式。"

"你说吧，办个什么样的仪式，我请你到饭馆撮一顿怎么样？"

"有你这话就行了，也别太让你破费了，买两包烟算了。"陈超群装出很大度的样子。

"想得不错，我还没受益，怎能先支出？喂，说点儿真格的，你这高中毕业生，复习功课没有？今年考军校吗？我来部队后听说不少军校录取分数线都比地方上低，你不拼一拼？"文静关切地问道。

"我对自己信心不足。我们那时上学一点儿也不刻苦，知识学得不扎实。再说这几年也忘得差不多了。我在跟政治处的吕干事学写新闻报道，已经发过两篇稿子。我想在这条路上闯一闯。"陈超群说出了心里话。

"目光短浅。不去试一下，你怎么知道自己不行？新闻报道什么业余时间都可以搞。对了，你就考南京政治学院，那里有个新闻系，正好和你的爱好对口。说到这儿，文静停了一下，你若信得过，我来给你当辅导员。"文静看着陈超群说。

"好啊，你认我当老师还没一个小时，你又变成我的老师了，一点儿也不吃亏。"说完后两人都笑了。

三

从食堂吃饭回来，车队的小卢喊："陈干事，咱们打会儿篮球去吧。"

"你们玩儿去吧，今天我不大舒服。"往常晚饭后经常去打一会儿篮球，出一身热汗，回来用凉水一冲，感觉特别痛快。

躺在宿舍里，陈超群觉得很闷很烦。他有许多心事无处诉说。第二年，在被千万考生称为"黑色七月"的拼杀中，使尽了全力，最后一门考试完后走出考场，人就像在战场上流尽了最后一滴血，即将要倒下去。在后来的度日如年等待通知书的日子里，经常做梦，有时梦到自己没考上，看到一起参加考试的车队的小关打上背包，在战友们羡慕目光的注视下踏上了去军校的列车，心里难受得不行；有时又梦到自己收到了军校录取通知书，而且录取的学校还是文静建议报考的南京政治学院新闻系。他高兴地给文静打电话报喜，她听到消息在电话那头欢呼起来。晚上他们俩偷跑到离营区很远的西单，在胡同里找了个清静的小饭馆庆贺。他们俩都没有穿军装，两个人都喝了些酒。望着坐在身边的他生命中的这个"贵人"，也许喝了点儿酒的缘故，她的脸蛋红扑扑的。他费了好大劲儿，才鼓足勇气说出了那句话：今天，你真美。

九月一日这天，他彻底失望了。今天是新生去学校报到的日子，可他一直也没盼来那日思夜想的军校录取通知书。这天正好是星期天，他就这样躺着，睡不着也无力起来。

"咚咚。"他正眼望着墙上的某一处想心事，听到敲门声，没好气地吼道："敲什么啊，都出去玩了，屋里没人。"

敲门声又响了两下，他还是没有起来的意思。见屋内没有动静，门外响起了女孩子的笑声："你不是人啊。都什么时候了，还睡懒觉，真没羞，快起来，我有事跟你说。"

他听出是文静的声音。他心里再不好受，也不能对她发火。是她鼓励他考学的，再说这多半年她为他花了这么多心血，人家图什么，人得有良心。看她经常来他这儿，战友们心里都好像明白了什么，一见她来就喊他：超群，你老师来了，还不快迎接。什么呀，她是我表妹。私下里他总是对战友们这样解释。

"对不起，是你呀。等一下，我马上起来，今天有点儿不舒服。"

开门后，他惊呆了，一位亭亭玉立的女孩站在门外。那一刻，他都有点不相信自己的眼睛。她见他看自己，脸红了说："怎么，不认识我了？"他也笑了笑，心里想，她穿军装和便衣都这么美。

她说："今天陪我去动物园玩儿。"

他说："你自己去吧，我有些不舒服。"

她说："怕是心里不舒服吧，不去不行，让我一个女孩子自己出去你放心？"

她点到了他的要害。他觉得有点不好意思，忙去洗脸刷牙。在动物园里她告诉他，我托人到招生办查了，你的成绩离分数线只差6分。振作起精神来，再拼一年，明年肯定能考上。这才复习了多半年，就考出了这样的成绩，我们应该庆祝一下才对。

他得到安慰，心里好受了不少。"听你的，我请文老师吃冰激凌。"

四

又是一天。

上午刚上班，主任站在门口说："小陈，你来一下。"

陈超群忙起身往外走，心里想，主任不知又给我交代什么任务？进了隔壁主任办公室，主任说："坐吧，没大事。"

"主任，有什么任务你就安排吧。"

主任笑了笑，没搭话，掏出一盒红梅烟，向陈超群扔过来一支。

"最近个人问题有什么进展吗？"

"还没有，不着急。"

"听说种干事的爱人给你介绍了两个幼儿园的老师，怎么一个也没看上？"主任说完喝了口水，接着说，"你对保密室刚调来的小吕印象怎么样？我侦查过了，还没有男朋友，家又是本市的，你若有意，我给你们当红娘。"

"谢谢，谢谢领导的关怀。"

"你给我客气什么，小陈，我告诉你啊，你父母都不在了，将来结婚肯定是由组织上来操办。好好工作，有合适的也该谈了。保密室的那个少尉叫吕小慧，若看上了给我回个话。"

陈超群想：高主任这个人真不错。刚来时和我谈过话，知道我是个孤儿，各方面都挺关心的。不过他怎么这时候找我谈这些，连种干事爱人给介绍对象的事他都知道了，我的情绪是不是太明显了？

那次去种干事家吃饭，种干事的爱人说："小陈，我们幼儿园有两个年轻老师，都长得不错，都是幼师毕业的。中午都去食堂吃饭，你可能见过，我给介绍介绍？"

"我这条件，谁能看上我，除了这一百多斤，一无所有。"

"这一百多斤就是最好的资本，女孩子还都喜欢这样的，无牵无挂，没拖累。"种干事的爱人突然觉得自己的话说得有些不妥，忙改口说："对不起，小陈，我不是别的意思，年轻人都爱独立。那俩女孩你看上哪个，嫂子就给你领哪个来。谈上了，单身宿舍不方便，嫂子把这家里的钥匙借你一把，够意思吧。"

这嫂子口齿伶俐，果然厉害。

陈超群回到办公室，种干事到综合治理办公室开会去了。他打开电脑准备工作。他想：周围的人都这么关心我，是不是我的言行有些不正常。陈超群努力回想不起自己做错了什么。幼儿园的老师都在食堂就餐，那俩女孩肯定见过，但没有太深印象。保密室的女少尉，印象倒是深些，有一米六五的个头，戴一副黑边近视眼镜，皮肤很白，挺爱笑的。一身合体的军装穿在身上，很有气质。看到她陈超群就想起了文静。

五

不要说这么多感谢的话，你考上军校是你自己努力的结果，我当然为你高兴。忘掉我吧，真的，咱们俩不可能……

陈超群苦思冥想，怎么也理不出个头绪来。她要是看得起我，为什么拒绝我；她要是看不起我，又为什么帮助我？

当临近毕业他终于吐露心声，写信向文静求爱时，读到了她留给他的那封信。

接到录取通知书后，他想做的第一件事，就是向文静报喜。

他兴奋地抓起电话，拨了号码，那一刻他的心跳加速，这是多么幸福的时刻。

"喂，是文静吗……什么？她探家去了？什么时间走的，前天。我是谁？我是她表哥。"

他的高兴劲儿减了一大半，这个世界上，她是最有权利与他分享这份幸福的人。那些日子，他心里总是盼着她早日回来。可上学前他再也没有见到她。寒暑假回来的两次，一次她病了，一次他们只是在大院里走了走。那次他努力想逗她多说说话，她好像有什么心思，话也少了，再不是过去那个无拘无束的小女兵了。当面不好把话说得太深，他想有些话，只能在信上说了。

他给她写过那么多信，她只回过三四封，而且都是礼节性地应付。从刚认识到他上军校走，他想：一直把她当成一块纯洁的玉，把自己当成一块普通的石头放在一起。他想：他是大山里出来的孩子，几年后他可能还要回到大山里去。他考上军校后，他想他和她的距离拉近了一些，他已没有了家，部队就是他的家了，假若将来转业了，就跟她去济南。

可当他毕业分配回北京后，她已悄声退伍了。他惆怅地漫步在熟悉而又有些陌生的林荫道上，心情复杂极了。她只给他留下了一封信，她没有留下济南的地址，他到哪儿去找她？

陈干事陷入深深的回忆中。

回忆是一杯焐着的酒，苦涩、香醇。

六

陈超群收回思绪，站起来去翻看通信员刚送进来的报纸。在众多的报纸中，陈干事最先看的还是《解放军报》。报纸中掉出一个纸包。一看名字是自己的，再看落款：济南市经×路××楼×号。陈干事有些莫名地兴奋，他想自己济南没有任何亲戚和同学朋友，莫非是她？肯定是她。

下班前他没有打开这封信看。他想象着，文静信里会说些什么，试探他成家没有，诉说思念之苦，还是会告诉他，自己已结婚生子，只是带给他一个祝福？这里边不但有信，还有别的东西，是什么呢？

回到宿舍，陈超群迫不及待地打开纸包，一封短信呈现在眼前：

陈超群同志：

小静去了，是白血病。从她日记中得知，她和你有过交往。这本日记中无数次提到你，日记就送你保存吧。

文静的母亲

天哪，事情真会是这样。老天太不公平了。陈超群无力地坐了下来，两行热泪情不自禁地流了下来。

陈超群抚摸着这本日记，眼前幻化出文静清纯可爱的模样来……

动物世界

神鸟

十五万年前的某一天，地球遭受了一次很大的磨难，天崩地裂后，世界上只剩下了我们的祖先松和他的奶奶。

悲伤中奶奶和松都听到了邻居家废墟中传来了隐隐约约的小孩哭声，奶奶和松把手指都磨破了，费了好大的劲儿从里边救出刚一个月大的娃子，是个女婴。后来奶奶和松就叫她月娃。接着就是大旱之年，奶奶把月娃子哄睡，放在搭建的茅草屋里，领着松去找吃的。在离住处很远很远的地方，奶奶看到一片绿色，旁边还有一汪泉水。奶奶和松走近一看，是十几棵已有半人高的高粱，奶奶数了数，共有十六棵。奶奶和松坐在泉水边喝水，奶奶觉得找到了生的希望。她隔几天就过来用陶罐给这十几棵高粱浇浇水，然后用陶罐装些水回去。高粱快抽穗的某一天，有两只不知名的红唇鸟飞临上空，在空中盘旋，一直不肯离去。奶奶看护到天黑，听鸟鸣叫着飞走了，才赶回住处。

奶奶一夜未眠。第二天天刚放亮，她就把松喊起来，开始搬家，等把家搬过来，差点把奶奶累倒。那两只红唇鸟好像也看上了这十几棵高粱，天天来此上空盘旋。

有几天那两只鸟没来，奶奶高兴地抱着邻居家的女娃说：真是两只好鸟，知道咱们娘仨指望这几棵庄稼活命，飞到别的地方寻吃的去了。

高粱变红的时候，那两只鸟又回来了，盘旋许久后终于落在高粱穗上吃了起来。松看到了，把奶奶摇醒，奶奶猛地站了起来，向那两只鸟扑去。奶奶追到那边，它们飞这边来吃：奶奶追过来，它们又飞那边去吃。

天天如此。

这一天奶奶跪在地上，双手合十，向天祈祷说：好心的鸟儿，你们有翅膀，飞得高走得远，可怜可怜我们娘仨，孤儿寡母的，给我们留一碗饭吃，让两个苦命的孩子活下来。

从第二天开始，那两只鸟再没回来过。奶奶心里笑了。

奶奶收了高粱，拌着野菜，艰难地拉扯着两个孩子度日。那年天气变化无常，天一直热着，奶奶试着又种上了些高粱，很快就长了起来。高粱再抽穗变红的时候，那两只鸟又来了，松去追，两只鸟飞得很低很低，就在松前方一米远的地方。追了许久，见松跑不动了，两只鸟也停下来，在地上向松这边走，等松咬着牙重新站起来，那两只红唇鸟几乎就在松伸手可及的前方飞着。又追了许久，松觉得一点力气也没有了的时候，软软地摔在了地上，等他趴着抬起头来，两只鸟不见了踪影，松突然发现眼前一片红色，好大的一片高粱地。松激动地一边喊着奶奶一边拼命地往回跑。

后来那大片的高粱才真正救了松和奶奶还有月娃。后来奶奶死了，松和月娃慢慢长大，他们生儿育女，辛勤劳作，与鸟们和平相处，才有了今天的我们。

苍鹰

随着旅游业的发展，来边城小镇拉海儿游玩的内地人越来越多。人们现在不都是讲究吃特色嘛，小镇上的几家餐馆相继"开发"出了几个拿手菜，什么"天上人间""花好月圆""小蘑炖土匪"等。所谓"天上人间"就是卤鹰蛋和鸡蛋，"花好月圆"就是几朵萝卜花上放了一个摊黄雀蛋，而"小蘑炖土匪"就是蘑菇炖小鸡。不知什么高人发明的，把家养鸡叫土匪鸡，而起菜名时又把鸡字省略掉。这些菜名的初创者，不知到专利局申请专利没有？无论从哪一方面推断，这些菜名的创意者，应该是有些审美意识和文学细胞的。

就说这"天上人间"吧，鸡蛋好找，可这鹰蛋就是稀罕物了。物以稀为贵，按一般的标准，一份"天上人间"里有8个鹰蛋和8个鸡蛋，标价基本在四百元左右。由于鹰蛋被人们吹得有点儿神了，说它不但有很高的营养价值，还含有高蛋白、高钙质，并有滋阴壮阳作用。虽说价钱高了点，但品尝者大有人在。镇上几家饭馆的鸟蛋供货者都是一个人——猎人腾尔木罕。

腾尔木罕四十多岁，古铜色的脸上像镀了一层油彩，彪悍、精干，从眼睛里射出的两道光里充满了自信和野性。他从小在马背上长大，他不但是个好骑手，还是个好跤手，在他记事起的二十多次那达慕摔跤比赛中他还没有败给过哪一个对手。他属于大自然，他属于大草原，他骑马在草原上驰骋就像鱼儿在水里游动。他是个以狩猎为生的猎手。

他打死过野狼、野羊、野猪、狍子，为追踪一只飞狐他曾在雪地里蹲守过三天三夜。后来，草原上的动物越来越少，公家人又查得厉害，他也越来越觉得狩猎这碗饭不好吃了。不知从何时起，他喜欢上了掏鸟蛋。他心里想，真是天无绝人之路，来小镇上游玩的吃客们出钱养活着他。

这天寒风卷着黄沙铺天而来，腾尔木罕翻山越岭爬上了天目山。这样的天气连鸟都飞不起来，运气好的时候，用手就能逮几只山鸡回来。跟在鸟们的后面，就会很容易地找到它们的老巢。爬到半山腰时，腾尔木罕在一块岩石的后边突然发现了一只苍鹰，他心里有些激动，又有些紧张，他心里明白，这苍鹰可不是等闲之辈，它的爪子锋利无比，又准又狠，一只跑着的大野兔它一个俯冲就能抓起来。他从腰间掏出匕首和绳子，一步一

127

步向苍鹰靠近。那只棕褐色的老鹰像知道后边有人跟着它似的，走走，停停，步子不紧不慢，像怕后边的人跟不上它的脚步似的。

一步一步，苍鹰把腾尔木罕带到了悬崖峭壁的边沿。这时苍鹰回了一下头，它的眼珠一转，好像是向腾尔木罕做了一个鬼脸。这一瞬间，腾尔木罕好像感觉到了，他的心猛地一颤。他对自己说，一定要小心，不行就放弃。但那只苍鹰在前面不远处停了下来。腾尔木罕偷偷向下看了一眼，不由得倒吸一口凉气，下面是个深不见底的大山涧。他稳定了一下自己的情绪，并没有再向前爬，他观察了一下地形，向苍鹰所站的另一边爬去。走了几步，他脑中突然有种不祥的预兆闪了一下，他打算撤退，这时他在身边的岩石缝里发现了一个鸟巢，他的心又狂跳起来。他下意识地向苍鹰看了一眼，苍鹰用惊恐、哀怨的目光盯着他，他的心又是一颤。他本想放弃，但心里一想，临阵退缩不是我的性格，况且果实就在眼前。这时他向苍鹰笑了笑，开始把手伸向鸟巢。他小心地把那个大鸟巢从岩石下拉了出来，里边整整有十二个鹰蛋。这时苍鹰哀鸣着向他扑来，他一躲闪，呼叫着的山风差一点把他和鸟巢一起吹下山崖。这时苍鹰回身箭一样地俯冲下了山涧。

腾尔木罕吓出了一身冷汗。他定了定神，开始准备撤向安全的地方。这时那只苍鹰又飞了上来，它不顾一切地哀叫着向腾尔木罕进攻，腾尔木罕挥舞着手里的匕首保护自己。苍鹰俯冲了几次，体力渐渐不支，它受了伤，有鲜血从身上滴落。只见它退回到山涧的上空，停顿了片刻，在腾尔木罕迷惘的注视下，用尽最后的力气撞向山崖……

一块猪肉的自白

过去鲁西南虽然穷，但不知从什么时候定下的规矩，过年后亲戚来往要带块猪肉。后臀尖是吃肉，前边是血脖，中间的肉最贵，俗称打礼。中间的肉虽然肥，但它好看。肉的大小也是量力而行，一是看去什么亲戚家，二是看自己的经济情况，决定肉的重量和部位。新年后，为什么要送猪肉，从来没有人考证过。也许人们是共同这样认为的，农村的鸡一年才能养大，炖不烂，吃不动。鱼呢又是刺又是鳞，还有腥味。就是这猪肉老少皆宜。主家也不用再花钱去买肉，猪肉炒什么菜都可以。

腊月里的肉是放不坏的。在某年的年前，集市上，一对从外边城市赶回家过年的小夫妻站在屠户前，女的说：打块礼。男的说：大一点。女的说：四斤多就行。男的财大气粗，最少要六斤。屠户打下来一称，七斤四两。屠户这是怎么了，平常手头很准的，上下绝对没差过三两。当然对从外边回来的人除外。价钱上比平时一斤也贵了两毛钱。我是被小两口带回家孝敬女方父母的。没想到，这只是我的第一站。

每到猪年，许多人说小猪可爱，实际上是在骂我们哪。也是安慰属猪的人或属猪的人在自我安慰。要是有办法，谁愿属猪？谁愿做猪？

没过几天，这对老夫妻把我提了出来。老头拿出菜刀砍我。砍了几下，我暗暗使劲儿让他砍不动。女的说：别砍了，砍得净豁子多难看。我去让街上的张屠户给砍开。路上我坠着不走，老太太说，怎么这么沉。屠户的砍刀我招架不住，没办法我被一分为二砍成了两半。

我被这家的老年妇女提着去参加了一个婚礼，那场面真是热闹，人们脸上喜气洋洋，好像都是新郎官新娘子似的。有人在放鞭炮，有人在撒喜糖，看热闹的妇女抱着孩子，脸上露出藏不住的笑意，是不是想起了自己结婚的日子；孩子们放了学，像老师安排得似的，全都跑着来这儿集合……我被新主人放在收礼的地方，没想到那儿已经有五十多块我的同伴，还有的陆陆续续在进来。后来有厨师进来拿了好几块肉出去，幸亏没挑上我。有一次我被提起来，睁着一对牛眼的那个厨师对我左看右看，我希望他把我放下，他却把我提出了门。我心想，这下完了，这下我是真的完了。刚出门，有人喊他，他走回来又把我扔在了同伴中间，那一刻我出了满身冷汗。

没过多久，新郎官的舅老娘去世了。我和一个猪头一只鸡被新郎官的父亲当作供品，摆放在一个抬着的盒子里，去参加了一个葬礼。听说老太太84岁，死在了大年三十的早上。早上孙女来给老太太送饭，喊了几声没人应，说，饭放这儿了，你自己起来吃吧。等中午孙女又来送饭时，见早晨送的饭老太太没有动。大声喊了几声，见老太太不吭气，拔腿就向外跑。一进家门，上气不接下气地说，我奶奶是不是死了？早晨送的饭也没吃。你们快去看看吧。女孩的爹到那儿一看，老太太早已经是手脚冰凉。人们都议论，说这家的几个儿女都不孝顺，但葬礼这天，竟有这么多披麻戴孝的孝子贤孙。而且还雇了吹鼓手，那声乐如泣如诉、悲悲凄凄，像生灵绝望时的哀鸣，呜呜咽咽，连老天都禁不住流下了眼泪。

后来我又被送去李家镇、张村、刘店……甚至有一次还去了临县。一路上我见证了许多人世间的喜怒哀乐。不知什么时候，我身上长出了绿毛和斑点。这一天，我突然发现来到的这个地方好像似曾相识，一股熟悉的气味扑鼻而来。当我被放下主人走出去后，从身边传来一个熟悉的声音：兄弟，没想到这辈子咱们还能见面。你走后，我一直被别的肉压在下边，我以为你早成了哪家饭桌上的美餐了。

我向它诉说了三天三夜，一路的所见所闻还没有讲完。这一天，女主人提起我们俩看了又看，全家人又轮流看了一遍。我们一起被男主人提到了后边的苹果地里，一起被埋了下去……一只狗站在远处看着这一切……

天鹅

游子回家心切。寒冬的大雪没有阻挡住双印回家的脚步。在镇上下了火车，已是凌晨4点，双印就上路了。翻过红山口，天渐渐暗下来。双印深一脚浅一脚走着。忽然他停住了，前行的右脚退了回来，继而又倒退了两步。直觉告诉他他踩到了一只活物。是人，不像。是狗，是狼？想到这儿他的汗毛、头发都竖了起来。他想绕过去赶紧赶路。又觉得心中的猜疑解不开。他放下背包，攥了一下双拳，从兜内掏出打火机，他给自己壮了壮胆，打着火机，弯腰向前面地上的东西照去。一堆白东西，他又前走了两步，看清了，竟是一只白天鹅，他提起白天鹅一看，一点动静也没有，像是死了，他又拿打火机向外照去，又发现一只。一会儿工夫双印捡到了十多只白天鹅。他把它们放在一起。双印心里想，天助我也。反正不是我打死的。这都是冻死的。到时候送到县城野味餐厅去，又能换回很大的一笔钱。当民办教师的她一定会高兴得跳起来。他们只是偷偷地通信，她爹是村主任，嫌他家穷。这回说不定他和她的事有戏了。

双印激动得有些陶醉了。这时天开始放亮。双印在雪地里不停地弯腰站起来。一会儿工夫，他捡到了一大堆白天鹅，足足有五六十只。这儿离家还有五六里路，他想提起两只白天鹅，背上包先回家，再拉地排车回来拉。又觉得这样不妥。他环顾四周，看到一个看山人的草棚，他一趟趟把白天鹅运过去，把门伪装好。他想这样的雪天气，这段路很少有人走。这财我是发定了。他转身哼着："我总是心太软，心太软……"向村子走去。

回到家他扔下背包，告诉父母我去拉我的东西，并要娘放到车上一床被子。老爹要陪他去，他不让，他说一会儿给你们个惊喜。

老爹老娘不知道儿子葫芦里卖的什么药。是不是儿子领回来了个媳妇，还有孙子。

双印拉车出了村，几乎没碰上村人。他兴奋地拉车跑起来。他想自己打工挣的三千多块，再加上这些宝贝换回的钱加在一起，过年后翻盖房子，再买个电视。说不定村主任就同意了他和姑娘的婚事。桂花长得多俊，红扑扑的脸上有两个好看的酒窝。看一眼，能醉倒人。他俩是初中同学，从前两年他就看上她了，但他觉得不配她。所以年初跟同村的李龙他们一起去北京打工。当他给她试探着写了封信时，她竟回信了。那天他接到桂花的信，主动请客，和李龙两人喝了一瓶二锅头，他喝醉了都在笑。李龙问他什么好事他一直也没告诉他。他背包里有给桂花买的一只口红，还有一件羽绒服，黄红两色的，桂花穿上一定比电影明星还漂亮。

一路想着双印拉着车子像要飞起来，好几次差点滑倒。走过了那埋着他希望幸福的窝棚。又摇了摇头，掉转车子往回走，走进窝棚，他激动的心几乎都要跳出来。他哆嗦着双手打开窝棚门，向里一看，怔住了。他不甘心地伸身去探，没有了，一只白天鹅都没有了，里边只有一片白毛。

后来在乡文化站当站长的表哥，听了双印讲的故事。创作了一篇题为《天鹅飞了，双印笑了》的文章发在市报上。文章说他捡天鹅用被子给天鹅取暖放飞等。双印被县里树为爱鸟护鸟、爱护生态环境先进个人。村主任在姑娘的软硬兼施下也勉强同意了他俩的婚事。

红嘴鸟

这是春天的一个普通下午，六点多，正是下班的高峰。交警勇骑着摩托车像往常一样来到正义路十字路口。现在城市发展得真快，年年修路，但路上的车是越来越多。这个路口还没有设交通岗厅，所以上下班高峰时经常堵车。交通大队针对这一实际情况，每天上下班高峰时在此上一个流动岗。这时，勇正在全神贯注地指挥交通，突然大脑皮层传回大脑一个信息，他的大盖帽上落上了东西，同一时刻，眼睛的余光告诉他，落在帽子上的东西呈喷射状散开。他心里想，这可能是一只鸟有意无意地给他开了一个玩笑。这一切只是在他的脑子里一闪，他甚至连下意识地抬头看一眼都没有来得及，就把心思收了回来，身边的路况容不得他走一点儿神。

路边有一棵大杨树，树梢像一把巨伞罩住了一大片天空。要是夏天，从早到晚，树上总是有很大的一片阴凉在慢慢移动，直到太阳在西边落下。

勇的判断没错，刚才是一只红嘴鸟从树梢上飞下来，在离他的头顶七八米高的地方盘旋了几圈后，定了下位，在他的头顶上停顿了几秒钟，拉了那泡屎后，又飞回了树上。在飞回到树上的过程中，那只红嘴鸟眼睛还一直盯着地面上警察勇的反应。地上的人们都在忙着赶路，没人无故抬头看天，所以也就没有人看到刚才的那一幕。

红嘴鸟从树梢上平行着飞到离树不远的那栋楼顶上，转了一会儿，飞回了树梢。待了一会儿，又待了一会儿，突然嘶鸣着箭一样向着地面冲了下来。许多开车人和骑车人看到了那一幕，那鸟没有袭击别人，它好像就认定了站在路中的这个警察似的。那一刻，警察勇真的毫无准备，那红嘴鸟的冲力很大，他头上的帽子差一点儿被掀掉，红嘴鸟在他肩头翻了两个个向地上落去，这一瞬间，他实实在在感觉到，背上好像被人重重地拍了一掌。红嘴鸟在身体马上接近地面的时候，调整好了姿势，飞回了天空。人们的目光一起跟着红嘴鸟的身影望向了天空，经过片刻的尴尬后，勇也随着众人的目光向树梢上望去。

红嘴鸟从树梢飞到楼顶，又从楼顶飞回树梢。它的叫声有些嘶哑、有些绝望。许多人驻足抬头观看一会儿，见没有什么新鲜的，都慢慢地散去了。

正当交警勇准备跨上摩托车离开时，这一次他下意识地抬头看了一眼，他发现那只红嘴鸟又一次向着自己俯冲了下来。它嘴里好像叼着什么东西，见交警勇抬头看着它，它把嘴里叼着的东西在离勇头顶四五米高的地方扔下后，又飞回了树梢。

这是一只带着新鲜血迹的枪套。

据说后来，交警勇在和那棵大树几乎一般高的一栋十层楼顶上，发现了一个受了伤的人质，送到医院时医生说，再晚来几分钟，这个人的命就完了。

从那天起，每次去那个路口上岗，勇总爱抬头向树梢上望上一会儿。

羊与狼

近日，《虎城晚报》登出如下一条消息：我市动物园又添一景，野山羊和狼同处一笼。

当下正赶上十一长假，除了有出外旅游计划的，一家人出来逛逛动物园成了许多家庭的首选，特别对有孩子的家庭来说。晚报的那条消息更是起了推波助澜的作用，这几天动物园里人流如潮，野山羊和狼的笼子前更是天天挤得水泄不通。野山羊在笼子里走来走去，很兴奋的样子。它是刚从大秦岭逮住运进城来的，浑身充满了野性。黑色，毛很长，特别是头上的那一对羊角又粗又壮，很是威风。它心里想，这是什么地方，怎么这么多直立着走路的动物。

而那只像披着黄缎似的狼却躲在角落里，很害怕地缩成一团。它心里想，我像上一辈子一样规规矩矩待在笼子里，供直立着走路的动物们开心。有时他们用小棍捅我，我都忍了，真把我惹急了，我最多也只是露着牙小声嗥叫一下吓唬吓唬他们。有时他们拿石块砸我，有时给我带塑料包装的食品吃。到我这里，我们已经在这里生活了三代。不知什么原因，头天晚上突然关进这么一个怪物来，它总是追着我跑，有时用凶狠的目光盯着我看好久，好像有心要吃了我。这两天晚上我没敢睡踏实，都是等它在我往常睡觉的地方睡着了，我才在离它很远的地方迷糊一会儿。自从它来后，吃饭时我总是离它远远的，等它吃饱喝足了我才敢过去吃点喝点它剩的。

这天晚上，野山羊和狼进行了它们相见后的第一次对话："你叫什么名字？"野山羊大咧咧地问。

狼颤声答道："我叫狼。"

"这里是你的家？"

"我们家在这里住了三代了。"

野山羊盯着狼的眼睛问："你害怕我？"

"大侠，你来这里，我热烈欢迎。今后吃住等等一切都是你说了算，只要你不吃我就行。"望着野山羊捉摸不透的目光，狼低下头怯怯地说。

野山羊笑了笑说："只要你看我的眼色行事，我暂时不会伤害你的。"

"大侠你放心，我决不敢拿自己的生命开玩笑，对您我绝对会言听计从。"狼赔着笑脸表态说。

一段时间里，野山羊和狼处得相当不错。野山羊的目光里少了些敌意，狼像个随从跟在野山羊的屁股后边团团转。后来虎城新调来的某位领导作出指示：羊狼一起圈养有驳动物的生存规律，叫别的地方的人听了去，会拿这事当笑话讲。这事有损我们市的声誉，应尽快拿出解决的方案。

后来野山羊被放归了森林。

有一天，野山羊遇到一只狼，它见这只狼恶狠狠地盯着自己，心里愤愤不平地想，你敢用这样的目光看我，太不把我放眼里了。

最后狼把野山羊吃了。临咽气前野山羊还想不明白，这世界怎么了？

游回家乡水里的鱼

一

那天我和爹刚拉了一车子粪送到地里回来，正在院里洗脸，几个小学生背着书包领进来一位四十岁左右的中年人。

"我是县文化馆的潘得文，请问这是原野同志的家吧。"

"原野，没听说过这个名字，反正我们家没有。"爹思忖了一下迎上去回答道。娘从厨房里探出头问："找谁？"

"原野，你认识？"

我忙走上前去："我是原野，请问您找我有事？快请进屋吧。"

爹和娘相望一眼，又一起把目光对着我。

那中年人吸了两口我给点上的烟，微笑着说："原野同志，问保亮你认识吧？"

"认识，他们家就在这后边住，隔一家就是，我喊叔。"

爹已冲好茶水，我接过来，倒了一杯，双手捧到客人的面前，那中年人忙站起来，双手接过杯子，嘴里说道："谢谢，谢谢。"

爹说："你是说后边的三宝，那小子从小就鬼得很，原先不是在县委里当公务员，现在去了什么局？"

"企业局。"我忙补充。

"现在是企业局局长。"那中年人接话道。说着从手中的公文包里拿出一封信，递给我。"这是问局长写给您的。"

我接过来，打开看，信上写道：

贤侄见字如面：

得知你回来探家，甚高兴。现在家里农活也不忙，请到县里来住几天吧。现请文化馆潘馆长去接你。请接待。见面详谈。

叔：保亮即日

保亮叔我并不是很熟，记得小时候他每月隔三岔五地回来几回。反正见面还认识。我问爹："家里没别的活吧，要不我去几天？"爹低头想了想，"你去两天就回来。"

我去里间屋收拾东西，爹跟进来。看我向包里装衣服、装书。突然问："小，你没事吧。"我抬头看爹，爹用不解的目光盯着我。我笑着说："爹，我过两天就回来。"

爹说："我叫后边长树他们骑车送送你们。"

"不用，不用，外边有车。"潘馆长忙说。

娘看到车，抖了一下，走到车门口来对我说："孩，你咋弄的，你干什么了，人家叫你走。"娘带着哭腔着急地说。

"娘，没事的，保亮叔写来信让去的。"我不知道娘想哪儿去了。

汽车启动，街上墙根下路边晒暖的人群向这边行注目礼。

刚走到街口，车被拦下。爹气喘吁吁地跑上来说："拿上你的衣服。"爹把军装和军帽塞进车来。

我说："爹，不用了，你拿回去吧。我穿不着。"

爹又让了一会儿，看我执意不拿，才悻悻地离开了车。

在车里潘馆长递过一支烟来，又打着火机给我点上。潘馆长说："你的小说集我看了，写得太棒了。我也是个文学爱好者，搞了这么多年，也没搞出什么名堂来。现文化馆办了个文学创作班，给问局长说好了，请你去讲讲课。"

"潘馆长，你别开玩笑了。我从没有在人多的场合说过话，更别说讲课。"

"您别太谦虚了，为家乡的文学事业出点力嘛，家乡父老不会忘记你的。"

我靠在车里后边的靠背上，微闭着眼睛想心事。

头两天洪港中学开校庆会，我碰巧赶上了。并被乡文教的人和校领导们拉上了主席台。我被作为洪港中学出去的有出息的人才介绍给大家。我的名字前被冠以青年作家。在会后的酒桌上，我们七八级三班的班干部坐在了一起。

刘文和我碰杯，我又回敬他一杯。头几次探家我都去他家一趟，并保持通信，关系一直处得不错。断了关系是那次他们家托人要把他妹妹介绍给我以后的事。我没答应，彼此便都觉得不好意思起来。上高中时他是班长，我是生活委员，我们俩同桌。吃饭我们的咸菜、干粮从来不分你我。

"刘文，你还干木工，开家具厂，成大款了吧。"我笑着问道。

"大作家，别开我们的玩笑了。哪敢比你，混北京，又是作家。"刘文很自卑地说。

赵薇也没来，我说的不是那个电影演员。她是我们班上的最漂亮的女孩。她考上师范学校，分配在天都市某中学教书。她也是我们班唯一考上学跳出山沟的。

还有石牛，毕业后在家待了四五年，看找不上媳妇来，马上会被光棍协会收走。那双小眼睛狠狠地瞪了这山沟一眼，下东北了。

我伸了个懒腰，看车外县城已到，家乡这几年变化也不小，这马路宽了，楼房多了，人们的穿着也漂亮了。

二

二十年前我去当兵，来县城体检是第一次走出山里的世界。那时县里共有两座楼，一座是日本人留下的据点，那时是县委、县政府的办公区；另一座是只有两层的百货大楼。

我们被大卡车拉到武装部的院子里，心里既激动又害怕。看到穿军装、戴红领章、帽徽的人从眼前走过都规规矩矩地一动也不敢动。体检前有的人从兜里掏出小瓶喝醋，有的喝凉水，吃降压药片。在验身体时，我们四个全脱光了站在那儿，从牙到脚板甚至连那东西戴口罩的军医都仔细看一遍、摸一遍。然后让蹲下，起来。起来，蹲下。蹲下时我的右腿膝盖处发出清脆的"啪、啪"声，那个军医忙走过来弯腰听。我在学校时练起蹲引以为荣的响声要坏我的事。根据经验，我蹲时不蹲到底，那响声就不会出现了。医生说让我蹲到底，我就蹲到底，但快到底时速度慢了一点，果然没响。医生怀疑地挨个看了我们四个一眼，最终没弄明白响声是从谁身上发出来的。我顺利过关。在院子里看到那不知哪乡哪村因喝醋也没验上的青年在抹眼泪，心中竟也觉得酸酸的。

晚上保亮叔请客。我竟成了贵宾。作陪的是武装部的张部长、县委办公室雷副主任、检察院李检察长。潘馆长只弄了个端盘子的角色。我死活不坐上座，各位父母官们就站着不肯入席。

"问作家，你不坐谁坐？"

"问作家，你就别推辞了，你是北京来的客人。"

我被保亮叔摁在了上座上，大家才笑着入席，席间这个敬我酒，那个敬我酒，弄得我都不知道我是谁，我都找不到北了。

我被赶鸭子上架去给文学创作班的作者们讲课。我大侃王朔，大侃先锋派、新写实主义，大侃贾平凹作品中的商州文化。潘馆长坐在后边，公安局的一个副局长坐在后边。在众多的作者中我发现一张很熟的面孔。她是谁？想起来了。她是我初中时的同学沈晓红。我杂乱无章的一通乱讲，竟换来十余次掌声。

晚饭后我去看沈晓红，她喊我问老师弄得我特不好意思，我说你还是喊我力锋吧。她红了红脸说那怎么行？她的发间已有些许白发，身上穿的也很朴素。

聊了一会儿天，我们到街上散步，还有她们同屋的另外两个女青年。路灯的光很弱，夜色很朦胧。我问起她的家庭，她直爽地答道：和男人离婚五年了，现带着女儿自己过。他父母特封建，非要我给生个男孩，我死活不再要孩子了，后来怀上孕他们家特高兴，被我偷偷到医院打掉了。我男人没大文化，什么全听他父母的。我打胎后，他狠狠地揍了我一顿，把我想和他凑合着过下去的一点儿想法揍没了。他爹说咱家有的是钱，罚款再多也不怕，三千两千不放在眼里。她竟敢偷偷去打胎，休了她，咱再找个黄花闺女。我知道我的文化底子太浅，不是当作家的料，但我把它当作我的人生目标，它是我的精神支柱。我为它而活着。我的姑娘上小学五年级了，在我的辅导下她的语文学得特别的好，三岁时我开始教她记日记，去年她的作文在全省获了奖，我们娘俩兴奋得一夜未睡，喝光了一斤瓜干酒。咱们那么些同学，就你有出息，参了军，又当了作家。我是这山里长大的农民的儿子。小时候望着山顶的蓝天，心想我什么时候爬上山顶摸一下天，那天一定很光滑的，离太阳那么近，不知热不热？等念小学上山从松树上逮毛毛虫爬上山顶时才发现，天还在另一座山的边沿上，我很失望。我们上山逮毛毛虫是勤工俭学，山上的松树林归国营林场管。我们交一个毛毛虫林场给我们学校一分钱。放学后，就去山上、地堰上挖远志、柴胡，晒干了卖钱，买纸、买铅笔。炎热的夏日，中午放学后，星期天，就去地里割草，玉米叶子划得身上净小血道子。割一会儿就去河里游一会儿泳，有时把衣服放在篮子里顶在头上运到河对岸去。有时一只手划水，有时干脆用腿踩水。黄昏时就背着一大篮子草去林场里卖，一斤草一分钱。林场里喂着上百头奶牛，有时称草的去吃饭我们就在那儿等着，闲得没事溜达着去看奶牛，有戴口罩的男人、女人用腿夹一只红塑料桶，两只手抓着两只牛奶头一下一下地撸。那白白的纯净的液体一点点射进桶里。听说这东西，还要加上白糖熬。想到这里我们一帮浑身是土的孩子不免一个个咽口水。我和石牛的交情就是那时候掰的。那之前我们玩得最好，洗澡、上学、偷瓜、割草都在一起。

那天发钱的姑娘来得晚，她一下念出一大串名单，我领了五毛一，石牛领了四毛二。领完钱石牛还磨蹭着不愿走，我喊他他待答不理的。回来的路上他憋红了脸说，钱领错了，那五毛一是他的，四毛二是我的。我说不可能，我那篮子草比你多。后来趁我不在家他去我家把我初二的书借走了，等我去要时他说找不到了。从此我们断了交往。

躺在招待所的床上，看了会儿带回来的近期的《小说月报》。我又陷入自己制造的困惑苦恼中。我当二十年兵了，早该转业回来了。我真不愿离开部队、离开军营。我写的一个小品上过中央电视台。那是玲玉帮的忙。认识玲玉是一个夏日的下午，我受某杂志社一个朋友之托去采访她。才开始我还颇费一番琢磨，采访一位年轻女士怎么提问题，像她的生活、爱情等，问深了不是浅了也不是。没想到她特健谈，我们聊得很投机。她给我的第一印象就是她太纯了，真不像个见过大世面的人。不知不觉已到晚上八点。她提议：今天我请客，咱们去东单麦当劳。我忙说：那不行，我耽误你那么长时间，应该我请客。她眨了下漂亮的眼睛笑着说：可以，你请客，我掏钱。最终还是她请的我。没想到几天后，我打电话回请她，她愉快地答应了。一来二去，我们成了好朋友。她从报纸、杂志看到我的作品就打电话来祝贺。祝贺的后面就是让我请她的客。我请客她特大方，想吃什么要什么，一点也不吝啬。我经常坐在对面看着她吃得满嘴流油的样子，她发现了就会娇嗔着上来捶我一拳。你老看着我干什么，心疼你的钱啊。

我是看你吃得可爱，像小熊猫吃竹叶那样吃得那么香。

她是《午间半小时》的节目主持人。每天中午吃过午饭我都跑到值班室去看一会儿电视。如不是那个台，人少时我就去换台。人多时我就悻悻地离开。她坐在那儿说话就像坐在我的对面，她的一颦一笑都牵动着我的心。一天看不到她心里就觉得空落落的。

那次她到我这儿来，看到了我写的那个小品。她说我拿去看看。我说送给你了，发出来署咱俩的名。若能上你们电视台我到火锅城请你吃海鲜。

没想到在八一爱民拥军文艺晚会上看到了我那个小品。那几天我成了那所部队大院里的新闻人物。我去食堂吃饭，许多认识的人拍我的肩膀，小伙子，有前途啊。不认识的人，就在别处议论我、看我，像欣赏一个稀有动物。

探家前我听到消息，我的那篇《往事》获得了全国短篇小说奖。文化部创作组的刘主任说，我留在部队还有希望。他说他去向部长建议，给干部部打个报告，看能否按特殊情况给解决提干问题。在部队上对文学创作还很重视，特别是创作组的几位老师们都给了我不少帮助和鼓励。坚持下来或许还能搞出点名堂。回到地方来就难了，像潘馆长这样什么时候才能写出点名堂来。

三

我得空去了趟针织厂幼儿园。看了眼四岁的女儿。女儿脸蛋长得极像她妈，这也是我没有争要孩子的原因。现在说我们是同床异梦、貌合神离都不合适。现在我们都遵循"和平共处五项基本原则"。一、互不通信。二、互不探访。三、经济自立。四、互不干涉婚外恋的自由。五、这件事不允许告诉我们两家老人以外的任何人。

我和她结婚前她在村里教学。后来因她爸爸教龄达到了三十年，全家才办了农转非。她爸爸托人把她户口上的已婚改成了未婚才随她们家一起办了户口。为此我给她爸寄去500元钱并写了一封长达八页的信表示感谢。

没想到好事变成了坏事。

她被安排到针织厂上班。女儿放到我母亲那儿，她住单身宿舍。才开始每星期赶回家看看孩子，后来一个月才回一次家。那次我休假傍晚时在县城下了车，提着包去针织厂找她，没想到在针织厂门口看到了她。我是从她的声音里判断是她的。她出门后坐上一个男人的自行车走了。她两手搂住男人的腰，头倚在那男人的背上。我怔了一刹那，醒过神来，提着包跑几步放到一个老大妈的冷饮摊前。大妈照看一会儿，我有点急事。我以百米冲刺的速度跑了一会儿，终于看到她们的踪迹。我跟踪她们来到电影院前，那男人去买票，她转过脸来。是她，没错。她站在灯光下，我躲在黑暗里。那男人买票回来牵上她的手进去了。

我在旅馆里睡不着，到街上来。我还算什么男人。自己的女人被别人抢走了，自己还像做贼似的躲着。我真想去找到那对狗男女，拼他个你死我活。理智告诉我，这样做不好。我是军人，我要为军人的名声着想。可我们为祖国献上了青春，难道还要我们献上家庭？和她离婚。我心中突然想。可军人要离婚得有团级单位以上的证明，这证明可怎么去开。不讲清楚你有什么理由离婚，讲清楚了你怎么做人。戴绿帽子，在家乡在部队都是无能男人的表现。我疲惫不堪地回到家，让人捎信叫她回来。星期天她回来时大包小包买回许多好吃的。她喜笑颜开含情脉脉，我咬牙切齿怒火万丈。

终于熬到晚上。

她脱了衣服先上了床。我平静了一下心情说："你坐起来，咱说点正经事。"

"看你那脸严肃样，有什么事进被窝来说吧。"她娇嗔着在后边拉我。

"我不在身边，你活得很舒心吧。"我极力克制着自己。

"舒什么心，想你也想不来，守活寡似的。"她埋怨道。

"你不是挺想得开吗？"

"我不明白，你说的什么意思。"

"别演戏了，你说，前天晚上你和谁在一起。"我腾地站起来。

她想了想说："吃饭后到职工之家看了会电视，就回宿舍睡觉了，不信，你去工厂打听。"

"你看见什么了？"她瞪着眼问。

"你他妈的和一个臭男人在一起，你们一起去看电影。"

她沉默了，身子缩到了墙根里。

我攥紧拳头盯了她一会儿，才控制住自己："告诉你，我也不打你也不骂你，咱俩离婚。现在定下这几条，等我转业回来咱俩马上离婚。"

县广播站连着三天头条新闻都是：青年作家问力锋回家乡为文学青年讲课……县报为此也专发了消息。不知她听到看到心里是什么滋味。

说到这里，我不得不回过头说一句。我和玲玉的关系绝对是君子之交。也可以这样说，我们只是比较谈得来的普通朋友关系。

四

这天潘馆长又坐车把我送回家。好多大人小孩跑过来看新奇。娘听到车响跑出来看到我走下车，眼里盈满了泪。潘馆长下车和娘打了个招呼就又上了车，桑塔纳放了股烟慢慢消失在看热闹的人们的眼里。

有人来家坐。说："力锋，我们听广播了，说你成了作家给别人上课。"

"报纸上也登了，说你出了名。你回来也不给大伙讲讲，让大家都高兴高兴。"一个本家兄弟说。

"要是过去，这就是中状元、秀才了。几十年了，这方圆几十里还没听说过出过写书的人。"前街的黑蛋他爷爷说。

"这文人也是百年出一个，明代咱们这出了个于阁老（于慎行），这回轮到问家了。"

娘去厨房忙乎。爹从地里回来看到我，满脸皱纹里都装满了笑意。手没洗就点上烟坐在我身边问这问那，对待我像对待丢失十年又找回来的孩子似的。

天渐渐黑下来，拉电灯电灯不亮。爹说又停电了。娘说怎么今天停电。娘点上蜡烛。看到蜡烛我就想起在山东某仓库当兵没调北京前的事。那时我所在的团是济南军区的后勤仓库，住在山沟里。晚上也是经常停电，又看不上电视。报纸都是看三天以前的。我独自住在木材厂的小屋里，晚上学习中文课程，书是从济南邮购买的。一次我看着看着书就睡着了，蜡烛燃完把桌子烧了一个小坑，一摞书的书角全烧掉了。醒来后看到桌上的火星我后怕得不行。要发现得晚点或火再着得大一点儿、快一点儿，或许我自己也就被火化在屋里边了。

娘端上几样菜来。一盘炒鸡蛋，一盘土豆炒肉，一盘豆腐丝。我说："娘，今天这是干什么，又没客人。"娘说："今天你爷俩好好喝点。"

爹说："你也来两盅。"娘说："我也喝两盅。"

爹说："小，你怎么还弄个假名。电影上演的国民党特务才有代号。你若改名也得给家里说一声。"

我说："那叫笔名。我写文章用它。别的时候都还是用你们给起的名字。"

爹说："我们又不封建，你觉得用什么好就用什么。来，干一杯。"

五

石牛给他娘来信，说刚娶不到一年的媳妇给他生了对双胞胎，一男一女。全家像中了头彩，几个妹妹领一大帮孩子一起来给她贺喜。老头死得早，单传儿子终于给他家留下了香火。

我回部队这天，刘文到车站送我。给我买了阿胶等一大包东西。我推托不要，他急红了脸说，看不起哥们是不是，怕沾你的光。我忙解释：哪里哪里，我们永远是好朋友。

我刚回到部队没一个星期，潘馆长写信来，说让我写个创作简历。准备把我当文学艺术创作方面的重点人物写进县志。对了，我回北京时带回沈晓红的一篇小说，给《北方文学》的一个哥们儿了，他答应近期给发。

我又开始了有规律的部队生活，到食堂集体吃饭、打篮球、上班。业余时间写点小说。有时出去看场著名歌唱演员的演出，当然不是每次都是陪玲玉去。天天能看到当天的报纸，走到哪儿都是水泥板路。去了养花草的地方，看不到土。

我想假若我不出来当兵。现在不知和哪位同学的处境一样。

军营培养了我，我留恋这诱人的军营。

上级下级

一

　　此刻某刊的编辑部主任熊志正坐在自己家的书房里，吸着一支烟想心事。自从他写的那篇随笔发出来后，副主编胡子纯见了他的面浑身不自在，开会时也总是躲避着他的目光。越是这样，熊志碰上胡副主编时，越是满脸带笑地迎上前打招呼："胡副主编，您早。""胡副主编，看您面色憔悴，是不是最近身体不舒服？"每次胡副主编脸上总是不尴不尬的。熊志想，你胡某人也有今天。这点不自在，仅仅是开始而已，好戏还在后头呢。

　　去年评副高职称时，熊志本觉得自己应该是有戏的。他已在编辑部主任的职位上干了三年，在全国报刊上发表了十几篇论文。他曾在心中设想过好几次，拿到副高职称后如何安排请客。先请单位的有关领导，在他心中所列的名单中，既有在评定职称这件事上，真心给自己帮忙的人，又有虽然在这件事上可能没为自己说过一句好话，但也没说过自己一句坏话，今后仕途上或许还用得着的某些人。然后再请自己的那帮朋友、文友一起乐和乐和。最后是请上岳父岳母，带上妻子女儿，找一个好一点儿的馆子吃一顿。可最后的结果是，他没评上。没评上就没评上吧，使他难以接受的是，比他资历还浅的办公室副主任小毛却顺利通过了。后来一位要好的评委问他，你是不是和你们胡副主编有矛盾？他努力想了想，没有啊。那位评委说，本来你这一个，大部分程序都通过了，最后举手表决前，你们副主编站起来说，我看熊志这个人，脑子很聪明，工作业绩也不错。但某些方面还有不足，比如工作态度……胡子纯是他一个编辑部的副主编，谁还能比胡副主编更了解他。他评职称的事，连报也没有向上报。

熊志想了许久，百思不得其解，不知自己哪儿得罪胡子纯了。当时胡子纯碰见他，也有点不自然。

今年评职称时，为了防患于未然，他提前硬着头皮去胡子纯家送了趟礼。虽然没说出评职称的事请他高抬贵手这句话，但大家心里谁都明白。熊志把今年的评委们在心里过了好几遍，好几位都是原先的老评委，平常里大家关系都处得不错，只有一位副社长是最近新调来的，双方没有一点过节，想必不会说什么吧。只要姓胡的这儿不再出什么幺蛾子，这回应该是万无一失了吧。报评职称的那几天，熊志既兴奋又有些紧张，在比较要好的大学同学中，虽然有人坐上了奥迪，有人出了国，有人开公司发了财，只要自己的副高职称拿下来，面子上就还说得过去。再说自己在本行业学术方面的造诣也算是小有名气，评个副高顺理成章。岳父大人是大学教授，看上的就是他这点才气。新婚之夜时，他妻子说，要不是我爸爸，咱俩怎么也走不到一起。他说，怎么，后悔啦，要真后悔，现在说出来还来得及……听到自己又被拿了下来的消息时，熊志简直有点不敢相信自己的耳朵。当确信了事情经过后，他的肺都要气炸了。事情竟然还是坏在胡子纯的手里。他好像有预感似的，有一天他碰上新调来的那位副社长，毕恭毕敬地上前问候了一声，没想到过去总是和蔼可亲的新领导，那天脸上好像毫无表情，只是用鼻音"哼"了一声。他心里无数次地回想过，那天楼道里很静，新来的副社长百分之二百应该能听清他的问候。后来他还嘲笑是自己多疑，可能是那天自己的声音确实过小，副社长没有听见，也可能副社长脑子里正在思考别的问题……后来的事实证明，他的预感是正确的。姓胡的故伎重演，又害了他一道。胡子纯问了好几个评委，说熊志这小子，为了评职称，给我送了两条中华烟、两瓶五粮液。我让他拿走，他死活不拿。想来他也给你送了吧……熊志想来想去，看来胡子纯报复他的理由只有那件事了。

二

这一段胡副主编觉得有些累。熊志这小子含沙射影写的那篇随笔怎么就从自己手里溜过去了呢。那期杂志他只拿回家了一本，自己锁书房抽屉里了。在办公室，在家里，没人时他无数次地拿出来看，越看越觉得是不点名讽刺的他。联想到熊志见到他的态度和表情，他心里更肯定了自己的这种推断。

因为自己只有一个党校的文凭，为了今年晋升高职时条件过硬些。前些日子他自费出版了一本学术专著。书虽然只有一百多页厚，但它毕竟是一本书。其中有些观点，他抄袭了别人的一切论著。他原想这应该没有任何问题的，自己的书又不拿新华书店去卖，人人都在忙自己的事，谁能发现谁又能去追究呢？

此刻，胡副主编从里边锁了办公室的门，又拿出自己的书和参考的那些资料对照，越看感觉自己抄袭的痕迹太明显。虽然这事在单位没有什么反应，但万一传出去，自己今后还怎么在这个单位待下去，即使休息了，也还在这个大院待着，进来出去的，让人家指脊梁骨不说，还有何脸面抬头见人？想到这儿，他觉得有股冷汗从脑门上冒了出来。他心里想，目前潜在的最大威胁就来自身边。

细想想，这是自己所作所为的报应。

头些年，熊志大学毕业后分来本单位，胡子纯是很喜欢这个年轻人的。熊志谦虚、本分，有才气。观察了有半年时间后，事实更肯定了他的看法。

只是熊志是个农民的儿子，这一点上不太合他的心意。但世上哪有十全十美的事情。出于此想法，他开始约熊志到他家里吃饭、玩。熊志起初还有点不好意思，但心里还是很激动，领导对自己另眼相看，说明自己在领导心中留下的印象不错。胡子纯请了好几次，再推托就有些说不过去了。一个星期天的晚上，他提着一份咖啡礼盒敲开了胡副主编家的门。

看到站在门口的有点拘束的熊志，胡子纯有些喜出望外。他把熊志让进门后，破例没有让熊志换拖鞋。还没落座就喊，小云，来客人了，赶紧泡壶茶来。小云端茶出来时，胡子纯给两人介绍时说，这是我们单位新分来的才子熊志。这是我的小女儿胡晓云，在市立医院工作，业余时间在自学法律专业。熊志抬头看了胡晓云一眼，礼貌地向对方点了下头。晓云长得虽然算不上漂亮，但还说得过去。因为是在灯光下，所以看得也不是特别真切。再说那时他心里可真是一点想法也没有。那一次，胡子纯像聊天似的问了他不少问题。这之前他已经借故偷看了熊志的档案，而且看得很仔细。对熊志档案的所有文字，一字一句地琢磨过。但他觉得从档案里了解到的东西还是太有限了。从那后，星期天节假日的，他经常喊熊志去他家吃饭。

三

才开始熊志觉得胡副主编对自己这么好还有些兴奋，慢慢地他就有些不安起来。他突然发现胡晓云看他的眼神有点不对劲儿。越来越爱和他说话不说，有时竟穿着睡衣在他跟前走来走去。有时胡子纯故意叫上老伴出去遛弯儿，说你们年轻人在家看电视聊天吧，我们吃完饭不出去活动一下可不行，不然不好消化。刚开始去胡晓云家那段时间正好是夏天，虽然胡晓云爱喷香水，而且很冲很浓，而且香味各异，但熊志总是能从香水味中闻出一丝狐臭味来，每每这时，他就觉得脑仁被熏得有些疼，但又不便表现出来。胡晓云约他出去玩，总是推托说有事或加班也不是回事，没办法他委屈自己陪她出去了两次。他晚上爱到办公室里上网，半年前和一个叫水仙花的网友聊得特别投机，交往时间一长，两人都觉得有些相见恨晚之意，最后两人都坚持不住了，他们相约一个晚上，在世纪坛边上中央电视台门口见面。那大熊志买了好大好大一把玫瑰花，他躲在 ·边没有出来。他想给自己的这个梦中情人一个惊喜，也许从此后，两人的浪漫爱情从地下转移到地面上来。离约定时间还有五分钟时，他发现了目标，那个约定当天穿米黄色连衣裙来见他的网友从一边款款走来。他心里有些激动，但他躲在暗处并没有马上出来。他想在暗处先一睹女网友的芳容后再走出来。穿米黄色连衣裙的女孩越来越近了，他的心情也越来越紧张，他闭了一会儿眼睛，以平静下自己的心情。当他再睁开眼睛时，女孩已站在了明亮的路灯下，他有些不相信自己的眼睛，怎么会是她？不可能，他揉了揉双眼，又使劲儿摇了摇头，再望过去时，还是她。也许她今天来这儿有事？也许是巧合她今天也穿着米黄色连衣裙？看她东张西望的样子，好像也是在等人。他脑子里胡思乱想了好一阵子，超过约会时间二十分钟了，他们相约的中央电视台门口，再没有第二个穿米黄色连衣裙的女人出现。人都说网恋不可信，也许在网上和他聊得热火朝天的那个水仙花是个男人，也许此时正有一位老女人正躲在家里大笑？网上聊天本身就是游戏，千万不应该当真。他忽然想起，还站在路灯下四顾环视的胡晓云真的知道他的网址，而且她要走他网址的时间和他在网上认识水仙花的时间差不多。现在回想一下，水仙花对他的情况好像了解不少，肯定这胡晓云就是水仙花。这一切都是胡家父女设的套，等着他去钻。很长一段日子里，他再没敢上网。胡副主编约他去家里吃饭喝茶，他再也没有去过。胡副主编往常见他时的笑脸，从此沉了下来。

四

胡子纯心事重重的样子，好像一下子老了许多。他心里恨熊志，当时熊志要是娶了胡晓云，哪还有今天这么多烦心事。

熊志表示出对胡晓云没有好感后，胡子纯的一切努力都宣告白费了。再三考虑才选中了熊志，他原以为，一是熊志老实能干有才气。二是熊志家是农村的，找对象的标准不会太高。三自己是他的上级，从哪方面考虑熊志都应该顾及些。只要他们在一起时间长了，慢慢还不会产生感情？没想到结局是这样。现在都什么年代了，不兴包办婚姻。要真是回到几十年前，凭自己是他的上级，托人去他家给他父母提亲，或许还真能成。都是文化人，平常工作中大家都顾及面子，表面上还是互相客客气气的。去年熊志参加评副高职称，讨论上报名单时，大家对他的上报资格都没有提出异议。坐在一边的胡子纯正为女儿的事头痛，胡晓云和她的丈夫两个人三天两头打架，胡晓云时不时就跑回娘家来哭，有时脸上或身上还带着伤。胡晓云的丈夫原是一个工厂的工人，厂子倒闭后下岗了。当时对女儿领回来的这个对象，他是坚决不同意的。可女儿说，这对象是我自己挑的，死活就是他了。为此父女俩曾恼了好长时间的气。现在女儿过成这个样子，他也不能说什么了。女儿的丈夫下岗后经常在家里喝闷酒，喝醉了就找事打架。胡子纯和老伴曾去找过女婿好几次，那小子是软硬不吃。也曾叫胡晓云带着孩子住在这边不回去，可毕竟那是个家，老这样下去也不是个办法。听说熊志的名字时，他心里咯噔了一下，我过不肃静，你小子也别想过得好。这样的事情就是一票否决制，十个人有九个人把你说得天好也不行。

今年评职称前，胡子纯没有想到熊志会到他家来。见熊志手里提着东西，他说，你这是干什么？那一刻，他心里矛盾极了，差一点想闭门谢客不让熊志进门。但想了想，还是算了吧。在一个单位工作，别太过分了。

胡子纯去开门时，胡晓云正抱着女儿在客厅里看电视，听到有人来了，她抱起孩子回了卧室。坐在那儿，两人都不知说点什么好。胡子纯心里难受极了，要是熊志当时接受了胡晓云，现在胡晓云怀里抱的孩子就是熊志的。那样翁婿俩在一起喝茶或喝酒，该是多么的惬意，这屋里的气氛该是多么的温馨、融洽、和谐。可现在他成了人家的乘龙快婿，女儿又过到这步田地。

后来胡子纯想，要不是评职称的那天，赶巧在上班的路上碰上熊志的家人，或许他就不会说出熊志送礼的事，而且是以那样的方式。那天他去上班，在大院里一个戴眼镜的年轻女人和一对老人在逗一个小男孩，她们的欢笑声吸引了他的目光。当时他脑子里正为女儿胡晓云的事而发愁，女儿离婚了，今后怎么办？他看清楚了，那很有气质的年轻女人是熊志的爱人，从穿着上看，那对老年人应该是熊志的岳丈岳母，而引起笑声的根源，就是熊志的儿子了。胡子纯又一次这样想，假若熊志和晓云结了婚，站在小男孩身边的就应该是晓云，享受这天伦之乐的就应该是自己和老伴。那样的话，眼前这个小男孩，就是自己的外孙，就应该管自己叫外公。所以当熊志家人的笑闹声传进他耳朵里时，他觉得是那样的刺耳，搅得他心烦意乱。他认为这一切都是熊志的错误选择造成的。事后，他也想，这样对待熊志是不是有点太过分了？胡子纯两次在熊志评职称的问题上使绊后又觉得有点于心不忍，他甚至想，今年是无法挽回了，明年再评职称时，自己不但不会再使绊子，而且要为熊志据理力争。

五

自从熊志在杂志社发表了那篇随笔，胡子纯好像霜打的茄子蔫了。他再不敢正眼看熊志。熊志也听说过胡晓云结婚后和爱人过得不痛快，两人老打架，她丈夫下岗了，后来离了婚。他从心里对胡晓云的遭遇深表同情。但胡子纯不应该把晓云婚姻的不幸都迁怒于他。他觉得胡子纯这样对待他不公平。也许是老天的安排，在一个偶然的机会，熊志掌握了胡子纯一段难与人言的故事。为此他写了一封信，通过邮局寄给了胡子纯。信是这样写的：

胡子纯先生：

　　冒昧地给你写信，不好意思。你不知道我是谁，也没有必要知道我是谁。我只想告诉你一件事，你还记得一个叫大春的女人吗？二十多年前，你到她所在的小城住了一段时间，当时她还是个如花似玉、纯朴善良的姑娘，在城里一个叫人民招待所的地方工作。你在小城待的那段日子就住在人民招待所3层314房间，那时那个叫大春的姑娘就在三层当服务员。你告诉人家，你是从北京来的。那个叫大春的姑娘很单纯，她从心里对北京充满了向往。对你这个北京的客人也是格外关照。好几次自己掏钱到街上给你买当地的瓜果吃。没事时，到你的房间听你给她讲天安门、故宫、颐和园、万里长城，她听得如痴如醉，看你的眼光里多了许多内容。一个夜深人静的晚上，你从外边喝酒回来，正好赶上大春姑娘值班，她到你屋里去送水时，你把她留了下来，你们之间发生了什么事，我在这儿就不描述了。相信那件事已被你尘封在了记忆里，不知你一人独处回味往事的时候，你会不会想起二十多年的那个夜晚，一个纯情姑娘把自己圣洁的身子给了你。后来你们两个又多次偷欢。你答应将来要把她带到北京，永远地爱她喜欢她。可你食言了，一天，她休息回家了，你偷偷逃离了那座小城，从此杳无音讯。你走后，她心里当时并没有怪罪你，她以为你有急事没来得及和她告别先离开了。她相信你会回去看她、接她，她天天充满期待地盼你突然出现在她面前。可你使她失望了，多年以后回忆那段生活时，她说，后来我发现自己怀孕了，那个时候我真想到了死。一个大姑娘怀上了孩子，而且不知道孩子的爹是谁，我觉得是那样的无助。为了生存，我在小城的郊区胡乱找了个农民嫁了。知道我认识你，她让我给你捎个话，她把儿子给你养大了，问你认不认你自己的儿子？

一个知情人：暂不具名

熊志心里对自己说，我不怕你把信撕掉。只要你思维还清晰，这件事就永远刻在了你的脑子里，让你时刻遭受良心谴责，让你时刻担惊受怕，直至你离开这个世界。

六

虽然正高职称拿到手了，但胡子纯一点也高兴不起来。几乎是一夜之间，他的头发全白了。年轻时的一次轻率举动，给自己带来了一个不可设想的后果。试想，这件事要是让老伴和孩子知道了，自己还有何脸面面对她们？若是让单位的人知道了，自己在上级、下级、同事面前还如何能抬起头来？那母子俩真找上门来，自己又该如何应对？就是自己退休了，这事传出去，自己也没法活下去了。这是谁干的呢？是不是熊志？谁写来的这信已经无关紧要了，反正自己的生活中真的有过这么一段经历。

他出去休假了，原说只在外边待半个月的，可走了一个多月了，人不但没有回来，家里和单位都连个电话也没接到过……

熊志的心里也有点不安起来，胡子纯去了哪儿？他还会不会回来？他怎么样了？

从将军到士兵人物谱

荣军长的军礼

七月天，小孩的脸，说变就变。刚下了一场中雨没两天，昨天晚上开始这瓢泼大雨又下起来了。此刻大雨下了已是整整一天一夜了，荣军长站在防汛地图前，眼睛盯着地图上一小步就能跨过去的防洪大坝沉思。部队上了防洪大坝六个小时了，警戒水位越升越高。荣军长对身边的秘书说：备车，我要去地方防汛指挥部。

地方防汛指挥部里也是灯火通明，从大坝传回告急的险情电话铃声不断，有人走来走去；有人吸烟沉默；有人望着窗外电闪雷鸣的夜空发呆。见荣军长进来，大家的目光都聚了过来。坝下有老百姓的一万亩良田，还有近 20 个村庄的房屋家产，虽然男女老少都撤到了高处，但那是好几万人的生息家园哪。荣军长声音洪亮地说："请你们放心，我保证人在大坝在，我们誓死保卫大坝，保卫人民生命财产的安全。"听到荣军长的话语，人们脸上的表情放松了许多，有人带头鼓起了掌。

从地方防汛指挥部出来，荣军长冒雨上了车，命令司机道："咱们去抗洪大坝。"司机看了眼身旁的秘书，见他没言语，驾车钻进了夜色中。

到了大坝的一端，司机停了车。秘书忙说："首长，您在车上等一下，我去把各团的几位领导找来。"秘书一边说着半个身子已下了车。

"不必了，咱们一起下去看看。"荣军长就要下车。

秘书为难地说："您的身体……"

"我还没有那么娇贵，再说跟舍弃个人生死，坚守在坝上的官兵们相比，我这算什么。"荣军长说着已下车踏进了泥中。

秘书忙打开了伞，跟上了首长。走了一段，司机借了个汽灯追上来。荣军长在中间，秘书和司机一边一个，仨人在泥泞中艰难地向坝上走去。

整个大坝上人来人往，官兵们在紧张有序地忙碌着，那一盏盏汽灯像天上的星星眨着眼睛，时刻警戒着大坝坝堤的一丝一毫的变化。

走到坝的中央，荣军长站住了，他对秘书说："去把吴副参谋长找来。"

不一会儿，秘书带吴副参谋长等几位干部来到荣军长面前，几个人在夜色中举起了手，首长也抬手还礼。荣军长说："你们辛苦了。"随后吴副参谋长站在雨中的大坝上，向荣军长汇报了抗洪官兵开赴第一线近八个小时以来的情况，当吴副参谋长说到有一名营长为抢救一个不会游泳的战士牺牲了时，荣军长急切地问："是哪个团的，把当时在场的最高领导给我找来。"

吴副参谋长说："三团三营的，叫王志军。他就是当时在现场的最高领导，他是个好干部。是我工作失职，我对不起上级领导对我的信任，更对不起王志军同志的亲人。"

听到这儿，荣军长身子一怔，夜幕中谁也没有发现，他望着大坝内汹涌吼叫的波涛，声音低沉地说："你不必自责，这样的任务有牺牲是避免不了的，那个战士救起来了没有？"

"救起来了，王志军同志把他推上了岸边，自己却被漩涡卷走了。"

荣军长轻轻"哦"了一声。

荣军长向坝堤边上走了走，脱下军帽，缓缓地举起了右手，闪电中，吴副参谋长、秘书、司机以及那几名干部都脱帽后照荣军长的样子，面向水面，举起了右手。别人的手都放下了，荣军长的手还迟迟没有放下，他的脸上有两行热泪和着雨水流了下来。

也许天太暗，也许是因为下着雨，荣军长脸上的表情谁都没有发现。往回走的路上，他的两腿像灌了铅，一步步迈得很艰难。坐在回程的车上他想，回到家怎么向老伴交代志军牺牲这事？

曾师长回家

父亲走了二十多年了，母亲的身体硬硬朗朗的。这是曾子凡心里最欣慰的事。前些年每次接母亲来北京小住，待不上一个月，她就闹着要回家。说你们这儿住在高楼里，接不上地气，说话也没人能说到一块去。再待下去就把我待出病来了。要是孝顺，就送我回家吧。这些年母亲岁数大了，出门不方便了。所以自从副师职的岗位上退下来后，他就经常回去一趟看看母亲。

早晨一起床，他对老伴说，我要回家，老娘想我了。

老伴说，那叫谁陪你回？

不需要，我自己回就行。

你以为你还年轻，七十多岁的人了。

老伴不放心他，就叫孙女雪菲请假陪他回家。

爷俩下了火车，打了个车向100多公里外的山里驶去。路上，孙女雪菲说，爷爷，你这是今年第三次回家了吧。

是啊，想你太奶了。

太奶也真是的，不会享福，去咱家待着多好，非要回乡下住。

你不理解，乡下空气好，人气浓，她能活得舒坦。

车子一进山，曾子凡问司机，师傅，能打开窗户吗？

可以。

打开窗户，曾子凡深深吸了一口气。他心里想，这是真正的家乡的空气，这种熟悉的味道一下子灌满了他的五脏六腑。

车快到村子时，他对孙女说，菲菲，知道吗？当年我就是从这条小路从大山里走出去的。这东山小时候我去上边逮过蝎子，来这小河边割过草……

一进家门，他站住了。母亲端坐在院子里，很安详的样子。

曾子凡轻轻喊了一声，娘。生怕吓着母亲似的，声音又绵又柔。见母亲没有反应，他的眼睛湿润了。

他紧走几步，在母亲面前，轻轻地跪下了。母亲转过脸，昏花的双眼中有亮光闪过，继而脸上露出一丝宽慰的笑容。他把几乎已是满头白发的脑袋深深埋在母亲怀里，母亲用那双满布青筋的手把他揽在怀里，轻轻地拍着。许久许久，母子俩就这样抱着。当母亲捧起他的脸时，他早已是泪流满面。

站在一边的雪菲看到眼前的这一幕，眼睛里也盈满了泪水。

深夜了，娘俩还在陈芝麻烂谷子地聊着，雪菲早已进入了梦乡。

娘，您也睡吧，咱们明天再聊。

行，你也累了，早点歇着吧。

躺下了许久，母亲也早已经熄了灯，他却怎么也睡不着。

突然屋内有一丝亮光闪过。母亲轻手轻脚地来到他的床前，里里外外给他掖了被角，然后手电照着别的地方，在手电的余光里端详着他，久久，久久。

他的眼角有两行泪水悄然流下。他装作熟睡的样子，没有去擦眼睛。他心里想，母亲这辈子太苦了，而我太幸福了，这样的岁数了，还能享受到母爱。在母亲心中，不管你多大了，永远还是个孩子。

他脑子里过起了电影：自己这一生的酸甜苦辣，沟沟坎坎。

第二天早上雪菲起来，看爷爷睡得那么香甜，脸上还带着笑意，心里想，这老顽童，不知又做什么好梦了。

当家人忙完早饭，太奶让雪菲喊他吃饭时，他再也没有醒来。

母爱，使他醉过去了。

莫团长的心结

住在部队干休所里的莫大福，几十年来最忌讳别人在他跟前提朝鲜战场上的松骨岭战役这几个字。

妻子秀华当时是荣军院里的护士，是从沂蒙山区招来的青年学生，组织上动员她们要热情地为这些最可爱的人服好务。当时她被分配照顾莫大福，组织上介绍说，莫大福是我们志愿军的一个团长，虽然没有多大文化，但在朝鲜战场上打过好几次胜仗，立过好几次战功。在战场上他指挥果断，英勇顽强。在一次惨烈的战斗中，眼看阵地就要失守，他急红了眼，带着文书、警卫员、报务员一起冲上了阵地，等增援的部队赶上来，从死人堆里找到他时，他全身血肉模糊，他的右腿被炸没了，左胳膊也炸断了。抢救人员本以为他活不了了。在战地医院里他稍有一点意识，昏迷中还在喊：同志们，冲啊，和狗日的美国佬拼了。秀华听了他的事迹感动得哭了。莫大福情绪暴躁，有时候还大喊大叫。秀华每次给他喂饭喂水，架起他坐在轮椅上推出去晒太阳都得费很大的劲儿，有时他还故意把饭碗水碗碰翻弄秀华一身，有时甚至还骂人。好几次都把秀华气哭了。每次秀华都是像哄孩子一样哄着他，在一起待得时间长了，相互也适应了些。特别是莫大福，慢慢地有点儿离不开秀华了。

有一次她家里写信来，说有事让她回家一趟。等她从家回来，替她班的玉秀说，你这个老莫可真难侍候，你走的这十多天里，不好好吃不好好喝不说，还像丢了魂似的。他是不是看上你了。秀华说，去你的。这次家人叫她回去，就是有人给她介绍了一个对象。对方是个教师，但她莫名其妙没有答应。见她回来了，莫大福眼里一下子有了神气。后来组织上找秀华谈话，一是莫大福同志自己向组织上提出来，他有这个意思。二是为了更好地照顾他的生活，动员秀华嫁给他。说他是革命的功臣，理应得到幸福，我们个人做出点牺牲是光荣的，也是值得的。在组织的安排下，她和莫大福结合在了一起。

后来他们有了儿子和女儿，国家在城里给分了房子，他们搬出了荣军院。

有一天，她给丈夫莫大福读一本反映抗美援朝战争的纪实方面的书，才开始他听得很仔细，有时候还插一句，这种说法不准确，我参加过这次战役，我还不知道？当念到松骨岭战役几个字时，他身子怔了一下，脸上一下子严肃了起来，大吼了一声：别念了。吓得秀华一哆嗦，秀华用不解的目光望着他问：怎么了？他一言不发。接下来的几天里，他都是心事重重的样子。从那后，秀华再也没敢在他跟前提过松骨岭战役这几个字。

儿子、女儿懂事后，她把不要在父亲跟前提松骨岭战役几个字交代给了他们。现在儿子、女儿都长大当了军官，也都结了婚。他们又把这事交代给了各自的爱人。

一天他接到通知，过几天有位从要职上退下来的老首长要来看他，说在朝鲜战场上和他是战友，他思来想去也猜不到是谁。

这天楼前一下子来了三辆车，秀华扶着他出来迎接，从中间的车上走下来一位满头白发的老者，他觉得这人是有点面熟，但还是一下子想不起来这个人是谁？那老者下车后，站定了，向着他凝望了一会儿，突然举起右手，向他敬了一个标准的军礼。后面的几个军人都学着那白发老者的样子，向他举起了右手。那白发老者向他扑上来说："老团长，你不认识我了？我是你二营三连的连长王二柱啊。"莫大富用牙咬着自己的嘴，盯着那白发老者，简直不敢相信自己的眼睛，他心里想，我这不是在做梦吧。

思绪把他带回到了朝鲜战场：

他正在团部里踱步，焦虑地等待前方阵地的消息。听到有人在门口喊："报告。"

他说："进来。"

一个吊着左胳膊、满脸满身是血的人扑了进来，他定睛一看，是坚守256 高地的三连长王二柱。

他问："你的士兵呢？"

"都牺牲了。"

"你的阵地呢？"

"我……"

"你是中国军人，应该人在阵地在，应该与阵地共存亡，应该与战友们共生死。一百多号人，你都给我带没了，自己还有脸回来？"

"团长，我失职，我有罪，我对不起一百多个战友，你处分我吧。"

"警卫员，通信员，叫卫生员给他包扎一下后，把这个逃兵给我'请出去'。然后，全体团部人员集合，跟我一起上256 高地。"

……

"当时警卫员，通信员把我带出去，离开团部不远，他们给了我一个罐头后把我放了。后来我被二军某团收容了，登记时我报了个假名，我想就叫王二柱永远从这个世界上消失吧。伤好后，在参加的所有战斗中，我冲锋陷阵，十多次和死神擦肩而过。现在身上还有六十多块弹片。"那位白发老人步履踉跄地跑过来紧紧抱住了莫大富。

"真没想到，你还活着。那一仗后，我后悔不应该那样对待你。当时你自己不跑回来，做出的也是无谓的牺牲。后来不知你是死是活，我给你报了烈士。《中国人民志愿军英烈录》第二卷 322 页上有你的名录。几十年了，我都在为当时对待你的态度上的鲁莽惩罚自己。在这里，我郑重地向你道歉。"莫大富老泪纵横。

"老团长，什么也别说了。打听到你的消息后，我高兴坏了，没想到今生还能见到你。今后我会多来陪陪你的。"

秀华这时也终于明白了莫大富心中的那个结。

营长与泉

我当兵的这地方，离罗布泊只有五公里。

这里一年只刮一场风，一场风从春刮到冬。头些年离营房不远有几棵胡杨柳，这几年大旱少雨，慢慢都死掉了。沙漠上最可敬的生命是骆驼草，它的生命力极其顽强，在和恶劣自然环境的较量中它永不言败，悲壮地坚守着自己的阵地。

有时候，站一班岗下来时，脚下的沙能埋到人的膝盖，帽子上也能抖下一捧沙。沙粒打在脸上生疼生疼的，只要出了屋门，就是一嘴沙。刚来时，我的情绪特别低落，跑到离开营区几里远的沙漠里，望着家乡所在的东方，高声呼喊："爹、娘，我想你们，这儿不是人待的地方，儿子还能不能活着见到你们都很难说了。"在连队里谁也不太敢显露出来，怕影响自己的进步。

我们三班长看出了我的心思，找我谈话时，向我讲述了这样一个故事：原先，有一个南方新兵，是个城市兵，来这儿后，看到满目荒凉的景象，看到一望无际的戈壁滩和沙漠，他接受不了"白天兵看兵，晚上数星星；吃水贵如油，风吹石头跑，太阳如灯照"的这个现实，他做梦都在呼吸着家乡湿润的空气，他曾天真地制订了这样 个计划：趁晚上出去上厕所之机，跑出这儿，找个有火车的地方坐车回老家去。好不容易等到了一个好天气，这天晚上，如他设想的一样，没风，天上有月亮。等战友们都睡熟后，他悄悄起来装作上厕所的样子，出门后观察了一下四周，跳出围墙消失在了夜幕里。结果他在沙漠里迷失了方向。等四天后战友们找到他时，他已脱了水，还剩最后一口气。战友们给他喝了水，把他抬回了部队，他捡回了一条命。

班长还说，那个南方兵被救后，曾无数次地对战友们叙说：在我倒下后的意识里，身边有眼碗口大的清泉，那水清澈见底，可我怎么也爬不到它的边上去。有一刻我睁开了眼睛，努力聚起了一点力气，想站起来，但试了几次都没有成功，四处都是荒无人烟的沙漠，哪有什么清泉。

后来我知道了班长讲的那个南方兵就是我们现在的营长，他在这儿已经待了十六年。我们营长有句名言：这儿的土地再贫瘠，环境再艰苦也是我们祖国的土地，也需要有人来守卫。男子汉可以流血流汗，但决不流泪。

后来我还知道了，我们这儿原本是没有地名的，"一碗泉"这个诗意的名字是我们营长的杰作。

中队长宋阳的吻

宋阳买早餐回来，轻手轻脚地进了卧室，宁静像个小猫似的蜷在那儿睡得正香。他坐在床边仔细地端详着妻子，目光里满是柔情。宁静慢慢地睁开眼睛，见宋阳盯着她看，不好意思地问：你干什么这样看着我？不认识啊？

宋阳刮了下她的鼻子："怎么，还害羞？我觉得我老婆越来越好看了"。

宁静说："去你的吧，你是想讨我高兴，让我平常对你儿子好一点儿是不是？"

宋阳说："是，也不是，我说的可是实话。来，我侍候你们娘俩起床，待会儿咱们还得去医院。"

吃完早饭，宋阳去洗碗，宁静开始打扮自己。宁静一边化妆嘴里一边哼着歌。等两人收拾利索，刚准备出门，突然宋阳的手机响了。

接完电话，宋阳满含歉意地对宁静说："太对不起你了老婆，刚才是支队刘政委了打来的电话，市政府边上的华威宾馆着火了，已去了五辆消防车……"

"我真是倒霉透了，每次去医院检查身体，人家都是成双成对，就我一个没有人陪。医生、护士看我的眼光都不一样，好像我肚里的孩子不明不白，不知从哪儿来的似的。"

"火情就是命令，虽然政委说，赵副队长带队去了，但作为中队长，我还是放心不下。老婆，你就再委屈一回，下次我一定陪你去。"

他边说边走回了屋里。当从卧室出来时，他已换上了军装，手里还抱着老婆的外套。他走到妻子跟前，温和地说："来，亲爱的，穿上外衣，咱们一起出门。我知道你是刀子嘴豆腐心，你嘴上这样说，心里是能理解我的。"

听了宋阳的话语，宁静脸上的怒气消下去了一大半，乖乖地配合丈夫穿上外套，依在丈夫的怀里不肯离开。宋阳用眼光偷偷瞄了一眼墙上的钟表，双手既小心又用力地把宁静抱住，宁静开始还有些拒绝，慢慢地就接受了这个长长的吻。当两人结束这个几乎使人窒息的长吻后，宁静娇嗔着说："讨厌，谁容许你亲我的？"

宋阳笑着说："今天我这个吻可不是一般的吻，给你体内注入了神力，请你相信，今天你走到哪里，哪里都会有人帮助你、让着你的。"

"我才不信你的话呢。"宁静说。

"你回来再说，看看我说的话是不是灵验"？

两人手拉手出了门，向路边走去打车，他们还没招手，一辆车从后边过来，轻轻地停在了他们面前。宁静还有些纳闷，司机师傅已经笑着走下了车，拉开另一边的车门，请宁静上了车。

宋阳嘱咐道："别着急，路上小心"。

司机师傅说："您就放心吧"。

看着载有妻子的出租车走远，宋阳又打了一辆出租车，向相反的方向走了。

宁静坐的那辆车开车的是个女司机，一上车她关切地问这问那，几个月了？一切都正常吧？没事多活动，要开心，注意营养，定期检查……一路上，说得宁静心里热乎乎的。下车时，司机不要车费，宁静坚持给，司机说没零钱找，只收了十元钱。下地铁台阶时，一个小姑娘原是向上走的，两人错过后，她回头看了一眼，接着转身又走了下来，对宁静说，阿姨，我来扶你吧。她一口一个不用，不用。但小姑娘还是固执地架住了她的胳膊。

上了地铁，没有空座，宁静刚站稳，一个小伙子站了起来，对她说，"你坐这儿吧"。她有些不好意思说："你坐吧"。这时离她近一点的一位中年人也站了起来，笑着对她说："你坐这儿吧，我马上到站了"。她说了声谢谢坐了下来。她注意到了，实际上地铁运行了好几站，那位中年人也没有下车。她心想，真像宋阳说的，他的吻起了作用？今天光遇上好人了。

到了医院，挂号、检查、拿药，一排队，她后边的人就会主动对她前边的人说，让她排前边吧。她怎么说不用也没用，大家都让着她。回来时她在路上停了一下，一个老大爷走上来问她："闺女，你需要什么帮助吗？"她忙说："大爷，不用，谢谢你"。去医院这一趟，来回都出奇地顺利。

刚到家门，宋阳也打车回来了。他没有回单位，是直接从火场回来的。脸都没来得及抹一把。一见面，两人同时说出了一句话，你没事吧。说完两人眼里都盈满了泪水。

进了家门，宋阳关切地问："路上有没有人帮助你？"

"你怎么知道路上有人会帮助我？"宁静反问。

"我那个吻的神力我还不知道？"

"瞎吹吧你"。虽然这样说，宁静还是满足地笑了。

趁宁静不注意，宋阳偷偷从宁静外套上拿下了别在上面的那个纸条。

那个纸条上写着两句话：我是一名消防战士，因有火情去救火了，请您替我照顾她，谢谢。

一个观众的时装秀

倒了两次火车、三次汽车，支荣终于被送给养的军用吉普捎到了目的地——丈夫睢乡所在的哈里边防哨所。

司机帮忙卸下给养，向睢乡做了个鬼脸，笑着说："睢排长，嫂子来一趟不容易，你可要好好——招待招待。"

睢排长说，你小子吃了饭再走吧。

不了，中午饭前还能再赶一个哨所，要不到天黑也跑不完这几个点。

汽车走远了，睢乡和支荣互相望了一眼，都有些不好意思。

睢乡说，支荣，进屋吧，外边风大。

进了屋，支荣好奇地打量着屋内的一切。

睢乡倒了一杯水端过来说，你渴了吧，来，快喝点水。

支荣红着脸接过杯子，说了声，谢谢。

不一会儿，睢乡又拿过一块热毛巾来说，你擦把脸吧。

支荣脸又红了红说，谢谢。

沉默了片刻，睢乡想了想说，你一路上还顺利吧？

支荣想了想说，挺顺利的。

这儿条件差，让你受委屈了。

……

两人都觉得对方有点陌生。

他们结婚两年了，只是结婚时在一起待了半个月，那是两年前的冬天。

吃了中午饭，睢乡说，支荣，你在家休息休息吧，我去巡线。

我不累，我跟你去巡线。

那好吧，拾掇一下咱们走，你多穿点衣服。

可天气一点也不冷呀。

这儿的天就像小孩子的脸，说变就变。

睢乡检查了一下工具包，向里边放了些东西。两个人一起上了路。

在野外，支荣兴奋地跳起来，想去摸一下天，那天低得人伸手几乎能够得着，蓝得耀人眼睛，远方一望无际，人处在这样的环境里，心胸好像也宽广了许多。

见支荣高兴的样子，睢乡摇了摇头，笑了。他试了好几次，见支荣没有反对的意思，才去拉起了她的手。

当两人天黑前快回到哨所时，天空忽然乌云密布，狂风大作，不一会儿，大雪就铺天盖地地下了起来。睢乡看了一眼像惊弓之鸟似的支荣，关切地说，别怕，有我哪，咱们就快到哨所了。

他把支荣的手握得更紧了。

支荣像个孩子，任由睢乡拉着向前走。

当两人回到哨所，外边地上的雪已有了膝盖深。

回到屋里，睢乡把炉子弄得旺旺的，做好饭两人吃了后，睢乡说，你们城里人爱干净，我给烧点水，你擦擦身子吧。

好的，不过，不许你偷看。

你把我当成什么人了。

支荣擦完身子喊他进屋时，看到眼前的妻子，他一下子惊呆了：妻子化了淡妆，脸上白里透着微红，真是好看啊。她上身穿着白色短袖上衣，下身穿着红色的短裙，脚上穿着一双时髦的松糕凉鞋，那做派、那形象，比任何模特一点也不差啊！

后来，妻子又给他穿了各式各样夏天的职业装、休闲装，还有一套夏天的新娘装，头型也换了许多花样。妻子每换一身衣服，都认真得不行，她的时装步走得别有韵味和风情。

睢乡如痴如醉地看着妻子的表演，双眼里涌满了热泪，他情不自禁地跑上去紧紧把妻子搂在怀里。

他写信给妻子说过，真想看看你夏天穿裙子的样子。

寒冬的边关哨所里，这一刻如夏天般盈满了温情和激情。

班长的情书

这里是西藏墨脱县某边防连。

士官班长鲁国仁带队从边境线上巡逻回来，放下枪和子弹袋，从炉子上烤了一把手，对全班战士们说，上晚上十二点的岗时一定要穿棉衣，今晚有雪。

这时通信员走了过来："二班长，有你的家信，看字体，是未来嫂子的情书吧？"

"班长，是不是嫂子催你回去结婚？"

"班长，嫂子那么漂亮，你可要加快'进攻'速度，早日领部队来给我们看看。"战士们开始起哄。

"什么意思，我看你们这帮小子怎么比我还着急？"鲁班长把信往口袋里一塞，和战士们说笑起来。

这是夏天，要是在内地老家，早跑到海里游泳去了。此刻，鲁班长一个人躺在营房外的山坡上，双眼望着蓝天上游动的云彩想心事。

她信上说，你要再不转业回来，我真没法等你了。看看身边的同事、朋友，结婚的结婚，有孩子的有孩子了。我等了你这么多年，平心而论，我觉得也问心无愧了。光结婚的日期你就推了四次了，我成什么了，我成嫁不出去的老姑娘了。想到这里他的鼻子有些发酸，也确实不怨女朋友格子发牢骚，这两年婚期定了四次，自己一次也没有按时回去过。头一次请好了假，开好了结婚介绍信。那时自己还是副班长，结果班长家里来了个电话，电话转了十多个总机才打到山下的兵站，又通过一号电话传到山上来时，话筒里的声音已变得像蚊子叫，断断续续听懂了一个意思，班长父亲出车祸死了。自己咬咬牙提出不探亲了，让班长走了；第二次按定好的日子准备走时，大雪却凑热闹似的不期而至，封山了。自己急得像热锅上的蚂蚁团团转；第三次……

正在鲁班长这几天心乱如麻的时候，他又收到一封信。信是指导员转给他的，信封看上去有些陈旧，上面的字有些模糊，但中间的名字还能看得清楚：鲁海堂。他看了一眼信，又疑惑地抬头看着指导员。

"鲁海堂是你父亲吧？"

"是。"

指导员说："因这里常年大雪封山，过去部队的一些物资给养都是由直升机空运进来的。这封信是直升机捎进来的大量军人私人信件中的一封。直升机在飞越著名的多德拉雄雪山时意外坠毁，导致大量信件散失。这封信是一名叫达旺的藏族牧民后来在失事的地方一个石头缝中捡到的，当时他虽不识字但仍把信保留了起来。后来达旺的女儿长大后，发现了家中这封收藏了二十几年的信，知道是内地的亲人寄给边防金珠玛米的家书，便将信辗转交给了部队。我从过去的档案中得知鲁海堂曾是这个连的老兵，经了解，知道你就是鲁海堂的儿子，就把这封信交给你吧。"

这是母亲写给父亲的一封情书。

鲁国仁把信捂在胸口，好久好久才平静了下来。他怀着十分神圣的心情打开了这封信，信是这样写的：

海堂：

　　你好！

　　天气冷了，出去巡逻一定要多穿衣服，更要注意安全。我们娘俩都好，不用挂念。你说部队需要，还得再多干一年。大道理咱不懂，但俺明白，这么大一个国家，总得有人去站岗、放哨。你放心，为了你俺会保护好自己的。你们那儿气候变化无常，条件恶劣，不用给我们寄钱了，你也不要太苦了自己。儿子想你，俺也想你。

你的妻子：芬

　　鲁国仁看完这封信，已是满脸泪水。他决定，把这封信寄给女朋友看看……

士官木根

　　县城附近的一所小院里，鸡鸭成群，女儿芳芳欢快地唱着歌上学回来，媳妇卫萍在忙着做饭，脸上挂着满足的笑容。他坐在饭桌前给老爹温了一小壶酒……

　　车猛地刹住了，木根从梦中惊醒过来。他抬起头向前看。只见车厢中间的走廊里站着几个戴面罩的年轻人。手里拿着匕首，狂喊道："车停了，各位不想被放血的，请把钱包和脖子上的项链、手上的戒指拿出来。不要不识抬举，这儿前不着村，后不着店，别存什么幻想了，破财免灾。"

　　"你，快拿，看什么看。"一个前排的小伙子被从座上提起来，挨了两个耳光。

　　车厢里的空气凝固了。

　　木根清醒了，他低头看了一眼穿在身上的黑色布夹克，心里想，今天这是遇上劫匪了。他一只手捂着还在疼痛的腹部，一只手攥成了拳头。有两个劫匪向后边走来。

"嘿！这儿还有个靓妞，你就别掏了，待会儿陪哥几个下车玩玩。"有人开始把钱包递给劫匪，有女人开始解脖子里的项链。"看人家这位大哥，多识趣，戴着眼镜，有文化。钱没了可以再挣，命没了可什么都没有了。快掏快掏，别自找不痛快啊。"

一个说着，另一个伸手拍了拍那姑娘的脸。

木根只有一米六五，他弱小的身躯猛地从后排站了起来。"我是军人，司机快开车，不要开车门。前面五十米就是交通管理站。"木根的声音犹如一声雷，劫匪们都被定在了那儿。这时司机不但没发动车，突然打开了车门。有两个劫匪开始向前门撤。

"小子，你是军人，老子雷子都不怕，带家伙了没有？"

有两个劫匪开始向木根走来。"把这妞带下去。"高个儿劫匪对另一个劫匪说。

那劫匪去拉姑娘，姑娘发出绝望的尖叫声。

"别动她，她是我妹妹。"木根向前去。他和走过来的劫匪交上了手。这时前面又有两个劫匪围过来，几个人和木根对打了起来。一个劫匪趁势用匕首刺向木根的胸部。木根向后一退，血一点一点流了下来。接着另一个劫匪又捅了一刀。这时有个年轻人喊："大家别发呆了，人家军人都受伤了。大家都上，抓住这几个乌龟王八蛋。"

木根无力地倒下去，鲜血染红了他的黑色布夹克，还有绿色裤子。这时一辆巡逻车停了下来，几个民警上车制服了几个劫匪，忙把受了重伤的木根送往医院。

急救室里，木根的腹腔被打开。第一刀的刀伤浅些，第二刀的刀伤深至脾部。医生意外地发现，木根的肺部病变已到了晚期。

木根是个老兵，是个转业军士。当兵近二十年了，他家属明年就能办随军了，赶上套改，他被安排转业。他的老父亲和妻子女儿都住在离县城七十多里路的小山村里。这几年，身体不太好，老是出虚汗，腹部痛。他瞒着领导和战友们。例行的查体他也逃脱没敢去。他这是回老家县城联系工作的。这些都是木根的战友后来哭着讲的。

那天木根手术后在睡梦中还在喊：抓住他们，抓住他们。站在床边的医生和护士都感动得流下了眼泪。

承诺

这天，是村西刘老爷子出殡的日子，在送行的队伍里，一位穿着绿色军装的人格外引人注目。

有个年轻人说，他家老大不是死在南方前线了，难道当年没死，又回来了？

胡说八道什么？那是他家老大的战友，听说是县城城关的，在县里工作，是什么院的院长，这些年不但过年过节来，平常也来，老爷子老太太有个病有个灾，比谁跑得都勤，真是个好人哪！一个老人感叹道。

说话的这位老人，回忆起刘家这些年的事，脑子里过起了电影：

那年南方战事正紧，突然有风言风语传言说，咱南乡里在战场上死了一个人。

每个有人在部队上的家庭都紧张起来。

这天王山头村来了两辆小汽车，一辆车上挂的还是部队的牌子。小车先是去了村委会，一行人表情严肃地跟着村主任走向了村西的刘家。他们给刘家送来了烈士证书。

武装部的丛部长声音低沉地说，两位老人家，你们为国家、为部队培养了一个出色的好兵，刘正宝同志是我们全县人民的骄傲，他在前线牺牲了。你们放心，政府和组织上不会忘记你们的，今后生活上有什么困难，政府一切都会管的。

听到儿子牺牲了的消息，当娘的想哭哭不出来，一下子痛昏了过去。人们又是掐人中，又是按胸口的，正宝娘才缓上来了这口气。

正宝娘天天哭，天天哭，几乎哭瞎了眼睛。

半年后，刘家来了个当兵的，手里提着两大包东西，但没戴领章帽徽。他进门就跪了下来，拉着正宝爹娘的手说，爹，娘，我是正宝的战友，叫丛会江，是咱们县城城关的。正宝走了，我就是你们的亲生儿子。我会替正宝照顾你们一辈子，为你们养老送终。爹，娘，收下我这个儿子吧。

正宝爹说，孩子，快起来。

正宝娘哭得上不来气。

正宝爹问，孩子，你这是探家，还回部队吧？

爹，娘，我退伍了，有时间我会经常来看你们的。

作为战友，人家能来安慰安慰就不错了。谁也没有当真。

春天耕地时，村里一下子来了两台拖拉机，大家都有些吃惊，原来是给刘家干活的，带头的就是正宝的那个战友。他们干了一天，活没干完，就住在了正宝家。

村里的人们都以为是组织上安排的，实际上是丛会江自己花钱雇来的。

丛会江不但过年过节买东西来，平常隔三岔五地也向这儿跑。

有一次，听说正宝爹摔伤了腰，他连夜赶来，把老人送到了县里的医院，出钱不说，还跑前跑后，黑天白夜地侍候。不但自己跑，媳妇、女儿也经常去医院陪床。医生、护士和一起住院的都说，你这儿子、儿媳真孝顺，现在对老人这么好的儿女不多了。

正宝爹说，我这儿子懂事，谢谢你们夸他。

晚上，正宝爹睡不着，他想，就是正宝活着，也不一定能做到这些。他想着想着，两行老泪从眼角淌了下来。

这天，一进病房，丛会江关切地说，爹，你今天感觉怎么样？

我没事了，回家养几天就能下地干活了。

爹，你就放心多在医院住几天吧，我昨天晚上回家看娘了，家里一切都好，不用你挂念。爹，还有一个好事要告诉你，我弟弟正红在部队上提副营了，我给娘说了，娘高兴得没办法，爹，你高兴不？

正宝爹抹起了眼泪。

爹，你这是咋了？说着会江上来给老人擦眼泪。

会江，这些年你为这个家付出这么多，正红也出息了，读书、参军全是你的功劳。我和你娘俩身体还硬朗，你工作忙，还有自己的小家庭，今后就不要向王山头跑了。爹说。

爹，这都是我应该做的。做儿子的孝敬父母，都是天经地义的事。是不是我哪方面做得不好，惹您老人家生气了？

会江，你是我们家的大恩人哪！

爹，咱一家人可不说两家话啊。

会江，我还问你，人家说，当时部队上是保送你上军校的，你为什么要求退伍回来？

会江想了想，笑着对爹说，那是别人瞎说的，我不是学习的那块料。

……

走在送葬队伍里的会江心里想到了前线的那一幕：耳边有零星的枪炮声响起，大家都在忙着构筑阵地，突然身边的正宝倒下了。自己走上去抱起他，急切地喊着他的名字：刘正宝，刘正宝，你醒醒，你醒醒。见他没有一点反应，自己背起他就向后方的卫生所跑。

半路上，有战友说，我来背一会儿吧。

不用，我不累。我机械地迈着步子，深一脚浅一脚地向前跑，好几次摔倒了，咬牙爬起来再跑。

到了卫生所，我一下子瘫在了地上。嘴里喊着，快叫医生，救——救他。

当我从昏迷中醒来，身边的战友哭着说，正宝，他走了。

我们谁也合不上他的眼，你去看看吧。

我努力挣扎着站了起来，随着战友来到正宝的身边，哆嗦着双手去合他的眼睛，可怎么也合不上。

我想起来了，活着时他跟我说过他家里的情况，他的弟弟还在上学，家里的经济条件很差。

我跪在他身边说，正宝兄弟，我知道你放心不下家里的爹娘，还有上学的弟弟。你放心上路吧，你走了，家里的一切都交给我了。我供弟弟上学长大成人，我给咱爹咱娘养老送终。

说完这些，我已经哭得泪流满面，我又试着慢慢用手去合他的眼睛，奇迹出现了，他的眼睛竟然合上了。

那一刻，老天也被感动了，下起了瓢泼大雨。

想到这里，他心里对正宝说，正宝兄弟，答应你的，我都做到了，我没有食言。

有时间我会去南方看你的。

将军与士兵

张杰当兵快三年了，再待一个月他就要退伍了。

他背着工具包行走在这片大山皱褶的小路上，身后跟着他的无言战友威风。连队来过电话了，说再待几天就会派一个一年兵龄的通信兵来接他的班。

张杰拿起望远镜望了望前方的电线杆和原野。

除了半个月一次连队的吉普车上山来给他送些给养，能和司机说几句话外，他无人说话和交流。

刚来那段时间，有时他一连几天不说一句话。后来他觉得这样下去不行，万一自己得了失语症，将来怎么找女朋友、怎么生活呀？

所以他就对大山说话，对大山唱歌。他把从小会唱的歌都唱了个遍，然后从头再唱。后来他从录音机里学了新歌，再唱给大山听。大山也知恩图报似的，附和着他唱，像二重唱。再后来，他学会了和威风交流。

这样一边想着他已经翻过了一座山，他回头看看威风，对他说，威风，累了吧？咱休息会儿再走吧。

威风用自己的语言"嗯"了一声，在张杰的身边坐了下来。

张杰说，你看着工具啊，我去方便一下。

威风向一边一扬头，嘴里发出了干脆的一个短音，好像是说，你放心去吧。

张杰回来对它说，你也去方便方便吧。

威风听话地站了起来，去方便了。

威风回来后，像个孩子似的又坐在了张杰的身边。张杰抚摸着威风的脖子说，威风，再待一个多月，我就要走了。我会想你的，你会想我吗？也许这一辈子咱们再也见不上面了，我真舍不得你啊。说着说着，张杰的眼泪无声地流了下来，他扭转脸，抬起胳膊擦了把眼泪。回头看威风，只见威风的眼泪已经流到了嘴边，嘴里发出一种奇怪的声音，张杰听明白了，这是威风发出的哭泣声。张杰把威风抱在怀里，久久，久久没有放下。张杰说，我骗你的，也许一年，也许半年，我会回来看你的，我怎么会舍得我的威风。说着他用手去给威风擦眼泪。

再上路后，威风的情绪一下子消沉了许多。她以前要么跑到前边去等张杰，有时张杰都看不到她的影子了；要么跑在后边，张杰一回头，也是找不到她了。刹那间，她又出现在了张杰的身边。刚才听了张杰的话，她不向前跑，也不落在后边，一直跟在张杰的身边，再不让自己离开他的视野，也不让他离开自己的视野。

张杰拿起望远镜去望前边的线路后，又习惯地去望原野，望远镜里出现了情况，他一边调整焦距一边集中起了精神。他负责维修线路的这几座山中，由于地理环境恶劣，很少有人上来。就是山下，方圆几十里也没有人烟。

张杰揉了揉眼睛，找了个高处，又端起了望远镜，这不可能，远方竟有三个军人在向他这边走。而且有一位头发都白了的老军人，还有一个女兵。张杰看了一遍又一遍，在确定不是错觉以后，心情有些紧张起来，他们来这荒无人烟的山上干什么？

他加快了向前的步伐，回头说，威风，提高警惕了，前面有情况。威风抖擞了一下精神，跟上了他的步伐。

双方越来越近，对方几个人发现他后，不但没有回避，而且使劲地向他招手。他越来越不敢相信自己的眼睛，他从望远镜里看到，那个老军人肩上有金星在闪。

双方终于走到了一起。

报告首长，我是龙拉尔警备区五大队三中队六班战士、明川值勤点巡线员张杰，现正在执行巡线任务。请指示。

那三个人还完礼，将军又上来和他握手，小张战友，你辛苦了。早就听说过明川这个值勤点，由于这儿是盲区，你的工作很重要，也很光荣。这儿生活工作环境艰苦，你一个人守在山上了不起啊。我代表部队领导谢谢你啊。

另一位年轻军人说，张杰战友你知道吗？这是咱军区的孔陨军长，特意来看望你的。

孔军长说，听说你 10 月就要退伍了，有什么要求就提出来，你们大队长、中队长解决不了的，我来给你解决。

在这之前，张杰三年来见到的部队最高首长就是副中队长。他既激动又惴惴不安地说，首长，我能和您照张相吗？

刘秘书，拿相机。

照相时，张杰又得寸进尺地提出了要求，他试探性地问，让威风也参加可以吗？

当然可以，她是你的战友，也是我们的战友。

张杰不但和孔军长照了相，孔军长还让在军文工团唱歌的女儿给张杰唱了一首歌。

战友战友，亲如兄弟……

歌声在山谷中回响着……

别人的城市

祥觉得实在在家待不下去了，又给表哥打了个电话。表哥说，活真不好找。他咬咬牙，还是上路了。打了几次电话，表哥都说活不好找。也许是真不好找，也许你不太上心，我先去了再说吧。吃住在你那儿，看你想不想办法？

在县城下了公共汽车，要去倒另一趟公共汽车到济南再去坐火车。下车后，他先去综合市场买了一百张粉皮，记得表嫂说过，老家的粉皮好吃。他犹豫了一下，买不买点豆腐丝带上。表哥总是说，这城里的豆腐丝怎么也吃不出咱家里那豆腐丝的味来。可现在是夏天，等带过去会不会馊了？现在物资流通这么快，城里缺的东西真没有多少。

祥望着车窗外向后退去的群山想，我出去混好了，一辈子不回这个地方也不想。家里去年大旱，春秋季都没有打多少粮食，只是秋天的地瓜还卖了点钱。今年过了半年了，还没有下过一滴雨。看来又是个大旱年。地里的庄稼都旱得"面黄肌瘦"地耷拉着脑袋，有气无力的样子。祥去地里走一圈回来，心里就难受得不行。大水村的刘晓呈和天宫的陆代的家长都捎信来要找他理论，并扬言要揍他。舅舅妗子见了他的面，也鼻子不是鼻子、脸不是脸的。李家窑的女同学小清原先一直和他联系，两人偷偷谈了两年的恋爱。以为他在外边跑，将来能有点儿出息，没想到他混到这步田地。听说人家这几天订婚了，男的在炎州煤矿上当工人。

去年 4 月 22 日，祥接到初中同学山的来信，说他在广西南宁找到一份特别好的工作，在一家公司的销售部当主任，月收入三千多元。问他，你现在怎么样？你不是去北京了吗？咱们老同学了，应该有福同享，你快来广西吧，现在我这儿正缺人手，来这儿咱们一起干。你要来晚了，再找这样的好活就难了。去年年底，他去北京表哥那儿，表哥给找了个工作，是在表哥他们单位烧暖气锅炉。大部分时间是白天睡觉，晚上干活。虽然苦点累点，但除了吃每月能落四百来块钱。但现在停炉了。表哥又找不到别的活，这不就回家来了。他告诉父母说，我要去广西。一个要好的同学已给找好了工作。才开始父母不放心，说广西在哪儿？他说在南方。父母说，你还是个孩子，人生地不熟的，去那么远的地方，路上或在那边出了事怎么办？他抬头看了一眼黑乎乎的房顶，辩驳说，我这么大了，总不能守着你们过一辈子。再说那边有同学，人家又给我找好了工作。要错过了这么好的机会，别怪我到时候抱怨你们一辈子。父母唉声叹气了一阵子，拧不过他，没办法只能放他走了。正好家里有他在北京表哥那儿打工挣回来的钱。父母让他多带上点，穷家富路，到那边用得着。他说，我是出去挣钱，又不是出去旅游。走之前他偷偷地约小清出来，两人在村子小店里买了六个烧饼，六根火腿肠，一大瓶子饮料。两人说笑着上了山。小清的父亲在乡里城建上开小车，家庭条件要比祥的家庭条件好。这点祥心里明白，要想将来能把小清娶回家来，自己必须出去混出个人样来。这一天两人在山上过得很愉快，在寂静的小树林里，两颗年轻骚动的心撞在了一起，才开始拥抱时他们俩激动得全身颤抖，当祥用嘴寻找到小清湿润的红唇时，像有一股电波接通了两个人的身体……最后一刻，小清清醒了，她坚守住了最后一道防线。她带着灿若桃花的笑容对祥说，祥，相信我吧，我给你留着，谁也拿不走。下车了，下车了，终点站到了。当被叫醒时，祥的脸上还呈陶醉状。他心里埋怨，瞎喊什么，搅了我的好梦。祥用手背揉了两个眼睛，不情愿地下了车。车站内外，人声鼎沸，看上去大部分都是像自己这样打扮、气质的农村人，这城里有什么好，不就是人多点、楼多点，卖东西的地方大点货全点，都向城里跑干什么？还说人家，自己不也一次一次地向城里跑嘛。想到这里，他咬了咬牙，嘴角露出一丝苦笑。

出了车站，他上了一辆去火车站的小公共，没有座位，只能站着。在济南这城里人和乡下人还不太明显，到了北京，不管在车上或商场或任何场合，人家城里人都不拿正眼瞧你。上一次去北京干活时，在表哥住的那个院里，经常有一个女人拄着拐在操场上走来走去。别人说，她是个警察，头两年有一次去逛商场，在商场门口，看到一个小伙子正用拴着自行车绳的铁棍子打另一个小伙子。当时有许多人围观，但谁也不敢上去制止。只见那个被打的小伙子满脸是血，没几下就倒在地上了。这个女警察没穿警服，她本可以装作没看见走掉的。但她拨开人群，一边高喊着，不许打人，我是警察，一边冲了上去。那打人的小伙子并没有一丝害怕，他掉转方向，举棍向女警察打来。女警察下意识地去用手护头，只几下，女警察也倒在了血泊中。警察来了，把他俩送医院后，那被打的小伙子早没一点气了。那警察在医院里做了开颅手术，昏迷了二十多天才醒过来。后来就落到现在这个样子。后来那打人的小伙子交代说，他和被打死的小伙子过去没有一点恩怨，那天他去商场里瞎逛，出门时和那城里的小伙子撞了一下。那小伙子翻着白眼看着他，嘴里不干不净骂了句什么。他是从四川出来准备去东北找活干的，没想到带的一点钱被人掏走了，就连藏在鞋里的五十元钱也莫名其妙不见了。娘的，这城里人连正眼看都不看我一眼。出门后他抄起铁棍子便打。两个生命就这样无缘无故结束了，还搭上半条警察的命。下了小公共，到售票窗口买了下午 2 点的火车票，祥就在火车站附近瞎溜达，他想买点东西吃，又觉得没大食欲。等转一会儿饿了再说吧。早晨母亲早起给他包了一碗饺子，他没有吃下几个去。想想这几年自己没给家里挣回什么钱来，倒使父母为他担了不少的心。初中毕业后，他没有考上高中，花钱上了济南的一个技校，每年五千多元的学费，钱大部分都是父母到处求人家借来的。所以上学的那三年中，他很少在学校食堂里吃饭，若在学校里吃，吃好的吃不起，吃的太赖了，又怕同学们笑话。所以他大部分时间都是到离学校远一点的小摊上去吃。早饭两个馒头一点咸菜，连粥都不肯喝。中午一大碗面条，晚上有时也是一碗面条。父母土里刨食，供他和弟弟上学不容易。原说学校和一家大工厂签了合同的，学生包分配。可毕业时那家工厂倒闭了，学生们自谋生路，大部分人从哪儿来回哪儿去。在学校里除文化课外，他学的专业是车床。回到农村也用不上。原先乡里还有个铡草机厂，好几年以前就转产干别的了。家里为他上学还欠着不少外债，再说为了将来能娶得起小清，他写信给表哥要去北京打工。他想先出去再说，或许命运垂青，在外边能闯出一片天地来。没想到在北京干了半年活就回来了……他在火车站附近的道路上漫无目的地走着，不时地被倚在发廊门口的小姐叫住，先生，洗个头吧。先生，理个发吧。有的后边还加上一句，这里什么服务项目都有，眼睛直勾勾地看着你，有时还向你抛个媚眼。听口音，这些小姐大部分都是南方人。现在真是开放搞活了，这北方城市里到处都有南方人的影子。他恨南方，恨南方人，他用手摁了一下兜，里边有家里又东挪西借给他带上的二百元钱。他真想挑一个漂亮的南方女子，跟她进屋去，好好解解恨。但他不敢，他只是在心里想了想，想到这里，小清突然从记忆里冒了出来。他的童子身原是给小清留着的，可现在不知它将来属于谁了。再说，就凭自己兜里这点钱，怕是能进门，不好出门。人家敲诈你怎么办？再要被公安局的人撞上了，抓进局子里去。这事传到家乡，父母亲还怎么见人，怎么活下去。家里的名声坏了，自己破罐子破摔，可以不回家了。可弟弟一辈子都得活在被人瞧不起的阴影里。要是那样，自己活在这个世界上还有什么意思。想到这里，他不由得打了一个冷战，后怕得不行。

上火车前，他没有进饭馆吃饭，在小摊上转来转去，买了一盒三块钱的方便面。他觉得有些口渴，也没有买瓶水喝。一瓶破矿泉水，都要三块钱。心想还是买这方便面合适，上了火车泡泡吃，又顶饿又解渴一举两得。

上了火车，等车开动后，通道里好走了一点，他没有等乘务员来送水，自己打开那盒方便面去车厢接合部接水泡了面，还没有泡好就迫不及待地吃了起来。记得还是上初中时，因为弟弟感冒了，不愿吃饭，娘给弟弟买了一包方便面泡了吃。在娘没注意时，他先是小声和弟弟商量，让我吃一口行不行。弟弟想了想，点了点头。他接过弟弟手里的筷子吃了一大口，按说把筷子还给弟弟就没事了，但肚里的馋虫不愿意，它不让还给弟弟筷子，在它的指令下，他又连着吃了两口。弟弟用眼一直盯着碗里的方便面，见面少了一半，自己又控制不了局面，只能用哭来解决问题了。一是提醒哥哥不要再吃了。二是通知娘哥哥吃了他的方便面。娘过来一看，就明白了情况。娘举手打了他一下，嘴里骂道，你这么大了，不嫌丢人，抢你弟弟的方便面吃。你不知道他有病，不愿吃饭。才开始祥也觉得有些委屈，不就吃了两口破方便面，有什么大不了的。他是你儿子，我就不是？那一刻他甚至怀疑自己是不是娘亲生的，眼泪在他的眼圈里打转。他想等我长大了，出去挣了钱一下子买一箱方便面放在那儿，想什么时候吃就什么时候吃。又一想，自己做的是有些不对，弟弟本身就有病，能让自己偷吃一口就够意思了，怪只怪自己太得寸进尺了。想到这里，祥觉得鼻子有些酸，他抬头看了下坐在周围的几个人，见没人注意他，才又埋头吃起了面。吃完面，他望了会儿窗口的景色，倚在靠背上闭目养神。

去年自己也是在省城济南上的火车，不过那次坐的是开往南方的火车。自从接到山的电话，他的心情一直没有平静下来。真是应了那句俗话，多个朋友多条路。你看，好几年没见过面的初中同学，有好事还想着自己。他想，等到那边挣了钱，先把自己上学给家里拉下的饥荒还上，然后再攒下点钱让父亲把家里的房子翻盖了，弟弟上学更是没有问题了，他能花多少钱。别说白天，就是晚上想靠在那迷糊一会儿，他都睡不着。他想好了，等拿到第一个月的工资，先请山出来到饭馆好好撮一顿，虽然是老同学，但得还人家的情。山要客气，真不出来，就给山买两条好点的烟。可不能像在表哥单位那儿干活时那样了。实际上，虽然停了炉，他们烧锅炉的人员并没有全辞退，只是走了三分之二。关系硬的，和班长处得好的（好几个都是他老乡）都留下搞绿化了。班长是河南人，听说他已在那个单位干了八年，虽然不是那个单位的正式人员，但工资几乎比我们这些干活的高一倍。他经常和营房的人一起出去喝酒。临时工要是家里有点急事回家一趟，回来都给他带东西。班长本来对他不错的，他想要是在辞退前给班长买两条中档烟，或许自己就被留下了。他坐在车上，眼睛望着窗外，心想这南方怎么老下雨，你看南方人都长得这么矮，是不是像庄稼一样，人晒的太阳少也长不开。人家不都说南方钱好挣嘛，等干一段站住了脚，就托人也给小清找份既轻松又安全的活，她少挣点钱没关系，只要平平安安就行。自己是男子汉，一定要保护好她。到了南宁时正好是晚上，他还怕下车后找不到山。走下车门没几步，山就在后边拍了他的肩膀。他跟山坐公共汽车走了好远才下了车，下车后又走了一会儿，跟山进了一个院子，然后上了三楼进了一个房间。房间是个里外间，里间住的是几个女孩子，外间住了几个男的。见他到了，里间的几个女的都跑了出来，连同外间的几个男的，对他都很热情。有的倒开水，有的问他饿不饿？有一个女孩回屋拿了一块湿毛巾让他擦把脸。他虽然觉得这样住有点出乎他的想象，但又想，大家都是出来打工的，可能是为了省钱吧。看这么多素不相识的人关心自己，他有点被感动了。再一个就是，肯定是山的为人好，他是销售部主任，这些人都可能是他的下级。这时有一个女孩端了一盒泡好的方便面递给他说，您一定饿了，先将就吃点饭吧。他抬头看了女孩一眼，女孩的眼里闪过一丝迷惘，这只是瞬间的感觉，他想，哪个女孩子没有自己的心思呢。接过碗，他的心里充满了温暖。在这么多陌生同龄人的注视下，他虽然觉得肚子很饿，但吃得很斯文。他吃完饭后，大家天南地北地聊了一会，其中一个三十多岁的大姐说，都早点歇着吧，这位小兄弟一定也累了，明天还有工作哪。祥以为这位大姐肯定是山这个主任下面的一个小头头。

他心里想，山是主任了，是不是一个人住单间？别看这么多人都在他手下干，别看我来得晚，也许我将来比他们都升得快。因为主任是他的老同学，而他又是主任亲自从家叫出来的。可山并没有走，他说，祥，今天咱俩睡通腿儿。祥心里一下子感到很疑惑。祥判断两人睡的这床就可能是山的床。一个月收入三千多元的销售部主任就睡这样的地方？他带着很多不明白躺下了，困意很快向他袭来，他满腹心事地进入了梦乡……山对他真的不错，干了一年多，他就荣升为销售部副主任，他咬着牙三年没有回家，存折上已有了六位数的存款。小清电话里说，人家来给我介绍对象，先说的是一个在建筑队上搞预算的，我推托不同意。最近又有人给介绍了一个，男方是个煤矿工人，家庭条件也不错。父母亲就认定这门亲了，没办法，我把咱俩的事给父母讲了，才开始他们不相信你在南方混得那么好，以为我说瞎话，一打听，四邻八乡的那么多小青年去南方打工，都是投奔你去的。这才有些信了。他们已基本同意我们俩的事了。再奋斗上几年，就在这儿买套大点的楼房，和小清结婚时，在这儿办完了，再回家办一次，一定把和小清的婚事办得风风光光的。让小清的父母看看，你姑娘的眼光没错吧。然后把父母、弟弟都接这儿来，让父母跟儿子享享福；让弟弟在这儿接受最好的教育，将来上个名牌大学，也给我们家光宗耀祖一回。山已升任副总经理，找了当地一个副局长的女儿。他们在此站住了脚，老家来投奔他们的人越来越多，山东人占的地盘越来越大，在当地谁也不敢欺负山东人。在山东人待的地盘上，甚至有人开起了山东饭馆，卖起了山东包子。那包子好香啊，粉条加大肉块，吃起来满嘴流油。小清知道他爱吃这一口，隔三岔五地就去买一回。有一天，在北京工作的表哥突然来了，祥推掉了在外面的应酬，赶回家陪表哥。表哥过去曾帮过自己，做人不能没有良心。他原先还想，自己现在混得可以了，怎么回报一下表哥？邮点钱去，太俗气了。这次表哥来了，可能是出差路过这里，正好给我一个机会，我一定好好还他的情。他甚至想，不行好吃好喝以外，领表哥出去洗个桑拿，再给他找个小姐？要这样做，是不是有点对不起表嫂？表嫂那人有点小气，他在北京干活，偶尔去表哥家吃顿饭时，感觉得出来。我要提出来给表哥找个小姐玩玩，不知表哥会不会骂我？不过现在的男人，谁还那么认真，像我，过去多么纯朴的一个人，现在不也偶尔瞒着小清出去潇洒一回吗？有时真是没办法，生意场上迎来送往的事多。酒桌上表哥却说，他不是出差路过，他下岗了，听老家人说他在这边混好了，投靠他来了。他心想，人真是三十年河东，三十年河西。刚不上学时，他去投奔表哥。没过几年，表哥又来投靠他……他睁开眼睛，发现自己坐在火车上，想了想刚才的一切，原来都是在梦中，他有些失望。

　　正了正身子，他又继续合上眼想心事，第二天起床后，里屋外屋的人大家一起动手开始做早饭，祥看到山甚至动手去洗菜，这山哪里像个当领导的样子？这男男女女的一大帮人在一起，应该很是热闹，可大多数人都好像有心事似的，祥也像受了传染，心情有些沉重起来，他回忆起山写信叫他来时说的话，感觉到那话里边可能有水分。吃了点饭，山既没领他去上班，也没有领他去城里逛逛。大家都没有去上班的意思，倒是楼道里的几部电话前站满了人，祥到门口一站，每个房间都像他们住的这个房间一样，有男男女女进出，祥突然发现，有的屋里还住着看上去得有五六十岁的老头、老太太。没一会儿，里屋的一个姑娘出来说，大家听好了，接受完培训的跟自己的上家一起去工作，这几天新到的人跟我一起去听课。到了一个大屋子里，开始有人给他们讲课。是一个操着河南口音的女青年，她说：兄弟姐妹们，为了一个共同的目标——挣钱，我们从五湖四海走到一起来了，爹娘把我们拉扯大不容易，我们应该报答他们；对有儿女的人来说，只要你把孩子带到这个世界上来，就应该让他过高人一等的生活；对男孩子来说，你手里有了很多钱，还愁娶不到漂亮媳妇；对女孩子来说，谁不爱美，谁不想要更多的好衣服？在座儿的各位，哪位和钱有仇？停顿了一下，她接着说，我看没有。但凭我们出去打工，下苦力，什么时候才能积攒下很多的财富，因为我们过去没有受到良好的教育，所以就是再去努力，也不会得到很高的待遇，挣到很多的钱。我们已经吃了没文化的亏，难道你还想让后代步自己的后尘吗？现在机会来了，万利世界贸易公司给我们提供了这个发财的机会……就这样听了几天课，后来听说，这叫洗脑。不让出门，不让胡思乱想，后来有人现身说法，说自己才开始也不太相信，但一想，你就是做个小生意也得需要本钱，现在人们生活水平都提高了，都把身体健康放在了第一位。狠狠心，让家里给寄了六千元钱，买了六套多功能摇摆机，现在已发展了 20 个下线，月收入达到了三千元。

我是山的下家，山给我说，我的情况既没有我给你说的那么好，也没有你想得那么坏，我已发展了八个下家，按规定计算，一个月能拿到一千五百元。但公司里说，钱都先不开给个人，只支给你点生活费，剩下的公司给存着，积攒到五万时再一起算给你。我算了一下，我这两年在公司存了有两万多块钱了。才开始我还有点失望，有点半信半疑，在他们做这项事业肯定是一个正确选择思想的灌输下，我终于动了心。我先是给舅家表弟写了信，又把电话打到他们村里，在电话里给舅做工作，没几天表弟就来了。在这同时，我给父母写信说，山告诉我的事都是真的，吃得好不说，还住楼房，工作一点也不累，请他们放心。并给他们许愿说，待不了几年，等儿子挣下一大笔钱，买一套大楼房，就把你们都接来，让弟弟到这儿上最好的学校，让你们跟着儿子享享福。但才开始我得交住房钱、吃饭钱，所以你们无论如何得想办法给我寄四千块钱来。家里当时把两只半大小猪卖了，把一头牛卖了，亲戚朋友、街坊邻居都借遍了，家里给弄来了三千九百元钱。家里来信说，那一百块钱实在是借不来了，孩子你就再想点别的办法吧。后来我又骗来了同学刘晓呈和陆代。表弟除让他家里给他弄钱外，也叫来了两个同学。刘晓呈叫来了两个亲戚一个同学。陆代小子太聪明，来到后一看这情况，偷偷跑到火车站，坐车回老家了。他到家一说，我们再从家那边叫不来人了。我们天天在心里盘算着，给哪个亲戚写信，给哪个同学联系。好长时间没发展到下家，我们几个都有些着急。刘晓呈倒是有了另外的收获，他和我们这个"家庭"里的一个河北姑娘搞上了对象。有一个"家庭"中，一家人全到这儿来了，他们听儿子说有这样的好事，把家里的房子、家具都卖了。他们家一共叫来了二十多口子亲戚朋友。突然有一天，像来了一场强地震，整个楼的人都慌张起来，从每个人的面部表情看，大家都是大难临头时无所适从、无可奈何的样子。有的人目光呆滞；有的人垂头丧气；有的人哭天喊地，你知道发生了什么事？那个说当地话的公司经理和说当地话的公司上层一帮人携款跑了。公安局来人后，把大家集合起来狠训了一顿，你们脑子都没毛病吧？天下哪有天上掉馅饼的好事。你们参与传销活动，违犯了国家法律，本应该追究你们每个人的责任的，念你们大部分人都是上当受骗参与进来的，都各自想办法给家里要路费回家吧。你们不但害了自己，还拉上了自己的亲朋好友。你们公司领导都跑了，再等下去也没用了，他们不会回来了。公安局带走了几个接近上层的人，其中就有山。在随后的几天里，经常有公安局的人来这儿转。才开始大家都抱着一线希望，盼望公安局的人能尽快破案，把公司经理和公司上层的人抓回来，偿还大家的本钱。可随着时间的推移，大家的这个期望越来越渺茫。没了吃饭的钱，有的人一天只吃一顿饭。因为大家心情都不好，有两个人为一点鸡毛蒜皮的事打了起来，双方都被打的血流满面被大家拉开后，好像谁都不觉得疼，到水管下一冲像没发生任何事似的。有人出去偷东西被抓了起来。祥也觉得没脸再回家去，家里为自己欠下的账可怎么还？怎么给舅、妗子说这事？表弟和刘晓呈他们叫来的人家里找上门来怎么办？出了这事，和小清的事肯定又渺茫起来。祥不敢向下想了，这些年为家里做出的贡献就是给家人欠下了一屁股账。他死的心都有，可自己死了，家里还得为你还账，你死了，一了百了，可欠人家的账死不了，父母还得为你还。一天晚上，一个山东来的女孩子爬到顶楼跳楼自杀了。早晨被人发现时，身子都僵硬了。公安局怕再出类似的事情，开始清理搞传销的外地人。没办法，祥带表弟偷跑到南宁的西郊一个工地上去干小工。不敢给家人通信或打电话，又怕家人听说这里的情况后为他们担惊受怕。干了三个月，挣够了路费，他带表弟回家了。回到家里，父母并没有抱怨他什么，说只要人回来了就好。祥去姨家，姨说，你去南方不久，你娘和我说，您儿子混北京，俺儿子去了南宁，祥子说了，待两年挣够了钱，买了楼房，让我们住楼去，去了我们全家就都不回来了。现在回想起来，那真是一场噩梦啊。祥听到乘务员报站，火车已到了天津。他想，这次到北京，不知命运会不会给他个笑脸……

小岛不了情

一

有一次，我们几个战友在内陆的一个小城里相聚，酒桌上认识了一个叫春江的新朋友，他也曾当过兵。给我们讲了这样一个故事：

我当的是海军，部队驻守在渤海湾边。那是我当兵的第五年，刚提干不久，有一天我开着巡逻艇带着一个战士去海上值勤。那天天气不好，海浪也很大。我们在离公海不远的地方转了半天，见没什么异常情况，看了看表，开始返回。出海时，队长多次叮嘱，天气恶劣，一定要保证安全。在返航的途中，真的出现了情况，巡逻艇突然抛锚了。那时的通信设备不好，虽然我们带着无线电装置，但由于风急浪大，发出的信号岸上收不到，试了无数遍都没有一点效果。那个时候我还算稳得住劲儿，看老和岸上联系不上，那个小战士被吓哭了。我说，你哭管什么用？在这大海上，你就是喊破嗓子又有什么用？我们是军人，出了事要沉着冷静。咱们一是要想办法自救，二是要保存能量，等着战友们来救援。说是那样说，当时我心里也害怕，万一就这样光荣了，真是心有不甘。要死也应该死得轰轰烈烈。

巡逻艇在海浪中漂冲了两个多小时，天色慢慢暗了下来。这时那个小兵喊我，排长，你看。我顺着那个小兵手指的方向看去，不远处出现了一座小岛。我们两个都兴奋起来，像绝望的人一下子看到了希望。我们努力用身体的力量让巡逻艇顺着海浪向小岛的方向漂。

我们的巡逻艇还没漂到岸边，小岛上有一个人发现了我们。他跑过来对我们喊道：孩子们，船出事了吧。不要着急，我回去拿绳子。说完他就跑走了。不大一会儿，他拿着绳子跑了回来。登上小岛的那一刻，别说那个战士，我的腿都软了。这时天已经黑了下来，跟着救我们的大爷来到他在小岛上的住处，安慰了我们一会儿，他就开始做饭。他说，你们两个真有口福，今天我钓到一条大鱼，好好慰劳慰劳你们。放心吧，部队领导会想办法来找你们的。

吃了饭，我和那个小兵听那位老大爷拉家常。小兵好奇地问：大爷，这个小岛上住了多少人？

就我一个。

您为什么一个人住在这个孤岛上？我接着问。

各人有各人的活法。大爷叹了口气，拉长声调说。

我和那个小兵追问大爷到底为了什么？他点燃了一支烟深深吸了两口说：你们真想听？

当然想听。我和那个小兵睁着探询的目光望着大爷说。

那我就给你们讲讲：一九四〇年夏天，当时我才十六岁。由于母亲死得早，从八岁开始父亲每次出海打鱼都带着我，后来我已成为他的一个不错的帮手。出事那天，我们像往常一样摇着小船出海打鱼。虽然经常有出海打鱼的船只被浪打翻出事的事情发生，但为了生计许多人还是冒险出来打鱼。那时这一带的海面好像也比现在平静些。就是在这小岛的东面，我和父亲正专心致志地下网，听到远处有马达声传来，我们没有特别在意。当听到马达声越来越近时，先是我抬起了头，我看见一艘舰艇箭一般向我们的渔船驶来。我忙喊：爹，爹，你快看。爹抬起头来，看到大事不好，扔下手中的渔网，抓起了摇橹。那舰艇到我们跟前时，速度一下子减慢了下来。舰艇上插着日本的膏药旗，几个日本兵端着枪对着我和父亲狞笑。

那舰艇围着我们转圈，掀起的水波晃得我和父亲东倒西歪，看到我们爷俩的窘相，那几个日本兵的浪笑声更响了。我心里狠狠地骂：狗日的小日本，老子要是手里有枪，就和你们拼了。又转了几圈，见附近有不少打鱼的小船围过来，那舰艇驶开了我们的小船。原以为他们走了，没想到他们掉转方向，加大速度，又一次箭一般向我们射来。听到附近渔船上的惊呼声时，我们已毫无能力避让了。那舰艇撞翻我们的小船后，冒着白烟逃窜了。父亲没了踪影，我被随后赶到的八路军救上了这个小岛，一个小八路军为救我也被卷进了漩涡牺牲了。三天后，岛上的八路军在海的下游很远的地方找到了父亲和那位小战士的尸体。他们二人都被埋在了这个小岛上。

一九四二年冬天，因战斗形势的需要，驻岛的八路军撤出了小岛。

一九四五年八月十四日，我在海里发现了一个被绑在木板上的筐子，从里边发现了一个奄奄一息的婴儿，是个小姑娘。我原以为这孩子活不了啦，没想到这孩子真是命大，竟慢慢活了过来。也是我们父女有这个缘分，那几年虽然苦点累点，细想想，那应该是我在这岛上这些年最快乐的一段时光。到了上学的年龄，送回岸上去上完了中专，嫁给了一个当兵的，就是现在你们海防团的政委。

中华人民共和国成立后，政府派人来找我谈话时我才知道，父亲是我党的地下通信员，那次装作出海实际是去给驻在小岛的八路军送情报，政府批准父亲为革命烈士。当时敌人也并不清楚他们为了寻开心而撞死了一个共产党的地下通信员。

算起来，带上你们两个，我在这个小岛周围救起的人，差一个不到二十个。这里边有打鱼的、有军人、有船员，还有……这个岛上有个半碗泉，虽然那泉水量不大，但又清又甜，好像就是专为我准备的。我要求在这儿守岛，主要是想陪着父亲和救我牺牲的那个战士，我怕他们寂寞，每天都去和他们俩说说话……

讲到这儿，那个叫春江的朋友，也是我们的战友，哭了，酒桌上一下子静极了。我们大家都觉得鼻子酸酸的。春江说，今年夏天再忙，也要抽出时间去岛上看看自己的救命恩人。我们几个相约，夏天也跟春江一起去岛上看望那位守岛的老人，还有那两位长眠在那里的烈士。

二

夏天的某一天，我们上次相约的那几个老兵，没有一个人食言，从天南海北赶来，相聚在了烟台某海防团的招待所。

有我这个军报记者的牌子，又听说我们是要去小岛上看望守岛老人，海防团很是重视，先是政治处李副主任来问候，晚上藏政委亲自来看望我们。他说，你们从全国好几个地方跑来，要上无名岛看望守岛老人，我代表海防团全体官兵，谢谢你们。听说你们中间有个我们团的老兵，是哪一位？那位上一次酒桌上给我们讲故事的战友站起来说，报告首长，我叫春江，原为三中队四分队分队长，现为中州市海天贸易公司总经理。说完，他举起右手，向藏政委敬了一个军礼。藏政委还了一个军礼后说，欢迎你带战友们回第二故乡来看看，还带来了军报的大记者。我忙说，我可没有任何采访任务。藏政委笑着说，那我们更是得欢迎。我了解了，明天气象条件不错，我派团里最好的一艘巡逻舰送你们去无名岛。丛政委调师里任政治部主任了，我可不是拍领导马屁，认为你们是去看他老丈人，就照顾你们。在我们海防团每个官兵心中，守岛老人是我们海防团里的一员，是我们团不在编的一个老战士。

坐在巡逻舰上，望着舱外海天一色一望无边的大海，真是感到了人在自然界的渺小。

上了小岛，那位被老人救过命的战友，看到老人，跑上去抱住老人痛哭起来，继而跪下，哽咽着说，大伯，我终于又见到你了。这些年多少次我梦里重回小岛，可醒来总是泪湿枕巾。

卸下部队和我们给老人带来的东西，十几个人一起足足搬了十多趟。昨天晚上去超市，那位被老人救过的叫春江的战友，像抢购似的，把部队派来的面包车几乎给装满了。

中午做饭时，我们来岛上的所有人员强烈要求，不允许老人插一下手。

这顿饭的主要内容成了敬酒，在陆地南方人喝酒时客主都随意的做法越来越成为酒场现代文明的今天，在这浩瀚大海中的一座无名岛上，望着这位有着一脸古铜色面容的守岛老人，这位在我们心中像一座雕像似的无名英雄，我们每个人都想表达一下对他的崇敬之情，而什么样的溢美之词在这儿都属多余，我们不约而同地选择了敬酒这种中国人最传统、最古老的方式。春江喝醉了，除了海防团的几个官兵外，我们几乎都喝醉了。

送我们来的巡逻舰回去了，这天晚上我们这几个老兵都没有走。

三

夜深了，看我们一个个都没有睡意，守岛老人说，我给你们讲讲我女儿的事吧。

有一天，我坐在父亲和救我牺牲的那个兄弟坟前陪他们说话，时间长了，我也累了，我就躺在他们身边睡着了。当被人推醒时，我在梦里梦到我女儿出事了……

来人中的其中一个说，大伯，我们是海城市侨联的，想找您了解点情况，是关于您女儿贺小花同志的事情。她说已找过您两次，不知她是怎么和您说的。听说您这个女儿是从海里捡来的？

女儿在不长的时间里是来过两次，她吞吞吐吐地探问了些她小时候的事，她是不是从什么人那儿听到什么风声了，知道了我不是她的生身父亲，还是她自己的身世？从女儿懂事时，我就这样告诉她，你母亲生下你不久，就得病死了。从你小时候就是咱爷俩相依为命过来的。女儿大了，比谁都孝顺，特别是成了家后，多少次劝我回去和他们一起住。是死不开口。女儿今年都五十多了，难道真……

是捡的怎么样，不是捡的又怎么样？你们想问什么，就明说吧。

大伯，我们没有什么别的意思。捡到这个孩子时，她身上或身边有什么信物吗？

还真被自己猜着了。我心里一颤，莫非真是女儿的身世有了下落？

我是烈士的后代，你们到底想知道什么，还是明说吧，我不喜欢拐弯抹角。

那几个人交换了一下眼色，才开始和我说话的那个人笑了笑，对我说，大伯，事情是这样的。有个日本老妇人名叫川田美幸子，是二十世纪日本侵略中国时日军的随军护士。来之前她怀上了在大学教书的男朋友的孩子，分别时她男朋友给了她一块玉坠，上面刻着他们给孩子起好的名字：田角幸荣。他们商量，不管将来川田美幸子生下的是男孩还是女孩，都叫这个名字。她生下这个孩子时，正赶上日军战败。到处兵荒马乱，日本人没有了组织，都自顾自逃命了。她一个弱女子，刚生下小孩不久更是没办法。有一天，她把孩子放在一个筐里，绑在一块大木板上推入了海中，她跪在海边，面向东方，向天祈祷，愿孩子能被人救起，最好是被日本船只救起。将来孩子能回到家乡、回到亲人的怀抱……

这时我的脑子里几乎是一片空白，要真是那样，我竟给一个侵略中国的日本娘们养大了孩子，而我父亲却死在了日本鬼子手下。

那块玉就埋在我身边父亲的碑下。

那个人接着说，川田美幸子女士还说，她女儿左屁股上有一块红痣，小时有过去的中国铜钱般那么大小。我们已找贺小花同志核实过，她的血型也和川田美幸子夫妇的相符。我们能理解您现在的心情，您的父亲就牺牲在日本人的手下了。川田美幸子虽然参加过日本侵略中国的战争，她也是被逼无奈从军的。现在她是日本一个反战同盟的负责人，倾力为日本侵略中国时的中国受害妇女和日本侵华时中国劳工在日本受到的非人折磨向日本政府讨还公道……

不知守岛老人这历经风霜的满脸沟壑里掩藏着多少动人的故事。

四

我们离开时，春江留在了岛上，他想劝老人跟他离开小岛。他说，只要老人愿意，他情愿给老人养老，并答应把两位烈士的墓也一起迁走。后来听说，春江的努力没有成功。

离开小岛前，我们要求老人带我们去了那两位烈士的墓前。我们想，有守岛老人在这儿陪伴他们，他们一定不会寂寞的。又一想，守岛老人不在了以后呢？

我们这些身在军营或曾在军旅的人，一个个缓缓举起了右手，久久没有放下……

一只叫王白雪的猫

一

哪个少女不钟情，哪个母猫不怀春？

四年前的春天，正值春心萌动的我，在我家的平房顶上，和一个叫小黑的男猫一见钟情。在小黑的猛烈攻势下，有一天晚上我们偷食了禁果。小黑好像尝到了甜头，那一段时间，它几乎天天晚上来找我。我心疼它的身体，半夜里悄声领它进我们家吃点夜宵——就是俺家主人给我预备的猫粮。我总是站在旁边给它放风。但有一天晚上还是被女主人发现了，她骂我是吃里扒外的东西。后来不小心又被女主人发现过两次，为此我可没少受女主人的数落。没多少日子，我突然发现自己怀孕了。我告诉了小黑，它很男子汉地到处喊：我要当父亲了，我要当父亲了。

生产时我难产，折腾了好几天，孩子一直生不下来。我难受得快撑不住劲儿了，女主人给我买了鱼肉罐头，我一口也吃不下去。意识清醒点时我还想，小黑一定也很着急。它不来看我，我一点也不生气，因为女主人不待见它。看我实在快不行了，女主人打车送我去了医院，医生诊断后，决定马上给我做手术，他说再晚一点，我的命就保不住了。后来我就什么也不知道了。待我再醒来时，已经躺在了家里，我觉得肚子里空落落的。女主人对我说，小白雪，你算捡了一条命。我用探寻的目光看着女主人，

198

女主人叹了口气说，你的孩子在肚子里就都死了，一共三个。那一刻我伤心地流下了眼泪，心里想怎么给我的小黑解释这事？

女主人细心照料了我一阵子，我的身体渐渐康复了。有一天，她抱着我对我说，可怜的白雪，今后再也做不了妈妈了。我心里一惊，不知道发生了什么事，我以为是小黑出了什么大事？女主人说，做剖腹产时同时也给你做了绝育手术。我心里想，这事有点对不起小黑，但这也是我无能为力的事。又一想，人间现在不也有很多丁克家庭吗？只要伴侣之间相亲相爱，要不要孩子都一样。

这天，我打扮了一番，怀着激动的心情上了房顶。我想象着和小黑相见时的情景，心里溢满了幸福。俗话说，小别胜新婚。不知小黑见了我，会兴奋成什么样。我一边想一边张望着去寻找小黑。

在远处出现了一个熟悉的身影，我肯定，那就是我日思夜想的小黑。这一刻，我的心几乎要从嗓子眼里蹦出来，但我并没有加快脚步，我低头悄声向小黑走去，我想给它一个惊喜。快走到它跟前时，眼前的一幕险些把我击倒，它正和一个长着一身黄毛的妖精偷情。

小黑后来给我解释，说是那女妖精引诱的它，并发誓今后再也不会干那种对不起我的事了。但我的心已经死了。人间不也有不少这样见异思迁的男人吗？

我的独自生活过得挺好的，全家人都很喜欢我。但我想，我也应该为家人做点什么事，我决定，着手就我的情感经历和家庭生活写一本书，所得稿费上交主人改善全家生活……

二

原先我总是对自己说，能托生到这个家，是我的福气。

爸爸是一个小说家，妈妈是本市一所大学教外国文学的教授。姐姐从她的同学家把我带回这个家时，我才两个多月大，还不太记事。后来姐姐无数次地告诉我，刚到这个家时，爸爸、妈妈虽然都觉得你很可爱，但对收养我都持否定态度。爸爸的意见是，猫自古就是奸臣，养不熟的。谁家给好吃的就去谁家了。妈妈的意见是，猫身上有病菌，时不时地去宠物医院给你打针太浪费精力和时间，更使妈妈不可容忍的是你身上掉毛。在我的软硬兼施下你才勉强被留了下来。我知道姐姐给我说这些的意思，她是想让我知她的情。

在知识氛围这么浓的环境里成长，我也变得知书达理起来。通过姐姐的传帮带和我自己的努力，终于赢得了爸爸、妈妈的认可和欢心，但我从姐姐身上也学到了一些任性和调皮，我成了全家人的"开心果"。

但现在我预感到我们家要发生强烈地震，我在为此而苦恼。

因为爸爸大部分时间坐在家里电脑前写作，有一天妈妈去上班姐姐去上学了，我无意中发现，爸爸在网上和一个美眉谈情说爱，说的话我都觉得肉麻得不行，更说不出口的是他们在网上还养了一个孩子。爸爸看上去道貌岸然的样子，没想到还这么"色"。他是全省比较有名的作家，小说作品几乎覆盖过全国所有的文学杂志。他不但在电话里和约稿的女编辑与女文学青年"贫"，有时开玩笑荤的素的都敢说。有一次接到一个女崇拜者的信，里边有一张很性感的玉照，爸爸看完信，端详了一阵照片，居然凑上嘴去亲了起来，亲够了，把照片撕碎，扔进了楼道里的垃圾桶。我想爸爸是不是有点变态？

爸爸去外地开笔会了。这天中午，妈妈领回家一个陌生男人，而且还是个长着络腮胡子的外国男人。他们进门后，向外看了看，像怕有人跟踪似的。看样子她们已经在外边吃过饭了，因为进家后他们就进了卧室，并且关上了门。我怕出事，使劲儿抓门，她们不知真听不见还是装作听不见还是忙着别的事顾不上听见，反正没人理我的茬。

我心里想，这个家快完了，我心灰意冷起来。

过了好久，妈妈和那个外国男人才从卧室里出来，妈妈的脸上还有些没来得及褪去的红晕。我充满敌意地瞪着那个外国人，那王八蛋还不知好歹地走上来逗我，我装作温顺的样子迎上去，待他的脏手几乎快抚摸到我的时候，我忽地跳起来，两爪抓了他的脸一把，在他惊叫的刹那间，以迅雷不及掩耳之势逃离了现场。

晚上我胆战心惊回到家时，妈妈装出若无其事的样子并没有上来打我，好像中午什么事情都没有发生。但从她看我的眼神里看得出，她心里有些慌乱。她想抱抱我，我没有给她机会，我想你还是反思一下你自己的行为吧。

爸爸从外地开笔会回来给妈妈、姐姐和我都买了礼物。全家人还像过去那样生活着，平安无事。

我想，也许是我多虑了，人的生活本来就应该是这样？只要我什么也不说，或许我们这个家庭还有救？

三

爸爸是个作家，自从他那篇《俺家闺女》的散文发表后，我已经收到了《世界名猫名录》《动物界精英》《好猫好狗俱乐部》等七八家编委会的信函，它们信函的大致意思都差不多，开头有的称我为"尊敬的王白雪女士"，有的称我为"王白雪小姐"，对于这两种称呼我都不太喜欢，我今年芳龄3岁，正值青春年少，称我为女士，我有那么老吗？这后一种称呼更是使我听了心里不舒服，人们把干那一行的女孩子才叫小姐。接下来就是，很荣幸地通知您，鉴于您在动物界的名声和威望，经有关部门举荐和编委会评定，您入选了由动物协会等权威部门编选的 × 名录或画册。请在近日将您的玉照和自传寄来，以便让更多的动物们了解您和一睹您的芳容。首先声明，我们不收参赛费、入选费、出版费。但由于出版此丛书或画册费用比较高，本编委会决定每本名录或画册只象征性地收取工本费588元（按定价的8折收费，多购者可再优惠）。

这事才开始我是在客厅里无意中听爸爸妈妈聊天时说的，从那天起我就比较留心这事，想看他们商量怎么办？说句真心话，谁没点虚荣心？听说能出名谁不动心那才叫虚伪。再说万一被外国的哪个名门公子看上，说不定将来我还能嫁个外国猫，能出国定居享受荣华富贵呢。连着好几天我都在胡思乱想，没睡好觉。趁爸爸、妈妈不在家时，我把那些信函偷看了一遍，每一封信上都有好几个大红印章，相信这不会是假的吧。想着这几封信函可能给我的命运带来的转折，我不免有些激动起来，我使劲摇了摇头，抬爪抓了把自己的脸，问自己，我这不是在做梦吗？

从另一方面想，这掏钱的事，还是爸爸、妈妈说了算，我是无能为力。我现在唯一能做的，就是极力讨好全家人，特别是爸爸、妈妈。所以这几天爸爸、妈妈一进家门，我就围在他们脚下转个不停，一边撒娇一边还要装出淑女状，以此引起他们对我的重视和好感。过去妈妈给我洗澡后，过不两天我身上就脏了。虽然在他们面前我经常吐点口水用"爪子"洗洗脸，但我和小姐姐总是被并列评为家中最不讲卫生的成员。在这"非常时期"，个人卫生上我注意多了。昨天妈妈还表扬我呢，说白雪不错，这几天不但很乖，卫生也保持得不错。听了这话，我心里美滋滋的。虽然爸爸已是在全国很有名气的作家，但在这个家里，妈妈才是一把手。

爸爸、妈妈都去上班了，小姐姐也去上学了，按说这是我补觉的好时候，但我趴在沙发上，翻来覆去怎么也睡不着。爸爸虽是个作家，他能帮我写好自传吗？不如我先在肚子里草拟一下，若爸爸写出来的不太全面时，也好做个补充。

王白雪，随父姓，貌如其名，一身洁白。妙龄少女，性情温柔，落落大方，红嘴唇、红鼻头，气质佳。虽出身寒门，但生长在知识分子家庭里，有教养，懂礼貌，善解人意，有幽默感。一颗少女的心正等待你来开启，愿结交天下所有的异性朋友，希望从你们中间能找到我的白马王子。我家电话：＊＊＊＊＊＊＊，我爸的电子邮箱：＊＊＊＊＊＊＊＊ 想着想着，白雪进入了梦乡，先是那些名录和画册发表了她的自传和玉照，引起了动物界的一阵骚动，她一夜之间成了动物界的一颗新星，紧接着，多家猫粮公司请她做形象代言猫。她的收入越来越多，名气越来越大，世界上不少动物组织邀请她以访问学者的身份去讲学、交流。国外一只名猫之后看上了她，放言非她不娶……

亲情无价

早晨六点半，吉祥照常对身边的妻子说，我得走了，不然该迟到了，最近北五里店那儿不知为什么老堵车。

也没起来给你做点饭吃，路上注意安全。

我路上买点吃的就行了，你再睡会儿吧。

洗脸刷牙后，他悄声地出了家门。坐上了公共汽车，他长长地叹了一口气。昨晚妻子暗示他想那个，他没有那份心思。可又一想，不能让妻子想三想四或看出什么来，所以他打起精神迎合了妻子。

在柳树屯的河边他下了车，顺着河边漫无目的地走着。路边有下棋的他停下来看，河边有钓鱼的他停下来瞧，累了坐下歇会儿，靠到下午三四点撑不住劲儿了，就买一个煎饼吃。等到晚上六点才向家赶。这些天也找了不少建筑工地，一问情况，听说是本市的，人家就说不缺人。实际上人家都不用本地人。这样的日子有半个多月了，可这也不是个办法，到月底该交工资了怎么办？

他又想起来了前几天和儿子的那场摩擦，儿子小强上初二了，可考试不是这门功课不及格，就是那门功课考不好，天天就知道玩游戏。上小学时早晨五点多就悄悄起床去上学，他们问，走那么早干什么？儿子说，去学校背课文。他们觉得有问题，等儿子走后，他在后边跟着。儿子背着书包东摇西晃的，几乎睁不开眼皮。他想孩子这么小，真不容易。可到了半路，儿子却进了一家游戏厅。他在游戏厅门外走动了一个多小时，其间他走进游戏厅探头看了几次，里边的学生还真不少。他等儿子出了门，质问道，你出来这么早到这儿来背课文了？等晚上回家咱们再算账。等儿子走后，他气愤地去质问游戏厅的人，国家不是规定，不满16岁不让进游戏厅吗？你们这不是害人，你们验证了吗？一个小伙子横着身子走过来，凶气十足地说，你怎么知道我们没验证，你还是回家教育好自己的孩子吧。管这么多干吗？是啊，自己管不好自己的孩子，说人家有什么用？

晚饭后他对儿子说，吉瑞，你坐这儿，爸爸有话给你说。

儿子不情愿地走过来，扭着身子说，什么事，你说吧。

你坐下。

我不坐，有什么事你就说吧。儿子有些不耐烦。

一句半句说不完，咱俩好好聊聊天，说说你的学习，你心里怎么想的，今后怎么办。

吉瑞绷着脸坐了下来。

儿子，你的学习该加把劲儿了，后年就中考了。考不上高中怎么办？你准备将来干什么？

到时候再说吧，我也不知道将来干什么？不行就去做生意，反正不去干你那臭活儿。

我这活儿怎么了，我是凭劳动吃饭。

才开始人家问，你爸是干什么的？我说，市政的。人家都以为是市政府的，同学们都高看我一眼，后来大家知道了，你是市政维修的，一下子看我的眼光就变了，变得意味深长。

你现在只有好好学习，将来才能有好的前途，不干爸爸这样的粗活，你天天迷在游戏里，将来后悔就晚了。

玩游戏也有玩出名堂的。人家浙江的一个初中生，爸妈还都是大学的老师哪，尊重孩子自己的选择，那孩子从玩游戏开始，十六岁都成微软的高级专家了。

没听说过。就是真有，那样的人，全国能有几个？无论将来干什么，还是学好文化重要。只要你能上下去，再苦再累，上到什么程度都我供你。你要考不上，我就没办法了。吉祥点上了一支烟。

吉瑞拿起爸爸的烟也抽出了一支，又去拿火。爸爸说，你这么小年纪吸什么烟？

爸，这就是你的不对了，现在这个社会讲究的是平等。再说，你吸烟，我和妈吸你的二手烟，从科学上来讲，对身体危害更大。儿子点上烟美美地吸了两口。

我为你头疼，你将来怎么办？吉祥叹了口气。

爸，我也想好好学习，但上课老走神，我也知道你和妈妈不容易，妈妈现在下岗了，在家里待着也烦。要不我不上学了，出去打工挣钱行不行？吉瑞吐了一个烟圈飘上了屋顶。

你想什么呢？你才多大？你出去打工谁会要你？你会什么？你能干什么？你这不是异想天开吗？你把烟放下，你给我站起来，你给我站好。

吉瑞懒懒地站了起来，脚不老实地踢踏着地面。

我告诉你小子，你妈妈是下岗了，家里再困难，不会缺你上学的钱。你把心思用正了，你现在的任务就是念好书，别的不用你操心，也不用你管。你看看你叔家你弟弟吉鹏，人家年龄比你小吧，可人家知道学习，每次考试都是年级前三名。

我叔还是教师哪，吉鹏是遗传，智商高，没办法。再说回家我叔能给他辅导，你们谁能给我辅导？吉瑞小声嘀咕。

闭上你的嘴。吉瑞你行，你是我爸行不行？我教育不了你，你愿意干什么就干什么去？爱学不学？我不管你了行不行？

妻子过来训儿子，看你把你爸气的。你不顶嘴行不行？你爸说的哪句不是为你好？

滚蛋，你给我滚蛋。吉祥气得脸都白了。

吉瑞咬着牙出去了。

过了一会儿，他怕儿子受不了，再离家出走了，那可就麻烦了，到社会上流浪，更学不出好来，再说社会这么乱，生命也有危险。到时候后悔的不是儿子，而是自己了。他对妻子说，你赶紧去看看，他在干什么？劝劝他别想太多了。

过了一会儿，妻子回来说，在写作业哪，他说知道你是为他好，知道你的用心。

从那以后，吉瑞变了许多，回来再不先看电视了，总是一头扎进自己小房间里写作业。

想到这里，吉祥鼻子有些发酸，儿子啊，你不知道吧，爸爸心情有多不好，训你的那天爸爸就下岗了，你还笑话爸爸干的市政维修，现在人家有人把工程队承包了，爸爸连市政维修的工作也没有了。你妈下岗半年了也找不到工作，我这又下岗了，咱家的日子可怎么过？临近年关了，这年可怎么过？越想越难受，越想越难过，下午三点时吉祥走进了路边的一家小饭馆。他要了一瓶大二，一盘花生米，一盘豆腐丝，独自喝起了闷酒。妻子上班时，回来风风火火地做饭、拾掇家务，晚上还洗衣服，一家人过得有滋有味，自从她一下岗，脾气变得越来越古怪，头发也不梳，家也不收拾，除了看电视，就是唉声叹气，上着班老想着她可别憋出病来。所以上班回到家，再累再疲乏也得装出一副笑脸，为了逗她开心，他把在工地听到的所有段子，不管荤的素的都讲给她听。有时她会莫名其妙地说，人活着有什么意思，真是没意思极了。他怕她想不开，就劝她，各家都有本难念的经，有钱人有有钱人的苦恼，山珍海味都吃遍了，再吃什么也不香了；天天美女前呼后拥，生活中就没有真情了；钱太多，睡不着觉，愁钱怎么花，怕被绑架。你看飞机失事的，轮船失事的，生命没了，你挣再多的钱又有什么用？和他们比比，做咱这普通老百姓挺好。再说，儿子学习不好，将来上个职高、中专什么的找个工作干就行了，挣的够吃够花就行了，你看那些自杀的，大部分是有钱人或有知识的人。想到这儿，吉祥灌了一大口酒下肚，我下岗这事要是让她知道了，真不知她反应会有多强烈。

当晚上 8 点多他摸回家，一进家门就坐在了地上。妻子说，你这是去哪儿喝的，喝成这个样。妻子扶不起他来，就放下他去倒了一杯温水，等妻子回来，他索性躺在了地上。妻子扶他坐起来喝了那杯水，他又像面条似的瘫了下去。妻子喊，吉瑞，快过来帮我把你爸弄到床上去。

吉瑞忙跑了出来，爸，你没事吧？你喝这么多干吗？多伤身体。

来，瑞，咱俩把他架到床上去。

娘俩带拖带拉把他弄到了床边，都出了一头汗。

天哪，你这是和谁一起喝的？喝成这个熊样。

他说，我自己。

你自己？为什么事？

他摇摇头。

你说啊？

儿子也说，爸爸，出什么事了？

他终于憋不住了，哭着说，我下岗了。

妻子忙劝他，这有什么，现在中奖的不多，下岗的满大街都是。

前段训儿子的那天我就下岗了，这十多天我天天出去找工作，可找不到。没事我就在河边、大街上瞎转，我不敢告诉你，怕你受不了。今后咱家的日子可怎么过？

只要天没塌下来，没有过不去的坎。明天我再出去找工作，你干了这么多年了，在家歇歇再说。

爸，对不起，今后我再不玩游戏了，我好好学习，再不让你们为我操心了。

看，你儿子懂事了。

像传染似的，一家人都流下了眼泪。

几天后，妻子在一个新建的小区找到了一份保洁工作，虽然只有800元钱，但家庭总算有了些收入。

腊月二十六，二弟来了，他说，大哥，大嫂，知道大哥也下岗了，我们心里都不舒服，但也帮不上什么大忙，不管怎样，日子还得过，现在除了公务员有几个工作是正式的，真没有合适的工作，我也赞成哥哥的想法，自己组个维修队干，这不，也快过年了，这是我和你们弟妹的一点小意思，哥嫂就收下吧。

你们也不容易，过来看看就行了，钱我们不收。吉祥媳妇说。

大嫂，你嫌少是怎么，谁叫咱们是一家人啦。再说，不行就算我给哥哥事业的投资，挣了钱富裕了，加倍还我都行。

二弟走后，吉祥两口子一看，信封里装着两千元钱。两口子眼里都湿润了。

春节前两天，父母从郊区来了。爹说，知道你下岗了，你媳妇也没有工作，吉瑞上学又花钱，过年不宽裕。我和你妈给你们带来了两只鸡、两条鱼，还有一块肉。听说你要自己组队干维修，凑上这一千块钱，也不多，先用着。

娘说，别着急，慢慢来。这大媳妇不是已经找到工作了吗？好好过个年，有什么事年后再说。

爹笑了笑说，真自己干不成，我那儿还有二亩多菜地哪。咱不向外租了行不行？种菜也不丢人，只要凭自己的劳动吃饭，干啥都一样。

娘说，三十晚上你们三口都回去，一分钱的东西也不要带，我准备了一份东西，说是你们送去的。谁也不知道。

吉祥媳妇说，爹，娘，我们去怎能不带东西，再说，这钱我们也不能要，那天二弟送来了两千元钱。

吉祥说，爹，娘，儿子不争气，让你们操心了。真不能要你们二老的钱。

你弟是你弟的，我们是我们的。凭什么收他们的，不收我们的，嫌我们拿得少啊？

不是，爹，娘，你们这么大岁数了，还没见我们孝顺在哪儿呢，怎忍心花你们的钱？

大小，大小媳妇，话不能这样说，你们要过得好，不孝顺我们还不愿意呢。再说吉瑞喊我们爷爷、奶奶，怎么不喊别人爷爷、奶奶去。

吉祥见媳妇掉下了眼泪，自己的眼泪也不争气地掉了下来，父母也跟着抹起了眼泪。吉瑞听到这些，也写不下作业去了，眼角里有晶莹的东西悄悄地滚下。

过年后，儿子主动地说，我去学校补习功课。

可过完十五开学前，吉瑞掏出三百块钱给妈妈说，爸、妈，这点钱添补家里当生活费吧。

吉祥夫妇一怔，吉祥大声质问，你这钱从哪儿来的？偷的，抢的？

吉瑞母亲说，快说，这钱从哪儿弄来的？给人家还回去。

吉瑞委屈地流下了眼泪，他一边哭一边说，爸、妈，你们错怪我了，自从爸爸那次喝醉酒回来，我就从心里跟自己说，我要和所有游戏告别了，我要好好学习，将来要有大出息，再不让你们为家庭的生计操劳了。年后我白天去学校复习功课，晚上去肯德基打工，这是我用自己的双手挣来的钱，干净得很。

我们相信你，但谁让你去挣钱了？你把自己的学习搞上去比什么都强，比什么都好。虽然还是批评的态度，但吉祥的话语已柔软了许多。

母亲也说，家里的事不用你管，你专心致志去把学习搞好就行了。他肯德基敢用童工，看我不去劳动部门告他？

妈，不是人家的错，是我借高年级同学的身份证去应聘的。

你小子，心眼还真不少。就这一回，下不为例，快去学习吧。吉祥脸上现出了一丝笑容，母亲也宽慰地笑了。

儿子刚进屋，媳妇神秘地掏出一沓钱说，你买维修工具不是还差点钱嘛，给你。

哪来的钱？借的，还是……吉祥惊诧地看着她。

别管，拿去用就是了。媳妇笑着说。

你说不清楚，不明不白的钱我不用。吉祥脸上又挂上了霜。

你让我说实话，说假话？

真话。

你得答应我一个条件？

你说吧。

我要说了你不能生气？

不生气。

真不生气？

真不生气。

我把自己的项链和耳环卖了……

别说了。吉祥站了起来。

你说好不生气的。

我的傻媳妇，那是我们结婚时的纪念，你去退回来。

不，我和人家签了协议的。将来你挣大钱了，再给我买更好的。我相信你，老公。

吉祥一下子把媳妇搂在了怀里，紧紧地抱着，久久，久久没有放开。

他们的生活掀开了新的一页。

美丽家园

　　前段我下了岗，待着没事换着频道看电视，突然看到中央台四频道播的访谈节目中，一个人的容貌有些面熟，可一下子想不起来在哪见过。我细心地向下看，他当兵回来放弃了到镇里工作的机会，主动要求回村里去。后来他担任了村支书，带领乡亲们修路，种果树，当时为了买树苗，把自己几百块钱的复员费都拿了出来。老母亲跟他闹，说那是让他婆媳妇用的。后来定的那个对象真的和他吹了。好不容易又找了个媳妇，结婚没两年，看他不顾家，又离婚走了。村里慢慢富了，有了好几家自己的企业，家家都盖起了小楼。他接受过中央领导的接见，他说他这辈子值了，走了，也问心无愧了。

　　袁力，他是袁力，是我的战友袁力。我的心一下子悬了起来，他的病怎么样？我们光顾自己了，这么多年就没想法和他联系上，他这些年太不容易了。

　　那是1981年吧，我们当兵来到了川康地区的工兵团。刚到那儿时还觉得新鲜，没待多长时间，就觉得在那样的环境里当兵没意思透了。我们的任务就是打山洞，说白了就是和石头打交道。白天抱着风钻打眼儿，放炮，搬石头，一天下来累得两条胳膊像不是长在自己身上了，两条腿也像灌了铅。干活累点还好说，最难以忍受的是寂寞，看不上电视，营房外方圆几十里连个人影都没有。有老兵打趣道：这儿飞的所有蚊子都是公的。

连里每个星期都搞思想教育，发现我们思想不稳定的苗头后，指导员说，知道你们来自城里，在家没干过这么重的活儿。但家长送你们到部队干什么来了？锻炼来了，受教育来了。我们的工作虽然很累，但它光荣，因为我们是为国防事业作贡献。

半年后，团里召开先进个人表彰大会。主持人说，下面上台发言的是先进个人代表北京兵袁力，他是今年的新兵，工作中尽心尽责，任劳任怨，不怕环境艰苦，努力为国防事业流血出汗。

他个子不高，皮肤很黑是留给我们的最初印象。后来他被调到了我们连，当我们班的副班长。私下里，我想和他套近乎，就问，文班长，你是北京哪个区的？他说，我是郊区的。我没好意思问他具体是哪个地方的，忙说，文班长，我们可都是北京来的，是老乡，你要多关照我们点。他说，有什么好关照的，干好工作就行了。虽然这样说，他干活儿实在，为人也实在，我们慢慢都接受了他。有一次我被砸伤了腰，星期天他去医院看我，给我买了两瓶水果罐头，他话不多，只是劝我，好好养伤，不要着急，今后干活儿小心点。这是我离开家后，得到的最深切的关怀。人一有病，更想念亲人。他走后，望着他的背影，我的眼睛湿润了。

四年中他立了两次三等功，他成了连里提干的苗子。后来我们处得不错，我们打心眼里佩服他。从他口中知道他家在农村，家里经济状况不好，想在部队混出点名堂来。

我们复员后，忙着找工作，找对象，成家。那时通信工具不发达，才开始还相互写了几封信，慢慢就失去了联系。

一晃二十多年过去了。

我和几个城里的战友讲了袁力的故事，我们相约星期天去郊区看袁力。

正是秋天，我们坐刘华的车来到了袁力所在的村，这儿简直就是花果山，来旅游采摘的车川流不息。走下车后，感觉空气特别的清新，映入眼帘的一幢幢小别墅，村里的道路又宽又平，人们的穿着比城里一点儿也不差。这儿真是世外桃源。

我们停下车问路，人人脸上严肃地告诉我们，我们总经理病了，您要不是工作上有要紧的事，就别去打扰他，让他好好养病。

找到他的家，他的爱人说，他在办公室，我刚去给他送汤药回来。刘华问，嫂子，文大哥的病怎么样？她沉默了一会儿，叹了口气说，医院说是肝癌，已到了晚期。刚化疗回来两天，不让他去工作他还着急，没办法，只能依着他。

我们来到了他的办公室，他还是又黑又瘦，头发全白了，脸上刻满了岁月的沟壑，我们差一点儿认不出他来。他也认不出我们了，他问，几位是？我说，老班长，我是英宁呀。他一怔，你是王英宁？是啊，我是英宁。我俩的手紧紧地握在了一起，继而来了个拥抱。刘华、志能他们也感动得不行。我说，老班长，都怪我们，这么多年都没有和你联系，但我们想你哪。他笑笑说，我也想你们啊。

说起他在部队提干的事，他说，我这个人太傻，年年说我是苗子，年年批下来的名单上没有我。后来知道，名额不是让上级领导的亲属占了，就是给送礼的了。我家里穷，送不起礼。就是送得起，我也不会送，做人要光明正大。后来我被砸断了左腿，在医院住了半年多，部队上给评了二等残疾，提干的事更彻底没戏了。当了 8 年兵，我复员回来的。回来后，我被安排去一个工厂看大门，我没有去。看到人家庄一个个都富裕了起来，我着急，我要求回村里干。回来后，我掏出自己的复员费修路，有人说我的好，有人说我当兵当成了神经病。第二年，大家选我当了村主任。我带领乡亲们修路，种果树，建工厂，建度假村，发展当地经济，我们村现在年总收入 800 万元，两任国家领导人都来我们这儿视察过。

我关心地问，老班长，听说你的身体……

你看我的身体不挺好的吗？放心吧，一时半会儿还死不了。昨天我做了一个梦，去报到，人家马克思不收我，说我世间的工作还没做完，待几年再说。

刘华说，老班长，听说你还坐过监狱？

是啊，不是看村里富了吗？有人心里不平衡，心想村里这么有钱，我自己肯定也贪了不少。到处告我的状，给我整材料，写信，打举报电话。终于送我去"休息"了几个月。查清我没事后，他们去里边替我的"班"了。

他虽然说得轻描淡写，这样的事得多伤他的心啊。

他说，你们看看，这几张照片就是过去我们村的原貌。那时的日子真苦啊，年年春天吃上级的救济。土地产量低，又没有副业，住的都是又土又破的旧房子，一到夏天，外边下大雨，屋里下小雨。时不时就有人家的房子塌了顶。出门要爬山，那路，哪叫路呀。村里有段顺口溜是这样说的：文家村，靠山坡，又缺吃，又缺喝，别的不多光棍多；文家村，穷又穷，连鸡饿得都打不响鸣，拉肚子吃不起"泻立停"。还有两句是：有女不嫁文家人，有钱不借文家村。如你不听此忠告，一辈子你也解不了套，世上没有后悔药。

那时候我就想，一方水土养一方人，只要有决心，我就不相信改变不了家乡的面貌。

更是多亏了上级的政策好，给我们拨款、贷款，帮我们培训技术人员，帮我们找产品销路，放手让我们发展地方经济，又免了农业税。

我笑着说，老班长，我现在下岗了，来你这儿找点事干，行吗？

可以啊，你要想享受我们的村民待遇，必须要户口迁我们这儿来。我们村人人有医疗保险，大病统筹保险，养老保险。待会儿，我领你们去参观一下我们村的工厂和养老院。光在我们村工作的大学生就有20多个，你们信不信？

刘华说，是吗？他们都在这儿干什么？

这儿有他们的用武之地，在工厂里当工程师、技术员，在学校里当老师，度假村里当高管。

志能感慨地说，要是能在这儿养老多好啊，环境好，空气也好，少了多少城里的浮躁，多了多少宽松快乐的心情，简直就是人间天堂。老班长，我们退休了一起来你这儿陪你，你不会不欢迎吧？

文班长眼睛笑成了一条缝，趁我还活着，你们要来现在就多来几趟，等我走了，你们来了就没人接待了。

袁班长，你别瞎说啊，我们都还指望退休后一起来陪你呢。

好，咱们一言为定。老班长说。

走，我领你们去参观我们的企业和敬老院吧。

老班长带我们离开了他的办公室，走在村中，他指着宽大的水泥路说，过去这路就一条小道，还是土路，一下雨，就是两脚泥。

路边有几个老人在健身器材上锻炼身体，悠闲自得的样子，他们的脸上写满了知足和安详。

袁力一瘸一拐地走着，村里人碰到我们都停下来和他打招呼，很亲近的样子。我问，老班长，你的腿没事吧？

没大事，就是阴天下雨有些疼痛。我这条瘸腿全村人都跟着沾光了。办执照什么的，我是法人，政策照顾残疾人，所以税收等方面都有很大优惠。

刘华说，乡亲们富了，村里发展得这么好，你也放心了，更应该歇歇了。

我说，是啊，老班长，你好好看看病，我们终于联系上了，我们这些老战友会经常来看看你的。

进了敬老院，他对一个年轻姑娘说，成玉院长，这是我的几个老战友，从城里来的，到你这儿来参观参观。

那被称为院长的姑娘并没有回答袁力的话，只是艰难地向我们笑了笑。

在参观到老人们的房间时，进每个屋里，老人们都是拉着袁力的手不肯放，他们有说不完的话。有位大叔拉着他的手说，文经理，你的病看得怎么样了？你要注意自己的身体，我们现在的好生活都是你给带来的，你一定要把病看好了，咱们村离不了你啊！说着脸颊上有两行浊泪流了下来。

袁力也很动情，他拍着老人的手说，大叔，我的身体没事，你们放心。村里有那么多事需要我做，我不舍得就这样走了。

站在旁边的院长也在擦眼睛。

到了活动室，有的老人在打牌，有的在玩麻将，大家玩得都很开心。老人们停下手来和他说话，他说，你们继续玩，我们来看看你们。

在院子的小路上，袁力发现了一块像鸡蛋样的石头，他问院长，你查一下，保洁员怎么打扫的卫生，这要让上岁数的老人不小心踩到，摔坏了怎么办？你这当院长的，不要老在办公室坐着，多走走看看，发现问题及时解决。

院长弯腰捡起了那块石头，脸红了红，没说话。

走出敬老院，志能说，老班长，你也太严厉了，那么点小事，你当这么多人训人家院长，人家还是个年轻姑娘，面子上多过不去。

刘华说，是啊，我看她对你意见大了，刚才你说那么多，人家一句话没说。

袁力笑着说，她是生我的气哪。她让我去住院、去静养，她说，你不干了，地球就不转了？你病好了再回来操心，我不反对。看我不听她的话，给我闹气哪。

我问，她是？

我女儿。

我们又跟他去了一个工厂，在接待室我们品尝了他们开发研制的"春花"牌苹果醋，那醋酸甜可口，回味无穷。他说，我们这个牌子的产品不但在广州、香港很受欢迎，而且已经销往日本、韩国等好几个国家，特别适合现在女性饮用。我们准备年后再上两条生产线。

行啊老班长，开始挣外国人的钱了。志能说。

现在国家的政策这么好，只要肯干，干什么都能挣钱，我还有很多想法没有实现呢。

回城的路上，我们几个都沉默了。老班长的这几句话，久久回荡在我们耳边。

我们祝愿老班长的身体能尽快好起来，乡亲们还指望他带领大家继续致富呢。

没多久，我收到老班长的一个短信，高兴得我差点跳了起来，短信上说：英宁，请你也转告几位战友，我的那病是误诊，你们放心吧，也为我高兴吧。

我相信，老班长又开始绘制他的宏伟蓝图了。

文人应聘

一个月前，老同学聚会时，在武装部任副部长的党风超小声问我，春海，你还在家写小说呢，没出去找点事干？春海笑了笑说，还没有找到合适干的。

没几天，党风超打来电话，春海，今天环保局的办公室主任马长廉来找我，说他侄子没考上学，今年想去当兵。后来我问他，你们局里缺人吗？他说什么人找工作，我给他说了你的情况。他想了想说，他们局里办了一张《环保信息》的小报，正好缺个笔杆子。让你下个星期一带着发表的作品去找他。

春海原在文化局工作，眼看着和自己一起进文化局的一个当了副县长，一个当了局长，自己还在干事的角色上原地踏步，面上不说，心里也是很难受。

媳妇下岗好几年了，一直在家待着。刚回家那一阵，上午他在电脑上写点小说，下午陪媳妇买菜，晚上两个人还一起去散散步。时间一长，媳妇看电视时开始唉声叹气，他的小说也写得没了情绪。

真是天无绝人之路，那天聚会遇到了党风超。

听说他要去应聘，那儿天媳妇脸上的笑容多了，催他去理了发，经常做点好吃的，那天晚上还主动那个了一次。他们好久没有那个过了。

他找出自己出的书，签上了名，盖上了章。又找出自己发表的部分东西，去复印社复印了一些。

星期天晚上，躺下后他怎么也睡不着，他有些兴奋，想象着第二天人家会问他什么样的问题，自己如何作答更完美些。到了星期一，他早早就起了床。赶到环保局时，他掏出手机一看时间，离上班还有一个半小时。

等人家上了班，他抱着自己的作品进了马主任的办公室，马主任正在接电话，有个女人倒了一杯水放在了马主任面前。他就抱着东西站在那儿等着，等马主任接完了电话，他自我介绍说，我叫刘春海，是武装部的党部长让我找您……这时有个女的进来给他几份文件后，笑着对另一个女人说，哟，嫂子不放心主任啊，昨晚没回去。被叫着嫂子的女人说，哪能啊，我们家老马我还不放心啊，我是来给送药的。马主任没理会两个女人的调侃，拿起文件看了起来，好像他并不存在似的。这一刻，他觉得有些尴尬。

马主任的手机响了，拿起来接，听对方说了几句，马主任说，晚上有没有空，我还不知道哪，现在谁敢订晚上的事，到时候再说吧。

收了电话，马主任看了他一眼，噢，是党部长介绍你来的。说着从桌子上找了两张小报递给他，这是我们刚办的，你先看看。他接过报纸，把自己抱着的作品递过去，这是我出的书，这几本书里边有我写的东西，这是我发表过东西的复印件。马主任接过去，简单翻了翻，就放在了一边。这时门口刚才那个女职员喊，马主任，史局让你过去。马主任忙站起身，向外走。他说，马主任，您先忙，我在这等您。这时马主任回头说，你先回去吧，有消息我给你打电话。

春海回去后，开始研究那两张小报，从前看到后，又从后看到前。他胸有成竹地想，这点儿小活，真是小菜一碟。

那小报上有一首诗，说是诗实在是太抬举它了，实际上那是一段顺口溜，那顺口溜是这样写的：

我们是环保战士

环保工作很重要

大家一心要记牢

不怕苦不怕累

任劳任怨为人民

环保工作很重要

大家一心要记牢

风里来雨里去

我们的职责扛在肩

环保工作很光荣

我们是城市的美容师

那作者的名字叫马鸣。

三天，五天，一个星期，两个星期，有几次手机突然响起，他以为环保局有消息了，可一接，都不是他希望等到的电话。他和媳妇分析了好久，还是觉得应该主动给人家打电话问问。他打通了马主任的电话，音乐响后，他刚说了一句，马主任，我是党部长介绍的刘……对方说了句，我在陪领导检查工……就挂了。又过了两天，媳妇出主意说，人家是不是等你意思意思？他想，也是，现在这个社会就是这个样子，可吃饭最少得花好几百，听风超说，他还特别能喝酒，万一酒后再要出去玩……得花多少钱，还不知道事成不成？他给党风超打电话，说了一些情况后问，风超，你和马主任联系联系，我安排大家一起吃个饭吧。风超想了想说，现在还不是吃饭的时候，这样吧，合适的时候我再问问马主任。

这天晚上，春海和媳妇正在外面散步，兜里的手机响了，电话是党部长打来的，他高兴地说，春海啊，我现在和马主任在一起，你工作的事，没大问题了。你等等，马主任有事要问你。

见电话里传来咳嗽声，春海忙说，马主任啊，实在不好意思，给您添麻烦了。

对方说，我问问你，到我们这来，你有什么条件和要求啊？

春海忙说，没什么条件和要求，我在单位有三险，不用领导操心。马主任说，比如工资啊什么的。

工资能给一千元钱就行，别的没什么了。

马主任说，我们那报纸你看了吗，感觉怎么样？

春海笑着说，办得挺好的，我要来了，一定把副刊办得更红火一点。

马主任说，你看报纸上的那首诗怎么样？

春海想了想说，那诗啊，写得挺好的。

马主任说，我主要是写歌词，咱们县好多晚会都唱过我写的歌，那诗还没仔细推敲就发出来了。

春海听说那诗是马主任写的，忙说，那诗写得真好，通俗易懂，马主任真是大手笔啊。

马主任说，马鸣是我的笔名。

春海又说，这笔名起得好，有气魄。马部长，到时候到你手下工作，一定多向您请教写作经验。马主任，有时间咱们一定一起坐坐。

你的情况我都给局长汇报了，基本没大问题，你就等我电话吧。

三天，五天，一个星期，两个星期，又半个多月过去了，环保局那边一点消息也没有。

这天是星期天，媳妇准备好了请客的钱，春海也准备好了要说的话语，马主任，您平时工作忙，今天是休息日，咱一起坐坐吧。上午，春海给马主任打电话，音乐响完，对方把电话挂了。春海以为人家可能不方便接电话，就没有再打。到了下午五点，春海又打通了马主任的电话，音乐响后对方又挂了电话。媳妇出主意说，你给他发短信试试。

半年前吧，巩局长把他叫到办公室说，春海啊，咱都不是外人，客套话我就不说了，本来我是想让你干办公室主任的，可你今年都四十六了吧，再让你干那跑腿的差事我心里也不落忍。这样吧，局里来了两个提前退休的名额，给你留一个。他说，巩局长，我没犯什么样错误啊，我不想提前退休。巩局长笑着说，春海啊，咱们是一起进局里的吧，我还能亏待你，给你调一级工资外，工资 100% 发。你就是干到退休，也不一定有这待遇。

他办了内退。

后来他知道，局里新来了好几个大学生，都是县领导的七大姑、八大姨什么的，让他早退，是为了给人家腾地方，要不没有那么多编制。

女儿正在上大学，也是花钱的时候。所以一家人只指望他那一千多块钱的工资怎能富裕？还有父母，都七十多了，原先他在单位，自己挣点小稿费，领了攒着回家时偷给父母，可现在不上班了，发了小稿，稿费也不能向单位寄了。不上班后，他去单位找过传达室好几次，人家也换人了，自己也不认识。给人家说，我是局里的人，工资也是局里发。现在内退了，有我的信件什么的，我给您留个电话，给我打个电话。他想到人家不认识自己，可能不会愿费那个心。所以他又说，有我的信件，给我放一放，我自己来取也行。

过年时，他给认识的几位报刊编辑发短信问候新年，人家说，怎么回事，给你寄的样刊和稿费都退回来了，你换单位了？他心里骂道，真他妈的是狗眼看人低，一个小传达，给他说那样的好话都不顶一点用。要知这样，还不如让人家寄家里的地址。

能出去上班的话，还能把稿费让人家寄到单位去。要是寄家里来，可就都归公了。

他斟酌再三，感觉这发短信总有点不尊重人家的意思，特别是对有求于人家的人，而且人家还是领导。但又别无其他办法。发就发吧，反正谁也看不见谁。大不了事黄了去不成环保局算了。他发的短信是这样写的：尊敬的马主任，我是党部长介绍的刘春海，工作的事成不成没关系，知道您忙，不便打扰，您方便时，咱们一块坐坐。刘春海。发完短信好几天了，对方没有回话。春海两口子感觉是一点儿希望都没有了，就彻底死了这份心。

春海在家待得也烦了。春海去了建筑公司的荣经理那儿一趟，看有没有适合自己能干的事。春海给他写过文章。荣经理经常说，个人有什么困难就来找我。两人喝下去了二斤白酒，人家荣经理还像过去一样，热情得很，还是说，老哥，咱们这关系没得说，有什么困难就找我。人家越是热情，春海想找事干的话，越说不出口。

晚上，见他晃晃悠悠回来了，媳妇问他，有戏吗？

你什么意思，嫌我在家吃闲饭啊？

我没说什么啊？言外之意，你是嫌我吃闲饭吧。

我可没那意思。他一屁股坐在了地上。

你说这话的意思就是那意思。媳妇板着脸说。

他点上一支烟，吸了两口说，随你怎么想。

媳妇进卧室关了门，越想越觉得委屈，哭了一阵，见他也没进来劝。拾掇了几件衣服，提着个兜出来说，你自己过吧，我回娘家。

他在地下躺着，迷迷糊糊地说，你慢走啊，不送了。

他用手机给家里打电话，电话响了好长时间才有人接，他说，知道我是谁吗？

娘说，是大小吧。

他说，娘，是我，我想你和爹啊，话没说完就哭出了声。

孩子，有什么委屈的，给娘说，出什么事了吗？

娘，没出什么事，我就是想你们。

想我们了，星期天就回来看看，又不远，我和你爹身体都好着呢，没一点儿毛病，你放心。

娘，我爹呢？

他睡着了，我也睡着了，迷迷糊糊听到电话响，就赶紧起来接。

你们手里还有花的吗？好长时间没有给你们钱了。

有，有花的，农村吃菜几乎不用花钱，没有多少花钱的地方。你们孩子上学，县城里东西又贵。你们要用钱，家里还有点。

娘，儿子无能，不能多尽点孝心。

只要你们都平平安安的就好，我和你爹都还能干活，不用挂着我们。你们在外工作，爹娘脸上也光彩啊。今后少喝酒，酒喝多了伤身子，任庄的电工才三十多岁就死了，喝酒喝的，肝癌。听到没有？

娘，我听您的，今后少喝酒。

多喝点水，早点睡吧。什么时候想回家来就回来。

第二天清醒过来，他努力回想昨天晚上的事情，才认识到问题的严重性，媳妇被自己气跑了。他想去赔个不是，把媳妇接回来，又拉不下脸来。这样也好，让自己冷静冷静。也不应该半夜里给家里打电话，让他们多挂心。

早饭没吃，中午时到厨房转了一圈，看了下冰箱，也没有什么吃的，又不想做饭，就回屋接着睡。

天黑了，虽然肚子里咕咕叫，但还是不想做饭。不吃，坚持住不吃，连媳妇都气跑了，还吃什么饭？饿着自己，就算对自己的惩罚。

连着两天睡觉都没脱衣服。

媳妇在家时不显，她一回娘家，这家里没有了一点儿生气。这生活没意思透了。

他开始静下心来写小说。

这天他正在写作状态中，手机响了，一接，是马主任。马主任说，你准备准备，这一两天找找我，准备来上班吧。除了这张小报，还有办公室里的其他工作，慢慢熟悉熟悉就会了。

他本对这份工作不抱什么希望了，可现在峰回路转，又有戏了。他答应着，好，马主任，这两天我去找您。

总算又可以去上班了，他的小说却写不下去了。

他有些兴奋，换了衣服，理了头发，哼着小曲，去了超市，买了不少东西，去丈人家接媳妇去了。

接回了媳妇，两个人一看日历，今天是星期四，明天是星期五。两人就商量着星期五下午再给马主任打电话。

星期五下午给马主任打通了电话，春海说，马主任，明天是星期六，咱们局是不是上班？我是明天来，还是星期一来上班？

马主任有些不耐烦，我昨天等了你一天，今天又等到现在，你现在才打电话来。我不是说让你来上班，是让你找找我，咱们先沟通沟通。

春海媳妇在纸上写了几个字给他看：请他吃饭。

马主任，不好意思，可能是我没听太明白，您看今天晚上有空吗，咱一起坐坐？您看用不用叫党部长一起？见对方迟疑，春海说，您看叫谁合适就叫谁，光咱俩也行。

那，到时候再说吧。

五点我再给您打电话。

行吧。

不到四点，春海就换好了衣服，装好了钱。媳妇说，马主任喝酒后要找小姐你就给找一个，但你自己不能找啊。

春海说，媳妇，要不咱不去了行吗？还不知道这事成不成，先花掉一千块钱，我真心疼。

你要能去上班，一个月不就挣回来了。

四点四十，春海在环保局外给马主任打电话，电话通后，春海刚说我是刘春海，对方就把电话挂了。他又拨，对方连接也不接了，打过去就挂了。他怕马主任开会什么的不方便，就给他发短信，马主任，我是刘春海，我在环保局外等您，晚上去哪儿您安排。等到五点半，下班的人都走了，也没见马主任出来，更没有回信息。春海又给他发短信，马主任，您先忙您的，忙完了给我个信，告诉我个地方，我去找您。

一直发短信，一直等，到了晚上十一点，也没有等来马主任的回音。

春海悻悻地回了家，一进门，媳妇说，没见到人？

他点了下头。

你还没吃饭？

不想吃。

媳妇说，算了，别想那么多了，我去给你下面条。别再打一个电话了，也别发一个短信了。就这样不尊重人，你去了在这样人的手下工作，也待不下去。你就在家好好写你的小说吧，咱关上门吃饭，天天喝粥谁也看不见，咱不去看别人的脸子。

是啊，媳妇说得极对，这人素质太差了。来八抬大轿请老子，老子也不去了。春海这样想。

皮夹沟人物谱

我警校毕业后，被分配到了基层派出所工作，也就是当了人们俗话说的片警。当了十多年警察，管界里的许多小人物，给我留下了很深的印象。

因我们派出所处在城乡接合部，皮夹沟是一个很长的胡同，里边有不少出租房和外来人口，这地方是我们管界的重点，也是所里的重点。

爱吹牛的相大侃

相大侃一米八多的个头，双眼皮，瓜子脸，长得很瘦。虽然三十多了，平时小头整得挺利索，能说会道，是个挺招女孩子喜欢的主儿。

每次碰上他向外走，身边总是跟着个女孩。我问，相大侃，干什么去？他拉着我胳膊说，走，刘警官，下饭店吃饭去，我请你。我说，谢谢，你们去吧，我还有事。最后他总是忘不了说一句，刘哥，等我发了财，哪天您有空了，我真请您啊。

听说，他刚和一个河南的女孩不在一起了，又和一个山东的女孩好上了。都是在胡同里住的女孩子，在商场里给人家当售货员。

他在老家离过婚，有个儿子都该上初中了。他是跑销售的，挣了钱回来就天天下饭馆，陪女朋友逛街，给自己和女朋友买衣服，买了水果也是端出来和全院的人共享，人倒是不小气。

这天，我走进相大侃的小屋，他一个人在做饭，我说，做什么好吃的，就光吃点面条啊？

是刘警官啊。这几天在外边吃得都吃腻了，吃点清淡的，换换口味。

邻屋卖鱼的老婆走出来说，别听他胡吹，这几天光吃我们家干面条，吃了三斤了。

另一个屋的妇女探出头说，葱是从我们家拿的，酱油是从我们家倒的，自来水是公用的，你说你……

两位嫂子，凭良心说，我相某人哪次借东西说过不还，你们不要，那就没办法了。守着人家刘警官，给我留点面子好不好？

相大侃最近钱紧点，我们说着玩的。

嫂子和你开玩笑的。

这时，院里走进来了一个小姑娘，相大侃说，燕子，放学了？

她笑着走近相大侃，小声说，相叔叔，你什么时候带我去游乐场玩？

待几天就去。

再不去，你都快把我的一管牙膏用完了。

燕子，你小声点。咱不带这样的啊，叔叔什么时候答应过你的事没兑现过？

有，去游乐场这事。

平常吧，我有空，你得上学，赶星期天吧，你有时间了，叔叔又忙，等找个叔叔不忙的星期天，肯定带你去。

说话算数？

当然算数。不行，让警察叔叔给咱当证人。

我一边向外走一边对相大侃说，你小子注意点，把日子过成这样，找女朋友还挑三拣四的，玩花的，当心我把你送进局子里去。

刘哥，就这饭，也不好意思留您在这儿吃了。您看到的是表面现象，我姓相的还没落魄到目前这种地步，只是这几天手紧点，有点钱借给一个老乡进货去了，出门在外，谁没个难处啊。我离婚好几年了，想找个女朋友也是正常的吧，虽然我穷点，但人好啊。您放心，我不是您想象的那种人。回头有机会我一定请您啊。

你看这小子这张嘴。

改过自新的宋太平

听说宋太平回来了，我到他家去了一趟。他老爷子给我开的门，他还在睡大觉。老爷子喊他，太平，什么时候了，还不起床，派出所的刘警官找你，快起来。

他屋子里很乱，像民工的宿舍，气味也不好，我说，咱就在院子里说吧。

他拿了两把凳子出来，用毛巾擦了一把脸，问我，你是新来的吧，姓刘是吧，我和崔刚挺熟的。

崔刚是我师父。我回答。

他皮肤黑黑的，大脸盘，高颧骨，可以用骨瘦如柴来形容，掏出一盒烟，抽出一支让了让我，来一支这个？

我说，不吸。

不好意思让你，烟太次了。他吸的是劣质的雪茄。

我回来还没来得及去向"政府"报到。夏天大雨时，是你把我们家老爷子背我屋去的？里边出来的人，把每个民警都叫"政府"。

那雨来得急，我不放心这里的出租房屋过来看看，走到胡同中间水就到腰这儿了，知道你家没人，一推门，门就倒了。我喊，有人吗？没人答话。我走进屋里一看，老爷子吓得缩在床角里打哆嗦，说不出话来了。水都马上和床帮齐了，你那屋地势高点，我就把他背你那屋去了。

谢谢啦。

他这次进去还是因为吸毒，听师父和胡同的人说，他毒瘾一上来，两眼发直，流着哈喇子，提着根棍子挨家借钱，说是借，实际上是强要。他家徒四壁拿什么还？他也不多要，每家五十元，一天只借一两家，为的是能买一支杜冷丁打上。胡同里的裁缝，小卖部，本地人，外来人，他都借了个遍。

休息两天，赶紧出去找个事做。老爷子这么大岁数了，孩子也没人管，你这儿子和爹两个角色当得都不合格。他被送去强制戒毒后，儿子在学校不听话，进了工读学校。老婆在他头一次进去前就离婚了。

是得出去找点事做，我也这么想，可咱没大文化，能干什么？他接上一支烟，叹气说。

人家那么多外地人，都能找到事做，你是本地人，还能找不到个事做？我说。

行，我听"政府"的，出去找找试试。

没多久，我去胡同时，在门口碰上他家老爷子，我问，太平找到工作了吗？

找到了，在街道上看自行车。老爷子笑着说。

这天我值班，早晨天还没亮110来电话，说位于南街的夹皮沟发现了小偷，有人被刀子捅了，让速派人去现场。

我赶到胡同，看到不少人围在那里，走近一看，宋太平躺在地上，地上流了不少血，我说，赶紧打120救人啊。有人说，已经打了，马上就到。我以为是宋太平偷东西被人发现了，问，谁发现的？谁捅的他？围观的人说，是他早晨起来上厕所时，发现有人跳进了张荣家，他一喊，干什么的？那人从另一边跳出来想跑，他就在后边追，那人见马上被他抓住了，回头给了他肩膀一刀，跑掉了。

另一个人指着一包东西说，这是从张荣家墙里边发现的。一说，好几家都丢了手机和钱，可能都在这里边。

我忙蹲下身问，太平，你没事吧？

他收敛了下痛苦的表情，看了看我说，是刘警官，没事，可惜让那王八蛋跑了，这是我欠大家的……

出租自己的小顺他妈

小顺他妈长得小鼻子小眼的，个头不高，也就一般人，但嘴巴叽叽地特能说。

那时小顺他爸刚下岗，有人给介绍对象，说女方是外地的，在西单做服装生意，收入不错。

两人见面没几天，胡同的人早起上厕所，看那女的蓬松着头发也上厕所，就知道他们已经住在了一起。

有人议论，现在这年轻人，思想真是开放。

自从两人好上了，小顺他爸也有了工作，两人一起去进货去卖货，有时把货大包小包地背回家来，两人说说笑笑，好不亲热。

两年后怀了小顺，说服装生意不好做就不做了。但小顺他妈迷上了麻将，挺着个大肚子，到处去赌。一天，她给派出所打电话，说，刘晓打死人了，你们快来抓他吧。我问，打死谁了？在哪儿？她说，打死我了。我一听，是两口子打架，赶紧去了她家。家里一片狼藉，东西扔得到处都是，刘晓坐在沙发上吸烟，她披头散发地坐在地上，两人脸上都有几道血印子。我问，刘晓，怎么回事？

刘晓气愤地说，你问问她，让她自己说，我为什么打她？

有什么事说什么事，她是谁？她是你老婆，再说，她肚里还怀着你的孩子。我质问刘晓。

见我这样说，他媳妇哭了起来。

要不是因为她怀着孩子，我打死她。她小打小闹地玩玩牌，我不反对，可她瞒着我，把这两年起早贪黑挣下的三十多万全给输光了。今后这日子还怎么过？

他说的是不是真的？我转脸问她。

她停下了哭声，点了点头说，我也没想到能输光，我只是想把输掉的赢回来就不玩了，没想到越输越多。

你们都在哪里玩的？

地方多了，都是在人家家里。

你们是固定的几个人在一起玩吗？

不是，几乎每次的人都不一样。

要是就你们几个，玩这么大的，就是聚众赌博，是违法犯罪，要追究你们的刑事责任。再说，自己马上就有孩子了，将来拿什么养他？

我错了，我发誓，今后再不玩牌了。

时间不长，小顺出生了。可生孩子没多久，群众反映，她每天晚上浓妆艳抹地出去，半夜才回来。

我问刘晓，你媳妇天天晚上出去干什么？

他说，上班。

我问，在什么单位上班？

他吞吞吐吐地说，去歌厅吧。

她去挣的那钱干净吗？你不觉得脸上无光？

我有什么办法，这饭得吃吧？这孩子得养吧？

我说，明天，让你媳妇到派出所去一趟。

第二天，她还真来了，我问，你晚上去哪儿上班啊？

她笑着说，不固定，哪儿人少上哪儿。

具体干什么？

她低下头说，坐台，还能干啥？

说得这么轻松？

她抬头看了我一眼，笑了，刘警官，您别这样严肃好不好？人民警察爱人民，要不您养着我得了。

别胡说，正经点，这是什么地方？

派出所啊，我和您开玩笑的。您放心，我只坐台，陪客人唱歌，从不出台，不会给您找麻烦的。

半年后，听说刘晓和他认识的一个包工头签了份协议，包工头给了刘晓三万块钱，条件是他媳妇去和包工头住两年，给对方生个儿子就回来，在这期间，她来去自由，随时可以回来看孩子。

在胡同里，偶尔还能看到她，车接车送的，穿着很光鲜，大包小包地拿着，头总是高昂着，像一下子做了贵夫人似的。

股民白小来

白小来原先是开出租车的，一次事故中，左腿被撞断了，里边打了钢钉，下雨阴天还觉得痛。当时喝没喝酒，只有他自己知道，反正他挺爱喝酒的，夏天饭前饭后，经常光着膀子，提着瓶啤酒出来，大叔大妈看到了，就说，小来，脸都喝成那样了，还喝啊。他眨着一对小眼睛说，这才第三瓶，我就这样，爱上脸，喝一瓶也这样。

他的皮肤不是一般的白，按白云的说法，那是相当的白。白到什么程度不好形容，这样说吧，和街上偶尔走过的外国白种人没有一点区别，从这点上来说，他还真对得起他自己的姓氏。那半身白肉衬着他的红脸，那是相当的分明。

他不开车好几年了，媳妇去上班，他就在家闲待着，天天喝得迷迷糊糊。后来每天就出去几个小时，付老太太问，小来，你上班了啊？

是啊，上班了，在股市上班。

付老太太问，股市？股市是什么单位啊？具体干什么工作？

和打麻将一样，一会儿向里放钱，一会儿向外拿钱。他怕老太太听不明白，给她打了个比方。

那不成赌博了？公安局不管？

公安局不管，他们的人下了班也可以去"赌"，国家允许的，也是公开的。他耐心解释。

那不乱套了？

不乱套，这是一个新兴的职业，你慢慢就明白了。

没多久，付老太太真的就明白了，邻居们听小来说，现在股市形势大好，有时一天就挣两千多。每家都给了小来一两万，让他代为炒股。小来一从股市回来，大家就关心地来问，今天情况怎么样？小来就兴高采烈地大讲特讲牛市、飘红，弄得付老太太也坐不住了，偷偷找到小来说，大侄子，我这儿有八千块钱，你拿去也帮我"炒炒"。

大妈，您还是放在银行保险，炒股这玩意儿有赚有赔，我怕您经受不起折腾。小来笑着说。

小来，你什么意思，我可是看着你长大的，别人谁的钱放你这儿都行，就我的不行？付老太太一下子变了脸。

好，好，我帮您炒，但赚了您也别喜，赔了您也别恼。

付老太太说，你就当自己的钱，该出手时就出手，不能出手别出手。

年底时，大家等着小来的好消息。可小来回来说，现在的股市形势不妙，我给自己和大家买的股票原先一直是挣钱的，这几天一直在下跌，一点没有反弹的意思，愁死我了。

大家开始议论纷纷，继而有人提出来要收回资金，像传染似的，大家来找小来，都要收回炒股的资金。小来说，我一下也退不出这么多钱来。大家不管，天天追着小来要钱，有的甚至坐在他家不走了，说什么时候给钱必须给说个准日子，家里还等这钱过年哩。

那一段，弄得小来灰溜溜的，天天像躲债的，早晨天不亮就走，半夜里才偷偷溜回来。年前几天，终天"割肉"把大家的钱给"还"了回去，自己还得像做了亏心事似的一声声说，对不起。

有人再议论起小来和股票来，就有人说，一个大老爷们，不务正业，天天做梦，梦着天上掉馅饼。

慢慢地人们发现，小来也很少出去了。在胡同里碰上，小来也再没给大家提过股市的事，只是说些别的。

两年后的一天，胡同口停了两辆搬家公司的车，小来到门外接搬家的工人。有人惊讶地问，怎么，要搬家啊，向哪儿搬？

小来笑笑说，在玉泉路买了套房子，装修完好几个月了。

玉泉路的房子，小一万一平方米吧，多大啊？

不大，168平方米。

168平方米，还不大？那人张大了嘴巴。

原来，小来虽然不去股市了，但他买了台电脑在家里上网炒股，这房子钱全是这两年炒股挣来的。

他搬走后，人们议论起他来，有人说，说不定他买房子的钱里，还包括当时我们给他炒股的钱挣回来的钱在里面哩。

谁知道呢？

鬼能说得清？

没评上烈士的曲广

曲广三十多岁，留着艺术家似的长发，就是人长得黑点，个人卫生差点，智商也差点。他的儿子曲夏受他的遗传，形象和智商整个是他的翻版，一上学就头痛，小学没毕业就开始在街上晃。

居委会的区主任告诉我，曲广是个苦孩子，他父亲原先在橡胶厂工作，得病死后，橡胶厂领导可怜他家孤儿寡母的没有了收入，让他母亲到厂里打扫卫生，他母亲也是智障人，但对工作绝对认真，负责的卫生区域，人家扫一遍她扫两遍，看别人的卫生区域不干净，她再去扫一扫，嘴里嘀咕着，干活干好，吃饭吃饱。没人管的卫生死角，她也不放过，主动去拾掇干净。厂里人送了她一个外号，叫卫生部部长。

好不容易把曲广拉扯到二十多岁，她就得急病死了。好心人从他老家给介绍了一个对象，他们又有了儿子曲夏。为了给他媳妇和孩子办户口，派出所和居委会了解情况，写报告，找领导，费老劲了。

曲广被街道安排在一个停车场当保安，家里还有五间平房出租，曲广媳妇在一家饭馆打工。按说他们的日子这样过下去挺不错了。可这天，曲广媳妇找到居委会，对区主任说，我要和他离婚！

区主任说，你坐下，慢慢说，为什么要离婚？

他不是人。曲广媳妇气愤地说。

他打你了，骂你了，还是……

你看看，你看看。说着挽起袖子露出胳膊，又挽起裤子露出腿，区主任看到她身上青一块紫一块的。

你们闹矛盾了，他打的你？

他天天晚上折腾我，又掐又咬的，这日子没法过了，说着哭泣起来。

你先回去，我给派出所打电话，叫刘警官好好训训他。

我去曲广家，一进门就闻到一股香味，我说，曲广，做什么好吃的？

他笑眯眯地说，炖点肉吃。刘哥，在这一起喝点？

我说，媳妇不在家，自己偷弄肉吃？

不管她个破娘们。

我训他说，你能过上现在这日子容易吗？媳妇跟你就不错了，还给你生了儿子。你对人家好点行不行？你要跟人家那个，就多哄哄人家，你要把人家哄好了，人家还不和你那个？再说了，她是你媳妇，你伤害她，你自己不心疼？我告诉你，今后再伤害人，我就把你送进去，你要不信，咱就试试？

他一边回答着好、是，一边嘿嘿地笑。

消停了没几天，曲广媳妇又开始找居委会、找派出所。我们吓唬她，你真要离婚，就把你的户口迁回你的老家去。

她说，迁回去就迁回去，这日子没法过了。

孩子怎么办？不是你生的？

他要他就要，他不要我自己养着。

他们分居了。

两年后她起诉到法院，法院也调解了无数次，一点儿效果也没有。问了曲广无数遍，他也一口咬定，离就离。

他们真的离了，儿子曲夏跟了曲广。

这天胡同里徐国庆家着火了，当我接到电话赶过去时，房顶上还是浓烟滚滚，胡同里的几乎所有在家的人，都在参加救火。连老头、老太太都在用各式各样的盆、罐向这边端水。我问身边的人，消防车还没到？那人说，没有。我冲进了着火的院子，这时一个满脸黑灰的人提着一个冒着白烟的煤气罐跑了出来，他嘴里喊着，快让开，快让开。我听出来了，是曲广。关键时候，这小子还行。他把冒着白烟的煤气罐放在远离人群的地方，人们又向上泼了几盆水才放下心来。有几个人上了房顶，我也上去了。从上面看到，一间厨房的房顶几乎被烧光了，火势移向了西房，大火烧得窗户的玻璃啪啪作响，人们从下面向上递水，上面的几个人站成了一条线，向火力点传水。传着传着，有人喊小心还没有完全喊出口，只听"啊"的一声，一个人向后仰去，随着塌下的房顶一起落向了地面。

不好了，有人掉下去了。

望着腾起一股烟尘的地方，我焦急地说，快，先下去救人。

我们跳下房顶，从废墟中扒出那个受伤的人，我用手试了一下他的鼻息，幸好还有呼吸，他的后脑勺流了不少血，我大声喊，快，快打 120 要救护车。我接过一块有人递过来的毛巾，轻轻捂住他的伤口，另两人把他抬了出来。

把他放在一个平地方，又有人递过来一块湿毛巾，我给他轻轻擦那布满黑灰的脸庞，是曲广？没错，是他，嘴巴上还留着他那一小撮胡子。

是曲广。大家也都觉得很吃惊。

这时火已经基本熄灭，消防车也鸣着警笛到了。

我小声喊，曲广，曲广，你醒醒。

他一点反应也没有。

救护车来后，我跟着上了救护车。在进急救室前，我喊，曲广，你一定要坚持住啊，咱们到医院了。这时，他的眼睛突然睁开了一条缝，望着我说，刘，刘警……，我儿曲……你给照……点……

我明白，曲广，你放心。咱到医院了，一切都没事的。

我抓住他的手使劲握了握，他被推进了急救室。

他还是走了。

我把曲夏领回了派出所。

整理材料，通过街道给他报了烈士，但不知什么原因，一直没有批下来。又到民政局联系曲夏的事……

大方又小气的那仁

那仁长得五大三粗的，大脸盘，大身板，一年四季留着一个光头。他在西翠市场卖牛羊肉。

才开始是从河北老家向这运猪肉卖，只是两口子自己干。他老婆长得又瘦又小又黑，和他相比，整个是两个阶级。每次回家有事或看孩子，她都坐汽车背回半片子猪肉来。后来开始卖牛羊肉，随着生意红火添了好几个人手，都是他家的侄子或侄女。自己买了个大车，到山东、河南去拉牛羊肉。

我下管区，那仁正在门口洗头，我说，那老板，今天清闲了？

他抬头见是我，忙喊，媳妇，快给刘政府拿烟，我兜里有好的。

我说，不用，不用，我又不是免疫局的。

那仁擦着脸说，我这烟你差点吸不上了。

怎么了？

我这次去拉肉，差一点出人命。

你说说，怎么回事？

我和司机是前天晚上10点走的，走到沧州大概是夜里3点多，我们走着走着，突然从路两旁的麦地里窜出三四个人来，每个人的手里不是拿着棍子就是拿着刀。他们站在车前挥舞着棍子和刀要求停车，我把带的几万块钱的货款装在身上，对司机说，三，这车咱不能停，一停或许咱俩就都没命了。到时候看情况行事，能闯过去就闯过去，他们也会怕死。

叔，我听你的。

说着小三提了速向前开，那几个人没有一点让开的意思，我说，三，小心点。虽然关着车窗，随着距离越来越近，已隐约听到了他们的喊声，停车，停车，想要命就停车。车马上要撞上他们了，他们啊的一声全闪开了。我问，三，没撞到人吧？他说，应该没有。我说，再开快点。叔，你看，前面还有人。我向前一看，没想到前面又出现了几个拿着棍子和刀的家伙，这不是做梦吧，我想这回可能是凶多吉少了。我向外观察了一下，两边是麦地，地里的麦子能埋住人。我说，三，咱走不了啦，你一停车，咱两个分头向麦子地里跑，能跑多远跑多远，谁也别管谁了。跑掉一个算一个，要不咱俩都没命了。当时我俩的头发都立起来了。三说，叔，那你能行吗？我说，别管我，一下车你跑你的。能活着，天明了再回这儿来。车一停，听到后面的那几个截路的也吼叫着追了上来，我向西，三向东，转眼间我们消失在了麦田里。我拼命向西跑，只听那两伙人高喊着，向那儿跑，截住他们。你们跑不了啦，快出来吧，给你们留一条小命。说着分头跳进了麦地。我在黑暗中的麦子地里拼命地跑，深一脚浅一脚的，不知摔倒了多少次，当我再也跑不动了的时候，已是满头大汗。我回头一看，眼前是一片黑暗，静极了，一点声响也没有。想到家人，我抹了把眼泪，心里想，今天算捡了一条命。忽然想到，小三不知怎么样了？心又揪了起来。后来迷迷糊糊趴在那儿睡着了，天冷又把我冻醒了。天明后，我数了数兜里的钱，少了一万。我一路寻找着向停车的地方走，竟发现我跑出了有五六里路远，而且还跳下了好几个地堰，但那一万块钱终究是没有找到。

我离很远的地方，就看到了车还停在那儿，心里是一阵激动。可到跟前一看，玻璃都砸烂了，车胎全没了气，外胎上割的全是口子。等了好久，不见小三出现，我心里生出了不祥的预感，小三可能出事了。我怎么向他的家人交代？这时，从对面的麦地里露出了一个人头，是小三，他满脸划痕的站了起来，小声喊道，叔，你没事吧？就哭了起来。我说，三，你没事吧？他点了点头。我们找人修了修车，什么也没拉就回来了。我们这两条命都是捡回来的。

居委会动员群众给西藏灾区捐衣物，他掏出一千元说，给我代买十床棉被吧。街道号召救助边远地区失学儿童，他想了想，一下子就认领了十位。我看他屋内放了两台洗衣机，问他，买这么多洗衣机干什么？他笑着说，这个是洗衣机，那个是米缸。我开玩笑说，真是有钱人，拿洗衣机装米。他说，用洗衣机装米真不错，住这平房老鼠多，装这里边保险。他媳妇不好意思地说，才开始买的这个全自动的，这么多按钮，我们都没文化，不会用，闲着也是闲着，只能装米了，没办法又买了这个。

没多久，听说那仁在市场扎了人，进去了。我问他媳妇怎么回事，他媳妇说，那天一个人早晨买走了五斤羊肉，下午提着回来找，说差了二两。我们家那口子不承认，两个人一来二去就吵了起来，那人骂，你一个破卖肉的有什么了不起，装什么孙子。我家那口子不愿意了，你一个城里人就了不起了，看不起我们农村人。那人把他骂急眼了，上去就给了那人腿上一刀……

电脑迷党小强

党小强，从小文文静静的，走路总是低着头，腼腆得像个小姑娘，放了学就在家做作业，很少再出门玩。邻居的家长总是这样教育孩子，你看看人家小强，放了学就在家做作业，从不出去疯玩。哪像你，回来不做作业，放下书包就向外跑，现在不好好学习，你将来长大了能干点什么？

这天，几个妇女在胡同里闲聊，小强妈妈出来了，一位羡慕地说，我们正说你们家小强哪，那么爱学习，将来考个北大或清华，你们当父母的脸上多光彩。

另一位接话说，是啊，哪像我们家儿子，放学后就知道玩，愁死我了。

小强妈妈叹了口气说，我们家儿子，哪有你们说得那么好，他是不爱出来玩，原先回来就玩他那个破游戏机，我给他锁起来过多少回，现在又迷上了电脑，还是玩游戏。原以为让他学学电脑，长点知识，没想到走火入魔了。我比你们还难受，说多了吧，不行，不说吧，心里着急，不像你们孩子，皮实，骂一顿、打一顿都没事。我们家儿子不行，那次因为他玩电脑，他爸爸打了他一巴掌，他哭着要离家出走，吓得我没办法，现在就这一个孩子，万一真离家出走了，大人还怎么活？算了，好赖把他养大就行了。

时间过得真快，小强转眼初中毕业了，他高中没考上，爸爸妈妈商量来、商量去，还是尊重他自己的选择，让他上了职高，学的还是他喜欢的专业——计算机管理。这次玩电脑，名正言顺了，学的就是这个，你不让他玩行吗？

小强姑家的表姐考上了邮电大学，舅家的表妹考上了重点高中，过年过节聚会时，小强倒没什么，和她们打打闹闹的，特别开心，小强妈却觉得有些抬不起头来。

小强毕业后没有出去找工作，实习时去的超市留他去做网管，他也没有答应。他就天天坐在家里玩电脑。小强妈托人给他找了好几个工作，他都不去。他爸爸对他是彻底失望了，好长时间不理他。妈妈为他操心，刚过四十三，头发都白了。

两年过去了，姑家的表姐已经大学毕业，参加了工作；小强舅家的表妹也已是大三学生。妈妈皱着眉头说，强啊，你不出去工作，我和你爸爸挣这点钱，只够咱吃饭生活，我们不能跟你一辈子，我们不在了，你将来怎么生活啊？

小强一边玩着电脑一边笑着说，妈，你放心吧，我这上网，也是上班，到时候我会给你们一个惊喜的，也会让你们过上好日子的。

人家说，空虚的人才天天泡在网上，那东西不顶吃、不顶喝，你还是出去找个工作干吧。

妈，现在是信息时代，网络是个大平台，在这儿干什么事都成，给你解释你也不懂，你就等着我的好消息吧。

是，我不懂，说是网上男的女的也能结婚，还能一起养孩子，可那都是假的。

哟，我妈懂得还挺多。行，到时候我也给你们养个孙子。

你是不是在网上真迷上谁了？人家在上面和你甜言蜜语，你以为是个女孩子，实际上可能是个老太太，也可能是个大老爷们，你别做梦了，快醒醒吧。你有本事，出去给我抱个真孙子回来，我就放心了。

妈，你就相信我一次吧。我真的会让你和爸爸过上好日子的，现在你们不理解我，到时你们会为我高兴的。

又是两年过去了，妈妈头上的白发添了不少。

这天，儿子神秘地对妈妈说，妈妈，你给爸爸说说，今天我请客，咱一家出去吃饭，我有重大的事情要向你们汇报。

你请客，你哪来的钱？

反正不是偷的抢的，也不是骗的。小强满脸堆着笑说。

你有什么重大事情，找到工作了，还是要出国？

妈这话贴边。

好说歹说，妈妈把爸爸劝出来吃饭了。点完菜，倒上酒，小强站起来郑重其事地说，爸爸、妈妈，这杯酒，我敬你们二老，谢谢这二十多年来，你们对我的养育之恩。爸爸生我的气，妈妈为我担心，这些我都能理解，你们是为我着想。你们的儿子没为你们丢脸，现在我宣布，几年前我在网上开的一家强力商店，截至今天，纯利润已超过 100 万元。

真的？儿子，你说的是实话吗？妈妈问。

爸爸用质疑的目光看着他，问，你哪儿来的本钱？这是爸爸对他失望后，几年来和他说的第一句话。

我有后台呀，是我女朋友给我出的本钱。

女朋友？

对，是我从网上认识的，不过她今天来不了，明天她要来咱家认家。

这时，妈妈眼眶里盈满了泪水。

第二天，小强拥着一个金发碧眼的俄罗斯美女走进了胡同，那气质，那身段，能气死多少时装模特。听说，她还是俄罗斯的一名空姐，贵族家庭出身。

那一刻，胡同里像过年一样热闹起来。

爱上当的米满仓

米满仓六十多岁，退休工人，没多少文化。瘦瘦的，个不高，满头白发，除义务打扫公共厕所外，帮人换个水龙头什么的都乐意干，在胡同里是个热心人。

米满仓的老伴得肝癌两年了，做完手术后又到医院做过十多次化疗，头发几乎掉光了，人瘦得成了个骨架子。医生说，你老伴的病已到了晚期，活不多长时间了，你们给她准备后事吧。米满仓不死心，这天他听说海淀区万寿路有个百草治癌中心，他从银行取出了三千元钱，倒了好几次公共汽车，到了万寿路南口。他正打听着向前走，这时上来一个操南方口音的年轻人，小声神秘地对他说：老伯伯，我这儿有点好东西，你要不要？

米满仓好奇地问：什么好东西？

那个小伙子从兜内掏出一个小塑料包，指着包内的东西说：老伯伯，这是海龙，医院里可贵了，能治心脏病和各种癌症。

米满仓接过那包东西仔细看了看，包内果真是几只有须有尾的像龙形状的东西，他问小伙子，这一包多少钱？

小伙子说，实不相瞒，我给医院是八百一包，他们卖给病人是一千二。反正这是我偷拿出来的几包，看您真心想要，家中肯定有病人，您一包给七百怎么样？

米满仓问，吃几包能见效。

那小伙子说，吃五包就管用，再严重的病，吃六包后保证药到病除。

这时又上来一个小伙子，他问，你卖的这是不是海龙？

卖药的小伙子说，是，你想干什么？

那个小伙子说，我姥姥得了肺癌，吃了几包海龙，病情好多了，就是这药太贵了，而且还不好买，我在医院托熟人买的一千一百元一包，你卖多少钱一包？他一边说一边拿过一包药仔细看，是，是真的。

听说八百一包，小伙子痛快地掏钱买了五包走了。

米满仓动了心，他想老伴的病有救了，可他兜内只有三千元钱。小伙子看出他的心思，说老伯，你有多少钱？

米满仓说，只有三千。

卖药的小伙子说，算了，我少挣两个，你给三千，把这五包都给你吧。你可看见了，给那小伙子的八百一包，给你的一包才合六百。两人交易完后，小伙子还嘱咐他，您千万记住了，水煎时每次只能放两条海龙，放多了喝了流鼻血。

回到家，米满仓忙去用海龙给老伴煎水喝，水还没开，里边的海龙就不见了。他心想，老伴喝了这些药，身体会慢慢好起来的。喝了几次，他问老伴觉得好点吗？老伴说，是觉得好点。

星期天，儿子一家人过来看老人，米满仓说起了海龙的事，儿媳妇首先看出了问题，她拿起一条海龙看了又看，最后把海龙弄开了，她说，爸爸，您上当了，这可能是商店里卖的炮司，是一种用油炸后吃的小食品。为了验证自己的说法，她又拿了一个海龙去用油炸，果然不幸被她而言中。真是炮司，食品商店里只卖一块多钱一袋。

还有一次，他用同样的方法从街上买回来的是一包俗名叫"臭大姐"的死昆虫。

那天他偷偷拿出一包东西给我看，他说，有一天在马路边上，两个三十岁左右的妇女，操着东北口音上来和我搭话，说她们是从东北来的，身上的钱被小偷掏走了。想把自己的两条紫貂衣领卖了当路费，她们说，大伯，你就可怜、可怜我们吧，我们这都是真正的紫貂皮，商场里八千多一条，要不是没钱回家了真不肯卖。您看看这毛色，您摸摸这皮子，绝对不会骗您。

我被说得动了心，回家从老伴的皮鞋里找到了两千元钱和三千元钱的存折，我拿了存折带那两个女人去银行取了钱。花了五千元买下了这两条貂皮衣领。

那两条所谓的紫貂衣领，就是很普通的仿毛衣领。

这个米满仓啊。

虽然我调分局工作好几年了，但这些人物的音容笑貌时常在我脑海里闪现。

小时候

一

我的童年少年时代，是在乡下的山村里度过的。那时家里穷，穿的衣服都是母亲用手工做的粗布衣服。家里没有电，点的是煤油灯。晚上去上晚自习，也是端一个煤油灯，第二天早晨一掏鼻子，里面都是黑的。那时家里也没有钟表，有时早晨听到鸡打鸣就赶紧起床，有时天上有月亮，也不觉得天黑。走到村东头破庙里的学校，在课桌上趴着等天亮。有时等一两个小时，天也不亮。有时就趴在那儿睡着了。晚上下了夜自习，有时天黑，走到村西头，没有同学做伴儿了，为了给自己壮胆，嘴里一边嗷嗷胡乱喊着什么，一边向家中跑。总觉得好像后边有个人跟着似的。

早晨、中午、下午放学后都要挎上篮子，拿上镰刀去地里割草，草有好多种。春天草刚露芽，二三斤交到队里就能换一分工。到了夏天和秋天，一二十斤草才能换一分工。那时一个整劳力劳动一天挣十分工，妇女和半大小子只挣七分工。每个工值一二毛钱。有时夏天中午放学后，跟父亲上山去割草，要割到队里快上工、学校快打铃时才回家。父亲担两捆在头里走，我背一小捆在后边跟着。衣服像水洗的，胳膊、背上都起满了痱子。回到家把草晒干，每百斤干草可卖四五块钱，那是全家冬天的盐钱和油钱。

那时吃的是窝窝头和贴饼子，是玉米面和地瓜面做的。平常很少有青菜吃，更别说吃肉了。有时连咸菜也没得吃，喝粥时就在粥里放点盐。

有时去地埂或山坡上去挖远志（一种中药材），回家后把皮剥下来晒干，一两能卖一块多钱。挖几次能晒一两。有时去山坡上掀石头逮蝎子，转半天也逮不了几个。晚上拿罩灯或手电筒去逮土鳖子，用热水烫死，晒干。赶个星期天，几个小伙伴结伙去七八里外的收购站去卖。觉得卖的钱多（超过两块钱以上），就到乡里小书店去挑画本，磨蹭一两个小时，狠狠心花一两毛钱买下自己钟爱的画本，心满意足地回家。

小时，就盼着过年，过年能有新衣服穿，有饺子吃，有肉吃。

我们家穷，一下雨住的房子到处漏，屋里把盆盆罐罐全用上了，叮叮咚咚像奏乐，外边的雨不下了，屋里还在下。有时下连阴雨，屋里连一张床大的干地方都没有了，这时全家望着下个不停的天空，惆怅地向天祷告：勺子头，挖挖天，今儿晴，明儿干。

八九岁时，暑假、秋假都要去生产队里参加劳动。拾麦穗、捡地瓜、摘棉花等。天天在毒毒的日头下晒着，衣服都粘在身上。半晌休息时，慌着到远离人群的地埂根下去解手（大小便）。有时找个高地埂根下，在阴凉里凉快一会儿。有时坐在地上，有时干脆就躺下来，望着蓝天上的云朵发呆。心里想象着山外的世界是个什么样子。回到家手不洗就找干粮吃，如没剩干粮，洗块生地瓜吃。

也有快乐的时候。和几个小伙伴去西上园割草。在地里捡了一毛钱，我们高兴得去邻村老汉的瓜地里买瓜吃，脆瓜要比甜瓜便宜些。我们商量来商量去，还是决定买脆瓜。因为人多，怕买甜瓜分不过来。我们嘀咕了几句，有两人围着老爷爷去摘瓜、称瓜，另三人挎着自己的草篮子，互相掩护，时不时有人弯腰摘一个瓜，放进篮子里用草一盖，若无其事地向老爷爷看一眼。等买瓜的两位买完瓜，我们一起赶紧撤了，到了离瓜地很远很远的芦苇丛里，我们才气喘吁吁地停下来，把瓜拿出来一数，连买带偷的竟有七个瓜。我自己编了个顺口溜：走到西上园，拾了一毛钱，买了七个瓜，鬼头蛤蟆眼。现在细想想，这四句顺口溜应该算是我创作历史上的第一篇作品。

那时村北的大坝里有水，夏天的午后，我们经常瞒着老师和家长去大坝里游泳。回学校的路上，要尽量把头发弄干。进了学校，坐在教室里，心里有鬼，也是提心吊胆的。老师的眼睛很毒，起立后用眼光向全班扫一遍，严肃地点几个男孩子的名，被点的人怯怯地走到讲台下，老师让每人都抬起胳膊，眼睛定定地看着你。每人都心虚地咬着嘴唇，早低下了头。老师在每人的胳膊上轻轻一划，胳膊上就出现了一条白道。没什么好说的，出教室门口去站一节课。现在想来，老师是为你好。万一淹死了怎么办？

学校里也搞勤工俭学，割草喂羊，用不完的晒干卖钱。大家比着看谁割的草斤两多。这次少了，下次下决心一定要多割些。有时上山撸槐树叶，回到学校晒干，再去磨面的机器上磨成面。说是卖到美国去。说人家造原子弹用。那时想，人家美国科学技术就是发达，用槐树叶竟能造出原子弹来。有时还上山逮毛毛虫，每人拿一个带盖的大号玻璃瓶子，用筷子做一个夹子。东山、南山上的柏树林归国营林场管，树林年年发虫灾，我们每年上山逮虫子。南山树林的少些，东山树林的多。东山的北头有个南天观，是过去道士修行的地方，北边有个大戏台，戏台下有一个小石屋，不论春夏秋冬，都有一股清凉的泉水从山石缝里流出。石屋北边有一水池，我曾在那里边洗过澡。那水池是七几年，我父亲和村里的石匠队垒的。我记得父亲他们早上上山，晚上才回来，中午要在山上吃一餐饭，吃白馒头，还有肉菜。那时我就想，等长大了，我也凭力气去挣白馒头和肉菜吃。南天观院里，有很多石屋子，南边是日月泉，小屋四周全是石刻的碑文。从日月泉打上来的水，清洁润喉。院子东边是一片土坟，坟间有零星的柏树，一个人走在里边，觉得阴森森的。传说都是死去的道士。我记事起，村里还有一个道士，叫谷山，住在大队的院里，享受五保户待遇。我们上学的学校，老师们的办公室，也是道士们住的地方。听说过去道院有好几百亩良田。有时逮虫子，走到油篓寨下边去。油篓寨因一座山峰外形像油葫芦而得名。此峰怪石林立，地形险要，又名天柱峰。记忆中我曾上去过两次，上去的路是一条石缝，直上直下。稍不小心，掉下来就可能摔个粉身碎骨。一个上午或一个下午有时一个人能逮两三百条虫子，大的每条一分钱，中的两条一分钱，小的三条一分钱。

不论哪个项目，只要排在前几名，都会有奖励。或是几支铅笔，或是一个带奖字的作文本。那时用的作业本上，带个红红的奖字，是件很荣耀的事情。

小山村坐落在东高西低的斜坡上，远远看去，是一团绿色。每家的房前屋后都栽着洋槐、家槐、梧桐等树。一条乡间公路从村子的中间穿过，记得小时候，看到一队拉练的军队从公路上走过，心里羡慕得不行。心里偷想，我什么时候能走进这样的队伍里，走出大山，去看看山外的世界是个什么样子。我们特爱站在公路边，闻汽车过后散发在空气中的汽油味。

记事时，村东有个东石门，在东大崖子顶上，后来慢慢塌掉了。村西南边有个小石门，崖子下是个水井，东半村的人都爱到那儿打水。村南也有个小石门，至今还在，用山石垒成的。两个人同时过，几乎错不开身子。村西北边也有个小石门，也是在崖子顶上，夏天的傍晚，许多人到那儿乘凉。有的老人坐在那儿聊天，到半夜眼皮打架才回家。我的旧家就坐落在村子的最西头，奶奶住堂屋，我和父母及两个姐姐，还有弟弟住在两间低矮的小东屋里。西堂屋、西屋说是三爷爷、四爷爷的，房顶都塌了，院里有一棵槐树，是母亲生我大姐时栽的。我经常爬上去摘槐叶，洗净了做菜粥喝。秋天过后，用槐树上掉下的种子，砸碎了捏在高粱秆上，中间插一根大头针，等晾干了，就是一支箭。院里还有两棵枣树，七月，枣刚有点发白，我们就开始摘着吃，一直能吃到八月十五中秋节。

爷爷死时，我还没来到这个世界上。记事起，每年的清明节总要跟父亲去西十三亩地给爷爷上坟，先给坟培培土，再把饺子放在坟前，倒几杯酒洒在坟前，随父亲跪下磕头。后来批林批孔坟被平了，再去上坟，只能估摸着在大概的地方。每次去给爷爷上坟，走到一块相邻的地里，父亲总是停下来，说这是你的表爷爷，你小时特喜欢你，每次包了饺子，都给你留着。咱也给他上上坟，做人不能忘本。

大伯没到三十就死了，一辈子也没成个家。父亲排行老二，所以一家的重担就都落在了父亲的肩上。父亲虽然没上过一天学，但三叔、四叔大了，父亲都让他们上了学。后来又给他们都娶了媳妇。后来三叔下了东北，四叔当兵转业也去了东北。父亲曾参加过八路军，扛过枪，打过仗。济南都解放了，又回了家。中华人民共和国成立后曾在生产队里干过十几年生产队长，庄稼地里绝对是一把好手。他不像人家当生产队长，指挥别人干。而是身先士卒，领着头干。队里的房屋少，借我们家后沟里的房子喂牛，母亲说给队里要点补助，咱们家人口多，生活紧张。父亲说给咱补助，借人家的房子用的怎么办？母亲说，也给点补助，别人也说不出什么来。父亲就是不同意。

二

想起那几次家中丢东西，家人痛苦的表情，还历历在目。

那是一个深冬的早晨，起来做饭的母亲大惊失色地回屋说：不好了，昨晚咱家来小偷了，厨房里的风箱没有了，外门大开着，全家人像丢了魂似的一会儿去外门口去看看，一会儿去厨房看看。

还有一次，快到秋天了，村西自留地的玉米还没太熟。家里几乎没吃的了，母亲说让先去收点棒子回来吃。爹说：再老个一两天，棒子还不太熟。待第二天，二姐从地里哭着回来说：咱家地里大个的棒子全没有了。全家人哭成一团，粮食没了，今后的日子还怎么过？母亲抱怨父亲，父亲只有唉声叹气。为这事母亲抱怨了父亲好多年。

二十世纪七十年代末，村里来了钻探队。在村北立起了高高的井架。钻探队的人头戴安全帽，说话和我们不太一样。我那时想，假若我们这里地底下有矿藏，大了我就有机会当工人，挣工资。有资本找个漂亮媳妇。放学后，星期天我们经常去打井的地方看工人劳作，后来终于打上了像小碗口粗的石头，工人们把石头编上号一节一节放进木盒子里，拉进村子放进租来的仓库里。有时趁工人不注意，我们就好奇地去摸一摸，瞪大眼去看一看和山上的石头有什么不一样。钻探队几天就杀一头猪吃，去集上买菜一买就是一大车。工人们总爱和村里的几个长得好看的姑娘聊天，村人都用敌视的眼光看着他们。他们在村北、村东打了几眼井，也不知找到东西没有，就撤走了。那些石头还放在村子里，每年按时给房主寄来房钱。

村里混东北的多，年前经常有人回来找媳妇。就算男人长得老点丑点，走在路上，总觉得高别人一头。很少有空手而归的。乡亲们势利，过苦日子穷怕了，总想给女儿找个好饭碗。待日后女儿在外落下根了，也能像人家父母那样，冬闲了去东北走一圈，看看外边的世界是个什么样子。村里的小伙子，到了二十五岁说不上媳妇来，那就危险了。咬咬牙，找个沾亲带故的关系，下关东。走时自己愁，父母也愁，待个一两年回来，脚蹬皮鞋，胳膊戴手表。扬眉吐气，媳妇有的是，随你挑随你拣。有的就地取材，能从外边带回一个如花似玉的大姑娘来。有的去下煤窑，有的还是像在家一样，种庄稼。后来我去过大部分村人投奔的鹤岗，那里是煤区，说是大城市，还不如老家县城大。大部分人住的房子还不如老家得好。我曾去看了邻村的一个小学同学，他住在山顶上的采矿区，在煤矿上干采煤工。他说我刚来时，才开始下井觉得提心吊胆，心想不知哪一天，赶上塌方或冒顶，或许站着进去，躺着出来了。所以拿到第一个月的工资，我先是把没吃过的东西，只要能买到的，都尝了个遍。像猪蹄、猪耳朵、猪心、猪肝，牛肉、狗肉、马肉、驴肉，还有炸丸子、水煎包等。还喝了啤酒。心想这回砸死了也不亏了。后来就攒钱娶了个媳妇，媳妇的肚皮争气，又给生了个儿子。我们刘家这回绝不了种啦。我现在真不想干了，上个月我们一个班上的小河北生生地给砸扁了，活生生的一个大小伙子，说没就没了。我越来越胆小，真想回老家安安稳稳地种地去。

关于鱼的记忆。有一次跟娘去舅家走亲戚，那时大舅在村里当干部，中午吃饭时有鱼，我没出息，鱼刺卡在了嗓子里，娘领我去找医生用镊子取出来。还有一次，父亲从地里割草回来，神秘地从篮子里的草下掏出来三条鱼，娘忙去关了外门。问爹你怎弄来的鱼？爹说偷的，娘不信。最后爹得意地说，邻村的人偷炸的鱼，看到看鱼的来，藏匿在了豆角秧下，他慌忙离开了。我趁人没注意，就先动手拿回来了。娘忙着弄鱼鳞，我高兴地蹦来蹦去。没一会儿，有人敲门，娘和爹手忙脚乱地放下鱼，若无其事地去开门。进来的人真是看鱼的小青年，小青年说，二爷爷把鱼拿出来吧。爹说什么鱼？爹的脸一红。小青年说我都看到了。说着他去猪圈里看，从地上捡起两片鱼鳞，笑着看着父亲。父亲没办法，不情愿地把鱼拿出来给人家了。全家人空欢喜一阵子，落了个两手腥味。再有一次大概是个秋天，大坝的水快干了，大队里养的鱼在浅水里上下翻腾，很惹人馋。大人去收鱼，我们也去了，听说只要好好干，最后每人都分给鱼。才开始把裤子挽起来，在浅点的地方逮鱼，逮了就交给身边的给队里收鱼的大人。后来越陷越深，裤子、上衣都弄上了泥巴，索性连衣服也不管不顾了，哪里有鱼就跑哪儿去，后来发现有的大孩子逮了大鱼往泥里踹，我们也学着大男孩的样子做，逮到一条大个的鱼，趁人不注意，使劲儿往泥里踩，在上边用水草或别的做个记号。到了天快黑时，弄得满身满脸都是泥，大点的孩子都分了两三条鱼，虽然也有些不太乐意，但总比我们强，我们这些十二三岁的孩子，一条也不给。没办法，去找踩在泥里的鱼，一条也没找到。最后拖着疲惫的身子，挎着空空的篮子，悻悻地回家。

我的小名叫虎，大人们都喊我老虎。比我大的孩子和同学在我身边总爱唱一支歌。那就是东方红，太阳升，中国出了个毛泽东，他为人民谋幸福，呼儿咳哟，他是人民大救星。他们总是把呼儿咳哟这一句重复着唱。呼儿＝虎儿。他们这是借唱歌骂我。那时候我在心里怨父母没文化，给我起了这么个破名字。更可气的是，因为学校很少教歌，有时老师也经常领着学生们唱这首歌，许多同学一边唱歌一边瞧着我坏笑。后来大了，我理解了父母给我起这个名字的用意，我属虎，虎又是兽中之王。父母怕我在世上受欺负。此名寓意深刻。

我有一支笛子，是从集市上买回来的。还有一只口琴，是母亲从娘家带过来的，口琴的外皮都锈了，出声的小方格是木头做的。这两件能发出声的东西，是我儿时的好伙伴。直到现在我也吹不下来一支完整的曲子，我那时把调子很往悲里吹。

三

记得生产队里割苇子的时光。每年的深秋，收完了谷子、豆子和地瓜，种下的小麦刚从地里探出头，早晚的天气已很有些凉意，趁一个好天，队里会宣布明天割苇子。男劳力们会把镰刀磨好，有靴子的穿靴子，没靴子的找一双皮底鞋。第二天，男女老少齐上阵，男人会吸烟的吸烟，不会吸烟的也吸烟，有的妇女也会红着脸来一根。因为是队里买的，整劳力还会额外多得到一包烟，有时是金菊，有时是泉城。早晨下水前，男劳力会每人喝两口白酒，他们在前边割，妇女们在后边捆，然后一个人传给另一个人，一直传到岸边。因为苇坑是连着的，听说别的队割苇子了，另两队会放下别的农活，也来割苇子。有时先下手的会在分界的地方多割一点，晚来的队的队长，会左看右看。气不过会找上门去，和对方的队长理论一番，才开始说话谁也不让谁，很有些火药味，有时双方的壮劳力会围拢上来给自己的队长壮威，每当这时候，总是沾光的一方，做出让步。让自己一方的人给对方拉过几个苇个子去了事。

　　有时割着割着，会发现一窝架在水面上的鸟蛋，有的送到岸上去，留着带回家。有的趁老婆不注意，会转给身边脸蛋好看点的姑娘或媳妇，当一回男子汉。有时发现一只水鸭子，大家齐声去追，有人会绊倒在水里，惹得大家一阵大笑。最兴奋的是吃饭的时候，每人一碗漂着油花的豆腐，有时还有一两块肉，白白的大馒头管够。男人们一边喝酒，一边逗乐。这时女人们吃着馒头，还想着家里的儿女，偷偷把半块馒头用手绢包了藏起来。

　　村北河边有两棵大柿子树，夏天割草，我们总是先去那儿。夏天人乏，坐下就想睡觉，有时就坐在树下睡着了。有时爬到树上去，大家比赛看谁爬得高。有时不小心，会从树上摔下来，总是有惊无险。河边的草长得快，我们天天就在河边转，也总是能应付过去。那时候心想日子过得真慢，盼自己早日长大，去给家里挣十分工。饿了什么都能入口，地埂上的野韭菜，野酸枣，有时到人家菜地里，装作是路过，看四周没人，偷一个茄子或两棵葱，躲到苇坑里或庄稼地里去吃。拾点干柴火，夏天烧麦穗吃，秋天烧豆子、烧玉米棒子吃更是家常便饭。烧时几个人是有明确分工的，有人动手点火，有人放风，若被看庄稼的发现了，拔腿就跑，看庄稼的真发现了，也是虚张声势把人吓唬跑算完，要不是饿，谁会去干那事。大部分时候是不会被发现的，只要火灭了，上空的烟飘走了，就可以踏踏实实坐下来吃了，吃时谁也不会让谁，等吃完了，大家你看看我，我看看你，都是一个形象，满嘴黑。用手背抹一把，黑的地方更扩大了，大家就相互指着对方大笑起来。有爱恶作剧的孩子，在和自己家有过节的人家的菜地里，选一个不大不小的金瓜，用镰刀划一个三角口，把那一块拿下来，蹲那儿向里边拉一些屎，再把那块瓜盖上，做个鬼脸逃跑了。一两天的时间那口子就完全长好了，那瓜会长得特别快。突然有一天，被主人兴高采烈地摘回家去，洗了放在案板上一切，怎么有股臭味，一看满桌稀汤，心里顿时明白了，脸气得变了色，不知去找谁算账。这样的事，又不便去骂街，只能气得自己肚子痛。

十二三岁时，我养的两只兔子，母亲趁我不在家时送了人。我放学回来后，发现兔子没了，大哭大闹。娘说兔子掏洞太厉害，掏到墙下去，下雨了房子塌了怎么办？我天天喂树叶、喂草，好不容易养这么大了，我还指望养小兔卖钱哪。娘越劝我越觉得委屈，躺在地下抱着一块石头打滚，一边哭着一边喊：兔子没有了，我也不活了。我用石头压死自己。

小时最爱干的事，就是跟大人走亲戚。母亲领我去侯庄表姨家去，去了表姨就摘点金瓜花，拌上两个鸡蛋，再加上些面，用油煎了给我吃。最爱跟爹去洪范给姑奶奶过生日，洪范是集市所在地，有时正好赶上集，还能到集上遛一圈，看看那么多陌生的面孔。姑奶奶的生日一年比一年办得隆重，她的儿女多，每年都是办酒席，酒席上有一道菜，叫甜饭。就是蒸过的大米饭，放些糖在上面。有时还有大件，就是鸡和鱼什么的。像走这样的亲戚，在学校里请假也要去的。姑奶奶死时我也去了，我没有上林（埋人的地方），自己跑集上去玩了，回去吃饭也有些心虚，生怕人家主家发现了不高兴。

那时不兴打麻将，扑克倒是有人打。所以要是听赶集的或走亲戚的回来说，今天晚上哪个村有电影，年轻人心就动了，几个人一商量，吃过晚饭相伴着就上路了。有时我们也敢跟着去，向南去过刘庄，向西去过旧县，向东就是北崖，向北去过刘庙、纸坊。去时由于兴奋，不觉累，回来时，有时都把脚磨破了。但一点不敢掉队，人家在头里跑，你咬着牙也得跟上。不然长长的夜路一个人怎么走。有时去时三五个人，回来时可能会有十几个人。那时农村人还没见过电视是什么模样。

过年前假如跟大人去赶集，就盼着遇上大舅和二舅，他们会给买两挂鞭炮。有时还会给买两个包子吃，包子里的馅是猪肉和粉条。那时觉得这包子就是天下最好的食物了，咬一口满嘴流油。那时包子一毛钱一个，一年难得吃上几回。小时想，等大了挣了钱，天天吃包子，喝鸡蛋汤。神仙的日子，也不过如此。

<h2 style="text-align:center">四</h2>

奶奶的床头，有一个陶罐，里边有时放着白糖，有时放着红糖。那时我是个小馋猫，奶奶有时看我可怜巴巴地围着她转，就会端过糖罐，用手抓一些结块的糖蛋放在我手里，我会高兴地跑开，找个角落去解馋。有时趁奶奶不注意，我会去偷抓糖吃，等吃完了，想想总觉得有些不妥，再不紧不慢若无其事地走近陶罐，趁没人注意，端起糖罐摇一摇，轻手轻脚放下，大摇大摆跑去玩了。有时放学早，回到家没人，我就会把门下的闸板拿下来，从下面钻进去。只能待在院子里，进不了屋。没法进屋找干粮吃，急得在院子里转圈。听到鸡叫，精神为之一振，忙从鸡窝里偷一个鸡蛋，放进炒菜的锅里，倒上水，点着火。正煮着，听到开外门声，忙熄了火，把煮得半生不熟的鸡蛋藏起来。装作什么事也没有。等家人进了家，打个照面，上街玩了。到了街上，四下看着，没有人，掏出鸡蛋，剥了皮，管它熟不熟，狼吞虎咽吃了。小时有时打嗝，接连不断，特难受。大人忽然会来一句：你又偷吃鸡蛋了吧？自己赶紧辩解：我没吃，绝对没吃。你诬赖好人。不可能没吃，你没吃鸡蛋怎么少了两个？你别装了，你没偷吃，脸红什么？自己真没吃鸡蛋，大人一口咬定你吃了。觉得特别委屈，不知不觉会抹起眼泪来，而且越哭越委屈。大人也不劝你，等你哭得没劲了。大人会突然变了腔调，你说没吃就没吃，也许今天鸡就没下蛋，我们冤枉你了。大人相视一笑，你会突然发现，自己正打着的嗝，不知什么时候停了。

大姐也是在我们村上的学，那时叫高小。从刘河往南都到此上学，是个重点学校。连丁泉的姥姥娘家的表舅都是在这儿上的学，我和他儿子是高中时的同学，这是后话。姐姐是腰鼓队的，后来毕业后到生产队里劳动挣七分工，后去山西面的斑鸠店学缝纫，每星期回来拿一次干粮，和村里的几个姑娘一起去一起回，单程二十五里路，还要翻一座山。看到大姐每星期拿回的硬纸本上一个个红色的对钩，就知道姐姐学得不错。姑娘大了嫁人，会缝纫一是可以当作学会了一门手艺，二是可以很自然地向对方提出买下一台缝纫机。那时刚时兴那机器，就是过了门，娘家人的衣服也可以拿过去做。条件好的会买一台作陪嫁，送给女儿，那得是有相当好家境的。二十世纪七十年代初，三叔从东北回来看奶奶，爹和娘不知商量了多少次，狠狠心决定让姐姐跟三叔去东北找个好饭碗。一点点把女儿养到这么大，还没见尽一天孝心，一下子女儿去了千里之外，想的时候想见一面也见不到。父母心里得有多难受啊。

二姐没上几年学，就回家挣工分了。二姐特能干，除一年四季参加生产队里的劳动外，放工后去割草，拾柴火。记得春天家里没柴烧了，到地里也捡不来柴，没办法只能捡回干牛粪晒干了拉着风箱当柴烧。有一年过年前，二姐和几个伙伴去赶集，去时父母给她装了些粮食背上，让她卖了好过年用。回到家她心虚地小声对娘说：人家都买了花布做个上衣，我也买了一块布。你把卖粮食的钱买了布，全家还指望用什么过年？二姐得到抱怨，想想自己天天一身汗一身泥劳动一年，过年了连件新衣服都不给买，委屈地哭了。她一边哭一边说，你们别抱怨我了，我去问问看别人要不要，卖给别人。二姐很少赶集，而她每次赶集回来，总会从兜里掏出用手绢包着的两个包子，一个给我，一个给弟弟。有时我会把咬了一半的包子递给姐姐，说姐姐你吃一口，姐姐会说我在集上吃了，你吃吧，好兄弟。

我记事起，母亲就身体不太好。她有坐骨神经痛的毛病，白天咬着牙做家务，晚上有时痛得睡不着，很多时候我是在她痛苦的呻吟声中进入梦乡的。每每这个时候，父亲总是唉声叹气，有时娘真坚持不下去了，第二天爹出去借点钱，把娘放在借来的地排车上，拉着去刘河找舅舅，有时大舅去，有时二舅去。他们经常出门，会说话。他们带娘去济南、泰安看病，回来时带些煎着吃的中药。吃一疗程的中药，娘的病情或许会减轻些。后来大姐从东北给捎过几次虎骨酒，母亲喝了觉得会好些日子，好点了就坚持下地挣工分。

小时玩得比较好的伙伴，我们春、夏天割草，秋、冬天拾柴火总会找在一起。玩游戏也经常是这些人在一块，晚上捉迷藏，白天下一种每人九块石头的石子棋。这种棋的玩法是：每人选一种区别于另一方的石头，在平整的地上画一个棋图，每人手里各有九枚棋子，棋图就是画三个方框套在一起，每个方框的每个边的中间用直线连起来。开始下棋，你下一个棋子我下一个，不让对方组成三个石子的一条线上，等摆完了所有的棋子，开始走棋，一人一步，谁先走成三个子一条线，就吃掉对方一个棋子。一直互相吃得有一方还只剩两个子，剩两个子的一方就主动举手投降了。

地堰上的草品种很多，叫得上名字的有：荠荠菜、咕咕苗、抓地秧、节节草、苦苦菜、喇叭花、甜根草、野苇子等，有时草间开满了或紫或红或白的小花，上面飞舞着几只黑黄两色的小蜜蜂。有时偶尔会从地堰的石缝里窜出一条小蛇来，我们先是惊叫，把同伴引过来，或用镰刀或用石块把蛇弄死，扔到地里的枯井里去。有时渴得不行，就到苇坑里割几根长苇子，在下端苇节上挖两个小孔，一根不够长，再接上一根，放进地里的水井里去打水喝，井里的水很凉，虽然水量小，但多打几个来回就有了，那水喝起来真叫过瘾。用苇子打水喝，最主要的是注意安全，有时不小心会把兜里的小玩具掉下去。那时总会吓得心惊肉跳的，万一人掉下去小命就没有了，在这荒坡野地里小伙伴谁也救不了你。

春天粮食不够吃，人们就摘榆钱、家槐叶、洋槐花和面拌在一起蒸菜团子吃。山里人好面子，来了客人打肿脸充胖子，先是借一碗面，烙几张饼，再是看看鸡蛋筐子，再出去一趟借几个鸡蛋。有的过了年待客，炒一盘粉皮充一盘菜，等客人走了把粉皮洗洗放起来，来了客人又当一个菜。你问为什么没人吃？主人做菜时就根本没想让人吃，他没有把粉皮弄开。还有一种最常听到的说法：说有一家买了一两香油，每每孩子哭闹时，就给倒点水，放上点香油让孩子喝水。一年下来，一看香油瓶子，里边的香油足有一两半。

五

小时候父亲拿回两本小书，上面不但有文字，还有图画，那是防空知识。里边说，遇到飞机低空飞行，一定要赶紧趴下，有条件时，趴在锹把或别的工具木头把上，不要乱跑乱动。那时总想，飞机可千万别来，来了一放毒气弹，人就都没命了。每当听到飞机声，我们就赶紧跑到桥下去，心里慌慌的。有时飞机声过去好久了，才敢出来。心里骂道：这狗日的飞机，吓死我们了。那时想，我不能死，这世界上还有好多好东西我没吃过，山外的世界还没见过是什么样。

公路也是土路，割草时看到赶集的回来，手里的家什里放着点青菜，间或有带一个半个西瓜的，这家肯定有混外的（指有在外边上班的）。那时篮子里的草总是割不满，有时怕回家挨训，就在下面用棍把草支起来。村北一里多路的地方是国营林场，林场很大，东边和南边是石头墙，北边和西边靠着侯庄的大坝，只用树枝和铁丝网围起来。里边大部分是苹果树，靠西边还有梨树和桃树。有大点的孩子进去偷梨和桃吃，我们只有眼馋的份儿。试过多少次，走到跟前就不敢进了。那时就盼着早日长大，长大了就可以有胆量进去摘梨和桃吃了。我们村的大坝后也有苇坑，芦苇里有灰灰菜之类的草，但坝后不通风，去里边割草总会出一身臭汗。

　　有时碰上星期天是集，农活又不是太忙的时候，跟大人去一次集市。当然是走着去，我们村到洪范有六里路，去时几乎一路下坡。我们那边的村子很密，几乎是一里路一个村子。集上有牲口市、粮食市，剩下就是卖菜的，卖土特产的。卖菜的大部分是刘河的、东西池的、书院和张海的。因为人家那儿有水地。所以这几个村的小伙子就好找媳妇。洪范是公社所在地，公社大院里有一个水池，一年四季水长流，不论天有多旱，水位一点也不下降。水从前边的龙嘴旦流出，绕水池一圈流出去，流到河里去了。水池的四周是一圈石狮子，从左、右、后三边的台阶上都能上去。里边的底部和深水里长满了绿苔。水里有不少鱼，小的有麦穗那么大，大的有七八斤。有一般鱼，还有红鱼。底部银光闪闪，那是好奇的人们扔下去的硬币。你把硬币扔下去，它不是很快沉底，而是慢悠悠地飘着下去。说是这里边的鱼不能吃，这是神鱼。说水池下面有个大泉眼，叫神仙用一口大锅扣住了。如把锅掀了，油篓寨上挂杂菜（一种水生植物的叫法）。这个水池有好几百年的历史了。东池、西池的人都来担水吃，太阳落山后，走在挑水的人流中，脸上露出的笑容是发自内心的，偶尔和认识的路人打声招呼。南来北往的路人投来的目光中满含羡慕。

　　洪范向东没一里路，东山根下就是书院。这是个山清水秀的小村子，有一个很大的水池在村子的正中，水从水池流向四面八方，水清澈见底，没一点杂质。这里的人家几乎没有一家有水桶，家里的锅烧热了，再出来端水都晚不了。传说这儿原是秀才读书的地方，风水极好。洪范向北再走五六里路，就是于林。于林因明代诗人于慎行的墓在此而得名。路的东边是村庄，路西后边是粮库，前边是供销社所在地，供销社的院子很大，里边是一片在北方很少见的白皮松，粗的有一搂多粗，树都很高，下边全是阴凉。门口有十几尊倒在地上的石狮、石马、石麒麟。听说是"文化大革命"时被济南来的大学生破四旧给砸了。院落的西边就是于慎行的坟，坟埋得像座小山，听说有盗墓者曾从里边盗出过碗、碟等。坟西边的河水是从洪范流下来的，向北就流向了浪溪河，东阿人捡了个大便宜，用此河的水炼出了举世闻名的"福字"牌阿胶。

洪范境内，书院的山东边还有股泉水在丁泉，丁泉村比书院的地势要高许多，村中也是有一古老的水池，冬暖夏凉的泉水从水池中流出来，水池的下面一年四季坐满了洗衣服的大姑娘、小媳妇。比起上下左右村庄缺水吃的老乡，他们的穿着看上去总觉得要干净些。夏天若连着下几天大雨，泉水就会格外旺盛，池中的水位也会上涨许多。东峪南崖有个虎泉沟，平日里流出的水很小，若碰上连阴天，下上几天大雨，水就会从山洞里咆哮而出，从村人早就修好的盘山渠中奔向石碑楼，从半山腰一跃而下，形成山里人很少见到的瀑布，甚是壮观。附近的村人趁雨后下不了地，看那汹涌的山泉水白白流掉实在可惜，就争先恐后地背衣服赶来抢占有利地形，一边洗衣服一边亲热地拉拉家常。有心的妇人在河边看上邻村的哪个姑娘，回来就会托熟悉的村人去给自己家的儿子提亲。

小学五年级时，村子里死了个大姑娘，上吊死的。我们白天不敢去看，但上学时还是看到了送葬队伍，晚上下自习后回家就很是害怕，越是心里劝自己别想越是想。不几日，村里又死了一个老人。我没事时就老是想，人为什么会死？人死了再也不能复活，别人在这个世界上或快乐或苦恼地生活，你却什么也不知道了。原先还能埋尸，现在连尸体也不让埋了。一火化那么大一个人就成了一把骨灰。那时我就怕死，有一天上课，老师让朗读课文，我的思想又走了神，就又想到了人会死，你死掉了，世界照旧存在，活在世上的人照旧快快乐乐地活着。你死了也许你的亲人会记得你，别人很快就会忘了你。你的亲人一辈、两辈会记得你，三辈之后的亲人也不会记得你了。从此你就会永远从这个世界上消失了，再也不会有人会提起你。越想越害怕，越想越难过。后来老师让大家停止了朗读课文，全教室只剩下了我一个人的哭声。老师关心地问我怎么了，我摇摇头不知怎么回答。后来知道了雷锋、刘胡兰、董存瑞，我发誓长大了要做个他们似的英雄人物，再后来我知道了文字可以流芳百世，所以我下决心大了一定著书立说。这就是我最早的文学情节。

六

小学时我应该算是个好学生，当过小组长、劳动委员、卫生委员，还当过很短时间的学习委员。初一还是在我们村中学上的，初二就和闫庄中学合并了。闫庄中学是个中心校，五六个村的学生都来此上学。大部分时候上学是走近道，从沟里走。若下大雨了，沟里不好走或不能走，我们就走大路。学校盖房子，为了省钱，让我们去山上拉石头。摇辘轳浇菜地，菜是住校的老师吃。有时结伴去机井里洗澡，有时去老乡的菜地里去偷茄子和大葱吃。那时有男孩子开始对脸蛋好看点的女孩子有好感，但绝不敢亲近，而且表面上要装出讨厌的样子。不然别人会说你骚，一旦别人给你传出去了，你会很久抬不起头来，像做下了很丢人的事。我也开始要好，再不叫爹给剃头，狠狠心买了一把理发的推子，为了延长使用寿命，怕别人来借了去用，所以从不找人理发。老爹又不会用手推子，我就自力更生，拿一个镜子挂在后院子里的树上，照着镜子自己给自己理发。有时理得自我感觉良好，有时理得别人说像狗啃的。

闫庄真出奇，一年两个集。就是说的我上学的这个村庄。小时记事起，就来赶过这个集。买卖东西的很少，来赶集的也都是邻近几个村的人。这两个集安排在年前的日子里，村里的决策者也曾想过把集起起来，曾请来外地的马戏团和业余剧团连演十天，但这集市就是起不来。在这上学，信息就灵通了些，附近哪村有电影，很少有提前不知道的时候。有时碰上同学，还能给搬个座。有时星期天去割草，也能碰上同学。村西有一个圆形物体，后来慢慢塌掉了。附近扔着不少青色的砖头，听说那是过去日本鬼子的炮楼。在村北十三亩地的北头割草时，还从土里挖出过人的骷髅头和许多白骨。不知是哪个时代的战争留下来的。

家中院子里的南西屋和北西屋分别是三爷爷和四爷爷家的，西堂屋的一间也是四爷爷家的。我们只是暂时使用，人家什么时候回来，就什么时候给人家。所以房子漏了，也不敢大修。因为房子不是你自己的，你欠债修了，人家回来卖房了，价钱肯定高，你买不买？所以后来等他们的儿女回来出了价，买下了房子，才敢修。听说三爷爷去了新疆，所以他的子女也在新疆。四爷爷在东北去世，所以他的子女都在东北。我和三爷爷和四爷爷的孙子辈都是一个老爷爷，但我没见过他们两家的任何人，今后一辈子或许也不可能相见。一个家族的人各奔东西，血管里流的血相同，但相见也不可能相识。或许某一天，在某个地方，和你擦肩而过的陌生人就是你同根同族的兄弟姐妹。那时他们有家人回来卖房子，证明他们的家境也不会太好，现在不知有混好的没有？我今后的日子再艰难，也不会去找寻他们。他们也不会来找寻我们。但比如有一日我要做了大官呢，省长或中央委员以上的官，某日有人求见，一聊竟真是一个族根的家人。这只是假如，不可当真。

我们家有一份家谱，破四旧时被大队的人收去烧了。当时本家的一位说：拿你们家的交了吧，保留下我家这一份，你们想要，可以再做一份。父亲老实，真的就把自己家的那份交了。懂事后有一次过了年我去邻居家去玩，在他家所供奉的家谱中我发现了父亲的名字。后来我想我们家要有一份家谱多好，年后把家谱挂起来，摆上供品，纪念一下祖先。父亲不识字，这么些年再没求人抄一份家谱回来。现在那家人老家一个人也没有了，不知家谱遗失到何处去了。小时听大人说，我们老家是山西洪洞大槐树村人，先辈逃荒来的山东。

村人的四季是这样度过的。年后土地渐渐解冻，开始扒地垄，整炕地瓜芽子，地瓜芽子要用塑料薄膜照上，早晚用水泼。等芽子长好了，就开始栽地瓜，男人拉水，女人或半大劳力放水，男人刨坑，女人按芽子。干活以生产队为单位，男女老少齐上阵，你追我赶，车水马龙的阵势。栽完地瓜就盼着下雨，如连着下上几场雨，几天工夫，地里就变绿了。然后给小麦施肥，浇水，除草。有时也点种些春玉米。凭工分分粮食，你不去参加劳动，怎么养活一家老小？夏天是从端午割小麦开始的，天一天比一天热，夏天雨水又多，所以收小麦，一定要抢时间，抢收抢打。若小麦割倒了遇上连阴雨，麦子长了芽，交公粮不收，自己吃不好吃。全队人都会唉声叹气。夏天缺烧的，队里头里割过麦子，放了工就赶紧刨麦子根，有时上午刨的麦根，晚上就得烧。收完小麦，开始点种秋玉米。然后给地瓜除草，给玉米地松土。晚上村里的机井边是男人的天下，男人们脱光了下到水里，你一言我一语地开着玩笑，泡够了互相搓搓背，坐下来点上一支烟，聊得眼皮打架时才起身回家。

农历的八月十五是中秋节，出嫁的姑娘会回来送月饼，而给男孩订婚的人家要买肉、买酒、买布或衣服去给女方送彩礼。女方家有讲究的，也会兴师动众，菜做得越多越好，有的还要请来厨师做成酒席，一个家族的长辈都会请来陪酒。新女婿有媒人陪着来的还好，若单枪匹马来的，女方家的族人再有爱喝酒的，新姑爷会被灌得回不了家。说有一位去未婚妻家送彩礼，被灌醉了。送他走时走到大门口就全吐了，吐完他还不忘幽一默：我吃的你们家的东西全放这儿了，一点儿也没带走。你想这婚事还能成？按现在的说法，都是白酒惹的祸。

秋天是收获的季节，但农村穷，有的人家吃的粮食快接不上趟了。下地回来或割草回来会偷两个玉米或两块地瓜。若被大队干部或看庄稼的翻出来，你就倒大霉了。没收你篮子那是小事，大队里一广播，罚你五十斤粮食不说，你在村里怎么抬头做人？有的人被抓住了，会给抓人的人下跪，哭着求情。有同情心的，看被抓人的可怜样，手一摆让你走吧。那人会千恩万谢着逃命似地走开，走出老远了还会回头看看，生怕那人变卦后再追上来。

有时上山割草会发现几只山鸡在你身边走来走去。你去追它，它会不慌不忙地跑，但你总会是追不上它的。有时会在它跑到周围的某块石板底下，发现一窝山鸡蛋，回家时拿回来，给孩子煮煮吃。说是不让女孩子吃，女孩子吃了脸上会长黑点子。

割谷子、收玉米、刨地瓜。秋天的日子总觉得过得很慢。上学倒真的成了享受，虽然教室里也热，但总比太阳下面好受多了。那时有个男老师会拉二胡，上音乐课时他会拉上两段，我总是佩服得不行，心想这么简单的两根弦能拉出这么美妙的音乐，这老师真是了不起，手指放在不同的地方二胡会发出不同的声音，我要是能学会拉二胡多好，寂寞了就独自拉一段，解解忧愁。

冬天来临的时候，地里已是万物萧条。早晨上学的路上一不小心鞋子会被露水打湿，身上的衣服在母亲的呵斥下已增加了好几件。太阳懒懒地挂在天上，有气无力的样子。偶有一群南归的大雁从头上飞过，它们排成人字形，嘴里相互鼓着劲，携手前行。过年前后，早晨起来，突然发现下雪了，大地银装素裹，一片洁白。虽然天有些冷，但人的心情却出奇得好。大人会说：瑞雪兆丰年，明年一定是个好收成。上房扫雪便成了加深邻里关系的纽带，谁起得早就先上房顶，扫完自家的，把相邻的邻居家的房顶也扫一些，等邻居上来，说两句感谢的话，即使过去两家有些不快，随着这场雪也一起融化了。这是大人一年里最清闲的日子，可以上街晒暖聊天。因为怕冷，上学的路上我们会跑起来。教室里没有取暖设备，上完一节课，脚都是麻木的。下课了除了上厕所，就站在教室里跺跺脚。雪后的天气会一天比一天冷，风刮在脸上像刀割一样，农村的孩子不冻脸冻手的很少。

七

后来国营林场有了奶牛场，一分钱一斤买青草。我们割了草很少交队里去了，背到林场去卖钱。青草分量轻，有时一大篮子草才卖一毛多钱。夏天雨后草长得快，所以我们挑着两个篮子去割草。早饭前割的放在家里，留着交给队里。早饭后出来，割到下午两三点才挑着去卖草。四面村庄的人都向这送草，所以大部分时候要排队，有时队伍排得很长很长。过秤的是个长得特别秀气的小姑娘，戴着眼镜，看上去就肯定不是农村姑娘。没人称草的时候我们到奶牛场转过，看到工人用两腿夹着红塑料桶，一只手一个奶头在挤牛奶，那牛奶又白又细，一股股射进桶里。听说这牛奶加上白糖再熬后就能喝了。熬好后运到平阴，或运到平阴去熬。卖给城里人喝。最多时割的草能卖五毛多钱，那是我们最快乐的时候。有一次一整天在一起割草的伙伴卖完草出来时说：你领错钱了，五毛三是我的，四毛七是你的。我说不可能。他说你就是领错了，人家念我的名字你去领的，念你的名字我去领的。我说你肯定听错了，我绝对没领错。他生气就不和我一块走了。后来割草很长一段时间，他不叫我，我也不叫他。我初中毕业时他该上初三。暑假里有一天他突然来我家，说借我初三的书看，我以为这是我们和好的大好机会，忙翻箱倒柜把书给他找齐。后来我升上高中，用初三的书，星期天回来上他家给他要时，他说找不到了。幸好村里有不少初中同学没考上高中，我从别人那儿借到了书。为了六分钱我们成了仇人。

我老家有一盘石磨，每到秋天不太忙了，就做些煎饼吃。春节前也要做煎饼，有时用生产队里的驴（队里排号），有时就人工推磨。用驴时要用布给它蒙上眼睛，它就会不知疲倦地走下去。人站在一边，只管转几圈向磨眼里添一勺粮食，那粮食有地瓜干、玉米，过得好的还会放上些小麦，头一天用水泡上，所以从石磨下流出的是一种面糊。人工推时全家会换着干，一上来我总是推得飞快，不大一会儿就推不动了。有时就两个人一起推，那时总觉得磨道没有尽头。摊煎饼的鏊子用四块石头支起来，下面烧柴火，用勺子把面糊倒在上面，用竹板做的拐子把面糊推平，片刻工夫就熟了。一次要做好多，够吃很长一段时间的。最后没多少糊子了，有时就做厚一点，上面撒上点芝麻，那样会很好吃。

小时村里还有两盘石碾，一盘在后沟里我家的房子西头，是在一个土洞里；一盘在村东大崖子南边的平房里。过去没钢磨（磨面机）前村人就是用这种方法把粮食磨成面的。石碾就是把一个石磙子放在磨盘上，把石磙子两边的眼用木框固定住，连接在磨盘中心的轴心上。推一会儿就把碾过的粮食用箩筛一遍，把细的露在下面，粗的再倒回磨盘上。磨一二十斤面要用一上午的时间。村人的许多日子就是在这种不紧不慢的生活中打发掉的。

记得小时候，冬天的夜晚，奶奶和母亲都要纺棉花到很晚才睡觉。春天浆线要打面糊，有时趁大人看不见，偷面糊吃。因为那毕竟是白面做的。家里有一台老织布机，母亲坐在上面，织布的动作很熟练。梭子扔过来扔过去，既快又准，很少有失手的时候。那时家里没有电灯，煤油灯的火苗很小，母亲说织布有一点光亮就行，火苗大了浪费油。

从家出来，向后走有一百米，就是我家的后小园子。两扇破门用一把老式的蛤蟆锁锁着。里边的两间南屋屋顶全都塌了，中间有一个大粪坑。院子里长满了树，有洋槐、家槐、榆树，院子边上有很多酸枣树。七月开始就可以去摘酸枣吃，一直可以摘到深秋。近的摘不到了，就找个木杆子打，然后去沟里去捡。枣核可以卖钱，所以有时父亲或二姐去打，我就跑到下面去捡。但一次总会打不干净的。有时雨后院子里也会长不少草，哪次起床晚了，怕父亲回来训，就偷偷拿了钥匙，去后院子里把草割了，回家充样子。

八

挑水也是要学的，开始用的水桶小一点，用井绳把桶放到水井里去，灌满水提上来。心里总是慌慌的，一是怕自己不小心掉进井里；二是怕把水桶掉进井里。站在井边往下看真是害怕，井口离水面有六七米深，水下有多深就不知道了。反正水深比井口离水面的距离还要深。灌水最需要技巧，先在水面上摇摆水桶，左摇右摇，把水桶的一边顺势砍进水里，水桶里的水就满了。越是怕水桶掉进水里，越可能真就把水桶掉进水井里了。若真掉进去了，就去村里有铁钩子的人家借铁钩子，有时两三下就捞上来了，有时好几天也可能捞不上来，有时觉得铁钩子挂住了，一拉拉不动，很可能是挂住了井底下的树根，有时捞上来了，一看不是自家的水桶，倒是村里人捞了好久没捞上来的水桶。扔下铁钩子捞到水桶向上拉绳的感觉真好，手里感觉得到重量，心跳加速。就像铁钩上是一条大鱼，既有成就感，又怕鱼在绳子提升的过程中跑了。水桶捞上来，要把水桶里的水再倒回井里，说是今后水桶再掉下去好捞。

后沟里的崖子头上，是人们经常歇息聊天的地方。小脚的女人上南崖子很费劲，不但要扶墙，走到一半还要歇一歇。不是上崖子，有时就是在爬崖子。就是年轻人担着东西也得侧着身子上。小时我想等我长大了当了队长，一定要修一座桥。

夏天，天热的人们全跑街上乘凉去了，我自己趴在煤油灯下，一边接受蚊子的亲吻一边写稿子，记得我写的头两篇稿子，一篇叫《同工不同酬，干活没劲头》，一篇叫《男女一起劳动为什么干劲高？》。第一篇说的是干一样的农活，为什么青壮年妇女只给七分工？讲的是男女不平等的事。第二篇的内容是：男人们在一起干活没劲头，女人们在一起干活也没劲头，只要男女在一起，大家干的都有劲头。虽然打打闹闹，但绝对出活，你说为什么？我把稿子寄给了山东人民广播电台、平阴县广播站。但盼了许久也没盼来音讯。后来我有些失望，广播电台、广播站这样的好稿子不用，你们用什么？光用后门稿子？

一个雨天，正好是星期日。我一个人待在西屋里觉得很无聊，外边的雨一直下个不停。心里觉得很压抑，忽然就想到唱歌。我学着文艺演出时的样子，先来了一个开场白：我们的文学艺术，是为人民大众的。首先是为工农兵的，为工农兵而创作，为工农兵而利用的。下面请王培静同志演唱一首《三大纪律，八项注意》。一字一句认真唱完了。然后再报幕再接着唱。唱《国际歌》《我爱北京天安门》《大海航行靠舵手》《我们是工农子弟兵》等，记得还有一首开头是：天上布满星，月亮亮晶晶，生产队里开大会，诉苦把冤申。万恶的旧社会，穷人的血泪恨……调子特别悲，唱出来简直像哭。我十三四岁开的第一场音乐会，没有乐队，没有听众，更没有掌声。

爹的至理名言是：力气是井田水，使了还有。意思是干什么活，都不要吝啬力气。年轻时父亲去南边的花篮店或西边的班店赶集卖东西或买东西，五十里路一个上午打个来回，从不肯在集市上买一口东西吃，晚不了下午去生产队里干活。父亲个子不是太高，但总是风风火火的样子，好像他那不高的身体里储满了永远使不完的力气。父亲老实，有时受欺负，在生产队当队长时，秋天去收高粱。他嫌有的社员留的高粱根高，没指名道姓带口语点了一下，两个二愣子不愿意了，他们说父亲骂人，要揍父亲。后来鼓动社员全不给队里干活了。都去山坡上给自己薅草，收工时都用队里的带高粱穗的高粱秆捆草。父亲一个人生着气干了一下午，收工时两个妇女看不过去，帮父亲剪了下高粱穗，父亲挑着两大捆几乎挑不动的高粱穗回到队里的场上时，他在那儿坐了很久很久。

村里有个林业队，林业队在林场东边有个苹果园。四周种了很密的洋槐围了起来，我们割草时有时转到那儿去，站在外边，望着里边果树上的苹果眼馋。有时观察许久，找个豁口钻进去，摘几个苹果出来，放在草篮子里用草盖了，心里慌慌地逃得远远的。然后坐下来，用镰刀把还带有农药的皮削掉，美滋滋地享用。虽然苹果还有点涩、有点酸，但总算解了一回馋。有时在地瓜地里的秧子下面或玉米地里会发现一棵甜瓜秧，上面长的甜瓜已有半个拳头那么大。就用镰刀在甜瓜下挖个坑，把甜瓜向下埋一下，或扯点秧子弄点草把那儿盖了又盖，然后离开那儿。待不了两天就憋不住再去看看，一看瓜虽然还没熟，但好像长大了一些。待几天估摸着瓜应该熟了，怀着兴奋的心情去看，心中想着千万别叫别人发现后给吃了。走到一找果然找不到了，心中就会失落好一阵子。后悔不如上次看时吃了它。

九

假期里邻居家的亲戚死了人，我被叫去抬盒子。就是农村摆的供，里边是一块肉，一只鸡。还有几刀草纸。中午吃饭时，上了一盘鸡肉，也许我的动作慢了点，等我伸筷子去夹时，盘里只剩下了两个鸡爪，一个鸡头。我犹豫了一下，夹了那个鸡头，坐在一个桌上的阴阳人说：你不能吃鸡头，这桌上谁的年龄最大谁吃鸡头，你这孩子不懂事。我把夹起来的鸡头又放了回去，脸上火辣辣地低下了头。从此我恨透了阴阳人。

“文化大革命”的后期，张海和纸坊来过上山下乡的知青，有男有女。出门路过那两个村的时候，看到过他们的身影。那两个村有水浇地，是全乡收成最好的两个村，他们住集体宿舍，村里还派人给他们做饭。农村人善良，干活也只是让他们干些轻活。他们和农村人没有多少不一样，只是穿得干净点，脸白一点。女孩也扎辫子，也去河边洗衣服。看她们说笑打闹的样子，活得还挺快乐。

农业学大寨时期，寒假去纸坊出工。挖土方，先把地里的好土折到一边，然后把下边的土刨松，用地排车运到低处的沟里去。才开始召开动员誓师大会，然后公社给每村划片。每村都在自己分得的土地上插几面红旗。寒冬腊月里，地下冻得很厉害，用镢头一刨一个白点。上点岁数的刨土，装土，年轻的男女青年拉车推车。天下起了小雨小雪也不收工。刚开始可能觉得有点冷，干起活来就出汗了。一休息身上就又觉得凉了。女青年穿的五彩缤纷，和工地上的红旗相辉映，更是一道独特的风景。

家乡的天总是那么高那么蓝，夏天的太阳晒得地里几乎冒火苗子，我们爱站在路边闻汽车过后留在空气中的汽油味。好像那味道能使我们的想象跟着那汽车走出山里。总是盼望有一块云彩在天空停下来，把我们罩在下面。也有那样的景观，天要下雨，我们跑着找地方避雨，可被雨淋了也没找到避雨的地方。回头一看，刚才跑过的地方，却还出着太阳。冬天也要出去拾柴火，我们在结冰的河面上推着篮子走，有时就放下篮子滑一会儿冰。地里没什么柴火，只能拿板镢子到河边和地堰上砍野树根。有时兜内偷装一盒火柴，冻得不行的时候，点一些草叶、树叶烤烤手。

在山东的南部山区里，有许多绿树环抱的小山村，我的家乡王山头就是其中的一个。那里留有我孩童时的欢乐，少年时的幻想，歪歪斜斜的足迹。那里的山山水水、一草一木，无数次地出现在我的梦里。

十

我们村到闫庄上初中的同班同学共有三十多个，春节过后天有些暖意了，早晨上学的路上我们就会到村南谁家的菜园里，薅一把刚出苗的韭菜塞进嘴里解解馋，看男同学去薅，女同学也去薅，女同学薅了不像男同学一下子狼吞虎咽吃完，而是装进兜里，慢慢地品味，能吃一路。

后来我们那一级上初中的只有九个人考上了乡里的高中，我是其中之一，收到高中录取通知书，我高兴的心情简直无法用语言来描述，我还能继续读书，要是考不上，只能回生产队里干农活了。我们乡的中学在县里排第十，所以就叫平阴十中，那是一九七八年，是恢复高考后的第二年，刚上高中，什么都觉得新鲜，特别是这个新集体，几乎全公社每个村的人都有。我被选为生活委员，每天上夜自习时负责收粥票，每天早晚两顿粥，一个人要交四两粥票。粥票是自己从家背来玉米面交到学校后勤换来的，有时有的小组长不在，个人就把粥票交到我的手上来。总有不自觉的不交票，所以每天去后勤上交票前，我有权站起来说两句话：谁还没交粥票赶紧交上来，我该去后勤交票了。没交票的人就会红着脸像刚想起来似的，把粥票给我递过来。除了不住校的学生，三十几个人都在学校吃。担粥是各小组轮流来，分粥是各小组组长的事，如组长不在，就由我来分。因为学校有菜地，夏天时，一两个星期食堂会免费供应一次炒菜，有时是炒的水萝卜，有时是烧茄子，担回半桶菜来，大家的眼中都会放光，学校食堂的菜总比在家里吃的菜好吃，大家把碗放在讲台上，全部目光都聚在了我手中的勺子上，分菜的光荣任务全是我生活委员一个人独享。

我们上高一时住的宿舍是大通铺，自由结合两个人睡通腿儿，一个人的被子盖，一个人的被子铺在身下。由于宿舍离厕所远，所以每个宿舍都有两个大尿罐，晚上起夜，谁也不开灯，所以放尿罐的地方总是湿的，虽然有值日的每天把尿倒了，但是宿舍里成天弥漫着一股臊味，有睡在离尿罐近的人就骂，谁再晚上向外尿尿，烂你的××，要不你换这儿来睡，看受得了受不了。

和我睡通腿儿的是丁泉的李道平，后来才知道，我们两家是亲戚，他爷爷是我母亲的姥娘家亲舅，我们是表兄弟。他父亲小时在我们村上的完小，经常到我们家去。由于知道了有这层关系，所以我们在一起彼此都很客气。升高二后，我们搬到了有木床的屋里睡，我们睡在上面，还是睡在一起。有时晚上饿了，就钻到学校的菜地里，偷两个小茄子，拔两棵葱，跑回宿舍里吃。

星期五下午回家时，只拿着两个空干粮袋子，大家说笑打闹着向家走。我们村到公社中学是七里路，最远的向南是刘庄，有十多里路，向东最远的是大寨，可能有二十里路。那时农村很少有自行车，全学校骑车上学的人也屈指可数，都是家里有在外边当工人的或家里有人当官的。回到家娘会给做一顿面条吃，一个星期不在家，就像离开家几年似的，连房顶上都要爬上去看看。大部分时候我和连常一起回一起走，星期六要去割草或拾柴。星期天下午背着一大袋子干粮回学校，大部分时候拿的是玉米面窝头或地瓜面饼子，有时干粮里放上一点白面，那干粮吃起来就觉得格外地香。有些人还拿不少生地瓜，到学校蒸熟了当干粮吃。有时夏天我们故意走得晚一些，在林场东面偷钻玉米地里到一队的苹果园里偷几个苹果。家里穷，很少有人家给小孩买苹果吃。回到学校，学生们把第二天早饭要吃的干粮送到食堂门口的蒸笼上去，每人的干粮都装在自己的网兜里，有玉米面窝头、地瓜面饼子，还有拿白面馒头的，甚至有拿包子来的。有那胆子大点的捣蛋鬼，等天黑下来后，装作若无其事的样子转到食堂前，左右看看没人注意自己，解开人家装有白面馒头或包子的网兜，拿出一两个来，迅速离开那儿，躲到个暗地方去吃。第二天一开饭，总是有喊丢干粮的，没办法，丢干粮的只能骂骂咧咧回去吃凉干粮。时间长了，家境好的，向学校里交些小麦，馋了或干粮不够吃了，就去拿票买学校蒸的新馒头吃，那馒头又白又暄，甚是诱人。

每个星期从家里拿一罐子咸菜，那是一个星期的力量源泉。拿的咸菜不外乎自己家里腌的胡萝卜、水萝卜或韭菜花，后来不知谁发明的，用油爆炒些颗粒盐，再加上一点葱花，每天中午喝水时放碗里一点，看到碗里漂满着的油花，立即食欲大增。有同学关系好的，每到吃饭时大家就凑在一起，你吃我的干粮，我吃你的咸菜，既换了口味还增加了感情。吃完饭出去转，也是合得来的在一起。有时中午饭后去公社驻地洪范池上转，有时去于林转上一圈。经常听说有大胆的学生，去饭店偷烧饼吃，去公社偷食堂腌的咸菜，去于林收购站上，一两个人挡住工作人员的视线，剩下的几个人就偷着向兜里装药材。待一会儿出来，把药材放一块，去一个人到偷药材的地方再把药材卖掉，几个人去买包子吃。有时被发现了，赶紧跑进路边的庄稼地里，曲线逃回学校。有时去池上玩，要是赶上集，会碰上村里的熟人，村人总会问一句：给家里捎信吗？

听说过这样的事情，有人给住校的老师送的肉长了绿毛，老师不敢吃，埋在校南的苹果地里，有东池的村人发现了，扒出来拿回家，吃了居然一点事也没有。

有一天学校出了事，夜里有两个男人从窗户爬进了女生宿舍，他们有一个人钻进一个女生的被窝，被发现后女生一喊救命，他们一人抱了一床被子跳窗户跑了。半夜里全校的男老师和男生起来去追，连个人影也没追上。后来学校要求女生，夏天，天再热晚上也得关上窗户睡觉，晚上女生更不容许出校门。

没待多久，卫生院又出了事。夜里凌晨四点多，一个男人慌慌张张地跑到医院，说他就是前面村里的，他老婆难产，人在家里快不行了。那时候的人都善良，值班的女医生说，走吧，我跟你去看看。她跟男人抄近路走的，走到村子外，那男人把她强奸了。他说老婆难产只是借口，不知他怎么知道的那天晚上是个女医生值班。后来县上公安局来了不少人，听说那人被抓到了，是村里的一个光棍汉，他想女人想疯了，最后想出了那么一招。

春天里，天气还有些冷，我们去校西面的河边玩。望着碧绿的水面，有人提议，咱游泳吧。几个人一口同意。为了显示自己是男子汉，没有一个说不愿意的。脱了衣服不下水浑身都起鸡皮疙瘩，等游了一会儿"上来"每个人嘴里都说痛快，个个嘴唇却都是青的，牙打着战，你笑我，我笑你。

十一

我们那个时候，上高中才开英语课，但一共也没上几节课，英语老师调来调去，整个到高中毕业，连26个字母都没认下来。学习上也是稀里糊涂，语文还好些，数学、物理、化学不会了，就抄别人的答案。有时考试把课本顶在腿上，能看书就看看书，看不了书，就看同桌的答案。虽然恢复了高考，那时自己还没太认识到学习的重要性，总觉得自己已是高中生，在村人眼里已很不错了。有时也提醒自己，不好好学习，将来还是没出路，天天这样混，怎对得起每个星期这一大袋子干粮。因是按考高中时的成绩分的班，一共四个班，我分在了三班。所以班里的学习氛围也不是特别浓，有很大一部分人是来混个高中文凭的。班里也有几个爱学习的，比如丁泉的刘义昆、李山头的李亮修等。记得二班里有个李山头的，好像叫张士笃，学习特别刻苦，他们村有个人考大学出去后，在北京一所大学里当教授，那个人就是他学习的动力。当年毕业时以上几位都没考上学，不知他们后来的命运怎么样？我们村里和我们一级的有两个人考上了中专，一个男生，一个女生，现在都在外地成家立业了。

夏日里晚上到刘河村里看电影，那时候路还在滚水坝那儿向下走，走到崖子顶上，正好一个人用自行车驮着放影片的铁箱子走到那儿，他站下来想找人帮忙，我走上去说，我帮你扶着吧。我帮他扶着下了大崖子，又替他提着一个影片箱，聊着天进村了。放电影的地方在村中沟里的小学前，走到那儿那人让我坐下，他吃饭，问我吃不吃？我觉得肚里有点饿，又不好意思说。他给我盛了一碗面条放在我跟前说，吃吧。我不好意思地笑了笑，拿起了筷子，吃完后他又给我盛了一碗，吃完后他又给我找了个座坐下。我那时想的可不是学雷锋做好事，我的思想还没有那么崇高，我想的是，人做好事，总会有好报的。

　　我们那时的思想还比较僵化，心里对某位女同学有好感，也不敢表现出来。你要和女同学多说几句话，别的男生心里可能羡慕你，表面上却看不起你，说你心术不正，起你的哄。安排座次时都盼望能和一位漂亮的女同学分在一个桌上，有如愿的，心里就会觉得很美，不如愿的，就会盼着老师下一次排位时自己能有好运，表面上对女生都是不屑一顾的。上晚自习时，老师不在，前后位的几个人就凑在一起聊天，说些农村里家长里短的事，也说些听来的外边的奇事。有聊得特别投入的，前面老师站了好一会儿了，他们还在说笑着，他们中的某个人突然发现班里这么静，回头一看，老师正盯着他们，这位就会脸红着坐直了身子，听候发落。老师会说：没关系，你们几个接着聊吧，怎么不聊了？几个同学就会自觉地站起来，老师不看他们，自顾讲别的事情，等事情讲完了，看站着的几个怪可怜的，粗声说一句：你们几个怪累的，坐下吧，今后上自习接着聊。老师一出门，侥幸没被逮住的，几个人互相看一眼，会心地笑起来。挨说的就会后悔刚才咱们几个一个小心点的也没有。大部分同学都被罚过站，包括班干部，后来我们就给班主任老师起了个外号，叫接触不良。因为我们教室里有个灯管老是闪动，他站到桌子上修了几次，每次动一下启动器灯管就不闪了，待不多长时间灯管又闪起来，他自言自语地说，接触不良。后来有一个同学带头把这四个字送给了班主任，算作对老师罚站的报复。

　　后来班里转来了一个小白脸，一口的天津话。说是在天津太调皮，不好好念书，净打架，送回老家来混个高中文凭。那同学是个瘦高个儿，看上去刮大风都能把他吹倒。我们那时想不明白，这城里人有钱怎还养得这么瘦，还不如我们这些吃玉米面和地瓜长大的孩子身子骨好。他给我们讲城里人的事情，讲他打架的故事，他给我们看他头上和身上的疤，说这儿是砖头拍的，这儿是刀子捅的。我们听了都有点毛骨悚然，心想这城里人真是够野的，有话不好好说，打的什么架。时间长了，他和我们相处得都挺好，吃饭时经常打开个鱼或午餐肉的罐头，经常让我们几个班干部尝一尝，见推让不过，我们就尝一口，让过了他就自顾自吃起来，我们心里想，还是城里人有钱，什么都肯花钱买着吃，自己将来有钱了，想吃什么就买什么吃，把能买到的没吃过的好东西都要买来解解馋。

夏天午饭后，我们几个男同学结伴去东山上或西山上去逮蝎子，去东山时我们走到东山根拖拉机站后边上山，一块一块地掀石头，凡是能掀动的石头都会掀翻了看看，有时蝎子会趴在石头下，有时会附在石头上，蝎子是一种药材，收购站收了先用开水烫死，再在太阳下晒干。蝎子的尾巴有七个节，若不小心被蝎子蜇了，它会把有毒素的尾尖刺入人的皮肤里去，被蜇的地方立即就会肿起来，疼痛难忍。我们每个人手里都拿着一个从家里带来的玻璃瓶子，还用筷子或竹板做一个夹子，雨后的蝎子要多一些，我们说笑着能逮到山顶的东面或北面去，站在山顶上能看到从没去过的一个小村庄——辛庄。觉得这边山上能走到的地方都走到了，就会转移阵地穿过刘河村去西山，有时能到和旧县交界的悬崖去。头两年一个老家的朋友邮来两幅拓片，让给他办事送礼用，那拓片上共四个字，是：大空王佛。说是北齐时代的安道一写的。那石刻就是从那山上的一个石壁上发现的，日本人对安道一的作品特别崇拜，曾去不少人探访过，现已封起来了。那是北齐僧人安道一的作品，距今已有1300多年的历史。我们手里谁也没有表，估摸着快上课了，我们就下山向学校跑。去得最远的地方离学校有十几里路。若逮十几个蝎子，就自己去卖，有时能卖一块多钱。逮得少了，每人只逮了两三个时就放在一起去卖。卖了钱买点吃的大家一起吃了过一回共产主义。有时赶回学校发现已经上课了，院子里很静，就提心吊胆地悄悄溜回宿舍，不敢回班里去。在宿舍里挖空心思想办法，怎么来应付即将到来的老师的盘问。在收购站里见过，那儿的工作人员把蝎子用油炸了吃，那时我们想，他们吃的不是蝎子，是钱。再说那东西有毒怎么能吃呢？多年后在城市的餐桌上吃蚂蚁上树这道菜时，也亲口尝到了油炸蝎子的滋味。

十二

有一年春天，县里来拖拉机站前面的地里开公审大会，有偷牛偷羊的，有故意放火的，这些都是陪绑的。共有十几个犯人，每个人的背后都插着一个大牌子。有两个人背后的牌子上打了红 ×，他们才是真正的主角。台子下人山人海，全公社的人都被要求来开会。一个是投毒杀人犯，生产队长睡了他的老婆，他给队长家的面缸里掺了老鼠药，送队长全家上西天了。听了这事，许多人并不多恨这位好汉，倒都有些同情他，他要是只把睡他老婆的队长药死，没毒死队长的老婆、孩子，人们更会认为他是为民除害了。另一位是和邻居有矛盾，一天早上，邻居去打水，他看周围没人，把邻居推井里去了，把邻居挑水的工具全扔井里去了，他怕邻居淹不死，又搬了两块大石头扔井里。大家都觉得这个人枪毙他三回都不为过。两家有再大的仇恨，也不能那么残忍地害死人命。几声清脆的枪响后，那两个死囚应声倒下，这时候全场静极了，囚车冒着烟开走了，人们离开时的脚步都变得有些沉重。

学校北面路东有一个钻井队，每当饭后出去玩，看见戴着柳条安全帽、穿着工装的钻井工人端着盛有肉菜的饭盒、吃着雪白的馒头时，我就想，哪一天我也能当上这钻井工人多好，虽然也是干活，但能挣很多钱，不但能吃好的，还能够到处去见世面不说，一定也能引来许多年轻漂亮女人的目光。我们有时走近了去看，看钻井工人们从井下打上来的一节一节的石头，要是这地下有金矿、银矿或铁矿，即使有煤矿也行，要是能有石油更好，那样我们就有可能不走出家乡就能当工人了。如能当上工人，就是家在南片，也能找上个漂亮媳妇了。南片没有水浇地，所以长得好点的女孩都嫁北边来了。

后来钻井队卸架子走了，像原先在我们村打井的一样，什么好消息也没留下。当时刘河大队给钻井队送了两头猪，钻井队把一套管子给留下了，那口上用木头锥子堵上了，还是有水从边上溢出来，那水既清又凉，夏日里总有走路的人们停下来到水管前，用两只手捧着喝个够，然后再洗上把脸，那叫舒服。如若把木头锥子取下，就可以浇地，水能蹿出地面好几米高，这可给刘河村里省了不少电钱。后来乡里在那个水管上建起了矿泉水厂，我在北京又喝上了上高中时喝过的家乡的地下水。听说过这样一件事，刘河村的一个老农去省城济南办事，走到后打听着找到了考学出来在省城工作的侄子家，一进门侄媳妇甚是热情，让老人坐沙发上后，忙问老人：大爷，您喝点什么，可乐还是矿泉水？老农说，什么都行。侄媳妇拿出一瓶矿泉水说：这还是咱们老家产的呢。老头接过来端详着瓶子，侄媳妇去准备饭了，老农小声对侄子说：这就是咱村东庄的那水？侄子说：是。老汉笑了笑，对侄子说：咱家用这水喂牛。

有一天星期五晚上，舅舅让表弟来告诉我，这个星期天不让我回家了，星期天下午让我父亲把干粮给我送下来。星期天让我跟他去给于林酱园里掏井。星期天一早我就去了舅舅家，我跟他们拉着工具去了于林。到了那儿，安上绞车就干了起来，有一个人下去掏，有两个人站在井口把拉上来的泥土抬起倒到一边去，剩下的人一起向上拉绳子。他们几个轮流下去挖，每次舅舅下去，别人喊：上来吧，差不多该换人了。舅舅总是说：再干一会儿。他是怕我不下井干人家心里有意见。我被安排和一个中年人一起站在井口上抬筐，一天下来腰痛得几乎站不直了不说，两只手都磨红了，还磨起了好几个血泡。中午的饭是人家酱园管的片儿汤，端上来一大盆一人一大碗就见底了，那片儿汤里放了不少肉，那饭真叫好吃。大人们每位都吃了有五六碗，我吃了三碗后，觉得肚子有点撑了，又似乎感觉还不是太饱，看别人还有人在吃，我又盛了一碗，等吃完了，我觉得吃的饭已经到了嗓子眼，那是我记忆里长那么大吃得最好的一顿饭，我心里想，等我长大了，混好了，天天都吃这种片儿汤。下午干活时都有点不敢弯腰了，下午拉上来的泥土越来越稀，后来就换上了辘轳和水桶，等天快黑下来时，从底上摇上来的桶里已几乎都是泥水了。收拾工具后，每人分得了五元钱，他们每人比我多得到了一盒金菊烟，回来的路上，他们心中肯定和我想的一样，今天晚上不用吃晚饭了。

十三

寒假里，生产队里安排我们几个半大小子，到红沟挖土方，有长居、迎东、春祥、贵山，我想那儿之所以叫红沟，是因为那儿比较低的几块地里的土都是红的而得名。在一块地的东头上画给我们每人五平方米的土方，让起了土扔到东头沟里去，上面是哪个生产队里的地，下边就是那个队里的苇坑，我们挖的那块地东头下坡很陡，长的苇子不太好，所以让我们把东头的地落下去一部分。我们天天扛着镢和锨去挖土方，那地冻得很深，一镢下去一个白点，等干了一天，冻土层挖得差不多了，天也黑下来了。第二天一刨，还是一镢一个白点。沟下河里的水已结冰，北面不远就是侯庄了。我还曾跟生产队里的大人们一起去侯庄村西的半山腰里挖过沟，当时要把洪范滚水坝里的水抽到张海村北的山上，让它从盘山水渠里流到我们村西的藏庄、刘庄、西北李来，把修渠任务分给各大队，各大队再分给各生产队。如能引过水来，我们生产队红沟这一大片地就成水浇地了，那是公社新来领导的主意，新官上任三把火，引水工程干了一半，不知什么原因就停下来了。劳民伤财，那用了许多劳动力没有修完的引水渠就那样扔在了那儿。干了一个假期，我们分的那土方工程落下去了一人多深，最后也不知道给没给我们记工，记得当时去找过几次生产队长，他说有空时，我们去给你们量量。至今我二十年前当兵时带出来的小本上还写着这么几个字：红沟的土方还没给记工。

夏日里，星期天什么的出去割草，村东的孩子们爱上山，我们村西孩子的根据地就是河边，有时一天能下河洗好几次澡。我学游泳时是无师自通，下雨后家门外沟下面涨了水，我就是在那种浑浊的河水中扑腾着学会游泳，喝过水是肯定的，谁学游泳没喝过水。下河上来不一会儿又热得没办法，就找个阴凉坐一会儿，如没有阴凉，就盼着天上飘过一片云彩来，更盼着刮过一阵风来。下雨我们乡下的孩子是不怕的，只要不是特别大的雨，在外边割草有时能找到避雨的地方，有时找不到就索性站在雨里接受风雨的洗礼。

说起天下好吃的，已不是生产队里死了牛或杀了牛，生产队里的干部们围在一起炖牛肉吃。有位小伙伴说：天下什么好吃，鸡舌头。人家苏联从中国向那拉鸡舌头，一火车皮一火车皮地要，你想想，一个鸡舌头有多大，一火车皮能拉多少。割草累了，我们就望着远处山顶上的蓝天发呆，想象着山那边的人是不是和我们一样，日出而作，日落而息。

对山里人来说，走出大山的出路无非有这么两条，一是考学；二是当兵。恢复高考后，在初一教过我们化学课的培才老师考上大学走了。有当兵的回来探家，穿着绿军装，戴着红领章、红帽徽，很是神气，他们的皮肤很白，他们的手上没有茧子，部队上再苦也比在家里吃得好。虽然大部分人几年后都复员回来了，但在当兵期间都能回来探家说上个媳妇。我要有机会能走出这大山，在外边找个可心的女人，给人家当上门女婿都乐意。

听课时也想努力把学的东西弄通弄明白，但总是学得一知半解，特别是物理课和数学课，老师总是自顾在台上讲，讲得很快。讲了问同学们明白了没有。大部分时候我们异口同声地回答：不明白。老师再讲一遍，还是那么快，老师再问：这回明白了吧？也是只会有几个人回答明白了。老师就说我们这个班的学生笨。课下没办法，真把老师讲的课弄懂的也不多，所以能独立完成作业的学生就很少，快到交作业的时候了，只能拿别人的作业来抄答案。日久天长，学的功课一点也不扎实，有时也想，这样混下去，将来还是只能回村里修地球，心里就有些惶惶然。但看同学们都这样混，也就原谅自己了。日子就这样没滋没味地过，午饭和晚饭后照常是几个要好的同学一起出去逛街，我们一起的有郜刘迎、刘长征等，郜、刘都是工人家庭，吃的和穿的都比一般同学强一些。

村里有两个学生比我高一年级，我想他们若是考上学走了我将来怎么办？回村去会抬不起头来。我又一想，反正我们一级的有七个人哪，不会都考上只剩下我自己吧。我们村上的同学只有东庆和我分在了一个班，我们的关系相处得很好，回家去学校总是约在一块走，可他上了没一年，他爸爸给找了工作就去县城上班了。

直到那时县城对我还只能到想象中去寻找，记得上小学时，有一位老师骑车去县城给学生们买课本和白纸，回来累得好几天缓不过劲儿来，我们对那位老师是既感激又羡慕，感激的是他为学生们不辞辛苦，骑车去七十里外的县城买课本和纸，羡慕的是他看到了县城是什么样子，逛了县城里的新华书店。

独自一个人待着时也会想许多心事，想自己贫穷的家境，没有一间像样的房子，没有经济来源，今后会像父亲一样去土里刨食，风里雨里忙忙碌碌一辈子，只是为了养家糊口。要是当时接到的高中录取通知书是个中专录取通知书多好，管它是什么学校，什么专业，只要是能吃商品粮就行，到时候回到家乡来工作也高人一等，每天骑着车子去上班，每月底都会有工资领。分到别的地方工作更好，过年过节时带着老婆、孩子回家看父母，得招来多少乡人羡慕的目光。现在这种学习状态，肯定考不上任何学校，学过的知识都是似懂非懂，一下子怎补得回来，除非回到高一重新学起，但这种可能不太现实，家里能承受得了吗？即使家里咬牙供你重新学起，你能保证考上学吗？如考不上学，良心上怎对得起那日渐苍老、含辛茹苦的父母。再说了，在这儿当老学生，认识的老师和学生投来的异样的目光怎受得了？越想越烦，还是得过且过，混一天算一天吧。

农闲季节，父亲跟队里的石匠队去给村里的人家盖房子，有时一下子能拿回几十块钱来。他们去东山根或村南的山上去打炮眼，炸了石头拉回来一块块地凿平，再一块块垒到墙上去。手上磨出满掌茧子不说，冬天会裂许多口子，一干活就可能震出血来。给人家盖房子，才开始出地基要请吃一次饭，最后房子盖完再请吃一顿，有家境好点的人家，房子盖到中间还会加请一次。最危险的是上门顶石或窗户石的时候，那石头有时上千斤重，一不小心就可能出事，所以一个人在外干活，家里的人也会牵肠挂肚的。一场活干下来，平均一天能挣两块多钱。我的学费钱就是从这儿来的。我那时就盼望着自己早日能有出息，好为家庭分忧。

母亲春节时说起往事，说我上高中时，星期五回家来，拿出装咸菜的玻璃瓶子，倒出两个素丸子给母亲和弟弟吃。那是学校分菜吃，正好赶上是星期五，我没有吃完带回去的。这事我已经不太记得了，母亲说起来，我努力从记忆中搜寻，模模糊糊好像是有这么回事。

十四

纸坊有个男同学叫贾广福，个子有一米八五，是我们班的第一高度，他们家住马路西边，我们曾去过他们家玩。他家后面不远就是于慎行的墓，可惜我们没有走近去过，听说曾有人从墓里盗出过很多小碗小盘。贾广福的眼睛近视得厉害，那时我特羡慕他的身高，心想我要是有那么高，就去向体育方面发展，当不了运动员，上个体育学院，毕业后当个体育老师也不错。我特热爱体育，记得小学时上体育课，全班从马路上向南跑，跑到南刘庄再回来，我们已跑到拐回来一半路程了，女同学们才跑过来，一个女同学说，看你那动作，就像块长跑的料。上小学时我还被选上担任学校的武术队队长，老师备课的屋子过去是庙里道士住的地方，中间是三间大房，两头还各有一间偏房，西边的一间是外来的校长住的地方，去交作业什么的，看中间大房子里没老师坐在那儿，曾多次抬头寻找写在大红纸上的自己的名字，可惜后来体育老师没教会我们多少拳脚套路。

星期五下午回家的路上，若遇上个拖拉机，你摆手他不会停下的，只能强行扒车，先是两手扒住车盒子的后挡板，跟着它跑几步，两只脚踩上车盒下的横梁，就那样悬在车帮上，待离自己的村子近了，拖拉机爬坡或过坎车速慢下来一点时，就赶紧跳车。有时车上有年轻的女人坐着，司机见有人扒车，就会开慢点或停下来，让扒车的人站到车厢里边去。也有这样的时候，见有人扒车，拖拉机手会加快速度，体弱点的只能放弃扒车，有那体力好点的，已抓住了车帮，只能咬牙坚持住，努力把两只脚迈上去，这个时候你想放手都不容易，稍不小心，就可能摔下来，那后果就不敢想象了。

不知不觉毕业考试的时间就到了，复习阶段心里就特恨自己，你平时不努力，这会抓瞎了吧。对参加高考一点信心也没有，那时高考和毕业考试是一张试卷，那时想得最多的是，毕业后这些朝夕相处的同学们就各奔东西了，有的会去外边上班，大部分人回到村里参加劳动，再见面的机会就少了，想到这些，心中漫上一股惆怅的滋味，一下子，大家的心情都变得沉重起来。话语少了许多，但对别人，特别是平时不太合得来的同学，也好像拉近了不少距离，态度好了许多。考试时，数理化试卷上的题好像都不太认识我，但我努力和它们亲近，挨到交卷时间，题几乎都做下来了，但对错多少心里就一点儿底也没有了。心里还幻想着，一两个月后的某一天，我突然接到高考录取通知书，我怀疑我会不会像范进中举一样一下子激动得疯了。又一想这种可能性不大，别做梦娶媳妇想好事了。考试完终于像完成了一件大事，有一天我们五六个要好的男同学相约一起去东阿镇照相。早晨起来我们就出发了，我们没有走大路，而是顺河边向下走，一路上我们打打闹闹，甚是热闹，有时走着走着前边到了个大深沟，只能迂回前进，下午一点多，我们到了东阿，那时照相馆还在老城里，城里有一条窄窄的长街，中间有一座二十多米长的石桥，那石桥用一块块几平方米的石头铺成，石面上有很多石窝，据说过去这老城里有衙门，商贾云集，那桥面上的石窝就是当时驴马踏过留下的痕迹。桥西的两边还有些老铺面房，有人经营着剃头铺、杂货铺等营生，我们要找的照相馆就夹在这其中。照过相，我们和老板说，我们是从洪范走着来的，我们办毕业证急等着用相片，求您给洗快点。人家说最少得两天后才能取。我们软磨硬泡，人家才勉强答应下午五点给我们洗出来，我们想想也只能这样了，就去了百货大楼逛，这时肚子提意见了，它们坚持不住了。没办法我们只能先解决它们的问题，在楼下饭店里，我们要了十几个烧饼，一人一碗鸡蛋汤，这烧饼像盘子样那么大，是从炉子里边烤熟的，上面撒有芝麻，放在面前就能闻到一股新鲜小麦的味道，你要不明白，看过《水浒传》吧，就是上面武大郎担挑子出去卖的那种。最后大家凑钱一块结的账，不知将来有人写中国的饮食史，我们这算不算是最早在国内实行 AA 制的人。来的时候在河边逮了两个像火柴盒大的小王八，回到学校被我们偷偷扔进食堂前的水池里了，因那水池是封闭的，至今可能也没人发现，我们是从上面一个小透气孔里扔进去的。所以如果哪天从里边发现两只大王八，功劳应该记在我们头上。

有一天老师请来照相的，各班照了一张合影，我们班的班干部还和班主任、辅导员一起照了一张。后来毕业以后很长的一段日子里，我总想去学校找班主任要班干部和老师的合影，多少次路过学校门口，总是向里张望着，悻悻地离去，一次也没好意思迈进学校门，班主任原说会捎给我们的，可时间越久我觉得得到它的希望越不大了，曾问过当时的班长闫庄的李习亮，他说他已拿到了合影。本想拥有一张高中时期班干部的合影，也算着一份两年高中生活的纪念，可我最终也没有得到它。

后来的一个集日上，我见到了贾广福、郇刘营等，同学见面格外亲，凑在一起聊了许久，但由于兜内都没有多少钱，我们相约下一个集日再来一起去照张合影，记得那次我们一起照相的有七八个男生，都是平时关系不错的。那张大部分人穿着短棉大衣的照片至今还放在我们家墙上的相框里，这张照片弥补了我没有得到班干部合影的些许遗憾，从地里干活回来，有时就站在相框下望着那张照片发呆，想象着他们几个现在都在干什么，可能已有人出去上班了。

十五

刚回到村里，总觉得心里空落落的，没办法，只能跟大人们去地里参加生产队里的劳动。闹着让父母给买自行车，那时候自行车还得凭票买，父母给在于林供销社当主任的一个邻居叔叔说了好多次，原想要辆青岛产的大金鹿，总是排不上队，最后那邻居叔叔说，来了一批泰山自行车，说给留了一辆。一天下午我走着去了于林，找到邻居叔叔，他领我交了钱，推上新车子出来后我心里好兴奋，我终于有自己的自行车了，而且是新自行车。家里拥有了一份像样的家产，当我哼着小曲走到赵庄村东，天已暗下来，有一辆拖拉机停在路边，我骑车路过拖拉机时，拖拉机上有人兜头向我泼下了一盆凉水，幸好是秋天，天还不是太冷，我下车愣了一下，扭头向车上看，刚想张口问你们怎么回事，我还没问出来，车上的两三个男女发出一阵幸灾乐祸的尖笑声，我在心里骂道：这几个猪狗不如的东西，当心从车上掉下来摔死你们。我想我要是和他们理论，他们打我一顿不说，把我的新车子抢走了怎么办。夜幕下我狠狠地向拖拉机上看了一眼，像个落汤鸡似的骑上车子走了。

我们参加劳动和整劳力一样干，但和妇女一样，一天只给记七分工。向地里挑粪，向场里挑庄稼都得咬牙跟在男劳力后边，有时半路上压得受不了，想哭的心都有，但看人家一个一个都坚持着，没办法只能硬挺着一步一步向前走，几天下来，肩膀上红红的，肿胀得不敢碰。秋收后粮食入库，队里考我们几个下学的，一条细布袋里装上一百五十斤至两百斤玉米或谷子，一袋袋立在那儿，我们要不借助任何外力弯腰抓住两头扛起来，扛到库里后，先上一个坡，站在上面放开袋子开口的一头，让粮食流进仓里，有的人倒着倒着就把没倒完粮食的袋子掉进粮仓里去了，有时差一点自己也跟着袋子掉下去。考官们就是几个小队干部或再加两个群众代表，看谁扛袋子时不费劲，脸不红，气不喘，扛着袋子走起路来比较轻松。等考完了一时还不会知道结果，队里的干部要开会研究，看谁能够格挣十分工。我是第一次考试就够格的。

考试合格了，思想上也要过关，别以为自己是刚下学不久的学生，自己爱惜自己。你担的东西少一点或动作慢一点，队长就会说你，别忘了你是挣十分工的整劳力。有的人身体弱些考不够格，来年再和另一些回乡的学生一起重新考试。有点残疾的男人就只能一辈子挣七分工或八分工了。

初夏，晚上被安排和一个中年人去大坝西头看白天浇地的水泵和管子。那儿有一领破席，我们俩的被子一个人的铺一个人的盖，才开始两个人聊天，他一会工夫就睡着了，我干睁着眼睛却怎么也睡不着，只能望着天上的星空胡思乱想，这上面北边地里和西边地里全是坟，上初一时正好赶上批林批孔运动，我们扛着铁锨来平过坟，平坟就是把坟头高出地面上来的土全部铲掉，扔到低洼的地方去。想到那些埋死人的地方，我就有些害怕，赶紧用被子蒙上了头。我身下放了一把匕首，这把匕首是我从家中老厨房的窗台上找到的，放在一起的还有两根铡墩上的钢条，父亲也记不起来是什么时候放在那儿的了，说可能是一九五八年大炼钢铁时藏起来的。那匕首已生锈了，是我在磨刀石上磨出来的，那刀不是钢的，好像是铁的。我带着它主要是给自己壮胆，万一有坏人先对我们下手，再打机器的主意，我好有个防范。实际上深夜里我连头都不敢露出来了，尿憋得没办法也不敢起来去撒，要是同伴起来撒尿，我就赶紧跟着起来，要不就强行忍着等天有点放明了再起来去解决。说是让我看机器，晚上人家把我抬跑了我都不知道，幸亏还有个伴。

还有一次被派去看十三亩地里割倒的麦子，同伴选择睡觉的地方，在我印象里正好是坟场，记得小时候那地方还有几棵柏树。身子下面的麦子铺得很厚，但总是担心地下的小鬼们晚上上来和我们亲近。我只是在心里想，又没法说出口来。坐了一会儿同伴突然说，我回去躺一会儿就回来。我说你要走我也走，你要想弄点麦子，明天早上天有一点亮你就走，用被子卷些就行，这时候人都乏得够呛，谁也不会起那么早。他说你小子是一个人在这儿待着害怕吧，行，听你的，我不回去了。

当时村子所有的坟都平掉了，队里为了好耕地，就把坟里的石头扒出来拉回生产队里盖牛棚或场上的屋子，那坟里扒出来的可都是好石头，人们总是想从坟里找到点值钱的东西，往往是一无所获。有时发现棺材前的小罐里有水，人们就传说小罐里有鱼，这一下这家人的风水肯定被破了。地里到处扔着没有烂掉的棺材板子，听说有人从生产队刨过地瓜的地里用镢挖地瓜时挖出来过一块铜镜。有坟的地方的地瓜总是长得特别好，谁家要分到坟地上刨出来的地瓜，就会切片晒干了另放起来，到时候卖了或换豆腐吃。批林批孔时村里经常开大会，村领导发言，村里的知识青年发言，学生代表也要发言，我们班总是学习比较好的学习委员去发言，当然谁代表学生发言都是老师指定的，小时候觉得那可是个光荣任务，能在全村人面前展现自己的文采和口才，总盼望着有一天老师把这革命重担也安排我挑上一回。

春节前几天，生产队里会杀一头猪，每家每户都有份儿，一人半斤，是按人头分的，但还得按斤两交些钱。去领肉的时候，看看自己的，再看看人家的，总觉得自己家的这份肉太瘦，都想要肥肉多一点的，肥的回家能炼点油出来。也有家里养头大点的猪的，临近年关，队里会安排谁家的猪拉去交任务，猪卖给公家，有时还按猪的斤两卖给养猪户点供应粮，那价钱比市场钱会低一点儿。把猪抬走的那天，主人家的主妇总是跟好远，嘴里自言自语地念叨着什么，那猪也绝望地嗷嗷叫着，好像预感到了自己已经死到临头，随着猪的叫声渐渐远去，主妇像丢了什么似的回到家，望着空落落的猪圈，好一阵日子，脑子里总回响着猪被抬走时那绝望的叫声。

村人最怕的是自己养的猪是米什猪，米什猪就是猪肉一切开，里边会掉下许多像白米粒一样大小的颗粒状的东西，听说这样的猪肉不能吃，吃了人会得不治之症。所以如交了这样的猪，公家用高温全炼了油，还有点用途，炼后的渣子要深埋掉。但兑现给交猪人家的钱，比原来算的三分之一还要少。一家人忙前忙后喂上一年，要是赶上是米什猪，可就倒霉到底了，比如准备给孩子们添件衣服、给老爷们买顶新帽子的计划都会随之泡汤了。

赶上天旱、庄稼歉收，全公社大部分村里都吃过好几年返销粮。返销粮就是公家按人头指标，把粮库里的公粮按低于市场价的价格再卖给群众。春天最是青黄不接的时候，别说吃细粮，能填饱肚子就不错了，还是社会主义好，要是旧社会人们又该背井离乡去讨饭了。

十六

在街上一棵老槐树上，挂着一口钟。每天早上、午饭后都由生产队小队长敲响它，社员们出来领活后再返回家拿工具，上了岁数的人们出来早些，大家坐在当街专用来歇息的石头上，聊一会儿天或吸一支旱烟。每个生产队人口住得最密集的街上都有一口这样的钟，这敲钟也有规矩，像我们上小学时学校里敲钟的方法一样，第一遍敲三下一组，让你出来的意思，第二遍敲两下一组，让你赶紧出来，第三遍只敲一下一组，意思是再不出来就领不到活了。有人如打第三遍钟时刚想出来领活正好急得要上厕所，没办法只能让孩他娘或孩子出去给把活儿领回来。家里要是来了客人，还没陪人家吃完饭，先出来领了活儿，告诉领头的晚去一会儿，算是请了个事假。真晚一会儿也就算了，时间长了肯定不会给你记全工。年轻人贪睡，早晨出来时刚爬起来，脸还没有洗，眼睛还睁不开。长辈的、同辈的或晚辈的都可能给你开玩笑，喊一声名字或称呼，说一句昨天晚上又没干好事吧，看把你累成这样，惹得大家一起笑上一阵子。

晚上的时光最难打发，夏天还好说，街上到处都有人，你可以穿着大裤衩出来坐在一边听大人们讲故事或听他们一起回忆过去村里的人和事，他们讲的人和事有的能和现在村里的人对上号，有的你根本听不出来说的是哪个朝代的人和事。我有时也到前街去，但大多数时候坐在门外一条南北走向的石台上乘凉，来这儿的人不多，大多数时候只是我们前后的几户邻居，由于西边就是沟，再没有房屋什么的挡风，所以有时前街上的人们也会来我们这儿坐坐。小时我们晚上经常去沟下逮萤火虫，不是飞着的你千万别去抓，有的趴在地上也放光，但那不是萤火虫，那可能是能伤人的别的昆虫，有时能逮十多个萤火虫回来，用手抓回家放进蚊帐里，有的还能飞，有的就飞不起来了，大人说它们能吃蚊子。母亲爱讲故事，有时讲自己看过的戏曲故事，有时讲流传于民间的古代故事，记得母亲讲过这样一个故事，说有一个秀才去进京赶考，这一天走到天黑了到了一个前不着村后不着店的地方，又向前走，忽然看到前边有亮光，他们就向亮光走去，那儿果然是一家旅店，停了马，秀才让跟随的仆人进去问问有没有歇息的地方，不一会儿跟仆人出来一个五大三粗的汉子，他上下打量了秀才一会儿，把他们迎进了店里。把他们安排住下后就去布置手下怎么把他们杀掉，知道他们是进京赶考的，一定带了不少银两。秀才进店时黑店老板的姑娘看见了，她看上了这个秀才，看他长得眉清目秀，将来一定是个有福之人。听父亲说要杀他们，她忙去告诉了秀才，她帮他们牵出了马，偷偷地送他们上路了。后来秀才中了状元，查办了那个黑店，但真娶了那个救他们性命的姑娘为妻。所以人只要做好事就一定有好报。母亲讲的那些故事是我最早受到的文学熏陶。冬日的晚上，外边天寒地冻，街上冷冷清清，偶尔有个人走过，也是脚步匆匆。村里人一般都早早关了外门，很少有出去到别人家串门的。年轻人就盼着自己村里或附近村里放电影，那样就有个正当理由能出去疯一回。那时农村里还没有人家有电视，对外边世界的了解只能通过有线广播，那广播也是今天响明天不响的。有时在广播里听个广播剧就觉得很过瘾，能听到段相声，就像过节一样的高兴，在那寂寞的夜里，真盼望有个知己能听你聊聊心事。村里原先很少有姑娘嫁同村里的小伙的，后来开了头竟一发而不可收，几个好看点的女孩子被别人订婚了，人家的家境都比较好，咱没法和人家比。只能在心里给村里还没有订婚的女孩子排排队，幻想有一天有人上门来给我提亲，说的正是被我排在第一的那个女孩。我不敢追求她，她们家有人在外当工人，她要是主动和我靠近多好。这个念头只能在心里空想想。又一想，世界上漂亮女孩多的是，总有一个属于我。但万一连个不漂亮的女孩也找不上呢，将来被村里的光棍协会收走那就惨了。

不上学后的第二年春上，舅舅捎来信说，让我拿上一个星期的干粮，带上被子跟他们的石匠队去前杨河干活，石匠队里大部分是舅舅村的人，也有几个是东峪北崖的，我和几个年轻人一起抬石头、拉石头，那是给一户人家盖房子，不抬石头时就捡碎石头填石墙上的空隙，一天下来虽然很累，但心中还有一点兴奋。离开自己家那个小山村，到这比较富裕点的村庄来，心情也好像好了一些。每天主家给热一下各自的干粮，管粥和咸菜。主家招待时工头会提前就知道了，一干活他会说，今天干活都麻利点，晚上给你们加油水。主家招待弄十几个菜，盘不够用了就用碗装，比如土豆切丝炒是一个菜，切片炒又是一个菜，凉拌黄瓜放上几块熟肉片又是一个菜，能做个鸡做个鱼就是最好的菜了。为一顿饭主家要提前好几天准备，桌上喝的是散装酒，酒喝到一半时，几个爱喝的会提议猜火柴棍或抓扑克，要么两个人自由结合猜拳、压大小指。有时一顿饭会吃几个小时，反正晚上多喝几杯就去睡觉了，又不耽误干活。我们十几个人住在两个屋子里，睡的是通铺，早晨天不太亮就得咬牙起床去干活。我是高中生，和几个没上过几年学的年轻人不是太能说到一块去，但表面上要装出能和他们融在一起。本来嘛，都是农民的儿子，谁要是真有本事，也不会到这儿来卖苦力，我比别人强什么，只是比别人多认几个字罢了。

给那一户人家盖完了房子，我们就转移阵地去杜庄了，这一户人家的家境更好一些，女主人的丈夫在县城当工人，大儿子在外村当民办教师，家里还有两个十三四岁的女儿。饭桌上偶尔给我们加一个菜，招待时的菜也比杨河那家提高了一个档次，酒也变成了成瓶的酒（带包装的酒）。他们家要盖的新房子在发电站滚水坝的西头，我们几个年轻人的任务是去离村庄十多里路的西南山根拉石头，去是一路上坡，拉个空车子都很费劲儿，两个人一辆车，一个驾车一个用绳子在前边拉，我和一个好像是姓于的大哥一辆车，他比我大七八岁，曾下过东北，高高的个子，憨憨的脸庞，不太善于言谈，但平日里还是给了我不少照顾，但我也不会太过分，大家都拿一样多的钱，总不能老让人家驾车。上山时还好些，特别是下山，坡不是一般的陡，两个人要一人扛着一个车杆向下放车，而且一路上这样的陡坡要有十几个，稍不小心，车子抵不住，就会出人命，你想想，一车石头要有两千多斤，如车子从身上碾过会是什么样的结果，不死也得腿折胳膊断，那时节农村正在种地瓜，路上拉水的、担水的人很多。万一拉着石头的车子失了控，后果简直不敢想象。有两次差一点儿出事，都让我躲过去了。一次是在山根刚放第一个大坡，刚开始下坡车子最前面的一块石头滚下了车子，同车的那人一闪身跑开了，我一个人扛着车子冲了下去，幸好坡下有一段平路，要是坡连着坡我在车子里是怎么也躲不出来了。刚才是下坡，前面的石头滚一边去了，要是后边的石头掉了，车子把铺到地上，那么大的冲劲儿，就是石头不从我身上滚过，我也会被车子碾成肉酱了。

车子停下来，我软软地瘫在了地上，惊出了一身冷汗。那同车的人上来一直歉意地对我说对不起，我嘴动了动什么也说不出来，努力控制自己没让在眼圈里打转的眼泪流下来。还有一次，是拉着石头走到村里的小学门口，前面的一块大石头滚落了下来，车子杆铺在了地上，我随着车子趴在了地上，我跟着车子向前冲了几米，车子停了下来，掉下的那块石头离我的脚后跟只有一个火柴盒那么远，我又躲过了一劫。

春天万物复苏，但我们每天要在这单程十多里的坡路上来回跑八趟。特别是午后，拉着车子一出村子，脚步就变得沉重起来，眼皮也不争气地打起架来。我们就和另一个车子的两个人商量，大家一起停下来歇一会儿。把车子放在一边，躺下来在树荫下舒展一下身子，片刻工夫就进入了梦乡。不一会儿被同伴们喊醒，不情愿地站起来继续上路。每天最后一趟收活时，都已是满天星星。有时晚上收了工，要走着回家去拿干粮，那时一个人走夜路还有些害怕，路上总是自己给自己壮胆，心里告诫自己，这个世上本没有鬼神，一切都是人们空想出来的。回到家敲门，家里人已睡下，母亲忙起来给我做面条吃。知道我快回家来拿干粮了，干粮已给我准备好。早上天不太亮我就得上路，因为天明前必须得赶回去，所以总是父亲背着干粮袋子送送我，在黎明前的黑暗里，父亲背着干粮袋子深一脚浅一脚地在前边走，我默默地在后边跟着。等过了张海，天有点放亮了，我才说，爹，你回去吧，我自己敢走了。说了我就上去接父亲肩上的干粮袋子，父亲总是说，再向前走走，等天再明一点我再回。

在村里或路上看到有年轻姑娘走过，我们几个小伙子就都不由自主地向人家行注目礼，有时我们会开某一个人的玩笑，刚才那姑娘向你笑了，你没看出来，可能看上你了。白天都不好意思，晚上你上这儿来转转，肯定有好事，到时喝喜酒可别忘了我们。有一天晚上拉石头回来，听说南崖有说书的，我们吃过晚饭就去了，一个四十多岁的男人一边拉二胡一边唱，他唱的是青年男女之间的事，有点黄，我们听得都很过瘾，他拉的调子和唱的声音都有点悲，后来知道那曲调是山东琴书。散场时都十二点多了，我们赶紧向回跑，心想明天还得早起来干活哪，躺下后却怎么也睡不着了。

一场活干下来我分了七十块钱，平均每天合两块五毛钱，那是我平生挣到的第一笔大钱。

十七

家里有个小木盒，放在北屋墙上的一个台上，我经常拿下来翻一翻，里边都是些土地、房产的契约之类的东西，最早的契约上面出现有王学敬的名字，他是我爷爷的爷爷。奶奶说他曾当过村里的教书先生，当时穿着大褂，是村里最人物的人。父母不认一个字，但他们心里崇尚文化，所以给我起名字时就借用了先辈名字中的一个字。至今我是我们家当之无愧的秀才。上小学时不太懂事，拿了一本家传的老书去学校，被老师没收了。现在想，那老师当时没收书，不只是为让我好好学习吧，想必他是看上了那本书的收藏价值。现在那位老师还活着，当然已不当老师了，我也不会去给他要那本书，就是去要他也不会承认的。我已不记得那本书的书名和内容，模模糊糊记得内容是文言体。也许只是一本先辈遗留下来的老书，没有什么价值的也说不定。还有更遗憾的事情，许多年前家里先辈留下来的几十本大厚书被一个从关外回来探亲的村人借走，当时他是从奶奶手里借走的，他说，婶子，我回来闲得没事，看你家有不少老书，我抱回去看看，看完后我就送回来。后来他走了，书却没还回来，奶奶也没去要。奶奶也不识一个字，他们那时只认为是一堆破书，没有多大用的。许多年过去了，不知那些书还存在不存在？就是有，人家不承认是借的你家的你也没办法。那借书人早已死在外边了，奶奶也去世好多年了。要是张口去要，可能白惹一肚子气生。我想那些书或许是当时教书的王学敬先辈用的课本或当时他看的书籍。如若保存下来，也算给我们后代的一笔精神财富，可现在算是失传了。

十八

这年秋天的一天傍晚，我正在上梯子去房顶晒地瓜片，听到广播里说，明天应征入伍的青年去公社体检，我忙走下梯子，进屋里又听了一遍。出门后我对父母说，我要去当兵。父母迟疑着说，出去当两年兵，有什么用？你要不愿在家里干，去东北你大姐那儿找个活干。当时南方战事的硝烟还未散尽，传说光南片（八个村庄）就送回来了六个骨灰盒，其中有我们村里一个。他们从心里不愿让我去。我说，你们要是不让我去，反正今后什么我也不给你们干了。母亲和父亲交换了一下眼色说，不是不让去，怕你出去不行。我说，人家那么多当兵的都行，我为什么不行。他们说，要不你去试试。我平日里不太爱和生人说话，没办法了，我硬着头皮去找村里的民兵连长，民兵连长说，可能是把你的名字忘了，你再去找一下大队会计。明天早上七点咱们一起去公社。那天从大队会计家回来我高兴坏了，终于没有错过这次机会。这天晚上我兴奋得很晚了才迷迷糊糊进入了梦乡。

第二天早上天不亮我就起来了，民兵连长领着我们村里的几个小青年去了公社。每个村的民兵连长后边都跟着几个年轻后生，像老母鸡领着自己的几只小鸡来回走。在公社院里见到了好几个初中和高中时的同学，大家见面说笑几句，互祝对方都有好运。才开始我美得不行，凭咱这个头（当时有一米七八的样子吧），验兵的人当中，比我高的没有几个人。还有高中毕业生这文化，估计都能把一般的同志们比下去，但验了没几关，就不让我验了，说我的眼睛有问题，说是沙眼。我一下子变得心灰意冷，我跪下来求医生的份都有，看我以乞求的目光站在那儿不走，那医生上来拍了我的肩膀一把说，小伙子，别灰心，这沙眼能治好，治好了明年再来。听了医生的话，我心里又升起了一点希望。我不知自己怎么灰溜溜回的家。

我在家躺了两天，还得起来去参加生产队里的劳动。你要吃饭就得去挣工分。往后的日子里，凡是有机会出门，我就去医院问，这沙眼怎么治。有时一看药太贵，我就不拿医院里的，拿着单子去外边的药店买。上工前收工后我总是拿着个镜子自己上眼药水或眼药膏，别人有时说，你怎么了，眼睛里老是黏着些什么东西似的。我听了总是向别人笑笑算是回答。谁也不知道我心中的真实想法，我要治好沙眼，还去验兵。年后上面指示分田到户，会计石头、庆平二爷爷、我、金英、玉梅我们几个被安排去分地，按地的产量和家庭的人口来分，石头算账，两个女孩子拉皮尺捡石头，我写名字，庆平二爷爷刨坑。从北山坡到石北楼、十三亩地、红沟，分了两个多月才把地全部分卜去。分地前是抓了阄的，从一号向下排，赶到哪儿是哪儿。当然地按地产也分了几个等级，每一家好地赖地都摊上一些。那一年开始各家种各家的地了，人们的积极性都很高，不论什么季节为了多出活都有送饭到地里吃的，更有为了把一块地里的活干完，多半下午才回家吃饭的，人们侍弄分到手的土地精心了许多，这样收回家的粮食，除了交公粮，剩下的都是自己家的。

秋天又验兵时我提前去找了大舅，他认识公社里的武装部部长，去验兵时大舅也去了，我验到哪儿大舅跟到哪儿，没想到一路过关，出奇顺利。特别是验到眼睛那一关时，我心里七上八下的，心想老天保佑，可别再把我验下来。公社里验上了这只是第一步，还要去县里验。等待再去县里验的日子里，我心里既焦急又兴奋，焦急的是当兵走的过程中再别出什么变故，兴奋的是我的多半只脚已迈入我充满神秘感的军营。去县里验时县上来了两辆大解放车，我们全乡的人都来公社集合一起走。由于初验过关，大家脸上的表情都有些神气，上了车有认识的同学或同村的小伙们开始打闹，只有民兵连长们荣辱不惊的样子，他们的眼睛看着车外，心里不知想着什么烦心的事，一脸凝重。农村的民兵连长几乎百分之百都是当过兵的人干，望着眼前这些充满青春活力的小伙子，他们是不是想起了年轻时的自己。

车没走出多远，刚过供销社就差一点出了事，头一辆上先是传来痛苦的喊叫和惊呼声，接着司机来了个急刹车把车停了下来，后边的车也跟着停了下来。原来是站在头一辆车最前边的几个人被架在空中的电线勒了脖子，好险，他们的脖子上立马出现了几条洇出鲜血的道子，幸亏他们的喊叫，提醒了后边的人，大部分人反应奇快地低下了头。带车的和司机都说，你们几个去卫生院看看吧。他们几个都装出小事一桩的样子说，没事，没事，不用去看。

一路上，我们的目光好像都不够用的，望着道路两旁的田野、村庄从眼前闪过。我们是想从这些山外的景象看出和山中的一些不一样来。我这是第一次去县城，我想这两辆车上的大部分人都和我一样，都是刘姥姥第一次进大观园。到达县城时已是九点多，县武装部的院子很大，院子里已站了不少人，下车集合，公社武装部部长讲了注意事项，允许大家上厕所，但不许乱跑，更不容许吃东西，待会要抽血化验。在公社体检时血压高点的，赶紧找个没人的地方，从兜内拿出一个小瓶偷喝点醋。体检到裸体查体时我又差一点出了问题，才开始叫把衣服都脱光，我们还有点不好意思，医生查得很仔细，连小鸡鸡都托起来看看，然后让举手抬腿，在蹲下站起时我的一个膝盖处不争气地发出了"啪、啪"的响声，医生让我再蹲下再起来，我努力装出已蹲到底的样子，实际上并没蹲到底，这样膝盖就不会响。往复多次，医生才认为没问题，终于过了关，走出那个检验室的门，我长长地出了一口气。有中途被验下来的，垂头丧气地躲到一边，不敢抬头看别人，像自己做了什么亏心事，有神的目光一下子变得呆滞起来。检查完身体，民兵连长们各自带着自己的人去吃饭，公家花钱，那顿油条、鸡蛋汤对我来说吃得格外的香。

回到家后，我心里想我现在已是一只脚迈入了军营。我的心早飞得很远很远，我就要离开这贫穷的家乡到外边闯世界了，军营里人人平等，那里可能才是我施展才能的最佳所在。有一天民兵连长通知我第二天去东阿镇卫生院复查身体，我的心情重又变得沉重起来。忐忑不安地去了东阿医院，这回查体的军医特别细心，最后解除了疑虑，认定我的身体一切正常，又是虚惊一场。

拿到入伍通知书后，我心里的石头才终于落了地。生产队里的干部们买了肉来给我送行，父母炒菜招待他们，酒桌上都嘱咐我到部队上一定要好好干。临走的前一天晚上，二姐和姐夫来给了我十五块钱，说让我路上用。我只拿了十块，那五块钱留给了父母。我说，明天一穿军装，部队上什么都管了，花不着自己的钱的。

去县武装部报到那天，公社给我们四十多个应征入伍的青年开了简短的欢送会，领导讲完话后我代表入伍青年发言，表示我们决不辜负家乡人民的期望，到部队这个革命大熔炉里锻炼自己，发扬一不怕苦、二不怕死的革命精神，为祖国的国防事业做出自己的一份贡献，为家乡争光。到了县里，在玫瑰酒厂上班的同村的高中同学东庆跑着去送我，还给我买了些吃的。在武装部我们发了新军装和被子，换下的衣服包在一个包袱皮里，外边写上自己的名字，公家给捎回家去。连里边的裤头都是发的，穿上这身衣服我们就成了公家的人了。后来给我们编了排编了班，开始走步、跑步，开始了简单的训练，虽然这些在学校都练过，但在军官的指挥下重复这些动作不免还是有些紧张。起步走后，有人踩了前边人的脚后跟，有人甩那边胳膊迈那只腿，惹得大家想笑又不敢笑出声来。晚上讲了三大纪律、八项注意和明天上路后的注意事项。晚上睡觉自由结合两个人睡通腿儿，一个人的被子铺一个人的被子盖，好像又回到了上高中时的学生生活时代。

往事如烟

　　大年初三，娘对从部队上回家过年的我说，咱娘俩今天去丁泉。记得小时候跟母亲去，总是爬山去，走十多里路，还要翻两座山才到。听说山上早晚有老虎、野狼出没，所以天不太亮或夜晚没人敢走的。行走在两边是茂密树林的山间小道上，时刻扯着娘的衣服角。

　　现在去当然是骑车子，娘坐在我的自行车后架上说，俺姥娘家就这一位亲人了，赶集时听你舅说，你舅姥爷瘫在床上有半年了。90多岁的人了，快不行了。

　　娘叹口气，又向我讲起了过去。

　　俺姥娘家是地主。那时你姥爷下了东北，说挣钱回来好好过日子。年月不好，大旱了两年，要吃的没吃的，要穿的没穿的。满街都是要饭的。你姥娘带我和你舅去丁泉，住半个月也不想回。

　　你姥娘不肯吃干粮，每一顿饭省下一块两块来放在一起。每天光喝粥，也顶饿。因为那粥比自己家的稠得多。回刘家湾时俺妗子都是问，这带的什么东西，一包一包的。俺娘红着脸说，干粮，这几天攒的，带回去小孩子们饿了给吃点。俺舅总是叫管家牵上驴送我们娘俩一段。走时，你姥娘总是趁妗子不在的时候，问俺舅，二哥，你身上还有点钱吗？给我一点，我回去好打点洋油，晚上给孩子们点点灯什么的。俺舅总是掏出钱夹子，翻翻后说，没有多少，还剩一块多，都给你吧。那时你舅姥爷在村里当教书先生，穿着大褂，很斯文的样子。

走进村里，娘下车来带路。她小时候曾无数次地走在这条石板路上。在村中一座古香古色的前庭前，娘停下脚步，在门外颤声喊：舅。娘眼眶里涌满了泪。又喊一声：舅。走进门去，表舅一边说，姐姐，你来了，一边把娘和我直接领到舅姥爷的床前。一个干瘦的老头躺在床上，头轻微地动了动，娘握住舅姥爷的手说，舅，我是英子。娘扭脸抹泪，舅姥爷眼珠一闪，有两滴浊泪从眼角溢出。这一刻，他心中是不是想到了自己那苦命的妹妹。

我到街上去转，望着身后这座破落的大门，想它门庭若市时的光景。姥娘小脚，姥娘是这门庭里走出来的娇小姐。她嫁给了刘家湾的姥爷。那时姥爷家日子过得还不错，有四十多亩地，还在村中开了个杂货店。

那时，姥爷是村里独一无二的风流人物。

姥爷个子挺高，长得很英俊。他留平头，戴手表，骑洋车（自行车）。那时一身粗布衣裳打无数块补丁的村人，从土里刨食，哪见过手表，更别说洋车。

他和几个人搭伴去泰安府起货。每次吃饭后有人去柜台前结账，人家管账的总是说，刘老板早交了。听说他还会飞檐走壁，肩扛一布袋粮食在屋檐边上走如履平地。他吃喝不说，还赌，没钱了就卖地，小卖部他谁的账都赊。记好几本账他也不去收。

我走到村中的水池旁。这个水池据说有好几百年的历史了。天再旱这个三面环山的村中水池里的水一点也不下落，清清的、温温的，水中的石头上长满青苔。这是舅姥爷家祖上修建的，舅姥爷家一辈辈就是靠卖水一点点发起来的。现在当然是归公了。水池下边就有一帮妇女在洗菜洗衣，大声说笑。

离开舅姥爷家时，娘又一次流了泪。她想这也许是见舅的最后一面了。这么远，来一趟不容易。回到家，娘坐在椅子上喝水，眼睛怔怔地望着墙上的某一处发呆。娘的脸上布满了皱纹，头发稀落了许多，也白了许多。

娘的腿不好，得过坐骨神经痛的病。记忆中小舅陪母亲去济南看过好几次。爹老实，又不识字。舅做过生意，在外边能应付。那几年每到冬天的夜里，娘腿痛得头冒虚汗，哼哼着喊：哎哟，我不行了，痛死我了。我真死了，你要照看好这几个孩子。听到这儿我和大哥、二姐就哭。父亲则低声安慰娘，咱又没说不去看，我出去借钱，明天咱再去看。

半夜醒来，只见一红点一明一暗地闪着，那是父亲倚在床头吸烟。

小时候，我跟娘去刘家湾北给姥娘上过坟。每到清明节或十月一，娘总忘不了去给姥娘上坟。若手里有点钱，买一斤糖块或十个烧饼，我们就先去舅家，等妗子包了饺子大家一起去。有时还能赶上吃点好吃的。有一次我吃舅家酒桌上剩回来的鱼，把鱼刺咽到了嗓子眼里怎么也整不出来。到外边用手抠也抠不出来，只可惜把吃的那点好东西都吐出来了。娘觉得很难堪，大声熊我，你没吃过东西，没出息。我委屈得抹泪。那时舅在大队里混点事，经常有人到家喝酒。更多的时候，是娘只拿一刀草纸，我们从西边北大门出去，直接去坟上，娘跪在地上一边烧纸一边暗自落泪。

烧完哭完娘领我原路返回家来。路上我嫌累赖着不走，娘就停下来坐在路边歇一会儿。

每次吃菜窝窝，我们嫌不好吃的时候，娘就讲，我们那时候，哪吃得上这个。你老姥爷把秋天刨下的胡萝卜打在土坯里，在屋里垒一道墙，每天两顿饭，一顿一人一根胡萝卜，细得像小手指肚那么粗，那粥稀得能照见人影。哪吃得上榆钱、萝卜缨子、槐花，就连榆树皮都叫人扒光了。春天没吃的，吃臭椿叶子。

有一次，你舅从村公所回来，人家让他喝剩的面条汤，还有点面条。他肚子鼓得简直要破了，从鼻子眼里往外流面汤水。

"娘，我也要喝面汤水，我也要喝。"我哭着喊叫。

娘生气地说："谁让你不是个小小子来。我上哪给你弄面汤水去。"

那一年饿死的人多啦，我挎个篮子去北海要饭，一个门一个门地敲，一个门一个门地喊，大娘给我点吃的吧。大爷可怜可怜给点吃的吧。遇到有大狗汪汪叫着追出来，吓得大哭着跑开。真有好心的给一口干粮，攥在手里不肯吃，拿回家给你舅吃，他那时才三岁多，你姥娘没奶，怕把他饿死了。

就是在那一年，有人捎回信来，说俺爹参加了抗联，当了副连长，一次病倒别人给帮忙拿回药来吃了。觉得难受，忙叫人告诉药房，告诉给错药的另一方别吃了。人家没吃，保住了一条命。他死了，人家那方为感谢他的救命之恩，厚葬了他。娘跟我商量，妮来，你爹死了，咱娘们没指望了，我带你弟去讨碗饭吃。要不还不把你弟弟饿死。当时你姥娘悄声去了山北面的一户人家，那男人的媳妇死了，扔下两个孩子，都比你舅大。在地里浇菜，那男人叫你舅去看水流到头没有。你舅一会儿说到了，一会儿说没到。

那男人上来就用锨把把你舅的头打破了。还说你姥娘有二心，不疼他的两个孩子。有时也动手打你姥娘。俺娘受不了那罪，又领着你舅回来了，那男人几次来接，再也没有回去。

姥娘的家我还记得。村中路南有两个大崖子，上了西边的一个，就是西石门，门外有一口井，井上安着一个不知用了多少年的辘轳，那辘轳把被许多只手，千万次磨得在太阳光下闪人的眼睛，辘轳身上被绳索勒出了道道深沟。崖子上的石头也被人们的鞋子磨得光光的。下雨、下雪天，稍不小心就会摔倒。就是好天，上了岁数的人上下，也得有人搀着。真有儿女们不得闲的，自己要扶着墙走。特别是小脚的老太太们，下这个十多米的崖子至少要用五六分钟的时间。下到底或爬上来还要坐下喘一阵子粗气。进了石门向里走，还是石铺的路，沿石路走到底，向右拐向左再向右拐，最里边那个外门就是姥娘的家。

六十六年前，有一个瘦弱的小姑娘和一个比她小两岁的男孩在这条路上无数次地用瓦罐抬过水。有一次打上水把辘轳摇到一半时，那小男孩放手跑开了。那小姑娘细细的两条小胳膊敌不过满满一瓦罐水的坠力，可又不想放开。这样持续了几秒钟，小姑娘脸憋得通红，辘轳把挣脱了那双较劲的小手，放肆地撒起野来。

小姑娘被打趴在地下，头在井口悬着。当辘轳使完威有气无力地停下来，小姑娘脸吓得青白。手摸一下头摸了一手血。小姑娘伤心地哭了，她不是为别的，是心痛没了打水的瓦罐。那小姑娘就是我娘，那小男孩就是我舅。

娘是十六岁时嫁给父亲的。两年后一个夏天的早晨，娘正在厨房里做饭，舅气喘吁吁地跑进来说，姐，你回去看看吧，咱娘病了，两天了不吃不喝。娘放下手里的家什，给奶奶说了一声，就急急忙忙地回了娘家。

姥娘躺在破木板床上，脸色蜡黄，她用微弱的声音喊道：我冷。娘和舅给她盖上三床被子。娘以为姥娘是感冒，出出汗会好的。一天一夜后姥娘的脖子上突出一个大疙瘩，临咽气时姥娘断断续续地对娘说，妮来，我可能不行了，今后你多回来几趟，看看你弟弟……一个有钱人家的娇小姐，就这样在风雨中跋涉了二十年，匆匆结束了自己的一生。她太累了，也太苦了，她到另一个世界过安宁日子去了。

出葬这天，老天也洒下了同情之泪。一副薄薄的棺材后面，跑着两个哭得天昏地暗的儿女。曾是四邻八乡里首富人家的女人就这样可怜地去了。

村人们感叹道：苦命的女人，无能的女人。

嫁给父亲的第二年，村里叫娘去县里学习，回来当妇救会主任。爹不让娘去。现在娘还经常唠叨：我那时要是去了，咱现在的家就该在县城里，也不会受这么多年的罪了。

天慢慢暗下来。村子的上空飘起了袅袅炊烟。爹堵了鸡窝回来后问娘，烧什么汤。家里把晚饭称作喝汤。这是从我记事起就听惯了的一个词。我想因为过去穷，认为吃晚饭也是浪费，故只做点稀的。

"我不饿，你弄点菜和小你俩喝点吧。"娘的身体很虚弱，饭量也小，经常晕倒。爹去做饭，我走去帮忙，爹说不用你，不用你，你去陪你娘说会儿话吧。我拉起跪在灶间吹火的父亲，自己蹲下来，掏出打火机，重新把火点着。爹说部队上多好，老吃现成的，有专人做饭。

爹当过三年八路军。大盖子、机枪全玩过。我十几岁时，他经常哼那老调的《三大纪律八项注意》。死去的战友的名字能叫出一大串来。他是济南解放后回家来的。他目不识丁，回家时没有转组织关系，在部队上他曾当了两年零四个月的党员。

爹还干过十年生产队队长。我依稀记得大姐抱着我去生产队记工的那儿。家里那时点的两个小煤油灯瓶，是父亲从会计那里要回来的糨糊瓶。我当兵走时还在。我曾端着那个圆的上过夜自习。家里的粮仓里放着队里的麦种。后沟的房子借给队里当了牛棚。娘说：每年得给点报酬，工分也行，粮食也行。爹说，咱要人家哪，再说队里也穷。

家里安着一个十五瓦的灯泡，看我回来换了一个二十五瓦的，还是有些昏黄。我坐在桌前陪爹喝酒，父亲看我大口喝酒，脸上的皱纹里装满了笑意。

娘咳嗽了一声，说道：你爹他，离了酒就没法活。我给他打的这十斤酒，才几天，就喝完了。

初十这天，舅舅家来了一个中年人。西装革履，操一口东北口音。舅舅忙叫表弟来接娘。

娘一进舅家的门，看到坐在椅子上喝水的人，怔住了。她努力睁大昏花的眼睛又仔细看了一眼。天哪，这不是印象中的父亲？

"这位就是大姐吧。"那中年人站起来向前走了两步。娘环视了一下一边的舅舅，疑惑地问：他是？

我叫刘庆树，爸爸死了五十多年了。我是送他回家来了。爸爸临终前告诉我说，庆树，咱的家是山东省东阿县刘家湾的。那个家里还有你一个姐姐，一个哥哥。我托人打听说，她已不在了，她的命很苦，我没让她过上一天舒心日子。我不能再让她挂着我，我死后把我的骨头送回去，和她埋在一块。

爸爸刚到东北做小生意，后来在哈尔滨开了个小店。我妈妈是日本人，她是随日军来中国的护士。鬼子被打败撤退时，兵荒马乱中，她没有跟上部队。她跑到乡下打扮成农村妇女，后又流浪到哈尔滨。她不敢说话，一说话痛恨日本人的东北老客会把她打死。她跑进爸爸的小店里找活儿干，只是用手比画。爸爸看她长得小巧玲珑怪可怜地就收留了她。整整三年她干活儿，做饭侍候爸爸，一分钱不要。后来爸爸酒后进了她的屋，然后就有了我。

说到这里，他端起茶杯喝了口水。点上一支烟，深深地吸了两口。

然后从兜里掏出一个布包，一层层打开，露出一只绿色的翡翠手镯。他双手捧给娘，娘接了，仔细地看来看去，双手有些发抖。心中想，这是俺娘的，她咽气时，我从她的首饰盒里只找到了一只手镯，别的首饰她都变卖了。我想给她戴这副手镯，可只剩了一只。俺娘就戴着一只手镯去了。原来这只手镯被爹带走了，是娘送给他的，还是他偷走的？

过完十五，我就回部队了。娘来信说姥爷那小儿子出钱，请了二十多桌客，把姥爷的骨灰埋在了姥娘的坟里。姥娘的坟批林批孔时已平掉。只是估摸着那个方位。还给姥娘姥爷立了块大碑。碑宽4米，高4米。为这块碑一次性给承包那块坟地的人家五百元钱。

碑的右下角，立碑人处不但刻有舅和娘的名字，还有那个日本人的名字。

娘信上说，你舅姥爷在你走后的第三天死了。娘信上还说，那个日本人要把你姥爷的另一半骨头带到日本去了……

王虎大卡

　　只有十八岁，只有初中文化程度的王虎，仰靠在责任田边山坡的石板上，从兜内掏出一张姐夫从县城包鱼回来的又破又腥又脏的《中国青年报》，专心致志地看了起来。忽然有一张漂亮脸蛋吸引了他的目光，庄重的运动员礼服，瀑布似的披肩发，明澈见底的大眼睛。哦，原来是运动员卡片！此人乃是打篮球的×××。他把这张卡片看了一遍又一遍，心中似有所悟：以后我成功了，弄不好要填作家卡片的。到时候怎么写？不如先试试，省得将来再多费脑筋。

　　名字：叶来香。鲁迅先生不是取母亲的姓作笔名嘛，本人姓叶，父母名字再各取一字：叶来香。好听吧。

　　出生日期及出生地址：一九六八年，几月几日记不清了。月日就以她这为准吧，图个吉利。人家不是混出来了吗？出生地填山西太原，虽然家距太原有二百多里，总不能填高平县疙瘩乡李山头村，那多土气！再说，本地已归太原市管辖，名副其实。

　　业余爱好：爱好什么呢？总也不能填爱看吵架打架，娶媳妇的。这显得多没修养。对！就填：爱洗澡，还有爱看戏，这多文雅。

　　最大愿望：有什么茅台奖！不，外国不是还弄了一个什么诺贝尔奖？这人起名字也不会起，贬低自己，为什么不叫大贝，那多气派！

　　崇拜偶像：我父亲。什么偶像，人就天天在一起，一起吃饭，一起干活。干什么几乎都是他教的，也该跟儿显耀显耀。

　　对你影响最大的人：我父亲。哪能重复。谁对我影响最大呢？就写我弟弟吧，都沾点光。

　　喜欢的颜色：红色。不对，一个男子汉哪能说喜欢红色？那是女人的颜色！随便什么颜色吧。要不写青色，绿色吧，多有诗意。

　　喜欢的一本书：《牛毛》。是不是《牛毛》，反正是这个意思。可这是外国的，对，就应该写外国的，这样显得你知识渊博。

　　喜欢的一首歌："天上布满星，月亮亮晶晶……"（不由自主地唱了起来）悲是悲了一点，但唱出来可真是声情并茂。

　　喜欢的食物：猪肉、包子、面条、油条、炸丸子、炸鱼、豆腐、豆腐皮、粉……哎呀。总不能写那么多。看她写什么：冰激凌。是不是冬天屋檐上的冰溜子。那有什么好吃的，不香不咸不淡，真是少见多怪。要不就写包子吧，这是好吃中最好吃的。

　　最喜欢做的事情：打老 K。闲得无聊，能干什么。我们的生活是吃饭——干活——睡觉三点成一线。不是有人说，劳逸结合吗？这个逸字要拿出来解释，我还真说不准是什么意思。打扑克，也叫娱乐吧。

　　最讨厌做的事情：收庄稼。收麦子时多热啊。收玉米、割谷子也累死个人。这样写，显得看不起劳动人民。就写做什么事情也不讨厌，省得麻烦。

　　恋爱、婚姻情况（或求偶标准）：差不多就行，不过，现在不能找，找了，以后进城怎么办？等进城后，随便找一个，不要太好看的，太好看的管不住。比如找个医院的，吃点药什么的可以不花钱。蔬菜公司的售货员也行，总而言之，要有利可图。

　　退役后的打算：什么退役？又不是当兵的，退役就退役吧，我退役后的打算是继续服役，这像玩文字游戏。不过，这样显得你这人有幽默感。

　　你对读者说的一句话：我要扬名后世。口气大了点，不过我信心十足。

　　不问了，我再加一句：这张卡片最好印在联合国公报上。还有，照片放大点。

秋天记忆

一

微弱的灯光下，一个年轻后生在读信，听者坐在床沿上，眯着昏花的眼睛在遐想，她偶尔抬起那青筋凸起的手，理一下稀落的白发，嘴角上始终挂着笑。

"奶奶，这里还有照片。"年轻人审视了一下照片，心中闪过一丝不安，迟疑着递过去，老者接过照片，很利落地滑下床来，快步走过离灯近一点的地方，努力睁大那双浑浊的眼睛，"这小子，就知道寄照片，两年了，也不回来看看奶奶。"老太太像是自言自语，又像是说给年轻人听。

"奶奶，部队上的事要紧，他肯定工作忙。"年轻人凑过来，看着老者手中的照片解释说。照片上一个很机灵、很英俊的军人在对着他们笑。

"长根，你今后不用天天来，你打一缸水，我能用三天，别的我自己能干，你大队里、厂子里还那么多事。"

"没事，奶奶，我哪天不来看看，心中就老觉得有件事没干。"

"光华不在家，你可受累了。"

"奶奶，您这是哪儿话，光华是孙子，我也是。"

"是，是，都是好孩子。"

"奶奶，您老歇着吧，我到大队去一趟，还有点事。"

年轻人告别了老人，急匆匆向外走。他是大队副书记兼队办大理石厂的副厂长。

长根走进大队部，掏出钥匙开了屋门。七点半开支委会，研究今年的征兵工作，他抬腕看了看表，刚七点。这块表是光华从前线寄来的，上边有一个头戴钢盔、身挎冲锋枪的战士头像，下写一行小字：赠给当代最可爱的人。他点燃一支烟，随着烟雾的飘飞他的思绪把他拉回到了过去。

小时候，和光华一起流着鼻涕想跟着去上学，到后沟土洞里看大孩们蒙上眼睛打"瞎驴"，到村西小河沟摸鱼。光华很不幸，九岁时死了父亲，一年后母亲跟外地一个焊锡壶的男人走了。那时农民穷得叮当响，一个工日才值一角八分钱。

春天，放学后一起去割草，交到队里换工分；夏天去队里收完的麦地里捡麦穗；秋天到山坡上、地堰上挖"远志"（一种药材）回来砸下皮来，晒干后卖点盐钱；冬天拿上板镢子去刨树根。那时除挖药外，我们从不上山，我们的根据地就在河边。我们也有快乐的时候，冬天小河封冰后，我们挎着篮子就上了路，有时放下篮子，尽情地滑一会儿冰。侧着身子，向前横走几步，后脚使劲儿一蹬，人就出去老远。有时摔个屁股蹲，摔倒了，就索性四仰八叉躺在那里望一会儿天。

有时摔得后脑勺蒙蒙的，只能等同伴来拉。

开会的支委们陆陆续续来了，人们的说笑声打断了他的回忆。会开得很快，民兵连长说了上级武装部门的指示精神，规定明天广播动员，后天开适龄青年会，大后天报名，然后再开会研究参加初选名单。

开会的支委们都走了。他走出屋来，望着远方的田野发呆。那一年，他十六岁，我十七，秋天的一个中午，北边国营林场的果园里挂满枝头的苹果晒红了半个脸蛋，像害羞的少女你挤我藏，有钱的人家都一包包向家买。在头天下午割草时，我们制订了一个计划：也像有些大小孩样爬墙进去偷苹果。回去给奶奶吃，当然还有自己。

我们没挎草篮，每人从家偷出一个小布袋。通过林场边的树林走到围墙根，观察了半天也没看到里边有半个人的影子。我们手哆嗦着爬上了两米多高的石墙。下去跑到果树下，摘了半袋就向墙边跑。当从墙上跳下时，上边的石头也随着掉下来了好几块，幸亏没砸着我们。我们刚刚跑过一片树林子，墙上就有几个看场的相随着追出来，大喊着：抓着那两个小王八羔子。手里拿着木杆子。我们不肯扔下袋子，背着袋子拼命地向前跑。到了河边，穿着衣服穿着鞋就下了水，等深一脚浅一脚地蹚过那段快到脖子深的水，不顾一切地蹚进了玉米地。身上、脸上被玉米叶子划得火辣辣地痛。我们上气不接下气地跑，最后又分开跑。我们各自趴在玉米地里，听到四边传来喊叫声："抓住他们，两个臭小子，你们跑不了了。"

一个粗嗓门的男人，问一个割草的妇女："看到两个偷苹果的小孩没有？"

"向南跑了。"

"追。"他们的喊声从村边传来。

天不知什么时候下起了小雨，醒来时身上感到很冷，一看身上全是小血道，很痛很痛。天早已是半下午，我们抓着布袋角睡着了，万一被发现，我们就倒掉苹果，从玉米地向另一个方向的河边跑去，游水去另一边。我们早忘记了还饿着肚皮，当我们找到对方时，抱头哭了。光华的鞋跑掉了一只。想到这儿，长根觉得鼻子有些发酸。从兜里抽出一支烟点上。头几年，我们商定去闯世界去当兵去山外的世界看看，你去了，我因沙眼没走成，可这么几年了，你也该回来看看了，长根不由得又想起了那张可爱的照片。

二

张连长坐在连部里，望着桌上摊开的一封信发呆。他的心事随抽屉里一摞信的增高而加重。

"文书，给我买瓶白酒来。"

"连长，你……"

"快去。"

又是深秋季节。

两年前部队奉上级命令开赴南方前线。战前动员后，大家都开了戒，不吸烟的吸烟了，不喝酒的喝酒了。光华当兵几年连双袜子都没买过，这一点连长最清楚。他每月都把节省下来的津贴费邮回家去。他家中只有一个奶奶和一个还未成家的哥哥。这是他在战前家庭成员表上填的。连长从柜子里翻出他战前写下的遗书。

遗书

党组织：

如果我光荣了，请不要把这消息告诉我奶奶，她老人家为我操劳一生，我不想让她老人家再为我难过。这是我唯一的要求。

五连战士：李光华

"连长，酒买回来了。"

"噢，你去吧，我自己待一会儿。"

张连长坐在那儿独自喝酒。这事怎么办？指导员是刚换的，他什么也不了解，什么也不知道。这不告诉光华的家人总不是个办法。他哥哥每次来信总说，家中很好，说每月寄去的钱，奶奶都给你攒着，就是老念叨你，想你。你如能请下假来，回来一天也好。奶奶的身体这段时间不算好。把光华送回去看看，这怎么能行？他奶奶、哥哥能接受得了这事实？可不送，这编信的滋味……光华失去了一切，这都是我的责任啊。我作为兄长，作为一连之长没保护好他。我对不起他，对不起他的家人。半斤酒下肚，张连长眼里盈满了泪。他捧起照片凝视着那年轻的脸庞，眼前出现了那个特朴实能干的山东小伙。

"小李，吃药了吗？"

"连长，处分我吧，我后来睡着了。"

"不，小李，怨我太大意，让你在外冻了半夜。"

"不，连长，真得怨我……"光华说着掉下了眼泪。

"小李，好好休息，待会儿让炊事班给做点面条吃。"

"连长，就是有点感冒，不要紧的，您别费心。"

"谁病了都这样，小王你告诉司务长，给小李做点面条端来。"

那是半夜搞军事演习，他自己独占了最高的一个山头，连队撤回时，他没得到口令，自己在夜深人静的山上一直趴到天亮。部队回来已是深夜，大家吃了点饭都休息了。当查铺发现他不在时，可把我吓坏了。我没有惊动熟睡的战士们，自己叫上文书上了山，在山头一块巨石下找到了他。他紧紧抱着枪，趴在那里睡着了。

还有那次……

战场上，到处弥漫着火药味。山谷中不时传来冷枪声。寂静的夜晚，那枪声听来特别清脆。

"一班完成任务很好，二班做好准备，零点出发。"

"连长，让我带路吧，我已熟悉路线……"

"不行，下去休息。"

"连长，我已交了入党申请书，再说看咱这身架。"

"那，李光华带路跟二班上，一定要注意安全。"

"是，请连长放心。"

那次接到上级命令，通知我连利用夜间雾大，能见度低，向山上的一个秘密火力点运送弹药。没想到碰上了地雷，走在前边的他……

三

"村西头李老太太，两天两夜没吃没喝了。"

"也怪可怜，没个闺女孝顺。"

"不是有个孙子去当兵了吗？这时候了，还不拍个电报。"

"听说咱们乡一次从前线送回来七个骨灰盒，其中就有咱们南乡里的一个，据说就是李家的那娃。"

"没听说。"

"前段倒是听有人这样说：有一次在前线单独执行任务，他冷不防被几个敌人从后边上来下了枪，装在麻袋里被带走，在路上突然碰上敌人自己埋下的地雷，四个敌人都给炸死了，他从炸坏的破麻袋里钻出来，见胳膊上、腿上全是血，他咬了咬牙挣扎着站起来，试了试腿还能走，胳膊还能动，他捡了把枪上炸下的刺刀，把四个敌人的脑袋割下来，用破麻袋背回营地，就瘫在了那儿。听说最后给弄了个什么英雄称号，腿、胳膊都好了，保送上军校了。回来就成军官了。"

村里的风言风语传到了长根耳朵里，他虽然心中一百个不信谣传，但也犯疑，万一传闻是真的呢？无论怎样，决不能叫李奶奶听到这一切。要知道这是谁无中生有编出来的谎话，我要给他几个耳光，让他头脑清醒清醒。

这年冬天，李奶奶病倒去世了，长根替光华披麻戴孝处理了后事。按照奶奶咽气前留下的话，长根没把奶奶去世的消息告诉光华。奶奶临终时说：你给光华写信说，我身体不太好，他不能回来，证明他部队上忙，离不开，这，月月寄钱给我花，也算孝顺我了。我要一口气上不来，你也别给他信，让他难过，工作上分心。我要不在了，就把他交给你这个哥了，我什么都放心。

　　光华每月都写信来，还有钱和照片。

奶奶、哥哥：

　　你们好！

　　告诉你们个好消息，我被组织批准党员转正了，从此我就是一个真正的共产党员了。另外，我还担任了副排长，我和战友们相处得很好。就像和哥那么好。我训练工作太忙，回不去，可我每月给您寄照片去，不就像在您身边一样吗？我不在家，哥受累了，哥还没成家吗？未来的嫂子什么样，哥邮张照片来我给你参谋参谋。奶奶，想我时，就看看我的照片……

　　长根跪在奶奶的坟前。信没读完，眼泪已经掉下来了。每次来信，他在奶奶的坟前读完信，就烧掉。可这每次一模一样的照片越发使人心中不安起来。他不能回，我去看看他。对，就这样。

四

　　还算庆幸，我模仿李光华的字体写的信，他哥没认出来，可他哥说给他介绍了个对象，让他请假回去一趟。若不能回，他哥要来部队。这可怎么好？

　　张连长在菜地边踱步，思绪乱极了。他不由得想起了一个故事。说在大城市一个烟厂有个漂亮的姑娘，谈了有一个班的男朋友没一个如意的，最后把终身大事交给了命运。她把自己最满意的一张玉照，装在一盒好烟的烟盒里。照片背面写道：有缘人：我在等待着你的爱。下面还注着一行小字：谁买到这盒烟，如你还是单身，请到滨市花园路107号找我。后来，有一天，一个目光呆滞、衣衫褴褛、头发像乱草、看上去有三十多岁的人，拿着照片敲响了姑娘家的门。姑娘见到来人，心里叫苦不迭，想来想去还是信命吧。她领男人洗了澡，理了发，上街买了里外的衣服还有皮鞋换上。那男人再看上去竟有点像阿兰·德龙。她挎着男青年的胳膊领回家领进厂，公布他是我的男朋友。送他走时，两人商定分开后通信交流。

后来姑娘每月都接到一封从农村寄来的信，后来两人准备结婚，姑娘从车站接回的竟是个副连长。那军人原是战士代理排长，在战斗中立了功，被破格提干。原来他不吸烟，上前线前买了一包烟却意外收获一段爱情。这样的好事，要叫光华碰上多好，可现在一切都不可能了……

荣军疗养院。

"弟弟，咱回家吧，回去看奶奶。"

"长根同志，你要坚强些。"张连长劝道。

"我要带他回家，奶奶想他。"

"那我给领导汇报一下。"

当天，长根带着弟弟踏上了返回的列车。

整整两天一夜，长根一点东西没吃，一滴水未进，任凭张连长怎么劝说。

一座坟茔前，长根跪在那儿："奶奶，我把您孙子带来了，奶奶，光华回来看您来了。"

"奶奶，我给光华翻盖了房子，买了家具，托人给他介绍了对象，可……我的对象等了我三年了，原承想我们一起结婚，我可怎么办啊？"长根声泪俱下。

"老人家，是我对不住您。这是您孙儿的军功章，就交给光华哥长根吧。"张连长沉重地说。

光华像一尊雕塑立在奶奶的坟前。

连长和随行的那名战士摘下军帽，缓缓地举起了右手。

上司老包

我们"黄埔军校"第六期学员是 5 月 15 日正式集结的。

那一天,当大轿车把我们从总部大院拉到远离都市一百多公里的训练基地,站在清一色的作训服队伍里时,我神圣地感到,又回到了军校。我被分到三排五班。班长是局军务处的包参谋。

进得宿舍,我环顾左右,床几乎都有人占了。

只有和包参谋对在一起的一个床位还闲着,我想,这就是我的位置了。我心里闪过一丝不愿和包参谋住在一起的念头,太拘束。但已没有选择的余地了,怪只怪早晨不该到招待餐厅吃了两碗馄饨,弄得憋不住,下车后先去了趟厕所。

包参谋已是副团,因军务处没有空位置,所以还是参谋。

我走到床前向包参谋一笑:"包参谋,我给您当公务员吧。"

"别、别,咱们是同学,再说班长也不够配公务员的级别。"包参谋笑着说完,大家都乐了。

下午不论是副师还是少尉都规规矩矩坐在教室里听一个志愿兵讲理论课。

站队去离宿舍很远的地方吃饭,一二百人好热闹。晚上没人去二楼会议室看电视,很多人排在一楼值班室打电话。

宿舍里大家传着看当天的军报和《人民日报》,包参谋拿出一个白色的剃须刀刮胡子，噪声很大。卫生部的刘吉喊："老包，打扑克。"包参谋干着手里的活说："你们先玩，你们先玩。"

看上去比我大不了两岁的刘吉就喊："官兵同乐，你不要脱离群众。"

包参谋又全方位刮了一遍，关了开关，手摸着下巴问刘吉："你小子，说玩什么吧？"

"最普通的，升级。"刘吉拉他们部的小关凑过来，"卫生部对管理局，正好你们俩。"刘吉向我一笑。

"我玩不好，真的，换个人吧。"我真的玩不好。

"嗨，那么认真干吗？随便玩玩。"刘吉和小关都说。

包参谋没有言语，我忙向待在各自床上看报的另几位喊："谁玩扑克，快来。"

刘吉把扑克已洗好，放在床中间。看没人应声，也没人过来，我极为勉强地坐在了包参谋对面。

还算给面子，开始我们打到七，他们才开始打。刘吉掏出红塔山给包参谋一支，又掏出一支给我，我摇头说不要。刘吉收回手，放在了自己嘴上。我一边计算着手里的牌一边想，我不会吸烟，也未带烟来，是不是应该到服务社买几盒。

熄灯号一响，包参谋说："散伙，明天早起得出操。"然后大家都忙去洗脸洗脚，我无意中看到包参谋里边穿的还是部队发的大裤衩。

我真的给包参谋当过公务员。那时他在公勤队当队长。我负责队部的卫生、打水等一应杂事，他对我很好，我对他也不薄。经常帮他去五一小学接孩子，每天上班前把茶给他泡好。

那时他和教导员关系不太好，有一次我看教导员那边茶叶桶里没茶了，就自作主张把他的茶叶给教导员杯子里放了一些。

事情就出在这儿。

八点钟一上班，包队长前脚进，教导员后脚就跟进来了。教导员生在杭州，长得小巧玲珑，像个书生，他坐下拿起一张报纸看。没大一会儿，我拿暖瓶去给他倒水，他忙端起茶杯喝了一口。水没下咽，他皱了皱眉头，把嘴里的水喷了出来。

"小罗，你这是给我放的什么茶？"教导员很生气地站起来。我记起来了，他只喝绿茶，冬天也如此。

我忙小声解释："我看你的茶叶没有了，放的包队长的茉莉花茶。"

"毛病。"包队长气哼哼地骂了一句。不知是骂教导员酸文假样，还是骂我偷用了他的茶叶。

那晚上我独自在宿舍里坐到深夜两点多，不记得晚饭吃的是什么。望着桌上的一摞数理化课本我焦虑不安。我怎么这么傻，明知道他俩有过节，还瞎掺和。万一考军校时有一个暗里使坏考不成怎么办？我坐不住睡不着叼着烟在屋里来回踱步，我当兵前发过誓，出来一定要混出个人样来。让菲菲看看，我也不是熊包。

菲菲是我高中时的同学。柳叶眉，小鼻头，特别是那双有神的眼睛，特像日本影视明星山口百惠。脸上的两个圆圆的酒窝，看几次能让你醉几次。那时我是学校诗社的社长兼《世纪风诗报》的主编。临毕业时，她向我表白，《世纪风诗报》上的那些爱情诗都是写给我的。那一刻我好幸福。

她上大学走后，写信鼓励我复习一年，明年再考。寒假回来，给我当辅导老师，我好感动。可第二年高考，我的成绩离录取分数线只差一分。从此她的回信少了，又一年寒假时，竟带回来了男朋友。

没过多久，赶上春季征兵，我咬咬牙走出那座小城市出来当了兵。

包队长的茶杯是一个大号的罐头瓶子，盖子里有些茶垢和锈迹，每天仔细刷也刷不掉。教导员的水杯是一个雀巢咖啡瓶子，棕色的。此刻，他俩静静地各自立在自己的桌子旁，是相互敌视还是都瞪眼看着我？

说句实在话，在我们这帮兵中，从文化程度到各方面的能力我还是数得着的。

一盒喜梅烟被我吸得一支没剩，屋子里烟雾腾腾，熏得眼睛疼。我打开窗子，望着满天的星星发呆……

后来赶上春节，教导员提前探家走了。包队长的爱人带女儿也回了石家庄。包队长抱床被子来队部住，我小心谨慎，再不敢出半点差错。为讨包队长欢心，我主动给他洗了几次衣服，其中就包括这军用大裤衩，有一次上面还画有"地图"。

这么多机关干部来学车，这是落实总部首长关于提高干部素质的举措之一。总部首长讲：四十岁以下的干部都要学会开车、会微机操作。

早起出操，正规得很。从吹集合号到集合完毕只用三分钟。有的忘了戴作训帽，有的袜子也未来得及穿。还有一位将军肚，跑起来，肚子一颠一颠的，大家笑个不止。领操的是那个给我们上理论课的志愿兵，他肩上戴一道黄杠的红牌子在一色的作训服中很惹眼。

我和包参谋分在一个车上。我们的师父是一位肩戴四道杠的老战士。姓岳，山西大同人。头发里掺杂着许多白发，很老成的样子。才开始我们喊：岳师父。他不好意思，说你们都是首长，喊我小岳就行了。我们说师父就是师父，这可没什么含糊的，后来他也就半推半答应下来了。

第一次上车，司机给我们讲了离合器、油门、挡位、方向盘，自己又做示范后问谁先来？包参谋让我先来，我说还是你先来吧。包参谋坐到驾驶座上起动、挂挡、油门，处理得相当熟练。他换二档、三档跑得很快。小岳说，你开得比我还好。包参谋说哪里有你开得好，不过我也开过几年车，曾当过车队的分队长。

晚上吃饭集合时，几乎每个人的背上都有碱花，像一幅幅形状各异的地图。

两天了，包参谋吸烟时，总是先给岳师父点上，头一天吸的是一盒云烟，第二天换成了石林。下班时，把未吸完的烟向驾驶座前面工具箱的铁门上一扔，很大方的样子。我想我也该去买几盒烟。可训练很紧，上、下午都在车上，饭后去了两次服务社均已下班。第三天上午回来早点，我赶紧去了趟服务社，再上车时，我也先给岳师父点上一支，再递给包参谋一支，最后自己也点上一支，虽然吸得有些苦，但我还是努力把烟吸一多半。包参谋说，我以为你小子还不会吸烟。我说我头几天有点嗓子痛。我买的不是云烟，也不是石林，而是希尔顿，虽然和石林价钱差不多，可这是外烟。

晚饭后从食堂出来，一位年轻的和一位老革命开玩笑。我说老赵怎么那样走路，像刚做完手术。

我和刘吉、包参谋等一帮人出去散步。这里远离都市，好清静。这个训练场占地四百多亩，所有训练设施一应俱全，我们围着训练场的外道闲逛。有点面熟的营房处董助理说，我们车的那位，二管处的。说我老董干这行，不觉得累。我可真受不了，在机关喝茶水看报纸哪受过这种罪。我说这天不算热，重庆的夏天那才叫热。去年我们在那儿学习真领教了，不愧叫火炉城。我们车的那位问我，你还去重庆学习？学什么？

又待两天，包参谋说天这么热，咱去服务社买点矿泉水、雪碧什么的。上午你买，下午我买。我说行。我们这一开头，每个车的人都效仿，后来就很少有人好意思向车上端茶水了。

星期六晚饭后不久，来了一辆黑色轿车把包参谋接走了。

走时问我：小罗，回不回？我说不回。第二天早晨刚出操，小车就把他送回来了，脸上带着幸福的笑。

又一个星期六来临，晚饭后包参谋像有什么心事似的来回走动，这时一身打扮时尚的少妇走进屋来，许多人向这行注目礼，少妇脸上泛起了红晕。

刘吉跟少妇下楼时喊："哥们，有谁坚持不住了，搭我的车回去。"

包参谋忙说："能坐下吗？我老家来亲戚了，想回去看看。"

"能，怕是又想嫂子了吧。"

"你小子。"包参谋随刘吉下了楼。

"刘吉这小子，有皇冠来接，而且是军牌，是哪位首长的乘龙快婿？"有人议论。

"小关和刘吉是一个部的，肯定了解，给大家透露透露。"又有人说。

"咳，没什么秘密可言，他爸爸是军需部的刘副部长，他爱人是国际航空公司的空姐，他俩刚结婚不到半年。看这夫人，够档次吧。"小关问大家。

"噢。""噢。"大家表示明白了。

晚上睡下，没有身边的熟面孔，我觉得特别舒服。脱衣服躺下，我又想起了去年那件事。

那时我刚分来公勤队当分队长只有一年多。一天我接到一位首长夫人的电话，说我们家的公务员没法用，再给换一个。我问首长夫人，小施在你们家，做得有什么不对的，请直接告诉我们，我们好批评教育。那位首长夫人说：等他回去你问他自己吧。

"报告。"声音低低的。

"进来。"我想就是施小乐。

施小乐推门进来，低着头，带着哭腔说："分队长，我敢对天发誓，我真的是无意的。"

"什么事，坐那儿慢慢说，实事求是。"

施小乐坐下，苦笑了一声说："我这两天好事都赶到一块了。昨天下午，首长说天太热，让我放洗澡水。我刚从服务社取牛奶回来，忙把牛奶放冰箱里，去卫生间放水，门推开一半，我听到里边有水声。我回去告诉首长，可能有人在卫生间。每次洗澡，都是我先放好水，试了水温，再陪他进去。给他搓背、打香皂，才开始我也想不通，自己的老人我也没这样尽过孝心。一个大小伙子，让来侍候人。这工作有啥意义，后来通过队里教育才认识到，为首长服务，为首长家服务也是革命工作，也是光荣的工作。"

晚上，首长夫人训我："说我偷看她外甥女洗澡。"我顿时呆了，天地良心，我真的不知道里边有人，再说我什么也没看见。

"你去卫生间为什么不敲门？"

"首长要洗澡，我去准备放水，门没有关死，我以为里边没人。我是清白的。"施小乐委屈地掉了眼泪。

"哭什么，哪像个男子汉，再向下说。"

"祸不单行。今天早晨喂鸡时还都好好的，可到了下午全都趴窝了。不死不活，像得了瘟病。首长夫人问我都喂了什么。我说像平时一样，只喂了些生菜叶和剩饭。晚上回来，躺下后我更睡不着了，没办法起来吃安眠药，家里头几天来信说，我原先在家订的对象不愿意了，嫌我们家穷。我一掏上衣兜，只掏出两张纸片。我一想，坏了，这可能和那几只鸡得病有关。我努力回想早晨喂鸡时的细节，怎么也想不起来，是怎样把上衣兜里的药片掉出来了。我一晚上几乎没睡着觉。我想该不该把安眠药的事告诉首长夫人。早晨天刚蒙蒙亮。我就去了首长家，我想那几只鸡可能都死了吧，走到鸡棚前一看，我简直傻了。鸡们伸腿展腰，兴高采烈，全有了精神。我想事都过去了，还是如实告诉首长夫人吧。说不定还能博她一笑呢。这样也能冲淡点她对我的不好的看法。可万没想到，我一讲首长夫人火了。"

"就这些。"

"就这些，该怎么处理，分队长，你看着办吧。"

"你先回去吧。"望着离去的施小乐的背影，我想，这有什么大事，换就给她换一下。让施小乐去巡逻。

当晚包参谋打电话来说："××首长家公务员出的那事，你打算怎么处理？"

"首长家可能有些误会，按首长夫人的要求给她换一个公务员，让施小乐去巡逻。"我说。

"首长夫人很恼火，对那小战士一定要严肃处理。"

"还够得上处分？"

"何止处分，开除回家。"包参谋说得很干脆。

我想真是小题大做。这点小事你包参谋管得着吗？第二天，包参谋亲自来找施小乐谈话，最后施小乐哭了，哭得很伤心，他说我才当两年兵，我原想在部队上好好干，争取改个志愿兵。因为我们老家那儿很穷。可命运给我开了个大玩笑。我走，我一切都认了。

施小乐虽然顺利地走了，我心里却不得劲了好些日子。对包参谋这么"热心"处理一个普通战士，我觉得不理解。当时我没考学前，他把在大院招待所干临时工的乡下侄女介绍给我。我碍于情面，也和他侄女出去过几次。自从我考上军校走后再没和她联系。回来后见面，包参谋再没提那档子事，我也当作什么事也没发生过。我想像这样的事包参谋都能原谅，为什么对一个无冤无仇的战士这样无情、这样狠心呢？

山路驾驶这天，在下一个六十度的斜坡时，包参谋"吱"的一声把车停在了悬崖边上。下来一看，好险，前面右侧轮已悬空。

晚饭时包参谋吃得很少。睡下前他照常倒暖瓶里的水烫脚。他洗完脚，脚蹬在脸盆上晾着。四下看了看，对正在看书的我说："小罗，把洗脚水给我倒了。"我没有回答。只是懒懒地坐起来，走过去端起了那盆水，一双臭袜子搭在盆沿上。在水房洗着这双臭袜子，我想下午的惊吓，怕是包参谋真的没有气力倒这盆水了。

星期六晚饭后，包参谋照常被一辆神秘的黑色轿车接走了。

有人说："老包是个人物。"

"每个星期都有车接送，肯定有背景。"另一位也有同感。我想在机关没听说他有什么大的后台或够层次的亲戚关系。又有人猜测说，他可能要提军务处处长了，我朝这方面一想，完全有可能。

两年后，在我的婚礼上。我们"黄埔军校"第六期三排五班的人几乎都来了。刘吉作为主婚人宣布：现在透露一个秘密，为什么美国地中海贸易公司中国分公司的总经理冯琳小姐看上咱们小罗，因为咱们的小冯找先生的第一条件就是非山东人不嫁，她说全世界就数山东人可靠。要问冯琳小姐为什么这样偏爱山东人，因为冯小姐的祖父就是山东人。

这时，一身便衣的包参谋走进来，我忙上去迎接。大家齐喊：班长来了。

刘吉大喊："班长来了，我退位了，今天就让包处长唱主角。"

大家喝得都很尽兴。已是军务处处长的包参谋喝得有些醉了。他把我拉进另一间屋对我说："小罗，你不够意思啊，咱们俩相处时间最长，你结婚为什么不请我？我知道你可能对我有成见，那年那样处理那个战士我也是没办法，那时我正好在那位首长家教她外甥女学硬笔书法。首长夫人发话了，我只能那样做。去年我给那战士家邮去 600 元钱，退回来了。还记得吗？在基地学车时，我每一个星期往回跑，也是没办法。人家定的星期六晚上，咱能随意更改时间？再说那段时间小女孩正好要参加北京市中小学生硬笔书法比赛。"

我想起来了，包参谋的硬笔书法作品在全国获过三等奖。

我突然觉得包处长活得也不轻松。

复杂

晓青收到一封信，是《海风晚报》寄来的。中午快下班时，晓青看到了这封信，她没有马上拆开来看，等吃了午饭静下来，才趴在办公桌上细细地看。信写得很亲切，不像编辑写给作者的信，倒像是小妹写给大姐的信，信上说，是不是把她忘了，不给她寄稿子也不给她写信。她说她在南方待够了，她好孤独。

她叫碧玉，晓青三年前投稿结识的。

但从未见过面。她是南方某市海风杂志社的编辑。给晓青发过好几篇小说散文，看名字就知道是个小巧玲珑的漂亮女孩。

对于落款处的英文单词，晓青不认得，也没有太在意。无非是晚安，笔健之类的问候语。下班回到家，上至四楼掏钥匙开门的时候，后边走上来对门的大学生李怡，李怡胸前的校徽很醒目——北京外闻语学院。

"小李，求你点事？"晓青想起了信上的英语字母。

"阿姨，什么事，你说。"李家公子问道。

我才比你大几岁，你喊我阿姨。晓青这样想着，不好意思地从兜里掏出那封信，把信露出信尾的那个单词，举到李怡的眼前。

"太无聊了。"李家公子脸红到脖子根，转身走到自家门前，摸裤兜，没带钥匙？急忙低头向楼下走。

"小李，到我们家坐一会儿吧。"晓青那一刻也怔了。太无聊了，是碧玉说的自己，还是李怡说的我？

进了家门，懒散地靠在沙发上，回想一下刚才对门公子的神色，不免心中不安起来，那单词是什么意思呢？

"妈妈，我回来了。"琳琳喊道。

"放下书包，出去玩会儿吧。"晓青这会儿只想一个人好好地静一静。

"妈妈，你病了吗？"女儿走过来温存地坐在晓青旁边，拉过母亲的一只手捧在自己的一双小手里。

"妈妈没病。对了，琳琳，你看这英语，是什么？"晓青像给李家公子看信那样给女儿看，琳琳想了想说："是这个意思。"说着她双手搂过母亲的脖子，大笑着在晓青的脸上亲了一口。

碧玉是个男人？碧玉只是他的笔名？他偷偷地爱上了我？这两年来，我在稀里糊涂地和一个男人通信。晓青陷在沙发里坠入了无比的惆怅中。对门的李怡看到信尾的英语单词时的表情又呈现在眼前。他会以为我在勾引他、调戏他。从今以后，在他心目中会把我归入放荡不要脸的女人之类里去。看到他变了脸色后，我还进一步地邀请人家到家里来。丈夫是开出租车的，走得早回得晚，这是明摆着的事。一个放荡女人在男人不在家时，叫一个小伙子到家里去是什么用意，常人一想便会很明白的。

望着家里这一应俱全的现代化装备，晓青想起了没日没夜拼命挣钱的丈夫。他叫夏利，认识他时，北京市路面上的小车还很少，特别是出租车那时根本还没有。那次在西单剧场看完电影赶到站牌下等车，等了半个小时也没有等到。天很冷，自己像只迷路的小鸟很无奈。

忽然一辆很旧的面包车停在了站牌下。

小姑娘，你去哪儿？"司机小伙突然从车里探出头问。

"中关村。"

"请上车吧，顺路，我捎你一段。"

"谢谢您。"晓青感激地向他一笑。

坐在后边，看着前边开车的小伙的背影，刚才等车时的焦急、无奈一扫而光。双手揉了揉很凉的脸蛋，心里涌起一股暖意。

后来他经常到商学院门口接我，我终于成了他的俘虏。头一次他停车拉我是说了假话的，他的家在石景山八角北里。新婚之夜时我曾笑着问过他："夏利，你是不是头一次看到我就打上了我的主意？趁火打劫是不是？"

"哪儿，哪儿，我是看你可怜才送你的。"他得意地辩白。

墙上石英钟的音乐声把晓青的思绪打住，抬头看表，八点多了，忙起身去做饭。她拉开冰箱门，心里想，今天做个红烧鲤鱼，这是他最爱吃的。

夏利把出租车放在楼前的空地上，检查了几个车门，才放心地走上楼来。

"喂，我换车了。"一进家门，他对晓青说。

"换的什么车？"

"桑塔纳。告天津汽车厂侵权的事自动放弃。"夏利笑着说。

原先夏利老说：我开夏利车，人家招手一喊，夏利，我都闹不明白是喊我还是叫车哪。我从娘胎里生下来就叫夏利，快三十年了，夏利车出世才几年，不行，我得去告夏利汽车厂侵害我的名誉权。想到这里晓青笑出了声。

"琳琳，你爸爸回来了，快出来吃饭。"

一家人围桌吃饭，夏利说鱼真好吃，他感激地向妻子一笑。晓青从冰箱里拿出一听青岛啤酒，把环拉开，放到夏利的面前，又反身从冰箱里拿出一听雪碧："琳琳，你喝雪碧吗？"

"不喝。"琳琳摇摇头，只顾埋头吃饭。

晓青把雪碧又放回冰箱，拿起筷子夹一块好鱼肉放在夏利面前的盘沿上，又夹一块放在女儿的碗里。

满腹心事地瞧着吃得津津有味的丈夫。

"你也吃呀。"夏利嘴里含着菜说。晓青点了点头，忙端起碗，吃了两口。看夏利手里的一听啤酒已经底朝天，忙又轻手放下碗筷，站起身从冰箱里拿出一听啤酒，拉开环盖，喷出一股像雾一样的小水珠，她双手放到夏利的面前，把喝空的啤酒罐随手拿走。

等吃过晚饭，女儿回自己屋里去了。夏利点燃一支烟坐在沙发上看电视。晓青在厨房里一边洗碗，一边想着关于信的事跟不跟夏利说？若说怎么说？按说夫妻之间不该有什么隐私瞒着对方。碧玉在几千公里之外，不会有偷偷出去幽会的嫌疑，不然就把和他的书信全翻出来给丈夫看看，然后烧掉。

夏天的林荫道上，乘凉散步的人很多。晓青挽着夏利的胳膊，悠闲地走着。晓青穿着蓝色的裙子，白色半袖上衣，昏黄的灯光下看上去像个妙龄少女，她的线条保持得很好。特别是脸蛋，还有那双迷人的眼睛，看上去根本不像三十岁的女人。有这样一个女人伴在身边，夏利感到无比的幸福，觉得生活中有晓青在就有了一切。他不像同行们大把挣钱也大把花钱。晚上泡歌厅，喝咖啡，跳舞，喝酒。

"喂，我妈打电话，让星期天过去，包饺子吃。"晓青仰着脸对夏利说。

"那星期天你就和琳琳去吧，嫌坐车挤，我送你们过去。"夏利温和地说。

"不，我让你也去，你天天跑车，就不知道轻松轻松？"晓青摇着夏利的胳膊，娇嗔着埋怨道。随后从夏利的臂弯里抽出自己的胳膊原地不走了。

"好，好，我去，我去。"夏利回转身劝晓青。

伸出右手搂着晓青的腰，晓青"哼"了一声，脸上又有了笑容。两人说笑着继续往前走。

回到家中，晓青换上睡衣，床上、身上都洒了些香水，靠在床头的墙上等夏利。

卧室里的灯光很柔和，床边的小台扇吹来一股微微的凉风。床、沙发、梳妆台放得都很是地方，晓青布置的房间很艺术，这里只是他们两个人的领地。除结婚时亲朋好友进来热闹过一会儿外，这些年很少有人进来过。就连女儿这两年也很少到这间卧室来了。墙上的这张 30 寸的结婚照，是五年前两人到王府井大北照相馆补照的。当时晓青提出要去补结婚照。夏利说，都老夫老妻了，还补什么结婚照。现在每次看到它，夏利总是说，我妻子和那些影视明星、时装模特比，一点也不逊色于她们。晓青看着照片，庆幸自己当时的这一举动。人生短暂，青春易逝啊。

"一进这屋，我的骨头都软了。"夏利向妻子飞了个媚眼。

"没出息。"晓青姣美的脸上泛起了红晕。

晓青心里想，还是应把信的事告诉他。她下床从衣兜里拿出信，递给夏利。夏利说："谁的信？我看合适吗？"看完信，夏利脸上很平静，笑着说，"这是编辑写来的约稿信嘛，你们坐办公室又不累，再写一篇寄去不就完了。"

晓青心里想，我是有一篇刚写完的散文，但再也不会给他寄去了。她从夏利手中接过信，折叠后一下下撕成了碎片片。夏利惊愕地看着晓青的举动，不解地摇了摇头。

"他是个男的，我今后再也不写东西了。"晓青用乞求原谅的眼神望着夏利。她心中想，他是没注意到下面的单词，还是注意到了没表现出来？他是会点英语口语的，有些简单对话还是女儿教的。他开出租，用得着。

"你原先不是说是个女的吗？"

晓青看他的笑里好像含着讥讽，一种跳进黄河也洗不清的感觉袭上心头。

她是不是已爱上了那个编辑，两人已陷入了感情的旋涡，只不过那男人的信上没表露出什么来？想到这里，他伸出手，轻轻摁灭了橘红色的台灯。想到今天回家来她的举动以及刚才她的酸样，夏利觉得她心中肯定有鬼，像是做了什么亏心事。刚才的信忘了看落款日期，是什么时间来的呢？夏利努力回忆刚才信上的每一个言辞，好像并没有那方面的意思。看她那满腹心事的样子，今天那个当编辑的狗男人会不会在这个城市的某个饭店、招待所或小旅店里待着。她被约出去两人见了面……夏利再不敢往下想，扭转身向外，觉得心里很堵得慌。她真的有外心，也太对不起我了，我当金枝玉叶供着她。

夏利想起了一件事：初夏的夜晚，灯光闪烁。在京城大酒店门前有人招手拦车。这时快十一点了，夏利想开车回家，但还是下意识地靠边刹了车，打车的是个打扮得很时髦的女孩。

"请问去哪里？"夏利放下玻璃问。

"公主坟。"姑娘送上一个笑脸。

"上车吧。"夏利摇上玻璃，以为姑娘会去后边上车，没想到姑娘拉开了前面的车门。

"坐前边，可以吗？"说着已抬腿坐了进来。

"当然可以。"夏利一边说心中一边想，你不会劫我的车吧。量你也不敢。看这打扮，超短裙，上衣的胸口处开得很低，脸上化了妆。只一眼夏利心中便想到了性感这个词。

快到公主坟，车计价器的红字跳到了七十四元上。姑娘扫了一眼，神秘地一笑。

靠边停下，那姑娘娇滴滴地说："大哥，我身上带的钱不够，你看怎么办？"双手翻了翻自己的空包，抬头向夏利飞过来一个媚眼。

"你说怎么办？去交通分局。"夏利盯着姑娘。

"别介，大哥，你找个背处，小妹陪你玩会儿怎么样。"姑娘说着伸过手来。

"请你放尊重点。"夏利发动了车，再不理那姑娘，绕过转盘，直向六里桥方向开去。

"大哥，你带我去哪？你有地方？"

夏利只顾开车，对姑娘的挑逗好像没听见。到了牛街，夏利停下车，叫姑娘下车。姑娘一边出车门一边还问："大哥，咱们去哪？"

夏利伸手关上车门，开车回家了。

坐在北京银行机关的办公室里，晓青想起了早晨的事。昨天夏利肯定没睡好，他翻来覆去地折腾，晓青一直闭着眼睛听着。晓青几次想咳嗽，终没敢闹出动静来。晓青早上起来做早点，到镜子前一照自己的眼睛有些肿。没想到趁她去厕所的空儿，夏利下楼开车走了，没有吃晓青做好的早点。

"琳琳，起床吃饭，要不上学晚了。"平静了一下心情，又去喊女儿。

女儿起床后，洗完脸刷了牙，走到餐桌前问："妈妈，爸爸走啦？"

"走啦。"

"我想和你谈点事。"女儿严肃地说。

"你说吧，妈妈听着。"晓青不解地看着女儿。

"爸爸对你那么好，你不该对不起爸爸。"女儿红着脸难过地说。

"傻琳琳，妈妈没有对不起爸爸，咱们一家不是过得挺好的吗？"

"昨天那信上写的……"

"噢，琳琳，那是误会，你年龄小，还不懂。"

"我怎么不懂，你背着爸爸，偷偷地和别人好。"

怎么给九岁的女儿解释呢？千不该，万不该，昨天不该让女儿看信上那单词。还有昨天晚上，要么给夏利说个清楚。假若想到结果是这样，一切就不该告诉他。

他白天想心事，会不会去喝酒？会不会精力不集中？晓青越想越恨自己。自己的名利思想是不是太重了，周围这么多人都活得这么开心、这么随便。自己干吗和自己过不去？写什么小说散文？

家里的餐桌旁、电视机前少了许多往日的欢乐和话题。晓青不敢再解释什么，怕越解释越解释不清楚。夏利和琳琳努力装出轻松的样子，晓青觉得是自己对不起丈夫和女儿，她苦闷得不行。

那叫碧玉的男人拍来电报，说明日 162 次车到京，让去接站。这可怎么好？告诉夏利一起去，那见面的时候，一定都很尴尬。自己去，会不会上人家的钩？不可能，自己有家，有丈夫有孩子。向他解释清楚，让他断了这门心思。再说一见面他或许就会明白的，毕竟是三十多岁的人了，虽然保养得好一些，那也看得出来。明天就穿那一身素色的衣服去，不化妆。他是来开会、办事，还是专程来京找我？不去接站，那更不行，他会按地址找到单位去。

北京站东出站口，晓青举一牌子，上写：接《海风晚报》碧玉同志。

"你是……"一个戴眼镜的年轻姑娘背着一个大旅行袋站在晓青的跟前问道。

"我接《海风》的碧……"

"我就是碧玉，你是……"

"我叫陈晓青，怎么你……"

两人都惊呆了。碧玉脸上升起了红晕："对不起了，陈晓青同志，陈大姐。"

晓青好像明白了什么，忙说："碧玉小姐，我应该称呼你碧老师，走吧，到我家去。"

碧玉想了想，说道："不打扰您了，您告诉我到人民文学社怎么走，我到那儿修改篇稿子，谢谢您来接我。"

"那可不行。"晓青顿了顿说，"你得去我们家给我平反，我们家先生和女儿都以为你是个英俊小生哪。"

说起缘由，碧玉说，我还以为你是个幽默调皮的大男孩哪，你邮给我的散文，有两篇都是以男孩子为主人翁写的。晓青回想一下还真是这么回事。晓青笑了，碧玉也笑了。

晓青给碧玉提着包，两个人说笑着走进了地铁站。

替我叫他一声哥

　　走进家门，我刚脱下军装举手向衣架上挂，听到一声门响，一转脸英宁走进门来，包滑落在地上，扑进我的怀里大哭起来。我搂紧妻子心中不安地问道："宁，出什么事了，你慢慢说。你回来也不拍封电报，我好上车站去接你。"她好一会儿才止住哭。她把擦泪的毛巾递给我，脱了军装，我忙接了过来，挂到衣架上去。

　　妻子是通信连的副指导员，她们连有一个济宁市的新兵，由于后母对她不好，情绪特低沉。支部商量让她去一趟济宁，做做她父母的工作。我让她顺道去老家看看父亲，我家在肥城县的乡下，父亲瘫了两年了。我每年也只能回去一次。

　　英宁长出了一口气，说："我遇到坏人了。我到济宁后找到孙艳红的家，正好她爸休班，她爸在铁路上当工人，人特老实，他说：部队领导，小红在家受委屈这我知道，孩子她妈不在了，孩子就够可怜的了，再看后妈的脸色。我看了心里都难受。可她后妈太……我去打个电话，让她回来。"

　　"噢，是部队上来人了，艳红在部队上出什么事了吗？那孩子像个闷葫芦，性格特古怪，在那儿让你们操心了。"这女人果然厉害。

　　"阿姨，艳红在部队上很好，我是到咱们这儿出差，拐弯来家看看。这是艳红给你买的上衣，她说不知你穿上合不合身？"实际上这是我刚从街上买的。

"好，好，多亏你们教育，学懂事了，你回去告诉她，让她不用挂家，在部队好好工作。"女人脸上堆满了笑。

"艳红在部队上各方面表现还可以，就是不爱说话，像有很重的心事似的。你这当妈的今后多写封信劝劝她，开导开导她。家里要没别的事，我就走了。"我起身告辞。

"别走，别走，你在我们家吃了饭再走。"两口子一起留我。

"不了，我还有事。再见吧，大叔阿姨。"

"你看你，吃了饭再走多好。"

妻子理了下头发，喝了两口我倒上的茶水继续说：我在外边吃了点饭，没想到这么顺利，我心中特高兴，我原先设想，假若她母亲不讲理，我就去她母亲上班的工厂去找工会或妇联。我到商店给老人买了些东西，就坐上了去肥城的公共汽车。

路上车坏了一回，耽误了快一个小时，车到肥城时天都黑了，大约有六点多钟了。

我提着包走出汽车站准备去找旅馆，三个流里流气的小伙子围上来问我："兵姐，上哪儿去，我们送你。"

"你们要干什么？"

"哟，还不是当地人，这么漂亮的小姐从哪儿来，哥们今天艳福不浅。"一个长头发的流氓说着上来摸我的脸。

我气愤不过，放下包，把那小子的手打开。他们并不恼，嬉皮笑脸地围着我转圈。

"请你们让开，不然我就喊人了。"

"你喊吧，喊吧，这儿是哥哥我的地盘。公安局来也不敢把我怎么样！走吧，小姐，陪哥玩玩去，明天痛痛快快放你走。说话不算数是孙子。"那长头发凑上来要亲我。

"我说小妞，别不识抬举，趁大哥没发火赶紧跟我们走，不然我们就抬着你走。"一个小矮子说。

"干什么你们，这是我妹妹。"一个农民模样的中年人突然闯进来，对那三个人说，又转向我，"妹妹，我在车站里边等你，你怎么跑出来了？来，我提着包咱们走。"

"慢点，兄弟，想抢食吃，知道这里是谁的地盘吗？知道我是谁吗？"

"对不起几位，这真是我妹妹。"

"你不撒泡尿照照，你这熊样，能有这样的妹妹，识趣点，快滚蛋。"

"走。"那中年人拉起我欲走。

那几个小伙子一起动了手。那中年人飞起一脚，把一个小子踢得退了几步，我也上去抱住一个小子，那小子向后踢我，我一边死死抱住他一边大声喊：救人哪！这时我看到那中年人软软地躺倒了。长头发流氓喊了一声：哥们，撒。我忙跑过去，那中年人双手捂住肚子，有血从指缝里冒出来。这时车站方面过来几个人，和我一起把那好心人送去了医院。

当英宁含泪讲道，医生从那中年人的内衣口袋掏出一个军人复员证，那退伍军人名叫李少文时，我的心颤抖了。

李少文是我的战友，我们一同入伍。在县里换上军装的头一天，领导说：自由结合，两个人自由结合，一个人的被子铺，一个人的被子盖，睡通腿儿。我和少文就结合睡通腿儿了。从到新兵连再到老部队我们都在一起，为了进步，新兵们总爱抢着打水、打饭、打扫卫生，我们俩之间是从来不抢的，有时还让着，这星期他受表扬了，下星期把表现的机会就多让给我点。

有一次我感冒了，我盖两床被子还觉得冷。只要不去训练，少文就陪在我的身边，侍候我吃药，给我打病号饭。那天他从外边回来后，问我：喝不喝水？我说不想喝。他说那就吃个罐头吧。说着他从一个裤兜里掏出一瓶罐头，向我笑了笑说：我看你这两天不太爱吃饭，吃点水果罐头，可能好点。

我吃着他给我打开的梨罐头，眼泪不知不觉地流了下来，这是我平生第一次吃罐头，也是来到军营后，第一次受到别人这样关怀。

那时，我们每个月只有六元钱的津贴费，要买牙膏、肥皂，从不肯买洗衣粉的，有时买一包官厅烟（一毛八一盒）能吸十多天。少文给我买罐头，用去了他一个月三分之二的津贴费，你说我能不受感动。

有一件事我是耍了小心眼的。当兵第三年，让高中文化程度的兵考教导队。但每个排只有一个名额。当时我和少文都是高中毕业生，都得过两个嘉奖，条件差不多，但我知道少文的文化底子比我强，所以我考虑再三，偷买了一条迎宝烟给排长送去了。我兜里的钱不够，从少文那儿借了三元（当时迎宝烟六块五一条）。

那烟果然起了作用，三排考试去的是我。没多久通知下来，我去了西宁教导队。

走时望着忙前忙后为我送行的少文我心中骂自己，保健，你他妈不是东西，你办亏心事了，你走得不光彩。

现在有基层的到机关来办事，送烟送酒送什么东西我也不接受。十几年前排长给我一次机会也使我心灵受到一次损伤，直到现在那伤痕还隐隐作痛。

从教导队回来后我分到了这座城市，穿着军官服回家探亲，我感到很神气。但我去少文家没有敢穿军装，一想到少文，想到那条烟，我心里就感到很不自在。少文第四年底退的伍，我看到他的左手无名指少了一截。

我就问他："你的手指真少了一截？"

他说："嗨，看菜里油水少，给弟兄们改善生活了。"

"没给评残？"

"评什么残，当回兵留个念想儿吧。"

那天我看他戴着一顶有一个大洞的军帽说：回去我给你邮顶新的来。

那天我们俩都喝醉了。

后来回家很少见他。通信也慢慢断了。

给他邮军帽的事也没有兑现。

孙艳红高兴地跑到家里来告诉英宁，她后妈给她来信了。

这次我要专程回去看他，走时英宁给我装上了一身新军装，还有一顶新式大檐帽。

英宁还说：替我叫他一声哥。

小城名人

一

是黑马兄吧，你还在老家吗？后天有个征文的颁奖会，想请您作为嘉宾参加，天大的洪教授和许市长都从天源市里过来。

听是县文联的费主席的声音，黑马思考了片刻，回话道：噢，费主席，是后天是吧，那好吧。

好，太好了，你这个大诗人能参加太好了，我一会儿把开会的具体地址和时间发给您。

好的，好的。

黑马本想明天回北京的，可想了想，人家张口了，再说回去也没什么紧要事，就答应了费主席。

从北京到天源，还是从天源回北京，黑马从没有从网上订票的习惯，主要是怕赶时间太累，每次都是去车站现买票。因为路经天源的动车多，所以坐车不是太大的问题。从县城到天源也得坐一个多小时的车程。

黑马是回来给老父亲过生日的，前几天在民政局上班的表弟打电话来说：哥哥，明晚别安排事了，我请你。

咱兄弟们之间客气什么，不用请。

是这样，我们局有个科长，特别爱好文学，听说你这大诗人是我表哥，非要见见你，还叫了文联的费主席等人，给兄弟我个面子吧。

那天到场的除表弟和他们科长外，有宣传部孔部长、费主席、作协吴主席、文化馆南馆长，电视台一姐凯丽等人，县里的文化精英几乎全到场了。

孔部长说：你大诗人回来也不言语一声，要早知道，我们几个一起去给老人祝寿，是吧，费主席。

费主席笑着说：下次再有这样的机会，一定告诉我们一声。

谢谢，谢谢！大家都忙。

黑马心里明白，我是谁，我自己知道。虽然这几年上过县里的几回电视，还上过县里的天南地北东阿人。但回到老家的村里，走在村中的小路上，村人没一个惊奇的，村人只知道我是村东头老潘头的三小子。在县城里，除了这几个文化人，走在县城最繁华的新广场上，谁也不认识我是谁。再说，现在文学不吃香了，更是有许多人，把诗人当神经病看。

二

第二天，黑马想了想，去参加颁奖会得穿正式一点，一是要穿长裤，这大夏天的，自己回来时穿的短裤短衫，总不能穿这样去参会吧，要是人家洪教授和许市长都穿得比较讲究，自己这样去出席会议那就丢老鼻子人了。黑马找了一下，家里只有一件厚裤子，那就凑合穿它？由于是汗脚，一进五月就开始穿凉鞋了，虽然是皮的，但这可不是皮鞋样式。去向表弟或同学明亮借双鞋穿，又有点不好意思，黑马穿上冬天的黑棉鞋试了试，从外观上看，倒是看不出来有多大别扭来，可刚穿上，脚底就冒汗了，随后眉头上也出油了。黑马想了想，还是打车去百货商场买了一双皮鞋。

开会去，才开始黑马本是开车来的，走到半路，感觉自己开的哥哥的这破车太掉价了点，就放在了路边的小广场上，打车来到了开会的正义路166号。黑马从一个小楼梯爬到三楼，找到了时代古筝艺校，从门口向里看了看，临时搭的台上挂着会标，但里边还没有几个人。想了想，走下楼来，到了马路对面，点上了一支烟。

每次赶上参加县里的活动，黑马心里都是惶恐的，别人介绍黑马，都是这样说：这是咱县里出去的大诗人，夫人也是诗人，都是诗歌学会的会长，在北京杂志社工作，诗歌上过《诗刊》，在全国获过多次大奖。是我们东阿县人的骄傲！

黑马心里明白，自己这样的小诗人，在全国来说，多如牛毛。自己狗屁也算不上，自己只是个北漂，在北京待了二十年了，连套房子也没混上。从十多年前开始看房，看来看去，银行存款的数字没增加多少，房价却涨了十倍。原先的钱还够交个首付，现在连个零头也算不上了。买房子的事，现在连想也不敢想了。别人问黑马，你住北京什么地方？黑马总是笑着说：我住在首都的省会——门头沟。

黑马和夫人是在北京的一个诗歌朗诵会上认识的，彼此留下了不错的印象，通过交往，走到了一起。岳父只有两个女儿，结婚后，他就住到了门头沟的岳父家，自己和当上门女婿差不多。

看对面陆续来了几辆车，黑马看了下时间，过马路上楼，在门外整理了衣领和下摆，走了进去。

费主席上来握手，签到后把他送到了前排的座位前，看到中间坐着的洪教授和许市长，黑马忙走上前去握手，过去在县里的活动上碰到过几次，所以大家都还算认识。黑马看到，洪教授穿了长裤和一件白色的短袖衫，脚上却穿着和自己换下来没敢穿的一样的凉鞋。而许市长上身穿了一件没领套头衫，下身穿的竟是短裤，手里的一把折扇一直在摇着。洪教授早已退休几年，没事写些短散文之类的文章。同样也已经退休的许市长，是从邻市的副市长岗位上退休的，邻市是县级市，他喜欢书法，自己没事就写，出门包里都会带上几幅字。

说是九点半开会，可会到了十点半才开始，主持人介绍了到会的嘉宾，学员和老师们演奏了两首古筝曲目后，费主席发表了讲话，再一次对到会的嘉宾表示感谢！然后赞助的红花企业老总上台讲话，聘请了包括黑马在内的十几个文化人，为企业的文化顾问，企业老总给嘉宾们颁发了证书，希望大家为企业的发展多出谋划策。然后是颁奖，洪教授和许市长上台颁发了特等奖，念到名字时，黑马感到有些意外，黑马和费主席一起上台给获奖作者颁发了一等奖。下面又是古筝表演，又是讲话。

黑马坐在前排，环视了一下左右，这里好像没有空调，因为边上放了几台电扇在使劲儿地吹着，黑马头上有了细密的汗珠，感觉裤子都沾在了身上，他怀疑身上的汗，会不会变成小溪流流进鞋子里去。黑马想去趟厕所，缓解一下自己的状况，左右看了下，大家都感觉到了热，特别是许市长手里的折扇摇得那叫起劲儿，但没一个人走动，他想了想，再忍忍。

获奖者的奖品好像都一样，都是一盒红花顶级花茶，嘉宾们同样也都发了一份红花顶级花茶。黑马以为，嘉宾们会有红包的，这奖品都没分出等级来，看来红包是不可能有了。散会时宣布，到华侨宾馆聚餐。

下楼后，有微风一吹，虽然这风也是热的，但黑马感觉身上好受了许多。看四周没人，黑马伸手拉住屁股上的裤子使劲儿向外扯，努力使粘在一起的肉和布分开。早知洪教授和许市长这样穿着来参会，自己也穿自己的原装备就好了。

三

到了宾馆，黑马被洪教授拉进了一号雅间，并让他坐在自己的身边，和他聊着文坛上的人和事。开会的共有六桌人，黑马还是想去别的房间坐，那样自由些，洪教授说，就坐这。

这雅间里的空调应该是早就开好了的，对有些肥胖的黑马来说，进屋后，一下子感觉舒服了许多，脸上和身上的汗也慢慢地消退了。

许市长坐下了，公司老总坐下了，费主席坐下了，还有几个人也都坐下了，公司的一个副总和一位女士坐在了门口的座位上，后进来的宣传部副部长和作协主席看没地方了，主动去了别的房间。

大家没见过面的开始相互加微信，这个时候，黑马想，带来的一包杂志忘在了车上，杂志是朋友办的，但上面注着自己是常务副主编，现在办纸刊，生存困难。虽然当这个副主编不给一分钱，但朋友说，为你兄弟我站台，等杂志运营盈利了，不会忘记你的。黑马就半推半答应了。

顶了这个名，黑马就老想着找机会给杂志拉点赞助，也算好事。黑马过去给费主席说过这事，让他给介绍些家乡的企业，可以宣传企业和老总，给钱也行，多买杂志也行，长期合作登广告也行。费主席说，好的，到时我给几个关系好的老总说说。那天打电话说让黑马来当嘉宾时还说了一句：这不机会来了，你把想法自己给老总说说。

黑马想：杂志给老总看看，然后说说想法，或许一下答应某种形式合作也说不定。杂志也没有送给过洪教授和许市长，给在座的有头有脸的人一人一本，也是个宣传杂志的机会，再说，上面副主编还印着自己的名字哪！

想到这，黑马走到门口，小声对那个年轻的公司女同志说：我的车放在了兴隆路的小广场上，能不能找个司机去给拿一下杂志，是给你们老总和在场的各位领导带来的，忘在车上了。女士和副总商量了好一阵子，女士才拿上车钥匙自己走了出去。才开始，黑马是想自己打车去拿杂志，或坐他们的车去拿，但想了又想，回来座位坐上了人怎么办？不坐这房间了，还怎么给老总等人送杂志？那机会就失去了，所以黑马没有打车去，也没有跟车去。

酒是好酒，菜是好菜。宴席开始了好一会儿，那女士才抱着杂志进了房间，黑马接过来，一人送了一本杂志后说：这是我办的杂志，请各位领导、老总多支持，这是咱自己的杂志，全国发行，正式刊号，发表作品，企业宣传，不管是宣传企业，还是宣传老总都没问题。

有人翻看杂志，说，好。席间，敬酒时，黑马向坐在上位的老总说了和杂志的各种合作方式，老总一边和许市长说着话一边回答，行，你和赵总说就行。趁碰酒的机会，黑马又对那个姓赵的副总重复了一遍企业和杂志可合作的方式，那人点头说，好，私下联系。

黑马想，要是真给杂志解决点问题，也算朋友没白他给挂这个杂志常务副主编的头衔。

酒桌上，那位老总和许市长窃窃私语，聊得火热，看来他们是老熟人了，而且不是一般的关系。

酒过三巡后，那位老总说：在座的都是名人，文化精英，许市长不但是领导，还是书法家，还有洪大教授，还有北京来的大诗人叫什么来着？噢，白作家是吧，还有费主席、李部长，今后你们就都是我的顾问了，今后凡是县里搞文化、文学活动，我们企业全力支持，赵总，到时候你来办。我们要在工业园区建文化园，现在框架已经起来了，你们都给写点书法，画些画放在里边好不好？

大家响应：好！好！

我虽然是学理科出身，但从上学就崇拜作家，崇拜老师，崇拜文化人，现在有点能力了，希望能为家乡的文化、文学事业做些贡献。

大家鼓掌！

菜很精致，上了一份刚烤好的羊排，服务员一端进房间，满屋就溢满了香味。那盘子中间闪着火光，一块块色香味俱佳的羊排，像一面面飘扬的旗帜，吸引着大家的目光。转了一圈回来，上面只剩下了一块羊排，剩下的这块竟是又宽又长，黑马下意识地咽了口唾液，伸筷子去夹时，这时有人转动了桌面，黑马忙收了手。待了一会儿，又待了一会儿，当那块羊排再一次转到他跟前时，黑马又一次伸出了筷子，可那块羊排好像和黑马开玩笑或较劲儿似的，竟不让他拿下来，试了几下都没有成功。黑马看了下大家，不自然地笑了笑，心里骂道：妈的，真不想让老子吃你。

任那块羊排在桌上继续飘扬，流油，香气无数次撞击黑马的味蕾，但他最终还是放弃了，直到散席，他再没有好意思动它，连看也不敢正眼看它一眼了。

四

散席出来，有头脸的各自坐车走了，黑马去了趟厕所，出来后遇到了从别的房间出来的获奖者，手里各拎着一盒红红的花茶，好几个上些岁数的作者走到跟前喊：黑老师，您好！黑马努力搜索记忆，一个也想不起来在哪见过各位，只能回敬说：您好！您好！恭喜大家获奖！

走了一段，到了路边，又有一位提着茶叶的老者跟了上来，对方六十多岁的样子，喊道：黑老师，您去哪儿？要不，我让儿子开车来送您。

不用了，不用了，我去莲花小区，打个车一会儿就到了，您认识我？

县里搞创作的谁不知道您，您是咱县里的大名人，全国的大诗人，更是我们学习的榜样！

您老可别这样说，我和你们都一样，也是个业余文学爱好者。

五

坐在出租车上，黑马想：我是什么大作家？要指望稿费活着早饿晕菜了，幸亏爱人开了个超市，收入有保障。结婚有了孩子后，爱人早就不写诗了，但对黑马的创作还是全力地支持，给黑马改诗、校对，向外发稿，收到黑马发表作品的样刊样报，比谁都高兴。经常整点硬菜，两人喝上两杯，庆祝一下。

黑马经常穿得人模狗样地进城参加文友聚会，爱人背后付出的心血黑马心知肚明，一车车进货、卸货，再一点点卖出去也不容易。

有时晚上睡下后，黑马问媳妇：亲爱的，跟我结婚，你后悔吗？媳妇想了想说：年轻不懂，光知道爱好诗歌浪漫，但结了婚才知道，浪漫不能当饭吃。真实的日子，是柴米油盐酱醋茶缺一不可。你只要对得起我，不花心，我就不后悔。

黑马把媳妇紧紧搂在怀里说：放心吧，亲爱的，没有你无私的付出，哪有我的今天，我写每一首诗歌，都是怀着感恩的心去写的，每一首诗里都有你的付出。我想了好久了，想把笔名改一下，从咱俩名字各取一字如何，也算对你的回报。

那可不行，你这名气打出去容易吗？放心吧，只要你心里有我，为你做什么，我都是心甘情愿！

他一下子把爱人抱得更紧了。想到这儿，黑马的眼睛湿润了。

晚上，画家山水打来电话：黑马兄弟，听说你回来了，也不言语一声，明天晚上，我请你，叫几个人陪陪你，咱好好喝点。

不行，兄长，我明天得回去，北京还有好多事要处理。黑马笑着说。

那不行，明晚陪你的人我都找好了，有法院的包科长、文化馆的陈馆长，还有经委的吕主任。你就晚回一天，一定给兄弟个面子。放心吧，是我个人自己请客，自己带酒，咱不犯法，不违纪，光明磊落。听说话，感觉对方喝得好像有些醉意。

谢谢了，山水兄，下次回来，我请大家，好不好？

我是真心的，你明天要走了，咱兄弟的情谊可就真掰了。

老兄，那好吧，你喝酒了，多喝点水，早点休息。

六

第二天起来，黑马想了想昨晚的电话内容，走了，又怕山水真生气。人家请你吃饭，是给你面子，也是想在邀请的陪客面前要面子。挨到中午，对方也没有打电话来。

黑马拾掇好东西，准备随时动身打车去车站，坐去天源的车。

黑马思来想去，还不能给山水打电话问，问晚上几点？安排在什么地方？那样太不合适了。

反正昨晚说好了的，或许一会儿就来电话了。又一想，他不会真喝多了，忘记了留自己聚会的事吧。

黑马躺下睡着了，直到天黑醒来，还是没有电话来。

一直到了晚上八点，山水也没有打电话来，黑马摇了摇头，苦笑了笑，突然感觉肚子饿了，动手给自己泡上了一碗方便面。

这时，爱人手机视频来了，黑马想了想，忙把方便面放在了一边，对爱人说：聚会刚回来，听领导你的话，在外少喝酒，今天喝得少，回来得早，放心吧，我明天早晨就向回走，争取中午吃上你亲手做的正宗北京炸酱面。

我就是想看看你又喝多了没有？那我就放心了，早点休息吧。

亲爱的，你辛苦！对了，要不要红花花茶，我再给你带两盒回去？

不要，什么也不要，只要你回来，我什么都有了。

晚上十点，手机铃声突然又响了起来……

你是谁的牵挂

医院的病房里，主治医生对躺在那儿的他说：大伯，本不应该再追问您的，可您这病情……您真没有别的亲人可联系了吗？

鲁一贤脸上努力挤出一丝笑容，思考了片刻说：真没有了，我自己的事情我能做主，要手术，我自己签字，要没救了，就不用治了，谢谢，给你们添麻烦了。

一

医生、护士出去后，鲁一贤心里想，老伴提前二十年到那边打前站去了。女儿出国后，才开始还和家里联系，后来就断了音信，十多年了，在外是死是活都不知道。兴许出意外早不在了，要是活着，怎么也得向家里打个电话吧。

他退休的第二年，老伴就得癌症走了。后来单位的老同事和邻居多次提到，要给他牵线介绍个人。他都一一回绝了，他说：我现在挺好的，一个人吃饱了，全家不饿，无牵无挂。

他是副局退休的，房子不小，退休工资也不低，按说，条件不错，人才六十刚出头，能找个不错的女士安享晚年。可他就是不找，大家都不太理解，他心里怎么想的。

老家的侄孙女来了，在城里打工，说要住到家里来，弟弟电话里说：灵芝住你那儿去，我们也放心，再说嫂子不在了，大侄女不在你身边，让她给你洗洗涮涮的，有空帮您做做饭多好。将来让她给你养老送终都行，谁让您是她爷爷来。

他当时听了弟弟的话，觉得也对，心里很高兴。

灵芝来之前，他给拾掇好了房间，打扫了家里的卫生，到超市采购了吃的。

侄孙女进家住后，才开始他挺开心的，家里总算有个能说说话的人了。但时间一长，他感觉出了不对来。灵芝早晨上班走得早，不在家吃饭可以理解。晚上他做好了饭，等她回来一起吃。可后来一次次，等到八九点饭都凉了她也不回来，没办法只能热一下自己吃。见面后问她，她总是轻描淡写地回答：和同伴一起出去逛街了，或说和同事一起出去聚会了。后来她回家来吃饭的时候越来越少，晚上回来的时间越来越晚，他不放心灵芝，晚上一个女孩子在外边多不安全。鲁一贤晚上躺下也睡不着，每天都是等听到灵芝进家了才放心入睡。

这天灵芝下班回来得早，鲁一贤笑着说：灵芝，你上班早走晚回的，咱爷俩很少能碰上面，你过来坐下，爷爷想和你说说话。

爷爷，有话您说吧。

鲁一贤严肃地说：你也没说换工作呀，才开始进家来住时，晚上都是回家来吃饭，后来慢慢就不回来吃了。一个女孩子，晚上你都在外边干啥？

不是和您说过嘛，有时和姐妹们去逛街，有时和同事一起聚聚会，瞎玩。灵芝满不在乎地说。

你爷爷说让你住家里来，咱爷俩好有个互相照应，你老是这么晚回家，我也不放心哪！

爷爷，没事的，我又不是小孩子，知道该做什么，不该做什么，您老就放心吧。爷爷，没别的事了吧，我得出去一下，约了个朋友今晚见面。

他气呼呼地给弟弟打电话：你这孙女我可管不了啦，几乎天天晚上不回家吃饭，也不知道在外边干什么，出了事，你可别赖我。

电话那头的弟弟停了一会儿，笑着说：哥，你退休拿那么多钱，都攒着干啥。你天天粥、咸菜、馒头，馒头、咸菜、粥，能不能吃点别的，现在农村也不吃你这老三样了。

吃这些还不够好！我们小时候能天天吃得上馒头吗？能吃饱肚子就不错了。鲁一贤质问道。

没多久，妹妹打电话来说：哥，听说灵芝在您那住着呢，您重外甥女仙草大学毕业留城里工作了，让她也回家里住吧，您岁数越来越大了，让她也照顾着您点。

二

这天夜里，天快明时起来小解，鲁一贤走出卧室，突然闻到一股烟味，厕所里的门开着，灯也开着，烟就是从那儿飘出来的。他很生气，这侄孙女越来越不像话了，一个女孩子学会吸烟了，上厕所连门都不关。他刚想回屋，听到动静回头一看，一个男人从厕所里闪了出来，天哪！这是家里进小偷了？竟然还这么大胆，敢在这儿吸烟。吓得他心都要从嗓子眼里跳出来了，只见那男人悄然推门进了灵芝的房间，这是怎么回事？

他按住自己的胸口，喘了几口粗气，大声喊：灵芝，灵芝，你快出来一下，我感觉特别难受。

一会儿，灵芝打着哈哈出来了，若无其事地问：爷爷，您哪儿不舒服？

灵芝，你没事吧？

我没事呀！

刚刚进你屋的那个男人是谁？

灵芝沉思了一下说：我男朋友，昨天晚上喝多了，我没让他走。

你什么时候谈的男朋友，你没有给我说过这事。你爷爷、奶奶、爸爸、妈妈知道吗？

我还没有来得及向你们汇报呢！爷爷，不好意思，您可别生气啊！您身体若没事，我可回去睡了。

没多久，弟弟和妹妹一起进城来了，他们的意思，两个孩子都想结婚，男方又是外地人，能不能先把婚结到家里。

弟弟说：虽然这两个孩子没有在您跟前待多长时间，但从小都是由您出钱供着上的学，要没有学文化，也不能够混到这城里来。

妹妹说：让她姐俩给您养老，您再岁数大点，让她俩侍候您！反正都是一家人，什么都是应该的。

他脸上现出了一丝苦笑。

三

鲁一贤独自生活习惯了，吃了早饭，他就骑上他那辆旧自行车出门了，有时先去邮局，有时先去河边。这几乎成了他生活的三点一线。

院里的老人们经常在背后议论他，一个老奶奶说：这倔老头，找个后老伴多好，一早一晚的也有个照应，我给介绍过一个退休的中学老师，长得也不错，知书达理的，他连见都不见。

另一位老奶奶说：他是怕人家惦记他的家产吧，听说他是副局级退休的，钱多，条件好。

我老伴和他原先是一个单位的，他人不错，没官架子，对下属也好。

生活可节省了，你看他穿的，没见他穿过件新衣服。

听说他就一个姑娘，在国外，是不是都接济姑娘了？

也不钓鱼，也不下棋的。不知道他一个人天天骑车出去干什么？倒是有不少人说，经常在邮局碰到他。

这老头子，神神秘秘的。

四

听说他快不行了，老家的侄子胡来和侄孙子赶来医院看他，买了不少营养品，嘘寒问暖的，他心里想，这太阳是不是从西边出来了？

在他清醒时，侄子胡来把耳朵凑近问他：大爷，都怪我过去忙，来城里看您少，不过您孙女灵芝也替我照顾您了不是？您有什么嘱咐的，尽管给我说，您跟前没人了，我就是您的亲儿子，我会给您打幡送终。

侄孙子说：爷爷，我想带您孙子媳妇进城来做点买卖，租房子太贵了，咱家房本放哪了？

他合上了眼，面无表情地躺在那儿。

见问不出什么话来，他们去找医生，医生问：你们是 16 床病人的什么人？

我是他亲侄子。

我是他亲孙子。

不对吧，我们问过多次了，老人家说，自己没有什么亲人了。再说，他住院这么多日子了，没一个人来看望过。医生不解地看着两个陌生的男人。

他是怕给我们添麻烦，我大爷是个好人，什么事光为别人着想。他的病到什么程度了，是不是人快不行了？

肺癌晚期，发现得太晚了，岁数也太大了，你们要真是他的亲人，给他准备后事吧。

是这样。

在外嘀咕了一阵，他们回到了病房，见鲁一贤还是睡着的样子，那侄子摇着他的肩膀说：大爷，您醒醒，说两句话好不好，您留遗嘱了没有？您这房子留给谁？

侄孙子说：你存款的密码是多少？到时我们取不出来，怎么给您买好骨灰盒，办隆重葬礼？

他脸色死灰一般，一点反应也没有。

咱来晚了一步，他这是昏迷状态了，看来清醒不过来了，唉。

他们又去问主治医生：我大爷没留下什么话或写的什么东西吧？

医生回敬道：没有，我们医院没有这项业务。

胡来和儿子又回了病房，见四下无人，又摇了老人许久，还是没有一点反应。

他们使了个眼色，一前一后向外走，走到了门口，胡来返回来，把提来的营养品又拿走了。

五

父子俩打电话给灵芝要来了钥匙，进了家，翻遍了整个家，连厨房的壁柜都找过了，也没有找到一点儿有价值的东西，更别说钱和存折。

这老东西，把存折和房本都藏哪儿去了？侄孙子骂上了。

他们不甘心，把灵芝和仙草住的房间都找过了，还是什么也没有发现。

最后，父子俩的目光都落在了鲁一贤卧室里的一个带锁的柜子上，他们的所有希望都在这里边了。

找来了工具，费了九牛二虎之力终于撬开了柜子，打开一看，两人都傻眼了，里边全是信件。他们还抱着一丝希望，但愿钱和存折在里边藏着，可把信件都倒了出来，搜查了个遍，也没有找到想要的东西。

两人失望地瘫在了地上。

六

鲁一贤走了，走时没一个家人在场。

灵芝和仙草都给家里的人打电话了，但没有一个亲人愿意来送送他。最后还是老干部局出面，帮助处理完了他的后事。

他的遗嘱放在了公证处，上面说：我去世后，把我的房子卖了，所有钱都捐给国家的希望工程，更希望按我留下的名单，资助那些山里的孩子上学。

他柜子里放的是全国各地山区学生写来的感谢信，共有一万多封，汇款凭证三千多张……

最后的字条

　　他倒了几次长途汽车，跑进了离家一千多公里的这座深山里。这里的人说话口音和家乡不太一样，他心想看看这儿有没有煤矿或工厂，找个地方去打工。但又一想，还是尽量不说话。怕一说话，人家就能判断出来，他肯定不是本地人。

　　这儿的植被太好了，钻进丛林五十米后就看不到天空了。他向纵深走了好久，连个鬼影都没碰上，只是惊飞了几只大鸟。当他走得有些疲乏的时候，终于停下了脚步，环顾四周，左前方正好有片空旷地，他走过去一看，好厚的树叶。他先是坐下来，喝了几口带着的矿泉水，然后躺了下去。

　　梦里他回到了家乡：

　　他原在光源市一个建筑工地上打工，一个星期前，媳妇春草打电话时他感觉有些不正常，他忙问，怎么了？媳妇哭着说：我被狗日的宋三欺负了。到底怎么回事？麦收时你没回来，他主动来帮我收麦子，我说，大哥，不用，我自己忙得过来。他非帮我割麦子，还说：这刘祥光顾在外挣钱了，这么些农活都扔给你一个妇女干多累，怎不知体谅人。他帮我收了一天麦子，晚上我本不想让他到家吃饭的，又感觉有点过意不去。我就虚让了让他，没想到他真来家了。我做好饭，他问有酒吗？我说：没有。他说：我带着哪。说着从身上拿出了一瓶酒。他说：陪哥一起喝点。我说：我不会。

他自己喝酒，喝了半瓶时，我劝他别喝了。他说没事。一瓶酒喝完，他说要躺一会儿。我说：你快回家吧，嫂子会来找你的。他说：不会来找的，我支她回娘家了。后来他就强行……

你是真傻呀，他是个什么东西你不知道？你惹他干什么？你忘记女儿的事了？你这是引狼入室啊。

他不知怎么结束和老婆春草的通话，妈的，欺人太甚了。他想了一夜，第二天一早，就坐车回家了。到了镇上，他到商店买了一把杀猪刀别在了身上。他打电话让春草骑电动车来到了镇上，一见面春草就扑进他的怀里哭了起来，他劝了好一阵才劝住春草停止了哭泣。找了个没人的地方，两人又抱头痛哭了一场。

他们找了个不起眼的小饭馆，一起好好吃了一顿，其间刘祥喝了不少酒。然后两人到小旅社开了个房间，两人好好亲热了一番。

半下午时，他对春草说出了自己的计划，并说：咱女儿是不是也是这个畜生害的，当时公安局抓了他，最后说没有直接证据又把他个王八蛋给放了。要是这样，我把他害女儿的仇一起报了。

咱能不能想想别的办法，背后打他一闷棍或一砖头，让他在床上躺一辈子。或是我们告他，送他去蹲监狱。

见春草有些迟疑的样子，他说：狗日的姓宋的敢欺负我的女人，他真是活到头了。不这样做，我咽不下这口气，这个仇我一定要报，非报不可。

他让春草先回了村，定好约宋三晚上 11 点来家里。

他宰了宋三，装进布袋，把他扔进了村南沟底的臭粪池里，天明前悄悄溜出了村……

警察突然站在了面前，他想快跑，却怎么也跑不起来。一个激灵坐了起来。

原来是自己被吓醒了，他摸了下自己的头，全是汗。四周一看，天已经黑了下来。心里想，这是在哪儿？他感觉到了饥渴，从身上摸索出放在塑料袋里的两个火烧狼吞虎咽地吃起来，吃完他把仅剩的半瓶矿泉水一饮而尽。

然后又沉沉睡去。

第二天早晨，他是被雨水淋醒的。他站起来，不知道自己向哪个方向走。向前走了一阵，脚下太滑，他又变了个方向向右边走。不知走了多远，前方出现了一片庄稼地，地里种的是土豆。他观察了许久，见没有任何可疑动向，才进地里扒了两个土豆回来。自己身上没火，烤熟了吃是不可能的了。他从身上擦了下土豆上的泥就向嘴里放，他咬了一大口，开始咀嚼。这东西真难吃，努力吃了几口，嘴巴里已经涩得舌头都不听使唤了。他又抬头用嘴接雨水喝。

他一边小心地行走一边想，地里有种的东西，附近肯定就会有人家。又不知走了多久，在他心里，好像走了一个世纪，天黑前终于发现了有人住的地方。挨到傍晚，他小心地走进了最靠边的一户人家。门是虚掩的，他推门进去时，一个小男孩在一根蜡烛的微光前，趴在桌边发呆，一位老人摸索着在做饭。小男孩听有人进来，对他笑了笑，然后大声说：爷爷，来客人了。爷爷也笑着说：哪来的客人，报个名字吧。他对着爷俩点了下头，接着又是摇头。小男孩想了想说：爷爷，是个叔叔，还是阿姨？

是个叔叔，他只会点头摇头，怕是不会说话吧。他可能是迷路了，遇到难处了。那赶紧进来坐吧，正好一起吃晚饭，晚上也住下来吧。

小男孩听他进屋坐下，那位老人哆嗦着双手端上来一杯水。

好吃的没有，管你几天粗饭没问题。

他感激地点了下头。他看到面前的老人矮矮的，瘦弱得大风都能刮倒。他估摸，老人的体重连一百斤都不会有。

小男孩说：叔叔你从哪儿来，又到哪儿去？假若你去海城，碰上我父母的话，就告诉他们，我在家跟爷爷一起挺好的，不用挂念我。

他又重重地点了几下头。

品格，你叔叔点头了，他意思是记下你的话了。

一会儿开始吃饭。

他吃了两大碗土豆饭。

吃过饭，爷爷说：你不会说话，你识字吗？你若会写字，就把要说的话写下来，我找人能看懂。

他想了想，又摇了摇头。

小男孩说：爷爷，我要是眼睛好好的，也能看懂。

等你爸妈挣够了钱，你的眼睛治好了，就接着去上学，上了大学混好了，接爷爷到城里去住。老人说。

老人说：我老伴死了十多年了，他的父母都出去打工了，只有过年才回来。

你这不会说话，又不会写字，怎么帮你找家啊。明天我去村委会说说，让他们帮你想想办法。

他想摇头，又一想，只能点头。

晚上，他和老人一起睡下，老人说：我这孙子太可怜了，眼睛没出事前，学习可好了，老师经常表扬他。

前年吧，晚上应该吃晚饭了，他还没回来，我就去学校找他，老师说，孩子们早放学回家了。老师就和我分头去找孩子，没找到。就叫上几户人家的所有人去找，找到了半夜，才在村外一片树林下找到他，他的双眼血肉模糊，他痛得昏了过去。好心的村人帮我把他送到了乡上的医院，后又送到了县里，才保住了孩子的命，但一双眼睛没有了。原以为是被山里的动物抓的，但医生分析说，眼眶外一点外伤都没有，不排除是人为的。建议我向公安局报案。公安局的人来看了，发现孩子的现场，说没有打斗的痕迹，也怀疑是被人把眼睛给挖走了。传说偷走的眼睛可以卖给家里有钱的人换上。

孩子醒来后，果然说，是一个叔叔和阿姨带他上山的，说他给带一段路，就给他五块钱，没想到……

村里有个人后来说：村里那天临黑天前来过一辆没牌子的面包车，就停在村南面的公路边。

老人一边抹眼泪一边叙述，他也陪着老人掉下了眼泪。

老人继续说：我当你的面，说将来有钱了眼睛能治好，是给孩子一个希望。

第二天天不明他就起来，把兜里仅剩的二百块钱偷偷放在了枕头下面，然后悄悄地溜出家门，回到了丛林中。

他一直向和几户住家相反的方向走，他怕那位老人真告诉了村里，然后报告了上级，知道了他的身份，他就完蛋了。

到中午时，他已经又是饥肠辘辘了。他观察了一下，丛林里还是那么寂静。

这寂静好可怕，这寂静的背后就是喊声震天，就是危机四伏，就是股股死气。

他吃能吃的草，吃难吃的生土豆，喝水坑里的雨水，甚至吃蚂蚁、吃蚂蚱。他在丛林里又待了三天三夜。第四天时他在心里做出了一个决定，再去小男孩家去吃一顿土豆饭，然后……

这天傍晚，他又一次出现在了小男孩的家门口。连饿带渴，他有些脱水，扶着门框，他一下子瘫坐在了地上。老人见是他，忙把他扶了起来，架他到凳子上坐下。

这几天老是下雨，你在外边是怎么过的？看你的衣服都脏成什么样了，是怕给我们添麻烦，自己出去又没找到出山的路吧，来，把这两件衣服换上，是我儿子在家时穿的，别嫌不好就行。

老人感激地说：你也是个可怜的人，为什么还给我们留钱。我以为再也见不到你了，你可回来了。算你有口福，我今天买了一块豆腐，做熟了咱俩一起喝点。

叔叔，你是好人，你回来了，我真高兴。小男孩说。

你要是会说话多好，能给我讲讲外边的世界是什么样子的。

他强撑着劲，轻轻拍了下孩子的肩膀，算是回答。

傻孩子，叔叔要是会说话，还能迷路到咱们这个穷困的地方来。这也是咱爷俩和叔叔的缘分。

老人先给他倒了一杯热水。

晚饭很丰富，老人炖了豆腐，炒了一个青菜，做了放了好长时间不肯吃的那块腊肉。

小男孩高兴地欢呼：嗯，真香，爷爷你炖肉了吧。今天晚上有肉吃了。

叔叔，你真有面子，这块腊肉是过春节时爸爸、妈妈回来时买的，我要求了好多次了，爷爷就是不肯做。他说：得等有重要的客人来时才能吃。

叔叔就是咱家的尊贵客人。老人说。

菜饭上桌后，老人从角落里摸索出一瓶酒说：今天有好菜，咱俩一起喝点。

才开始他还怀疑，怕那天早晨他走后，老人会去村里反映情况，他再回来老人会装作没事一样，先把他稳住，然后向村里报信……可从他进家门，爷爷和小男孩谁也没有再迈出家门一步。爷俩脸上的表情告诉他，他们说的每一句都是发自内心的。

这几天老下雨，路也不好走，你要不嫌弃就在这住几天吧。

他下意识地点了下头，接着又摇了摇头。

老人用两个半大碗倒上了酒。他拿起筷子夹了一块肉放到男孩的米饭碗里，又夹了一块放过去。

男孩用手抓起碗里的一块肉，先是凑到鼻子下，深深吸了两口气，一边感叹真香一边就往嘴里塞。

他想，自己的女儿要是活着，也有小男孩这么大了。

他一次次无声地和老人端碗喝酒，心思又飞回到故乡。

这一辈子，他对不起春草这个苦命的女人。媳妇春草现在怎么样了？是被公安局抓起来了，还是在家里独自哭泣？

他又想起了两年前的那个夏天，也是晚上，春草打电话哭着对他说：女儿不见了，我找到学校问老师，老师说今天是正常放学的。我问遍了她的所有同学，最后是在街头和刘小红分的手，那时天还没黑，孩子去了哪儿？是不是出了什么意外？我可怎么办？我先给你说一声，我再求村人和我一起去找。

媳妇放了电话，他一下子呆在了那儿。想到懂事的女儿，他一刻也待不下去了。他找包工头借了两千块钱。他想这个时间是坐不上能回家乡的汽车了。他打了个出租车坐了上去。一路上他催促司机：兄弟，快点，再快点，我有急事，我女儿找不到了。

司机善解人意地说：大哥，我理解你的心情，但你也别太着急，说不定你女儿去同学家了还是什么的，也许一会儿就找到了，我争取开快点。

春节回家时，他给女儿和春草一人买了一件新衣服，女儿穿上新衣服高兴得又蹦又跳，脸上笑得像朵花似的。那几天，女儿总是坐在他的怀里问这问那：爸爸，你在城里工地上干活累吗？

你天天能吃饱饭吗？

你晚上没事时想我和妈妈吗？

城里的书店你去过吗？那儿一定有好多好多书吧？

放暑假时我和妈妈能去城里看你吗？你带我和妈妈去动物园看看好

不好？

你干活累了就歇一天，看你现在又黑又瘦的，别光顾挣钱，命更要紧。

那一刻，他感动得眼角都湿润了，女儿长大了，懂事了。人家都说，女儿是父亲的小棉袄，是父亲的小情人，这话真一点不假。为了宝贝女儿，自己更得拼命挣钱，将来好供她上大学，让她像城里的孩子一样，有个好工作好前途，再不受农村孩子受的那些罪。

天快亮时，出租车进了村。

快到家门口时，他的步子有些沉重，他预感到了一丝不祥的征兆。

女儿静静地躺在那儿，身上穿着他春节回来时给她买的那件新衣。家里人都在哭泣。

后来他才知道，是公安局的人帮助在村外的一个枯井里找到了女儿，女儿被人欺负后又被掐死了。

作恶的人一直没有线索，公安局的人都是干什么吃的，要是抓到那个凶手，他心里恨恨地想，我要亲手活剥了他……

见他抬手擦眼睛，老人说：你给我们留下的这二百块钱你拿上，俗话说：穷家富路。你还不一定什么时候能找到家，怎么说我们是在自己的家里。

他把老人递钱的手推回去，老人想了想，又起身拿回来一沓连整带零的钱加在一起递过来，那一刻，他的眼里涌满了泪水。

第二天早晨他又一次不辞而别，压在枕头下的，除了老人给的那些钱，还有他一直藏在身上、在路途上中转时买的全国通缉他的那张报纸和一张字条。

字条上是这样写的：

大叔：谢谢您和孩子对我的真情与恩情，我不是哑巴，我是个杀人犯。

但请您和孩子放心，我不会伤害你们。你拿这张报纸找村里（别可怜我，要是晚了，让公安的人把我抓走了，你们就拿不到奖励的钱了），就说我就在你家屋后的树林里躲着。上边原说给提供重要线索者五万块钱的奖励，又过了快一个星期了，奖励或许又提高了一些。这些钱也许能改善一下你爷俩的生活……

民工旺根外传

认错人

在一个新装修完的办公楼里，和工友们正在完成收尾工作的灰头土脸的旺根，望着金碧辉煌的大厅和一个个装饰气派的房间，心里偷偷地想，要是我儿子大学毕业后，能到这样的环境里来工作，该有多好。

在三层头上的一个房间里，一个中年妇女正蹲在地上，费劲儿地捡拾散落在地上垃圾中的钉子，她的身边已经放了一小堆。旺根走进来看了她一眼，她向旺根笑了笑，继续捡，嘴里轻声说道：这么多新钉子，丢了多可惜，太浪费了。

旺根又看了她的后背一眼，粗声大气地说：你，别光顾着捡东西，捡完了，可得把这些垃圾清理干净了。

中年妇女回过头，指着自己，好像有些不解地说，你是说我吗？

旺根说：不是说你，还是说别人？

中年妇女环顾了下四周，这儿只有他和自己，不是说自己，还能是说谁。

旺根心里想，这些做保洁的，就想着占点小便宜。

他咽了口唾沫，指手画脚地说：把前面这几个房间的窗台再擦一遍，一定要擦干净了。另外，把楼道里的垃圾也清走，听明白了没有？

中年妇女又回头向他笑了笑，嘴里说：听明白了，保证干好，请您放心。

一个小时后，旺根正躲在大厅外吸烟，看到那个中年妇女走了出来。看到她走向了门口的那辆宝马车，上车前，好像还向旺根这边看了看，并又向他笑了笑。这一刻，旺根呆在了那儿。

她是谁，不是做保洁的呀。

不明白

由于看旺根为人老实，干活实在。黄经理说，我一个月给你四千工资，管吃管住，你跟我去上海，到我家当管家行不行？

管家，这是什么工种？我没干过。旺根望着黄经理说。

管家不是什么工种，我上海的院子比较大，你去种花养草加看家。

就这些，没别的事干了？

就这些，没别的事干了。

那不太轻松了？

轻松了还不好？

旺根以为黄经理和他开玩笑，就没当回事。这天，包工头通知他，旺根，你小子走狗屎运了，黄经理让你去上海工作，坐下午的飞机去。我这一辈子都还没坐过飞机哪。

旺根想了想，认真地说：秦队长，要不和黄经理说说，你去吧。

秦队长哈哈大笑着说：我去了，这帮人你领着干活？别干了，准备下午走吧。

旺根想了想说：一个人去他家待着多没意思，还不如在这吃苦受累，大家在一起开心些。要不，让别的更年轻的人去吧。

你想什么哪，你说谁去就谁去？年轻的去，黄经理还不放心哪。人家看上你了，只有你有这好机会，活儿不累，吃得又好，还是大上海，你就去享清福吧。

旺根又想了一会儿，说：我真的不想去。

不想去也得去，不是你自己答应人家黄经理的？

我当时以为他说着玩的，根本没当真。

你自己揽下的事，我也没办法。去上海不是坏事，适应了就好了。

旺根后悔死了，那天真不应该乱搭话。

下午，旺根被车送到飞机场，犹犹豫豫上了飞机。

飞机升天后，空姐问他：先生，这儿有多种饮料和点心，您想用点什么？

他环顾了一下四周，许多人要了咖啡和冰点，他使劲儿咽了口唾液，摇摇头说，中午吃得很饱，什么也吃不下了。

行程中，空姐又几次端着点心和饮料过来，问他，需要点什么？他摇了摇头，还是什么也没要。

下了飞机，出了机场口，他偷偷问身边一个穿着朴素点的人：刚才在飞机上那吃的喝的东西，一定比地面上卖的贵很多吧。

那人小声对他说：在飞机上吃什么喝什么都不用付钱的。

他一怔，不解地说：天底下还有这样的事，飞机上吃东西会不要钱？

搞不懂

旺根干得不错，黄经理每次回来都感到很满意。

这天，黄经理打电话告诉他，你明天坐飞机去昆明一趟，把我患病的舅舅接到上海来治病，你到昆明住酒店后，会有人和你联系的，所有费用都由我出。另外，住酒店不要太次了，别让老家的亲戚笑话。

旺根又平生第二次坐了飞机，这次他有经验了，在飞机上，空姐问他需要点什么时，只要是映入眼帘的，他都要了。下飞机时，竟感觉肚子有点撑。

到昆明后，进出了几十家酒店，旺根才确定住进了一个打折后二百多块钱一晚的酒店。第二天早餐他去酒店餐厅吃的自助餐，那早餐实在是太丰富了，热菜、凉菜应有尽有，包子、油条随便吃，光汤就有好几种。交了一张票，吃多吃少由你自己。早餐他吃得又有些撑。

待在酒店里看电视，一上午也没人和他联系，中午饭时，他拿起餐券又放下了，眼睛看到了房间里放着的方便面、火腿肠等，他想这应该是算在房费里的吧。那自助餐太丰富了，肯定很贵。他动手烧了开水，吃了一碗方便面和三根火腿肠，吃后感觉不太饱，又吃了两根火腿肠。晚饭亦如此。

到三天后走之前，他剩下的吃饭问题都是在房间里解决的。

结账时，除了房钱，前台服务员竟报出，你房间的物品消费共 300 元整。他好像没听清，问道："房间里的东西还要钱？再说，就那点方便面、火腿肠怎值 300 块？我吃的那顿早餐得多少钱？"

对不起，先生，您告诉我，哪里酒店房间里的消费品不收钱，再说，放在酒店里的方便面、火腿肠，你不能和批发市场的价格比。您那顿早餐是免费的，只要住店，所有餐费都是含在房费里的。

旺根听了，后悔极了。

这城里人，真是让人搞不懂。

名牌上衣

旺根是春节前一天回到家的。

大年初三，他去舅家串门，在县里开家具厂的表弟正好在家。一进门，表弟盯着他身上的西服说，表哥，在城里混得真不错，都穿上鳄鱼西服了。旺根笑笑说，兄弟，你就别笑话老哥了，这样说话，是不是怕我向你这个大老板借钱。表弟拍着他的肩膀说，看表哥说的，咱弟兄之间，还说这样的话，你真用钱，随时说话，多了没有，十万、二十万的兄弟还借得起。

聊天、喝酒。表弟表现真不错，拿出了两瓶好酒喝不说，还让弟媳整了不少硬菜。老舅说，难得你弟兄俩在一起喝次酒，这回可喝尽兴了。走时，表弟死活又给带上了两瓶酒，不拿不愿意。

第二天酒醒了，穿衣服时，旺根发现有点不对劲，他掏了下兜，里边的钱包和手机都在，他掏出钱包看了看，没错，是自己的，里边有自己的身份证。

犹豫了好久，他又骑车去了趟舅家，表弟回县上了。他给表弟打电话：兄弟，昨天我是不是喝多后穿错衣服了，我那件上衣好像没这么新。

是表哥呀，我倒是也有一件那个牌子的西服上衣，今天穿着哪。咱穿错了吗？没有吧。错不错的没旁人，真错了，咱就这样换着穿吧。

旺根红着脸说：兄弟，我那件没你这件新。你什么时候回来，到时咱俩还是换过来吧。

电话那端，表弟停了停说：哥，咱是一家人，都别客气了。我最近还要去一趟南方，你走之前肯定回不来了。

那我明天来一趟县城，咱俩换过来。旺根真诚地说。

表哥，咱哥俩谁和谁，你就不用跑了，不换了，就这样了。我过年后应酬多，天天在外喝酒，你来了也找不到我。

旺根想，这表弟真大方，也真够意思。

回到城里后，没多久，在工地门口卖服装的小贩们都被抓了，有人举报，有两个小贩便宜卖的都是正宗的名牌货，服装和皮鞋都是。有人怀疑，他们的货是不是偷的。经审，他们说，是一个人主动给他们供的货，每次开一个没有牌照的车来送货。让他们打电话联系，说是要货，那车来后被扣下了。问那人，这些名牌货哪儿来的，为什么批发这么便宜。那人最后吞吞吐吐地交代，他是在附近一个县城进的货，是有人从火化场倒出来卖给他们的。

听到这个消息，旺根心里好像明白了表弟不换回衣服的原因了，可他心里又想，也许是自己小心眼，误会表弟了，表弟真不知我那件是真牌子的。可现在出了这情况，如何和表弟说明白这事？

夫妻夜话

晚上，旺根正在院子里溜达，手机铃声一响，旺根一看电话，是媳妇桂花打来的。他一笑，接通了电话：旺根，你在干啥？

旺根捂着电话，小声说：没干啥，在想你呀。

在大城市里学会油腔滑调了是不？

没有，你放心。媳妇，你老公是什么样的人，你还不知道？

反正你在外边可注意点，大城市是个花花世界，别人的床好上，可不好下来。要从外边得了脏病回来，死了都进不了你家祖坟。桂花说的话一点也不受听。

人家城里人个个穿得那么光鲜，细皮嫩肉的，谁能看得上我这个老粗男人，你就把心踏踏实实放进肚子里吧。自从来了上海，桂花有事没事经常打电话来。

爹娘都好吧，儿子这个学期学习怎么样？家里地里的让你一个人忙乎，让你吃苦了。

爹娘身体壮实着呢，儿子学习越来越有进步。星期天回来也知道帮我干点活儿了。你在外边别不肯吃不肯花的太委屈自己了，身体要紧。电话里桂花的语气温柔了许多。

谢谢媳妇关心。你晚上尽量早关外门，有事就给我打电话。白天还好过，晚上老想你。桂花，你晚上想我不？

没出息，我才不想你哪。你放心吧，活儿不忙时，晚上天不黑我就关门了，我会给你看好家的。

旺根听了媳妇的话，鼻子有些发酸：等供儿子上完大学，在城里有了工作有了家，你劳苦功高，先让他接你进城享享清福。

桂花停了停说：上学都是你挣钱供的他，到时候咱俩一起去。我在院子里给你打的电话，你在屋里吧，你到外边向天上看看，今天天上的月亮真圆。什么时候你回来了，儿子回来了，月亮会更圆。

旺根抬头向天上看：我也在院子里哪，看到月亮了，今天的月亮真大真圆。实际上旺根眼里的天空布满了云彩，哪有月亮的影子。

你快回屋吧，在外边待时间长了，容易着凉。

你也是，你也快回屋吧，别着凉了。

……

麻将桌前

这天，保姆春花过来说：旺根大叔，主人叫你过去一下。

是现在吗，有什么事？

你去了不就知道了。春花笑着说。

旺根和春花一起走进了主人的客厅，春花说：阿娇姐，旺根叔来了。

黄经理的夫人阿娇说：旺根、春花，你们俩会打麻将吗？

旺根说：这个，我只会一点，只会屁胡。每年回家过年闲得没事打两次，每把最多两毛，大部分时候一毛。

阿娇笑着说：呵呵，只会屁胡。春花，你哪？

我不会打麻将，只会打升级。春花不好意思地说。

升级？

旺根说：她说的是打扑克。

待会儿隔壁的林太太来了，我们一起玩麻将，春花不会不要紧，打两圈就会了。见两人都不回应，阿娇随意从身边的小包里掏出一把钱说：给，一人二百块钱，输赢都是自己的了。

旺根面露难色，吞吞吐吐地说：阿娇太太，这不好吧，你找别人吧，我得去整理花圃。

春花说：阿娇姐，我，我笨，怕学不会。

阿娇有点不耐烦地说：都别说了，这打牌就是你们今天的工作。春花，准备好水果和茶水，林太太马上就要过来了。

林太太不一会儿就来了。几把下来，春花基本会了，一个小时后，居然胡了一把牌。几个人都笑着说春花脑子灵。春花不好意思地说：我是瞎碰的。

和三个年轻女人坐得这么近，旺根心里想，这平生还是第一次。要是让老婆知道了，那还了得。才开始他显得有些拘谨，两个太太说说笑笑，春花有时也跟上一句，慢慢地心情放松下来了一些。

不知不觉三个小时过去了，春花看了下表，说：阿娇姐，马上 12 点了，我去做饭吧。

给，这有叫外卖的电话，要四份，让他送来，林太太也在这儿吃，吃完我们接着玩。阿娇正玩得高兴，哪肯收手。

吃完饭，接着玩。天黑下来才收场。

林太太走后，旺根整理了下面前的钱，递给阿娇。

阿娇说：你干什么，不是说好的，输赢都是自己的嘛。

那，要不，把这二百块钱的本钱给你。

你留着吧，说不定明天你手里那些钱都不是你的了。

回到住处数了数，除了阿娇给的二百，还有三百多块。

晚上躺下后，旺根兴奋得怎么也睡不着，这钱来得太容易了，一天挣的这钱，儿子一个月也花不完。

没想到第二天，阿娇照旧一人又发了二百块钱。旺根推脱说：我不要了，昨天的钱够了。

阿娇说：昨天是昨天的，今天是今天的。

又坐在麻将桌前，旺根自如了许多。

在阿娇和林太太的怂恿下，他竟红着脸讲了一个洗衣服的故事：这是在工地上一个工友讲的，说是一对小两口，8岁的儿子都上二年级了，但家里只有一间房，没办法只能住在一起。两个大人，谁想干那事了，就会对对方说，晚上咱洗衣服吧。对方一听，就心领神会了意思。这天，不知为什么丈夫生了气，妻子说，晚上咱洗衣服吧。丈夫不冷不热地说：我自己洗了。

听后大家笑得前仰后合。

醉酒

这天，吃晚饭时，黄太太说：今天我高兴，咱们一起吃吧，我们一块喝些酒。

往常，黄太太都是一个人吃，旺根有时和保姆春花一起吃，有时打回房间去吃。

春花有些为难地说：阿娇姐，我不会喝酒的。

没关系的，又不是白酒，咱们喝些红酒或啤酒，劲儿不大。对了，旺根，你能喝酒吧。黄太太笑着说。

旺根说：我喝酒，倒还行，不过……

你们俩什么行不行，都是一家人，还这么客气。春花，把菜都端客厅来。

上菜后，三个人坐下，黄太太拿出一瓶红酒，让春花打开，春花不会打，黄太太接过起瓶器，一边说春花学着点，一边自己动手开瓶盖，两只纤细的手一招一式特别优雅，红酒打开后，向自己面前的高脚杯倒了多半杯，又向春花面前的杯子里倒。放下红酒瓶子，到酒柜前拿过一瓶白酒晃了晃说，这是喝剩下的茅台，今天旺根你把它解决了。

黄太太，这么好的酒我喝了太浪费了，要不我和你们一样喝点红酒吧。旺根真诚地说。

你是男人，和我们不一样，就得喝白酒。

没办法，旺根接过酒瓶，自己倒了小半杯。黄太太说：不行，太少，再倒上些。旺根又倒了些，心里想，刚才说自己不会喝酒就好了。

黄太太说：来，我们一起喝一杯。

主人高兴，有时自己端起来喝，有时要求三人一起碰杯。

喝完一瓶红酒后，她说：我们今天索性一起喝个痛快。春花说：黄太太，我真不行了，头都有些晕了。

不是和你说过嘛，不要叫我黄太太，我喜欢你叫阿娇姐。黄总姓的这破姓不好，什么沾上黄，都他妈的不是好事。旺根，你那白酒也就有六两，一定喝完啊。

旺根说，黄，太太，你刚才这样说，我都不知道应该怎么称呼您了。这瓶子里总共得有八两，这酒劲儿又大，我喝完就喝醉了。

醉就醉，一醉方休。说着她又打开了一瓶红酒……

早晨醒来，旺根一睁眼，感觉不对，这是哪儿？想了想，急忙起身，一只胳膊却不听使唤，低头一看，黄太太躺在他怀里睡得十分香甜，向下一看，春花抱着他的一条腿，做梦笑出了声。

他想动又不敢动，慢慢合上了眼睛，心脏却突突跳得快了起来，这是他平生第一次和媳妇之外的女人的身体接触。这事要是让媳妇知道了，会和他闹下天来，不和他离婚才怪。

又一次亲密接触

自从那晚喝醉酒，在一起躺了一夜后，旺根再见到黄太太时，就有些不好意思抬头看她。黄太太不但没有一点不好意思，还笑着说：喝醉酒的感觉也不错，有兴致了咱们再一起喝。

旺根装作没听见，心想，这女人真不知想什么，是闲得无聊吧，拿酒解愁。那晚的事情千万别再发生，春花没什么，她们都是女的，万一黄经理回来碰上，自己如何解释，如何说得清？

早饭后，黄太太说：今天春花和你都跟我一起出去，我开车带你们去杭州转转。

旺根想了想说：黄太太，你和春花去吧，我在家看家。

不行，去那么远的地方，我们两个女人出门不安全，你得去保护我们。

没办法，只得顺从地上了她的车。没出城时，黄太太开车还慢些，出城后一上高速，她开的车，快得像要飞起来一样，像配合似的，车里放着节奏很快的音乐。旺根这是头一次坐宝马，听说这车 100 多万，有钱人真会享受，坐这车里还真是舒服。

两个小时后，车就到了杭州。黄太太说：我们去城外的普陀山烧香吧。

到了普陀山，他们先乘索道上佛顶山去慧济寺，然后走下山准备去法雨寺，下山的路上，黄太太一不小心把脚崴了，听到她不停地呻吟声，旺根和春花头上都急出了汗。

旺根说，我打 120 叫救护车吧。

黄太太哼哼了一会儿，咬着牙说：不用，你们俩扶起我来试试，下面不远就是法雨寺了。

刚把她搀扶起来，她就又叫出了声。

看到她痛苦的样子，旺根说，黄太太，要不我来背你吧。

她说：行吧，那就麻烦你了。

旺根蹲下身子背起了黄太太，小心翼翼地向山下走。他心里想，这个女人怎么这么轻，和小时背儿子的感觉差不多。才开始，他的双手倒抱着黄太太的双腿膝盖处，走了一段，旺根感觉自己的手几乎滑到了她的屁股处，放下她重新背，又怕她笑话自己，索性大着胆子，使劲儿向上掂了两下，黄太太什么也没有说，很配合的样子。终于到达了法雨寺，旺根轻轻地放下了黄太太，抹了一把满头的汗水。黄太太关切地说：把你累坏了吧。旺根说：不累，一点也不累。在这儿吃了中饭，他们乘车到了普济寺，又从普济寺乘车去紫竹林景区、南海观音，然后到了停车场。

旺根和春花都说，送黄太太先去医院看看，她坚持不去，并要上车开车。旺根说：你脚成了这个样子，还怎么能开得了车？

要是我们不走，今晚只能住在这儿了。我现在感觉比在山上时好多了，我开一段试试，不行再说。

上车后，黄太太发动了车。开了一段，她说：没事，我能开回去。

旺根说：黄太太，一路上要好几个小时哪，您能撑得下来吗？

应该没大问题，咱们走着试试吧。

谢天谢地，他们安全回到了家。

从那次在山上背她下山后，春花不在跟前时，黄太太总爱说一句话：旺根，你一点也不像四十多岁的男人，你的劲儿真大！

中奖的刺激

春节前商场在搞各种促销，旺根拿着购物小票排了好长的队，终于站在了工作人员面前，人家接过他手里的小票一看，对他说：你这才88元，购物够一百元才给一张摇奖的号码。

旺根想了想说：那我再去买点东西凑够一百行不行？

对方回答：可以。

旺根挤出人群，想走又不舍得。停了一会儿，终于又汇入了购物的人流。

当他再次站在换号的队伍里时，已是满头大汗。队伍排得比刚才长了许多。很多年轻人等不及主动放弃离开了队伍，旺根心里想，走的人越多，我获大奖的机会就会越大。

当旺根换号后站到摇奖的转盘前时，已是两个小时后了。他运足了气，好像用尽了平生的力气，转动了转盘。

无数双眼睛看着转盘，他的心几乎要从嗓子眼里跳出来。有人欢呼：中了，一等奖。

那一刻，旺根由于激动，脸上火辣辣的，说话也有些吞吞吐吐，他问工作人员：我，真，真的中了吗？

工作人员是个小伙子，重重地拍了下他的肩膀：恭喜你，你真的中了一等奖。

他挤出人群时，腿有些不听使唤，万一中的是辆汽车，我怎么开回去，我不会开车呀。有人要，就便宜点当场卖了。带上一大包子钱，回到家，一下子甩在媳妇面前，那是什么劲头。

他在商场外转了好久，等心情平静些了，才又挤进了换奖的队伍。他还想：待会儿领完奖，得出去犒劳下自己，买上个烧鸡、一瓶二锅头，好好庆贺一番。

　　终于站在了领奖台前，他双手把奖券递过去，一个漂亮姑娘从他手中接过奖券，向他迷人地一笑，他还了姑娘一个更大的笑容。姑娘转身拿出一个带包装的小东西递给他，他迟疑着接过来，看着手里的东西说：这是什么？我中的可是一等奖！

　　没错，这就是一等奖的奖品，豪华钥匙扣。

　　姑娘的话险些把旺根击倒，他不知怎么退出的人群，出了门口，一屁股坐在了地上。

哭错了

　　年根，旺根从外地打工回来，从村边下了车，看到不远处村里有出殡的队伍过来。细一看，带头的是本家已出五服的二爷爷家的子女们，他忙把行李放在路边一家村人的大门口，加入了哭丧的队伍，他跟着队伍走一会儿，跪下哭一会儿。

　　许多人听出了异样，谁也不便说什么。

　　送了好大一程，他想自己赶上了，也算对老人尽了心意了。四周一看，除跟着看热闹的村人外，送葬的队伍并没人注意他，他抹了把红肿的眼睛，转身向回走。

　　有好奇的村人问他：旺根，你刚才哭的什么？

　　哭的我二爷爷呀。旺根记得，去年回家时二爷爷就下不来床了。

　　有人提醒道：你小子哭错了，死的是你二奶奶，你哭你二爷爷干什么。

　　旺根一下子呆在了那儿。

有关鸡头的故事

多年以后，在城里打拼的旺根，终于有了自己的公司。

旺根坐在自己公司宽大的办公室里，刚放下朋友胡闹的电话，胡闹说，南方来两个朋友，晚上请人家在鲍鱼王吃饭，请你去陪陪客。

天天鲍鱼、鱼翅的吃，他都吃烦了。他不由得想起了二十世纪七十年代的农村，几个月能吃上一次肉，那已经是很奢侈的事了。

他和保长、春海去地里割草，说起天下的美味，保长说，春节时去姥娘家，舅舅从城里带回来的那烧鸡最好吃了。春海说，我姨父从部队上带回来的胶皮糖才好吃呢。他说，唉，你们真是没见过世面，人家苏联人多有钱，想吃什么就吃什么，从中国进口鸡舌头，一火车一火车地拉，你们想想，一车皮得装多少个鸡的舌头。

这天，近门顺子的姑奶奶死了，老太太活了八十六岁，说是喜丧。顺子家摆了三个大供，一个盒子里是一个猪头，一个盒子里是一只鸡，一个盒子里是一条大鱼。爹晚上从顺子家回来说，旺根，明天你去给顺子家抬盒子。他小声嘀咕说，我不想去，我怕死人。娘说，有什么好怕的，这么大岁数了老死的，又不是年轻的。再说，能吃上一顿好吃的。

顺子的姑奶奶家在刘庄，离他们村有六七里路，没多大工夫就到了。他们抬的盒子被主人那边的人接过去，一起来到死者的灵前，捂着眼装哭了一会儿，磕了三个头。

这就是喜丧，他头一次见，主家请了吹鼓手，不但不吹悲调，还吹百鸟朝凤，喜洋洋，亲人和亲戚也没有几个真掉泪的。村里出来看热闹的人，也分外得多。

发送死人上路，倒好像送女人出嫁。

从坟上回来，开始吃饭。

八九个人一桌，每上一个菜，轮不到一人夹一筷子，盘子里几乎见了底。每上一个荤菜，大家眼里都放出光来。这时一盘鸡端了上来，盘子还没放稳，有人的筷子已经伸了上去，盘子转到旺根跟前时，里边只剩一个鸡头了，他想，这鸡头到底吃不吃，上面虽然可能没肉，但毕竟里边还会有一个鸡舌头，正当他犹豫着的时候，后边的几个人，已经举着筷子有些迫不及待了。他果断地下意识地夹了回来。他刚想用筷子向嘴里送，坐在上首的山羊胡说，没家教，这鸡头是你吃的，这应是桌上辈分最大的人吃的。山羊胡比他大一辈，山羊胡的声音虽然不大，但一桌上大半部分人肯定都听到了，他觉得无地自容，脸上火辣辣的。手里的鸡头放回去不是，吃又吃不下去，他慢慢地放在了面前的小盘子里。他心里狠狠地骂：你山羊胡算个什么东西，老婆死了多年了，村里人都知道，趁没人时，竟敢调戏人家年轻的小寡妇。再说，我又不是吃的你家的东西，你管得着吗？他向外桌看了一眼，幸亏爹坐得比较远，没有看到这边所发生的一切。

那时他就暗暗发誓：将来自己一定要混出个人样来，使全家过上好日子，天天能吃上肉。让山羊胡这个老东西，为伤过一个少年的自尊，良心不安一辈子。

发表于 2013 年 9 期《中国作家》

退伍军人亚强

亚强天刚刚亮又起了床，像每天早晨一样，嘴里哼着：学习雷锋好榜样，忠于人民忠于党，爱憎分明不忘本……拿起那把大扫把去扫街。这是村里的唯一一条街道，他扛着扫把来到街道的东头，脑袋还有些晕，东一下西一下地扫着。这时村里有早起的人站在门口好奇地看着他，有两个小青年骑自行车从村外来的小路口停了下来，这可能是外村的人专门来看稀奇的。亚强心里想的却是，今天小姨领一个姑娘来相亲，但愿我的婚事能有点眉目，省得爹娘整天愁眉苦脸的。

一边扫着街，亚强一边想心事，村里风言风语的，说这小子当了 6 年兵，是不是当兵当傻了，回来的第二天就上街扫街，还帮村里唯一的五保户——老光棍刘满囤担水。

扫完街，他又来到刘满囤家，刘满囤脸上堆着笑说：亚强，你是个好孩子，但大叔的身子骨还硬朗，今后你少往我这儿跑吧。你还年轻，还得找媳妇，我是个光棍汉，老和我来往，对你名声上不好听。

回到家里，家里已经拾掇利索，叫他骑车去买点肉和菜。他骑上车子出了村子。

可当他回到家时，已经是中午十二点多了。见家里没有客人，他问小妹：怎么，咱姨她们没有来？

你干什么去了，买那么点东西，就二里路，现在这么晚才回来？

在林场那边碰上个问路的，提了两个大包，说去张家湾，我看人家怪难的，就送了人家一程。怎么，咱姨她们生气走了？

走什么走，人家女方家听说你天天起来给村里扫大街，不相信，今天早晨她弟弟跑来看了。咱姨捎信来说，人家不愿意了。

才开始那两年，还时不时地有个给提亲的，后来连个提亲的也没有了。爹娘背地里总是唉声叹气，原想让他妹妹给他换个亲的，妹妹也同意了，正好有一门三角的亲事，但他死活不同意。妹妹另嫁到一个镇上去了。

就是在外当过兵的村里的民兵连长都说：亚强这孩子，怕真是在外当兵时，脑子受了什么刺激？

不知从哪天起，有村里的小孩远远地看见他，就会喊：精神病来了。

大舅做主，家里和妹妹家一起凑了些钱，把他偷偷地骗到精神病院门口，说是给他介绍了个护士，说这精神病院的护士也不好找对象。到了门口没一会儿，里边出来几个穿白大褂的五大三粗的小伙子，舅舅一使眼色，不由分说，几个人抬起他就走。他忽然意识到了什么，大喊：我不是神经病，我真的不是神经病，你们送我这儿来干什么？你们抓我干什么？我是正常人。你们这是限制我的人身自由，你们要负法律责任的。任凭他喊破了嗓子，也没一个人听进他说的话，他就这样住进了精神病医院。

住了几个月医院后，他回到了村里。亚强想想也是，自己能去告谁？告父母，告大舅，还是去告医院？他变得更加沉默了。晚上睡不着觉，他半夜里偷偷起来去扫街。过去人家只是背后说他是神经病，现在何时何地都可以说了，即使说着说着他走过来听见了也没关系。他有时辩驳：我不是神经病，你才是神经病。人们也不和他计较，就笑着说：从精神病院出来的人，还不承认自己是神经病。说完大家都会大笑起来。

又一年秋天到了，村里又一个后生要去当兵了。亚强躲在暗处，偷望着那小伙远去的背景出神。

父母为了他，一夜间头发几乎一下子全变白了。虽然不爱说话，但不管干什么活,他有使不完的力气。

突然有一天,他失踪了。爹娘动员了所有的亲戚朋友出去找了三天三夜也没找到。能找的地方都找了,山上、地里,沟沟坎坎全找遍了。家人怕他寻了短见,在村西方圆几十里唯一的一口机井前轮流守了好几天,也没见水里漂上一个人毛来。

他手里有点钱,他坐车去了石家庄,又辗转到了赞皇县杨家沟乡王山头村,找到了在部队时的老班长郁国安,两个人一见面就抱头痛哭。亚强讲了他回家后的遭遇,班长一个劲儿地点头。郁班长一句:我也被送进过精神病院,使亚强怔在了那儿。

后来郁班长变卖了家产,两人到山东寿光去学种蔬菜去了。

听说后来他们各自回到了自己的家乡,要教乡亲们种蔬菜大棚。村子都没人相信他们,他们就自己先种,见他们果真挣了钱,乡亲们才跟他们学。

值得告诉各位的是:两人都还坚持给村里扫街,都找上了媳妇。

还要告诉大家的是:他俩都是雷锋班出来的战士。

寻找英雄

据《平阴县志》记载：一九四三年秋，日本鬼子占领了老东阿城。第二年春天在洪范南的王山头和周庄中间修建了一个炮楼和碉堡。日本人白天去附近村里查谁家有共产党、谁家有在外当八路军的。至一九四四年春天碉堡被我地下党炸掉前，先后杀害我地下党和八路军家属共一百多名。炸毁敌人碉堡的是谁至今尚无定论。据分析，该同志有可能在此次行动中英勇牺牲了。中华人民共和国成立后，我人民政府在被炸毁的日本人修建的碉堡原址修建了一座无名英雄纪念碑。

父亲也曾参加过八路军。记得小时候，母亲曾无数次地给我们姐弟讲起过这样的故事："我嫁给你爹时，他十八岁，我十六岁，结婚刚两个月，你爹就被村里的地下党动员去当了八路军，听说他们在县大队训练完，驻扎在山东面的丁泉村了。有一个晚上，一家人都睡下了，突然听到有敲门声，你爷爷披上衣服去开门，走到门口时先咳了两声，小声问：'你找谁？'你爹小声答道：'是我。'你爷爷开了门。你爹一身庄稼人打扮走了进来。他说是趁天黑从山上摸黑过来的，他给你爷爷说，到部队上后，还没有打过仗，天天就是训练，一点儿也不危险。可回到我住的东屋后，他说，真不想再走了，到部队上不到三个月，已打了五六仗，头一天还在一个土炕上睡觉的人，第二天在战场上一个一个像麦个子样被撂倒了。晚上老做噩梦，梦到他们几个等我睡着后，来挠我的脚心。我先是在梦中笑，然后是醒来哭。早晨村里有鸡叫二遍时，你爷爷喊你爹让他上路。你爹只是答应，赖在被窝里不肯走。我说，你快走吧。等天明了你就没法走了。"每次讲到这儿，母亲脸上总是现出一片红晕，停顿一会儿，然后接着说，"村里的保长（实际上是地下党），看我刚过门，能说会道的，让我当村里的妇救会主任。说是要送我去县上接受秘密培训。你爷爷不愿意，找人捎信让你爹回来，你爹又一个晚上偷跑回来时已是下半夜，他听了你爷爷的劝说后，连夜带我逃了出去，我们逃到天津卫后，靠你爹给人家送煤为生。中华人民共和国成立后因挂着你爷爷、奶奶，我们就带着你们大哥、大姐回来了。都怪那时你爹他没出息，听你爷爷的话，怕我出来混好了不要他了。不然的话，咱家现在可能就是城里人了。"每每说到这儿，母亲总是用眼睛剜一眼父亲说，你看什么看，难道事实不是这样？这个时候，父亲总是面露宽厚的笑容，小声说，你那时怎么不去当你的干部，又没有人拉着你？

在我们幼小的心灵里，总是为父亲那时当了逃兵而感到有些脸上无光。也许是为了堵上母亲的嘴，也许是命运使然，爹后来把我和弟弟都送到了部队上。早已转业回到县志办公室工作的弟弟来信说，县里要重修县志，你这个中校军官被列入其中，望尽快邮一个你自己的简历来。弟弟还说，为重修县志，他们查阅了县档案馆的所有资料，走访了所有能找到的老八路和地下党，弄清了好几位烈士的籍贯问题。奇怪的是，一九四四年在咱们村西炸掉敌人碉堡的那位无名英雄，始终查不到是谁，但他的事迹还是像中华人民共和国成立后的那本县志一样被放在了第一条。

父亲咽气时，我因为部队上有抗洪救灾任务没来得及赶回去，弟弟告诉我：父亲咽气时说，转告你哥哥，在部队上一定要当个好兵。我死后，把我埋在村西边地里那块无名碑下就行了……

相见时难别亦难

这天，一个满头白发的老太太正站在自己家破旧不堪的土屋前发呆，小孙子在她跟前跑来跑去，她穿着洗得有些褪了色的粗布衣裤，头上戴着一块当地妇女惯用的蓝围巾。这时村主任领几个外乡人走过来，村主任用土门当地的话和她说："他们是北京电视台的，想找你了解点事。"她唤了一声孩子，不冷不热地把人让进屋。

"大娘，你叫什么名字？"电视台的一个女记者问。

"人家问你叫什么名字？"村主任用当地的土话翻译了一遍。

她的脑子好像一下子出现了短路，停了片刻，又停了片刻，这么多年很少有人提到她的名字，她自己也有些想不起来了。她努力到记忆里去搜寻自己叫什么。见她还没有回答，村主任着急地说："你不是叫华子玉吗？"

经村主任这一提醒，她突然想到自己是应该叫华子玉似的，向着大家尴尬地一笑，重重地点了下头。

女记者说："大娘，您还记得小时候的事吗？你好好想一想，小时候是不是有人叫你英儿啊？您记得您老家是哪儿人吗？您今年多大岁数？"

村主任成了她们之间对话的翻译。

老大娘想了一会儿，用当地土话问村主任："她们问这些干什么？"

村主任说:"她们是北京电视台的,她们在采访中发现一个线索,一个八十多岁的女红军战士,让他们帮助寻找在长征路上失散的侄女,她叫李小英,今年应是七十岁了。"

"大娘,听说您也是陕西汉中人,您看看这几张照片,对这个人有没有什么印象?"

望着眼前相片上这个身穿红军服装的年轻女兵,思绪把这个农村的老年妇女拉回到了 1935 年 4 月的一天:太阳快要落下西山的时候,在四川土门的一个小村子里的破庙前,一小股大多由妇女们组成的部队停了下来。领头的一问,这庙里能住,就决定晚上宿营在这里。一个四岁的小姑娘从一个小女兵的肩头滑落下来,小女兵一屁股坐在地上,再没有一丝力气抬手擦一把脸上的汗水。小姑娘得有脱肛病,脱出的肠子发炎,流血、流脓。才开始由二叔、三叔轮换背着她,后来他们和爸爸一起编入作战部队,提前向西开进了。妈妈和二婶先后染上了伤寒病,才开始躺在民工抬的担架上,慢慢就掉队了。三婶在战斗中牺牲了。一路上背一背走一走,照顾她的担子,全落在了十六岁的小女兵身上。

晚上上级通知,明天部队要西进,过茂县、理番后,马上就进入草地了。吃了几口晚饭,小女兵哄她说:"英子,我领你去找个能吃饱饭的地方。"小女兵领她到街上去,看到一个小茶铺开着门,走进去对一个看门的老婆婆说:"把这个小姑娘送给您吧。"才开始人家看是个病孩子,不肯要。小女兵求人家说:"老婆婆,求求您了,您发发善心,给孩子吃两顿饱饭,我找到大人就回来接她走。"好不容易才说动了老婆婆勉强收下了她。

半夜里小女孩哭着爬回了庙里,她找到小女兵说:"小姑,你别扔下我,我今后再也不喊饿了,我自己走,一步也不让你背了……"小女兵和小女孩搂在一起抱头痛哭。但最后小女孩还是被小女兵送了回去……

老大娘一边看着照片一边回忆起了过去，她以为这一辈子再也回不了故乡，再也见不到一个亲人了。老大娘抽搐着、哽咽着说："这是我小姑，她还活着吗？"

不久后，在北京的一所普通干休所里，当年的小女兵和小女孩见面了，一对失散了六十多年的亲人终于相见了。这一时刻真是悲喜交加，她们全家有六个人牺牲在了长征路上……

1935 年的爱情

西进的路途中，红军队伍里许多人染上了红眼病。这天晚饭后，上面通知，明天红军医院的傅正伟带人来给大家检查病情。一间民房里，几个小女兵在开玩笑。吴青说，"小不点"，明天可得打扮漂亮一点，医院里来的可都是小白脸。

"小不点"笑着说，你是不是想嫁人了，看把眼睛都想红了。要不明天把那个什么"傅政委"给你留下？

我要嫁人，也要嫁个在前方带兵打仗的，不像你，看见个小白脸，眼神就不听使唤了。

好你个吴青，你再编排我，当心报应，让你找个口臭的男人。

……

第二天，大家见到了那个傅正伟，他是个从苏联留学回来的医学博士，才是个副营职，根本就不是什么政委，只是名字中的字和政委二字是谐音。后来一段时间里，"小不点"和女兵们说起这个人的名字，就笑得前仰后合。

也许是命运使然，没过多久，"小不点"被编入红军医院去学医，吴青去了剧团。"小不点"心里也想去剧团，闹了阵子情绪，但也没去成。

半年后，原先看见打针都发晕的"小不点"也敢给别人打针了。在宁夏同心城，这天，"小不点"端着脸盆去河边洗衣服，听到几个女兵在议论自己。一个说，为什么傅正伟对"小不点"那么好，是不是看上她了？另一个接话说，还真是有可能，你发现没有，傅正伟看她的眼神和看别人的不一样，去给首长看病也总是带着她，说不定两个人早已……听到这儿，"小不点"脸一下子变得通红，她小声哭着跑了回去。

坐在屋子里，她心乱如麻。细想想，自从来医院后，傅正伟是对自己挺好的，有好吃的总是给自己留一点，出门经常带着自己，不太用正眼看自己，时常偷偷地看……"小不点"叹了口气，她以为傅正伟只是普通意义上的喜欢手下自己这个小女兵，小妹妹。经她们这么一说，说不定他还真有那种想法。自己可真一点儿也没向那方面想。

没多久，组织上找"小不点"谈话说，傅正伟要和你结婚，他给朱德总司令写了报告，总司令批示上写道：关心我们的人才、专家，首先从解决他们的实际问题着想。同意你们结婚。

"小不点"低着头，抹着眼泪说，首长，我才十八岁，我还小，我还不想结婚。我不是嫌傅正伟不好。这事我没一点儿思想准备……

找她谈话的领导笑着说，十八岁，不小了，可以结婚了。咱这可不是组织包办，也不向你隐瞒什么。傅正伟比你只大十二岁，他是在家结过一次婚，那是父母包办的，但他们没有同过房……总司令说咱们待的这个地方叫同心城，就在这儿把你们的婚事给办了。

没几天，"小不点"和傅正伟举行了婚礼，朱总司令叫警卫员送来了两只羊。

这是我老奶奶向我讲述的她自己的故事。

意志

炮火连天，硝烟弥漫，战斗正进行得异常激烈。

空军前线指挥部内。

喂，空军前线指挥部，我是823高地陆军5团，我部五个小时内向山上三次冲锋均没成功，残伤了我一百多个弟兄。在北纬线23.9度有美军的几个重火力点，我部请求空军给予支援。

空军指挥部明白，你部下一次冲锋定在什么时间？

天亮以前。

好，823高地5团听好，我马上汇报，请你们做好下一次冲锋的准备。

823高地陆军5团明白。

山沟里一块平地上，停放着我军的几架飞机，这几架飞机是苏联老大哥援助的，飞行员也是我军历史上的第一批飞行员，这其中就有被人们誉为"拼命三郎"的刘飞。在过去的几次大战中，刘飞机智勇敢、沉着冷静地完成了任务，被上级授予战斗英雄一次，立一等功两次。

当洪副参谋长交代完这次的战斗任务，刘飞第一个站起来主动请战：首长，让我上吧。我有多次实战的经验。

所有飞行员都站起来请战。

刘飞声调高过所有的人说：我这条命就是解放军给的，再说，他们都有家庭，我无牵无挂。

洪副参谋长点了点头，大声宣布道：刘飞同志，请你做好投入战斗的准备。其他同志待命。

临起飞前，洪副参谋长拍了拍刘飞的肩膀，你小子给我记住了，一定要沉着应战，我们空军的底子薄，就这几架飞机。不但要完成任务，这飞机从这儿给我开走的再给我开回这儿来。

是。请洪副参谋长放心，我保证完成任务后，把飞机安安全全开回来。

刘飞向洪参谋长敬了个标准的军礼，然后转身上了飞机。

飞机像离弦之箭射向了天空。

它在上空转了半圈，像是要把这个地方记得深刻些。

823高地，陆军5团再次吹响了冲锋的号角。

枪炮齐鸣，喊声震天。敌人的几个火力点又吐出了火舌。

只见夜空中有红光一闪，那红点向敌人的火力点上方移来。

片刻后，火光冲天。过了一会儿，敌人的几个火力点一齐哑了。

这时，天空中又出现了好几个红点，远处传来枪炮声。

空军前线指挥部，谢谢你们的支援，敌人的几个火力点全被干掉了，我们已经顺利越过了这几道封锁线。天空出现了好几个红点，并有密集的枪炮声传来，是不是我们的飞机被敌人发现了，请通知飞行员撤吧。

空军前线指挥部明白，再见。

另一间指挥室里，无线电波时断时续。我是01，神鹰一号听到请回答。

没有回音。

喂，神鹰一号，神鹰一号，我是01，01呼叫，听到请回答。

……

指挥室的空气像要凝固住了，简直能使人窒息。

突然电波声强了起来，一阵杂音中传来一个微弱的声音：01，01，我是……神鹰……，我已完成任……但我可能回不……

信号一下子又没有了。

半个小时后，我方山沟里的飞机场上，夜幕中，洪副参谋长来回踱着步，随行人员也不时地抬头向天上望一眼。

正在大家心急如焚的时候，一个战士突然喊：快看，神鹰一号回来了。

人们的目光都看向了天空。

天上，一个红点越来越近。

洪副参谋长长地出了一口气，命令道：救护人员和救护车做好准备。

红点越来越近，但它运行的路线一点也不规则。

当大家看到，红点慢慢变成飞机，离大家越来越近时，飞机像喝醉了酒似的忽上忽下、忽左忽右，飞机发出的轰鸣声尖厉又刺耳，极不正常，大家的心一下子都提到了嗓子眼。

飞机快到地面时，并没有按地面指挥塔的命令执行，而是摇摇晃晃，在机场上空转了一圈，才开始歪歪斜斜冲向跑道，轰鸣声简直能把整个世界震醒。

虽然飞机冲出了跑道，但它总算停下了。人们愣了片刻，一齐向飞机跑去。

眼前的飞机，使人们一下子惊呆了，这哪是飞机，几乎就是一团废铁。人们用东西撬门撬不开，从一个大点的窟窿钻进去，发现飞行员刘飞身上全是弹孔，身上、脸上的血都凝固了。他的双手紧握着方向盘，任怎么弄也掰不开。在场的所有人都失声痛哭。

洪副参谋长安排，让那个飞机方向盘随他下了葬。在给他授予英雄称号的命名大会上，洪副参谋说：我们军队有这样的钢铁战士，还有什么打不赢的仗……

和首长"过招"

我们首长年事已高，脾气也越来越不好。首长夫人说，俗话说，老小孩，老小孩，你们就让着他一点，别跟他较真。

先是前天非缠着和我下军棋，我们知道他好悔棋，所以都躲着不和他下棋。他下不来象棋，怎么教也学不会。我这个警卫参谋今天被他逮住了，没办法，陪他下吧。他一步棋要深思好久，拿着放大镜看来看去。

我们首长叫鲁一贤，山东人，十三岁参加红军，身经百战。

看首长心思和眼睛都在棋上，我就腾出手来给女朋友菲菲回短信。

发完一个短信，首长一步棋还没走。

我说，首长，您还没想好？

他眼睛盯着棋盘对我说，排兵布阵着急不得，不要让敌人钻了空子。

我是您的警卫，不是敌人。

战场上就是你死我活，不讲别的。

头两盘我都故意输了。

他抬起头，认真地看了看我的脸，疑惑地说，小关，你不是让着我吗？

下棋哪有让的？谁不想赢？

真的？

真的。

又下了两盘，我又输了。我想赶紧能结束，好给小菲回电话去。

我刚想说，首长，我下不过您，我输得口服心服时，首长突然掀了棋盘，怒气冲冲地吼道：你小子给我来假的，要是在战场上，老子枪毙了你。

首长夫人、保姆、炊事员都跑了进来。

我不好意思地站着规规矩矩地承认错误，首长，对不起，我真的不是故意地惹您生气。

念你年轻，原谅你这一回，今后记住了，干什么事都要认真，不许马虎，更不许儿戏，明白吗？

来海边疗养，首长夫人有事没有来，只有我和秘书乐天陪着。不知当地中学怎么知道的我们首长在这一带打过仗，非要请他去作传统报告。

头一天睡下前，他说，把我的那件黄衬衣找出来，明天我穿。

奶奶（我们对首长夫人的称呼）没让带吧？

听她的，还是听我的？你们要弄清楚了，你们是为我服务的。

首长，我们明白，当然听您的。那就按我说的办。

侍候首长躺下。我和乐天商量了半天，赶紧要车，转遍了整个城市的军用品商店，也没有买到首长要穿的那种衬衣。就是部队二十世纪八十年代发的，黄色的。

首长习惯穿那种衬衣。但那两件衬衣已经很旧了。

首长的脾气我们领教了不是一次两次了。打电话让家里寄特快专递也来不及了。正在束手无策的时候，我突然计上心来，找到休养所的干事，我说，你给我找一个当地人来，我有急事。最好是郊区的。

什么事？我去办。

我知道他不是本地人。你办不了，赶紧去给我找人。

车队班长是郊区的，我就给你找来。

我们连夜赶往郊区，找了一个有黄泥的地方。把一件白衬衣裹在黄泥里，揉了又揉，搓了又搓。怕不保险，又挖回来了一些黄泥。

折腾了半夜，等从清水里把衬衣拎起来，我嘴里虽然出了一口长气，但心里还是有些不安。

又把洗净的衬衣裹进黄泥里揉搓了好久。当从洗衣机拿走已经半干的这件衬衣时，我心里想，只能听天由命了。

第二天首长穿上了那件加工过的衬衣，很高兴地去作报告了。我们心里的一块石头总算落了地。

师生情

这天是十月三日晚上，孙信正带着老婆和女儿在上海外滩赏夜景，突然接到一个电话：喂，是孙信大哥吗？

是我，君洋兄弟吧？有什么事，你说。

大哥，我父亲快不行了，他提了好几次了，想最后见你一面。我们也知道你忙，不太好意思开这个口。可他老人家非……

张老师的病情稳定点没有？你告诉他，我明天，明天就到家了。

大哥，你部队上那么忙，能脱得开身吗？

能，正好我这几天休息。

收起手机，他长长地叹了口气。

爱人关切地问：谁的电话？什么急事？

他对爱人和女儿说：张老师的儿子君洋打来的电话，张老师快不行了，他要见我一面。对不起你们娘俩了，我现在就去火车站，我得回家看他。

那我们怎么办？

你们愿玩就再玩两天，不愿玩就回南京吧。

女儿插话说：爸爸说话不算话，你答应十一假期陪我出来玩的。

真的对不起，女儿，爸爸的老师要死了，爸爸得去见他最后一面。

你五一不是已经回去看他了吗？

他心里也觉得对不住娘俩，答应她们好几次了，带他们来上海玩。这次好不容易来了，只陪她们玩了一天就……

最后还是他爱人说：让你爸爸去吧，咱们明天就回家。

打车回到招待所，他拾掇了一下，就奔火车站了。

回到县城，他径直去了医院。走进病房前，他换上了军装。一进门，张老师的家人都惊呆了，没想到他回来得这么快。

张老师处于昏迷状态两天两夜了，他一直守在身边。同病房的人都以为他是张老师的亲生儿子。

妹妹打电话气哼哼地说，哥，听说你回来三天了，为什么不回家看看父母？他们也那么大岁数了，也都想你。

这天后半夜，张老师的眼睛突然睁开了一条缝，眼神寻找到孙信时，他的手动了一下。孙信忙伸手握住了他那骨瘦如柴的手，那一刻，孙信真的感觉到了，张老师用力回握了一下他的手。张老师的嘴角向上一翘，脸上露出了一丝笑意。他就这样安详地走了。

君洋把父亲的遗书拿给他看：

君洋，吾儿：

我走后，你们要把孙信当成自己的亲哥哥看待，他是爸爸这一辈子最得意的一个学生，有这样一个学生也是爸爸一生的骄傲。你和姐姐经济条件都不错，我留下的这五万块钱是我所有的积蓄，转交你孙信哥，让他出画册用。他现在已是部队上很有名气的青年画家，是你们事业和做人上学习的榜样。他多次嘱咐过我，让我给他的画册写序，嘴上我没有答应他，可我偷着写了许多遍，最后都不满意，全撕掉了。还是让他找个名家写吧，我觉得我不够资格。再说名家写了，对他的进步会有更大作用的。

爸爸：张恒

2006 年 9 月 1 日

孙信看完张老师的遗书已是泪流满面，他想起了师生之间的另一件事：他当兵走时就有一个梦想，因家里很穷，他想到部队上考学。到部队后，他一边复习功课一边拜师学画画，他的进步很快，两年后他的画作就在全国和部队相继获奖。当得知他考上解放军艺术学院的消息时，张老师来信说：孙信，首先祝贺你考上了梦寐以求的艺术院校。另外，如果上学是自费的，你也不要着急。你家里条件差些，还有老师我哪。我可以答应包你上学期间的所有学费。你不要多想，你能上军校的大学也是我这个老师的荣耀……

上军校不但不用交学费，还有生活费和津贴费。虽然当时没有花到张老师的一分钱，但他给予自己精神上的慰藉支持是多少金钱也买不到的。

爱吃饺子的那个人去了

火情就是命令。

早晨五点多，中队接到华新大厦着火的报告，警铃声急促地响起。在临时来队家属房休息的牡华一骨碌爬了起来，看了躺在身边的妻子秀一眼，他把动作放轻了许多。妻子趁暑假带儿子来部队上看他，娘俩刚来三天，他本答应趁今天是星期天，带她们俩去公园玩的。说话间，牡华已经穿戴整齐，提上鞋就想向外跑。妻子秀睁着睡眼蒙眬的眼睛问：华，怎么了，出事了？牡华转回身，一边笑着说：有火情，我是副队长，不去不行，一边上来拍了下秀的脸蛋接着说：不好意思，把你吵醒了，天还早着呢，你再睡会儿吧，门我带上就行了……

一上午，秀都觉得心里慌慌的。牡华不在家，不能出去玩了，她就动手整馅准备包饺子，这是牡华最爱吃的饭。有一次牡华探家，正好赶上春节，她看着牡华吃水饺时的那个馋劲儿说，看你这个吃相，像几天没吃上饭了似的。牡华嘴里含着没来得及下咽的饺子说，在南方，一年也吃不上一次这么正宗的饺子，老婆做的饺子就是香，就是好吃，一辈子也吃不够。她说，等能在一起了，我天天给你包饺子吃，撑死你。想到这里，秀的脸上露出一丝笑容。

秀就这样一边想着心事一边切菜弄馅，不小心被刀划破了手。

包了包手，她继续干活，包着饺子她时不时地抬头看一下表。

　　十一点半，牡华没有回来。

　　十二点，还没有回来。

　　十二点半，她有些坐立不安了。她抱上两岁的儿子来到营房。刚进入营区，就看到消防车鸣着警笛进进出出，秀心想，这火着得可够大的，现在还有消防车出去，肯定火还没有扑灭。看到有些军人脸像包公，三三两两站在一起议论着什么。她抱着儿子突然转脸开始向回走。丈夫是领导，火没扑灭肯定不会回来的。要去问他怎么还没回来，官兵们还不笑话。有时一年都见不上一次面，这一上午没见，就来找了。他回来还不训我，最起码会说我没出息。先回去把水烧开，等他一进门，饺子立即下锅。早晨又没吃早饭，干多半天活，他一定饿坏了。

　　回到临时家属房，儿子哭闹个不停，她打开小收音机哄儿子，原想找找看有没有儿歌什么的。儿子不愿意，伸手拿过收音机，自己玩着。儿子玩着玩着，自己播出了一个台，儿子高兴地抬头看妈妈。这时收音机里传出了这样一段话：各位听众，我现在是在本市华新大厦着火现场向大家作现场报道，今天早晨发现的大火，在消防救援人员的努力下，八十多名大楼内的工作人员都安全撤离了现场，无一人伤亡。正在救火过程接近尾声的时候，不幸的事情发生了，大厦楼体突然倒塌，有十几名消防救援人员被埋在了下面，有关部门正全力营救……听到这儿，秀软软地瘫在了地上。

　　这时，门口进来了几个人，他们把秀扶起来，其中有个女同志坐在了她身边。领头的人说，玉秀同志，我是政治处主任刘项，着火现场发生的事情你是不是已经知道了一些。今天上午十一点十分，大火快扑灭时，突然发生了大楼倒塌事件，包括你家老牡在内的十五名官兵被埋在了里边，各方面正在全力寻找抢救他们，请你看好孩子，自己也要多保重。一有牡华同志的消息，我会马上通知你。这位是政治处的沈干事，她留下来陪陪你。秀看了一眼桌子上那些等着丈夫回来煮的饺子，又扭脸看着正在说话的刘主任说："主任，您给我说实话，我们家牡华是不是已经……"刘主任动情地说："玉秀同志，请你相信组织，牡华同志现在还没有找到，一有消息，我们会及时和你联系的。但大厦只倒塌了一半，现场很危险，这给营救工作带来了一定的难度，但我们会尽全力抢救我们的战友的，所以还是请你在家等消息吧。"

下午没有消息……

傍晚没有消息……

半夜没有消息……

秀越来越感到了恐慌、害怕……

第二天，从收音机里报道的找到的牺牲官兵名单中还是没有丈夫的名字，她心里既感到紧张又怀有一线希望。她想，只要丈夫活着回来，第一顿饭一定要让他吃上自己亲手包的饺子。

第三天，终于传来了找到丈夫遗体的消息。她眼前一黑，晕了过去。

战友们从牡华的身边发现了他戴的安全帽，里边用白粉写满了字：秀，假若我不能活着出去，儿子留给父母，今后的路还长，你一定要再走一步……秀，我现在感觉，一是喘不上气来；二是太饿，多想吃上一碗你包的饺子……